Ben Bauhaus
Bullet Schach

BEN BAUHAUS

BULLET SCHACH

Roman

LYX
EGMONT

Originalausgabe Juni 2015 bei LYX
verlegt durch EGMONT Verlagsgesellschaften mbH,
Gertrudenstr. 30–36, 50667 Köln

Dieses Werk wurde vermittelt durch die Literaturagentur Scriptzz, Berlin

1. Auflage
Redaktion: Kathleen Weise
Satz: KCS GmbH, Stelle | www.schriftsetzerei.de
Printed in Germany (670421)
ISBN 978-3-8025-9587-5

www.egmont-lyx.de

MIX
Papier
FSC FSC® C083411

1

Während ich die wenigen Stufen zur Haustür hinaufstieg, konnte ich zwei Gestalten erkennen, die aus dem Hinterhof in die Tordurchfahrt und auf mich zu traten. Ihre Umrisse wurden von der gleißenden Sonne im Hof scharf gezeichnet, aber in ihren gesichtslosen Silhouetten konnte ich unschwer einen Mann und eine Frau erkennen. Ohne die beiden weiter zu beachten, steckte ich den Schlüssel ins Schloss.

Es war der Mann, der mich ansprach.

»Johannes Thiebeck?«

Diese Stimme erkannte ich sofort, und mit ärgerlich verzogenem Gesicht blaffte ich die Frau an: »Was soll der Scheiß, Jana?« Den Kerl ignorierte ich.

Trotzdem war er es, der weiter mit mir redete.

»Herr Thiebeck, Sie erinnern sich sicherlich an mich. Mein Name ist Kriminalhauptkommissar Mirko Densch von der Mordkommission. Meine Kollegin Frau Kleidermann kennen Sie ja. Wir müssten Ihnen ein paar Fragen stellen, Herr Thiebeck.«

Ich schloss auf und trat in das kühle Treppenhaus. Bevor die Tür zuschwingen konnte, folgten mir die beiden Kommissare und gingen hinter mir die Treppe hinauf.

»Wäre es Ihnen lieber, wenn wir Sie mit aufs Präsidium nähmen?«

Ich drehte mich ruckartig um. Densch stand zwei Stufen tiefer und zuckte erschrocken zusammen. Nicht nur, dass ich ihn um fast zwanzig Zentimeter überragte und seine Körpermasse um knappe dreißig Kilo übertraf, jetzt stand ich auch noch höher als er und sah auf ihn herab. Er schluckte.

Ich ließ mir meine Befriedigung nicht anmerken und sagte grollend: »Lassen Sie das Theater, Densch. Ich nehme Sie mit hoch, biete Ihnen und Jana einen Kaffee an, oder Tee, falls Ihr Kreislauf kein Koffein verträgt, und gebe Ihnen fünf Minuten. Dann schmeiße ich Sie raus. Bis dahin verzichten wir auf den Klamauk, in Ordnung?«

Densch starrte mich an. Ich nickte, und wir gingen hoch. Gemeinsam, schweigend, hintereinander.

Oben betraten wir meine Wohnung. Mit einem Nicken deutete ich in Richtung der sonnendurchfluteten Küche, deren Tür weit offen stand. Ich folgte den beiden, und während sie sich auf zwei der Küchenstühle setzten, machte ich mich daran, den Kaffeeautomaten zu bestücken. Nacheinander holte ich drei große Kaffeetassen aus dem Regal und schüttete neue Bohnen in die Maschine.

»Wo waren Sie gestern zwischen zehn und zwölf Uhr abends, Herr Thiebeck?« Densch hatte offenbar nicht vor, den formellen Quatsch zu lassen.

Ich hatte keine Ahnung, warum die beiden hier waren, und noch weniger verstand ich, warum Jana nicht allein gekommen war. Sie hätte mir den Idioten vom Hals halten müssen, das wäre sie mir nach unserer gemeinsamen Zeit schuldig gewesen.

Ich betrachtete Densch, der am Tisch saß und die Hände gefaltet hatte, als würde er beten. Er hatte lockiges Haar, das bereits schütter zu werden drohte – anders als meine eigenen, immer noch dichten Haare, die ich halblang trug. Jana hatte mich öfter gedrängt, sie mir kurz schneiden zu lassen.

»Die werden langsam grau«, hatte sie gesagt. »Das sähe toll aus, kurz. Jetzt siehst du aus wie ein Zuhälter aus Moabit.«

»Zuhälter ist gut. Das nehme ich«, hatte ich damals geantwortet.

Das Mahlwerk des Automaten dröhnte. Ich schüttete Kekse aus einer Tüte auf einen Teller und reichte ihn Jana. Mit einem Lächeln strich sie sich die glatten, blonden Haare aus dem Gesicht und stellte den Teller auf den Tisch.

»Gebäck. Hätte ich Ihnen gar nicht zugetraut, Herr Thiebeck.«

Ich ignorierte Denschs Spitze und starrte hinaus auf den betonierten Hinterhof, den jede Menge Risse durchzogen, als hätte ihn jemand aus großer Höhe in den Wedding geworfen. Mein Fenster wurde von dichten Kletterpflanzen umrahmt, die mit ihrem satten Grün einen Gegensatz zu der Betonwüste unten bildeten. Zusammen mit dem direkten Sonnenlicht machten sie die Küche zu einem der behaglichsten Plätze in einer ansonsten spartanisch eingerichteten Wohnung. Jana hatte es früher geliebt, hier zu sitzen. Bei den seltenen Gelegenheiten, wenn sie bei mir zu Hause gewesen war. Es musste auch für sie komisch sein, jetzt hier zusammen mit Densch als Ermittlerpärchen zu sitzen.

»Noch mal: Wo waren Sie gestern zwischen zehn und zwölf Uhr abends, Herr Thiebeck?«

»Warum wollen Sie das wissen?«

»Wo ist Ihr Auto?«

Ich runzelte die Stirn. Langsam verwandelte sich mein Ärger in Sorge. Densch kam mir vor wie ein Gegner in einer meiner zahlreichen Schachpartien, die ich online spielte. Einer, der sich langsam, aber bestimmt in einer Eröffnung vortastete, die ich unruhig zu lesen versuchte, um zu verstehen, wo genau der eigentliche Angriff erfolgen wird.

»Sie wissen doch, dass ich es als gestohlen gemeldet habe, Densch.« An Jana gewandt fügte ich hinzu: »Warum interessiert sich die Mordkommission für mein gestohlenes Auto?«

»Sagen *Sie* es uns.«

»Mann, Densch, Sie können es nicht lassen, oder?« Ruhiger fragte ich: »Was ist mit meiner Karre?«

Jana antwortete: »Wir haben deinen Wagen gefunden.«

»Sie haben das Fahrzeug vor drei Tagen abends um halb sechs als gestohlen gemeldet, richtig?« Densch sah in seine Aufzeichnungen.

»Richtig. Es ist unten an der Flughafenstraße in Neukölln geklaut worden.«

Densch nickte, das stimmte offenbar mit seinen Angaben überein. Er blätterte mehrere Zettel seines Notizblocks vor und zurück. Ich seufzte und setzte mich auf den freien Stuhl am Kopfende, stützte die Ellbogen auf den Tisch und rieb mir mit beiden Händen übers Gesicht. Durch die Finger sagte ich: »Und wenn ihr zwei Hübschen jetzt hier bei mir sitzt, heißt das messerscharf gefolgert, dass jemand gestorben ist, korrekt? Und dass das irgendwas mit meinem Wagen zu tun hat.« Ich ließ die Arme sinken. »Wer ist es?«

»Gestern zwischen zehn und zwölf? Wo waren Sie da?«

»Der Kerl geht mir echt auf die Eier, Jana.«

»Beantworte einfach seine Frage, Johnny.«

Ich zögerte. Die Tatsache, dass Jana das Ganze offenbar ebenfalls ernst nahm, verunsicherte mich. Normalerweise nannte sie mich nicht *Johnny*. Damit wollte sie mir vermutlich klarmachen, dass sie sich nicht vollständig auf der *Gegenseite* befand. Was immer das heißen mochte. Ihre verkrampfte Haltung dort am Tisch zeigte mir, wie gerne sie jetzt woanders gewesen wäre.

Ich sah sie einen Augenblick lang an und traf dann eine Entscheidung. Für den Moment würde ich ihr Spiel mitspielen, egal wie absurd es mir erschien. »Im Box-Gym, beim Training.«

»Um die Uhrzeit? Ach richtig, Sie gehen ja keiner geregelten Arbeit mehr nach.«

Ich ignorierte den Hieb unter die Gürtellinie und zuckte mit den Schultern. »Fragen Sie meinen Partner, meinen Coach und noch ein halbes Dutzend anderer Kerle. Wir sind um zehn vor zwölf oder so aus dem Gym weg. Das heißt, bis auf die paar Minuten vor Mitternacht habe ich ein Alibi.«

»Sagt Ihnen der Name David Kierran etwas?« Densch sprach den Nachnamen englisch aus, er führte weiterhin durch die Befragung.

War Jana bloß mitgekommen, um zu verhindern, dass Densch und ich uns an die Gurgel gingen? Ich verdrängte den Gedanken.

»Ist das der Tote? Kierran? Wie ist er gestorben?«

»Beantworten Sie einfach die Frage, in Ordnung?«

Ich seufzte. »Nein, der Name David Kierran sagt mir nichts. Nie gehört von dem Mann. Wo haben Sie den Wagen gefunden?« Mein Tonfall wurde dunkler, grollender. Viel von meiner ohnehin sparsamen Geduld war nicht mehr übrig. Jana kannte meine kurze Leitung, sie hatte oft genug unter meinem Temperament zu leiden gehabt.

»In Treptow. Direkt am Park, in der Nähe des Sowjetischen Ehrenmals.«

Ich stand auf und sah nach dem Kaffee. Wechselte die Tasse aus, blieb neben der Maschine stehen. Nach und nach stellte ich die drei Kaffees auf den Tisch. Jana bedankte sich, Densch ignorierte seine Tasse. Mit intensivem Blick musterte er weiter mein Gesicht, als könnte er mich auf diese Weise zu einer unüberlegten Äußerung veranlassen, die seinen Fall möglichst schnell abschloss. Ich setzte mich wieder. Jana beobachtete mich mit zusammengezogenen Augenbrauen, wartete ebenfalls auf eine Reaktion.

Ich schüttelte unwillig den Kopf. »Die Sache mit dem Wagen hat von Anfang an keinen Sinn gemacht. Ich meine, das ist ein uralter Ford, den klaut keiner. Jedenfalls keiner, der nicht Gelegenheit gehabt hat, unter die Haube zu schauen.«

Jana nickte. Sie kannte meine Faszination für das Schrauben an Autos. Zusammen mit Robert, dem Maschinenbauer aus dem Hinterhaus, hatte ich endlose Stunden unter, in und über der Karre verbracht.

»Was genau meinen Sie?« Densch warf seiner Kollegin einen irritierten Blick zu. *Er* verstand den stummen Dialog zwischen uns nicht.

»Das Auto sieht nach nichts aus. Nach einer alten Kiste, ein 74er Ford Granada. Aber wer Bescheid weiß, wer eine Ahnung davon hat, was ich mit dem Wagen alles gemacht habe … der weiß, was er wert ist.«

Densch schien endlich zu verstehen. »Sie haben sich Sorgen gemacht, dass Sie den Täter kennen? Den, der das Fahrzeug entwendet hat?«

Ich nickte. »Wenn Sie mir jetzt erzählen, dass da jemand drin gestorben ist, ergibt das Ganze plötzlich einen Sinn. Für einen Mord ist scheißegal, wie die Karre aussieht. Oder wie schnell sie noch fährt. Da ist bloß wichtig, dass man sie fix aufbekommt.« Ich sah Densch an. »Kierran … was war das für ein Kerl?«

Densch zögerte. Er schien zu überlegen, ob er überhaupt antworten sollte. Dann sah er Jana an. Diesmal raffte *ich* den wortlosen Austausch nicht.

Langsam sagte er: »Ein Controller. Ende zwanzig, mit einem kleinen Kind.«

»Ein was?«

»Controller. Erbsenzähler. Buchhalter.«

»Ah.« Ich zögerte. »Wie schlimm ist es?«

Densch verstand nicht. Er verzog bloß verwirrt das Gesicht. Es war Jana, die antwortete: »Nichts Wildes. Keine Sauerei.«

»Macht der Kerl sich etwa Sorgen um sein Auto?« Densch stutzte. Sein Kopf zuckte herum, starrte mich an. »Sie sind *wirklich* das ignorante und abgestumpfte Arschloch, von dem mir alle erzählt haben. Da wird ein Mensch umgebracht, und Sie sorgen sich um die Kunstlederbezüge in Ihrer Macho-Karre.«

»Kunstleder?« Ich schnaubte. »Mann, Densch, machen Sie hier nicht einen auf Gutmensch. Ich kannte den Kerl nicht. Möglicherweise hatte er es sogar verdient.« Ich hob hilflos die Hände. »Vermutlich nicht. Ist aber auch egal, es spielt keine Rolle, verstehen Sie? Sein Tod ergibt nicht mehr oder weniger Sinn, nur weil mir dabei mein Auto versaut wurde. Schlimm genug, dass Sie das Teil jetzt ewig in der Verwahrung haben werden und dass die Tür vermutlich aufgehebelt wurde.« Ich machte eine Bewegung mit beiden Händen, Arme offen ausgestreckt, die mein Bruder *italienische Geste* nannte. »Entschuldigen Sie bitte, wenn sich mein Mitgefühl für einen mir komplett unbekannten, kleinen Buchhalter in Grenzen hält.«

Die beiden Kommissare starrten mich an.

»Was?«, wollte ich ungehalten wissen. Das Getue ging mir auf die Nerven.

Diesmal war es Jana, die antwortete: »David Kierran war …«

Densch fiel ihr grob ins Wort. »Wie heißt Ihr Trainer, Thiebeck? Ihr Box-Coach?«

Mein Blick wanderte von ihr zu ihm. »Emil-Schlemihl.« Ich verzog das Gesicht zu einem Lächeln. »Emil Bremer. Oder einfach *Coach*«, fügte ich hinzu.

Keiner der beiden lächelte zurück.

»Weißt du, wie sein Sohn heißt? Mit Nachnamen?«, wollte Jana wissen.

Ich zögerte. »Keine Ahnung. Nicht Bremer?« Ein ungutes Gefühl breitete sich in meinem Magen aus, als sich Densch aufstützte und nach vorne lehnte. Ich konnte die Befriedigung, die aus dem geleckten Penner pulsierte, förmlich spüren.

»Der Sohn Ihres Trainers, Herr Thiebeck, hieß vor seiner Heirat Bremer. David Bremer. Genau wie sein Vater.«

Ich reagierte nicht sofort, hatte es allerdings kommen sehen: Ab dem Moment, als Densch angefangen hatte, langsam zu sprechen und mich mit seinem Blick zu fixieren, hatte ich geahnt, dass er zum Schlag ansetzte.

Manchmal im Ring passiert einem so ein Ding. Da sieht man das Zucken des anderen, den Ansatz der Bewegung, und weiß, welchen Weg seine Faust nehmen wird. Man weiß, dass man die Arme hochbringen muss, die Deckung. Aber man ist nicht schnell genug, und lange bevor der Handschuh am eigenen Kiefer oder der Schläfe einschlägt, ahnt man bereits, was passieren wird. Ich hasste diese Momente, diese Hilflosigkeit.

»Bremer?« Meine Stimme schob sich merkwürdig fremd zwischen trockenen Lippen hindurch. Ich unterdrückte den Reflex, sie mit der Zunge zu befeuchten. »Sie haben seinen Sohn umgebracht?«

Ich kannte David – *Davie*, wie ihn der Coach genannt hatte. Und ich hatte auch bereits den Enkel von Emil-Schlemihl kennengelernt, an einem Sonntagnachmittag im Gym. Da hatte der Alte uns, seinen Schützlingen, offiziell den Nachwuchs vorgestellt. ›Stolz wie Oskar‹, hatte Schmolli festgestellt. Vage erinnerte ich mich daran, dass Davie eine Amerikanerin geheiratet hatte, Susan.

Davie kümmerte sich im Gym um die Strategie. Er war derjenige, der ausarbeitete, welcher von unseren Boxern gegen wen antreten würde. Der sich darum kümmerte, eine möglichst lückenlose Analyse des Gegners zu erarbeiten. Sein Vater war die Praxis, er die Theorie.

»Fuck!«, drückte ich heraus. In mir begannen sich Hilflosigkeit, Verwirrung und Frustration über das Gespräch mit den beiden in Wut zu verwandeln. »Was für eine abgewrackte Scheiße!« Meine geballte Faust knallte auf den Tisch.

Densch zuckte ebenso zusammen wie Jana. Ich schob beide Hände, die Finger ineinander verschränkt, hinter den Kopf und zog daran. Als könnte ich mir auf diese Weise den eigenen Kopf abreißen. Um nicht mehr denken zu müssen.

»Was ergibt das alles für einen Sinn?«, fragte ich schließlich. Hilflos. Mir war es egal, dass Densch mich so sah. Ich war in der Lage, den Idioten aus Hannover komplett auszublenden. Als gäbe es ausschließlich mich und Jana in meiner sonnendurchfluteten Küche.

Sie schüttelte den Kopf. Hatte keine Antworten für mich.

»Sie verstehen sicherlich, dass uns das Ganze ebenfalls merkwürdig vorkommt. Emil Bremer hat seinen Sohn das letzte Mal gestern Nachmittag gesehen. Von seiner Frau hat David sich morgens auf dem Weg zur Arbeit verabschiedet. Sie hat ihn zum Abendessen zurückerwartet. Als er nicht kam, hat sie erst in der Firma, dann beim Vater und schließlich bei der Polizei angerufen.«

»Wann hat man ihn gefunden?« Meine Stimme klang so matt, als befände ich mich in der zwölften Runde und würde bloß noch auf den Gong hoffen.

»Heute Morgen, gegen halb sieben. Es waren zwei Arbeiter, die an dem Wagen vorbeigekommen sind.«

Meinem Wagen, dachte ich, sagte aber nichts und nickte bloß. Im Nachhinein zerrte das Spielchen von Densch noch mehr an meinen Nerven. Warum war der Arsch nicht gleich mit der Sprache herausgerückt, statt mich so herumeiern zu lassen?

Densch griff in seine Jacke. »Vielen Dank, Herr Thiebeck. Falls …«

Ich unterbrach ihn mit einer Handbewegung. »Ich weiß, ich weiß. Falls mir noch etwas einfällt, wende ich mich sicher nicht vertrauensvoll an *Sie*, sondern rede mit Jana. Ihre Karte können Sie behalten, Densch, ich brauche Ihre Nummer nicht. Und ja, ich halte mich ›zu Ihrer Verfügung‹. Ist das alles?«

Der Hauptkommissar zögerte, nickte und warf Jana einen Blick zu. Die beiden erhoben sich. Densch wollte um den Tisch herum, aber ich versperrte ihm den Weg. Für einen Augenblick starrte er bloß auf meine Brust und weigerte sich, aufzusehen. Ich hatte kein schlechtes Gewissen wegen solch pubertärer Machtspielchen – dafür hatte er sich in meiner Küche zu sehr als King aufgespielt.

Als ich keine Anstalten machte, den Weg freizugeben, sah er schließlich hoch. Endlich schob ich mich zur Seite und ließ ihn durch.

Draußen im Treppenhaus zögerte Jana. Sie sah Densch an,

der bereits ein paar Stufen hinuntergestiegen war, und sagte: »Ich komme gleich. Geh schon vor, Mirko, ja?«

Densch schien zu überlegen, den Unterkiefer mürrisch vorgeschoben. Offenbar würde er nichts lieber tun, als ihr genau das zu untersagen. Schließlich nickte er und ging.

Ich richtete meine Aufmerksamkeit auf die Frau, die fünf Jahre lang meine Partnerin beim LKA gewesen war. Genauso, wie sie jetzt Denschs rechte Hand war. Sie sah müde aus. Nicht so strahlend und frisch wie sonst.

Ich hatte ihr früher oft Komplimente gemacht, all die Jahre, die wir zusammengearbeitet hatten. Nicht, weil ich etwas von ihr wollte, sondern weil sie es gebrauchen konnte. ›Johnny Thiebeck macht keine selbstlosen Komplimente‹, sagte man mir nach. ›Bloß, wenn er damit etwas erreichen will.‹

Nicht bei Jana. Sie sah umwerfend aus, aber sie selbst kam sich oft unscheinbar und langweilig vor. Deswegen wehrte sie Komplimente meist ab, als würde sie keine verdienen. Das war mir damals immer ungerecht vorgekommen.

»Alles in Ordnung?«, wollte sie unvermittelt wissen.

Ich nickte. »Im Moment schon. Aber frag mich noch mal, wenn ich mit dem Coach gesprochen habe. Scheiße.«

»Wenn dir noch was einfällt, gibst du mir Bescheid, ja?«

»Klar.«

»Kann ich mich darauf verlassen, Johannes? Wirklich?«

Ich verzog das Gesicht, machte Anstalten, die Arme auszubreiten, als hätte sie mich in meiner Ehre gekränkt. Italienische Geste.

»Entschuldigung.« Sie sah zu Boden. »Reiner Reflex«, fügte sie mit einem Lächeln hinzu, als sie erneut aufsah. »Du bist eifersüchtig, oder?«

Eigentlich wollte ich lachen und sagen: ›Ach Quatsch, auf

den Affen?‹ Aber das konnte ich nicht. Ich konnte Jana nicht belügen. Deswegen nickte ich bloß. Ich war eifersüchtig auf die Vertrautheit zwischen den beiden, auf ihre Zusammenarbeit und die Zeit, die sie gemeinsam verbrachten. Früher waren es *Johnny und Jana* gewesen. Heute dann wohl *Mirko und Jana*.

Jetzt zogen sich ihre Brauen ärgerlich zusammen. »Ich kann nichts dafür, dass ich mit Mirko zusammenarbeite. *Er* hat dich nicht ans Messer geliefert, und ich auch nicht. Ich bin nicht dafür verantwortlich, dass sie ihn mir vor die Nase gesetzt haben. Also hör verdammt noch mal auf, mir deswegen böse zu sein.«

»Densch. Der Penner heißt Densch, Jana. Nicht Mirko.«

Sie lächelte wieder. »Für ihn haben sie noch keinen Spitznamen.«

Jetzt musste ich ebenfalls grinsen. Für mich hatten sie sofort ein halbes Dutzend gehabt: Johnny Thiebeck. Das Tier. Der Berg. King Kong. Und ich hatte Dienstaufsichtsbeschwerden gesammelt wie andere Leute Flugmeilen. Beschwerden, die zu meinen Spitznamen passten.

»Er ist ein guter Polizist. Mirko weiß, was er tut. Ich arbeite gern mit ihm zusammen.«

»Aber nicht so gern wie mit mir, oder?«

Noch ein Lächeln, diesmal leicht tadelnd. »Er ist nicht *halb* so anstrengend wie du.«

»Genau.« Ich grinste breit. »Ich Tarzan, du Jana.«

Sie musste lachen, wurde aber gleich wieder ernst. »Johannes, ich hab ein ganz mieses Gefühl bei der Sache. Nimm das nicht auf die leichte Schulter, okay? Nicht wie sonst alles. Irgendwas stimmt bei der Geschichte nicht.«

Ich unterdrückte den Reflex, noch einen Witz zu machen,

weil ich wieder an Davie dachte. Stattdessen fragte ich: »Wie hat man ihn umgebracht?«

Jana sah nach unten, die Treppe hinunter. Das war nicht die selbstbewusste, kompetente Frau, mit der ich zusammengearbeitet hatte.

Sie schien sich zu einer Entscheidung durchzuringen, atmete tief durch und sagte: »Man hat ihn betäubt. Es ist keine äußere Gewalteinwirkung zu erkennen.« Ein Zögern. »Und dann wurde sein Kopf in Lack getaucht.«

Ich verzog das Gesicht. »In Lack ersäuft?«

Jana zuckte mit den Schultern. »Sieht so aus. Genaueres wissen wir erst nach der Obduktion.« Sie wandte sich ab, um zu gehen.

Als sie sich bereits auf dem nächsten Absatz befand, rief ich ihr nach: »Welche Farbe?«

»Schwarz!«

Damit war sie verschwunden. Tief in Gedanken versunken, schob ich die Wohnungstür zu und lehnte mich kurz mit der Stirn gegen das Holz. Der kleine Davie! Fassungslos ging ich zurück in die Küche, um drei volle Tassen Kaffee in die Spüle zu schütten, und warf einen weiteren Blick nach draußen in den unbelebten Innenhof. Ich hatte keine Ahnung, mit wie vielen Mordopfern ich im Laufe der Jahre zu tun gehabt hatte, aber Davie war das erste von ihnen, das ich persönlich gekannt hatte.

Welchen Sinn ergab das? Wer hatte einen Grund, einen frischgebackenen Familienvater zu töten? Fassungslosigkeit drohte, mir den Boden unter den Füßen wegzuziehen, mich dort unten auf den zersprungenen Beton stürzen zu lassen. Mit zusammengepressten Augen drückte ich die Handflächen gegen das warme Glas, als wollte ich die Scheiben nach außen stemmen. Die Mixtur tief in mir drin konnte ich nicht richtig deuten – was war das? Trauer, Sorge, Verzweiflung? Oder einfach bloß Wut?

Ich betrachtete das Box-Gym von außen. Nichts deutete darauf hin, dass es sich *nicht* um ein weiteres heruntergekommenes und leer stehendes Gebäude hier im Wedding handelte. Bis auf das gesprühte Graffiti-Logo, das Eingeweihten mit viel Fantasie vom Gym kündete: Es zeigte den Schlemihl aus der Sesamstraße mit zwei dicken Boxhandschuhen. Miro, einer der Schützlinge des Coachs, hatte es vor zwei Jahren dort oben über den Eingang gesprüht.

Ursprünglich war ich damals hergekommen, weil die Boxhalle bloß fünf Minuten zu Fuß von meiner Wohnung entfernt lag. Dann hatte mich Coach Emil Bremer nicht nur im Boxen unterrichtet, sondern mich auch in die Welt des Schachboxens eingeführt. Seitdem hatte ich mich dem Alten mit ganzer Seele verschrieben.

Kraftlos hob ich die Hände und rieb mir übers Gesicht. Dann gab ich mir einen Ruck – scheißegal, wie lange ich hier draußen herumhing, der Gang nach drinnen würde mir nicht erspart bleiben. Ich konnte es genauso gut sofort hinter mich bringen. Mit einem Blick zur Seite überquerte ich die Straße und betrat das Gebäude.

Die Halle lag vollkommen verlassen da. Durch blinde Fenster in vier, fünf Metern Höhe presste sich diffuser Sonnenschein herein, und überall in der Luft schien Staub zu tanzen, träge und in Zeitlupe, wie vorzeitig gealterte und vollgefressene Ballerinen, denen die Männer, die hier sonst trainierten, an diesem Tag den Raum überlassen hatten. In der Mitte befanden sich zwei große Boxringe, darum herum große

Freiflächen. An der linken Wand hingen das halbe Dutzend Boxbirnen, direkt dahinter die massiven Aufhängungen mit ihren Sandsäcken. Rechts die Schränke mit Hanteln, Sprungseilen und Gewichtsmanschetten. Dann der Durchgang zu den Umkleiden, den Duschen und dem Büro des Coachs.

Ich konnte niemanden sehen. Langsam ging ich auf den Durchgang zu und horchte. Kurz darauf stand ich im Eingang des leeren Büros. Ich überlegte. Die Außentür war unverschlossen gewesen, also musste sich jemand im Gebäude befinden. Emil-Schlemihl. Der Coach war immer hier.

Ich ging langsam den Gang hinunter, bis ich in die Umkleide sehen konnte. Der Coach hockte auf einer der Bänke, vornübergebeugt, das Gesicht auf die Hände gestützt.

Ich kam langsam näher, behutsam, um ihn nicht aufzuschrecken, und setzte mich neben ihn. Ich sagte nichts. Für eine ganze Weile hockten wir einfach da. Der alte Mann zeigte keinerlei Reaktion.

Endlich richtete er sich langsam auf, drehte sich zu mir um und starrte mich an. Seine Augen waren blutunterlaufen. »Ich habe die anderen weggeschickt.«

Ich nickte.

»Hätte ihnen heute nichts beibringen können. Das verstehst du, oder?«

Noch ein Nicken.

Der Coach redete weiter wie benommen, als wüsste er nicht mehr, wem er gegenübersaß. Oder wo er sich befand.

»Das ist der erste Tag seit fünfzehn Jahren, dass das Gym still ist.« Er schnaubte. »Meine Frau hat mir nie verziehen, dass ich nicht mal zu Davies Hochzeit und zur Geburt vom kleinen Joey zugemacht habe.« Der Coach richtete erneut den Blick auf mich. Er sah aus, als müsste er sich konzentrieren. Ich hatte nicht das Gefühl, dass er mich wirklich wahrnahm.

»Ich meine, ich war da. Nicht hier. Schmolli hat das Training geleitet.« Langsam schüttelte er den Kopf. »Aber nicht heute. Nicht heute.« Den letzten Satz flüsterte er bloß noch.

Zögernd legte ich ihm die Linke auf die Schulter. Sein Kopf ruckte zur Seite, um mich intensiv anzustarren.

»Davie ist nicht mehr da, Johnny. Er ist weg. Einfach so.«

Irgendwie hatte ich nicht damit gerechnet, dass der Coach mich überhaupt erkennen würde. Vorsichtig klopfte ich meinem Mentor auf den Rücken. Wie man das eben macht, unter Männern. Was zum Teufel hätte ich sonst tun sollen?

»Ich weiß, Coach. Die Bullen waren bei mir.«

Die Brauen über den blutunterlaufenen Augen zogen sich zusammen, er musterte mich. »Was wollten die von dir?«

Ich räusperte mich. »Die haben Davie in meinem Wagen gefunden.«

Emil Bremer schüttelte träge den Kopf, als käme der Gedanke überhaupt nicht bei ihm an. »In deinem Auto? Wieso?«

»Der Ford ist vor ein paar Tagen gestohlen worden. Ich habe das gemeldet. Und vorhin war das LKA bei mir. Sie haben mir erzählt, dass sie den Wagen in Treptow gefunden haben. Mit Davie drin.«

Mit schimmernden Augen sah der Coach mich an. »Was noch?«, wollte er heiser wissen. »Was haben sie noch gesagt?«

»Nichts.«

Er schüttelte den Kopf. »Sie haben dir gesagt, wie er gestorben ist, oder?«

Ich antwortete nicht, sondern starrte auf ihn hinunter. Mit gebeugtem Kopf saß er neben mir, und ich betrachtete die kahle Stelle mitten in seinen wirren Haaren. Plötzlich schob er sich zur Seite, auf mich zu, und ich erschrak, weil ich das Gefühl hatte, er würde stürzen. Stattdessen lehnte er sich gegen mich, seine Schulter an meinem Unterarm, und sein Kopf drückte gegen meine Rippen. Mit einem trockenen Schlucken hob ich hilflos die Hände.

Scheiße, Coach, und was mache ich jetzt? Ich packte ihn, nachdem ich erneut den Arm um ihn gelegt hatte. Als könnte ich ihn so festhalten. Mit der anderen fasste ich erst den Kragen seines Hemds an, legte aber kurz darauf meine Hand an seine Wange. Ich konnte seine Tränen auf meiner Haut spüren. Lautlos schüttelte es ihn, und für einen kurzen Augenblick zuckte Panik durch mein Hirn. Als hätte der Coach hier und jetzt, in meinen Armen, auseinanderbrechen und in kleine Stücke zerfallen können.

Für eine Weile saßen wir einfach nur da. Ich hielt ihn, und er ließ sich halten.

Endlich sagte er mit erstickter Stimme: »Versprich mir etwas, Johnny.«

Ich wusste bereits, was er von mir wollte.

»Versprich mir, dass du das Schwein findest. Du spürst ihn auf, und er kommt hinter Gitter. Schwörst du das?« Er hielt immer noch den Kopf gesenkt, sprach dumpf in meinen Bauch.

Ich konnte die Bewegung seines Kiefers beim Sprechen spüren.

»Ich bin kein Polizist mehr, Coach«, sagte ich mit belegter Stimme. »Die haben mir die Marke weggenommen und reden nicht mehr mit mir. Thiebeck ist ein böser Cop, haben sie gesagt.«

Der Coach schüttelte sanft den Kopf in meiner Hand. »Du findest ihn, Johnny. Lass das Schwein nicht davonkommen. Bitte.« Langsam hob er den massigen Schädel.

Er schaute mich mit viel zu kleinen Augen an und sah aus, als hätte er eine Woche durchgesoffen. Wahrscheinlich war es das erste Mal in seinem Leben, dass der Coach weinte.

»Versprich es mir, Johnny.« Er klang heiser, und seine Stimme hatte einen verzweifelten Ton angenommen.

Ich musste plötzlich an ein anderes Versprechen denken, dass ich einmal geleistet hatte. Ebenfalls, um einen Mörder zu fassen und vor Gericht zu bringen. Dieses Versprechen hatte ich mir damals selbst gegeben, aber ich hatte es brechen müssen. Am Ende hatte ich nicht genug Beweise gehabt.

›Ich glaube eher an die Unschuld einer Hure als an die Gerechtigkeit der deutschen Justiz‹, hatten *Slime* damals gesungen. Inzwischen musste ich ihnen wohl recht geben.

»Versprich es mir!«

Ich sah auf den alten Mann hinunter und überlegte kurz. *Scheiß drauf!* Mit einem Nicken sagte ich: »Ich kriege den Wichser.«

Langsam richtete sich der Coach neben mir auf und rollte die Schultern, als würde er sich aufwärmen. Schließlich klopfte er mir mit seiner warmen, weichen Hand auf den Oberschenkel. »Gut.«

2

Konzentriert strich ich mir mit Daumen und Zeigefinger über die Mundwinkel, während ich den Hintereingang des LKA beobachtete: Das automatische Tor und den fetten Bullen in Uniform dahinter, eingesperrt in seinem kleinen Häuschen wie eine Bulldogge in einem Cartoon.

Knirschend bewegte sich das Metall, und Zentimeter für Zentimeter schob sich das Tor zur Seite, um den Weg aus dem Innenhof freizugeben. Die ersten Wagen meiner früheren Kollegen rollten vom Hof. Schichtwechsel. Hinten am Hauptgebäude, oben an der kleinen Treppe, konnte ich Jana stehen sehen. Sie sprach mit jemandem im Gebäudeinneren. Einen Augenblick später tauchte Densch auf. Mit zusammengezogenen Brauen beobachtete ich, wie er sich immer wieder beim Sprechen vorlehnte und ihr sanft die Hand auf den Unterarm legte, als müsse er einen Punkt unterstreichen. Wie sie plötzlich beide lachten! Ich kam mir so armselig vor: Ein liebeskranker Teenager, der mit wütendem Blick zusehen musste, wie seine Prinzessin mit einem anderen Kerl zum Abschlussball ging. *Dabei ist es das gar nicht*, zuckte es mir durchs Hirn. Es ging um Denschs Aufgeblasenheit und Selbstverliebtheit – nur darum. Meine Antipathie hatte nichts mit Jana zu tun, rein gar nichts. Nur diesen arroganten Pudel konnte ich nicht leiden.

Ich seufzte, als die beiden sich verabschiedeten. In der Hand hielt Densch noch einen Pappbecher. Wahrscheinlich mit entkoffeiniertem Kaffee. Jana ging zu ihrem Wagen, dem mitternachtsblauen Kombi, ließ die Verriegelung aufspringen und stieg ein. Einen kurzen Augenblick später fuhr sie auf das Tor zu, grüßte den Wachmann und nutzte eine Lücke im Verkehr, um in die Straße einzubiegen. Ich zog mich etwas hinter eine Ecke zurück, um nicht von ihr gesehen zu werden. So sehr es mich auch drängte, mit ihr über den Fall zu sprechen, *das* wollte ich ihr nicht antun. Die gespaltene Loyalität, die Tatsache, dass sie sich entscheiden müsste, auf wessen Seite sie stand. Und um die Wahrheit zu sagen, war ich mir nicht sicher, ob sie sich wirklich für *meine Seite* entscheiden würde. Das Metalltor schob sich wieder zu, und ich wartete weiter.

Knapp eine Viertelstunde später – der Uniformierte hatte seinen stählernen Schließmuskel noch drei Mal betätigt – sah ich endlich das Auto, auf das ich gewartet hatte: einen mitgenommenen Passat Variant aus den Neunzigern in Grünmetallic.

Ich löste mich von der Ecke und trabte an der Häuserfront entlang auf die große Ampel zu. Aus dem Augenwinkel konnte ich sehen, wie der Passat am Tor warten musste und dann in den Verkehr einbog. Die Ampel stand auf Rot. Der Wagen wechselte auf die mittlere Spur, dann auf die rechte. Ich wurde langsamer, als ich das Ende der wartenden Autos erreicht hatte, und blieb stehen, als ich die Kühlerhaube in Grünmetallic links neben mir auftauchen sah, mit ihrem hektischen Blinker vorne rechts.

Abrupt drehte ich mich zur Seite, griff nach der Tür und zog sie auf. Mit einer schnellen Bewegung ließ ich mich ins Innere auf den Kunstledersitz fallen, während die Stoßdämpfer des alten Wagens ächzend protestierten. Arne Hegert,

Kommissar bei der Kriminaltechnik, starrte mich mit aufgerissenen Augen an.

»Verdammt noch mal!«, stieß er hervor, nachdem er mich erkannt hatte. »Scheiße, hast du mich erschreckt. Mann, Johnny, Herzkasper!«

»Was hast du gedacht? Ich mops deine Handtasche?« Ich deutete mit dem Kinn nach vorn. »Fahr zu, Meister, es ist grün.«

Hegert brauchte noch einen Moment, um sich zu fangen, aber als die ersten Hupgeräusche hinter uns erklangen, kloppte er den Gang rein und fuhr an. Sein Brustkorb hob und senkte sich immer noch heftig.

»Alter!« Er schüttelte mehrmals den Kopf und steuerte den Wagen Richtung Zoologischer Garten. »Wohin?«, fragte er, während er mir einen kurzen Seitenblick zuwarf.

Ich rechnete ihm hoch an, dass er bereit war, einfach weiterzufahren. Hegert war nicht gerade das, was man einen Draufgänger nennen würde. Daher war er auch im Labor der KTU, der Kriminaltechnischen Untersuchung, ganz zufrieden. ›Kein Schimanski-Typ‹, hatte Jana immer gesagt. In diesem Augenblick stellte er keine Fragen, machte mir keine Szene. Andere aus dem Dezernat hätten vermutlich eine Vollbremsung hingelegt, die Tür aufgerissen und mir bedeutet, auszusteigen. Andere, die sich nicht mit Densch anlegen wollten.

»Egal. Fahr einfach. Es geht mir bloß darum, dass Densch dir nicht an den Karren fährt, wenn er uns zusammen sieht. Wir müssen reden.«

Noch ein Seitenblick zu mir. »Ist es klug, mit dir gesehen zu werden? Ich meine, werde ich gefragt?«

Ich antwortete nicht direkt, sondern sah aus dem Seitenfenster. Im Hintergrund konnte ich die Goldelse sehen, die sich am Großen Stern in den dunkler werdenden Himmel erhob. »Was sagt die KTU über den Bremer-Mord, Arne?«

Er zögerte. »Hör zu, Johnny, ich weiß nicht viel über die Hintergründe. Aber ich weiß, dass es sich um deinen Wagen gehandelt hat. Densch ist ausgeflippt, als er das gehört hat.«

»Mit Jana kann ich nicht reden. Die ist zu dicht an Densch dran und ermittelt selbst. Du musst mir helfen. Es gibt sonst niemanden.«

»Hast du eine Ahnung, was Densch mit mir macht, wenn er das erfährt? Der reißt mir dermaßen den Arsch auf, dass ich einen Barhocker drin verstecken könnte.«

»Das ist mir klar.« Ich sah ihn mit einem langen Blick an, um ihm deutlich zu machen, wie ernst es mir war.

»Scheiße, Johnny, du fragst Jana bloß nicht, weil du *sie* niemals Densch opfern würdest.«

Ich lächelte, als hätte er einen Witz gemacht, aber wir wussten beide, dass er recht hatte.

»Densch meinte, man hätte Davie in einer Art Lack ersäuft?«

»Davie? Ist das sein Name?«

Ich nickte.

Hegert wechselte die Spur, um sich ganz links einzureihen. »Schwarzer Lack.« Sein Blick zuckte zu mir herüber.

Ich kannte den Ausdruck. So hatte ich Verwandte und Bekannte von Opfern angesehen, um zu entscheiden, wie viel Details ich ihnen zumuten konnte.

»Sag schon. Ich kannte David flüchtig. Er war der Sohn meines Coachs.«

Hegert nickte, als würde ihm das helfen, meine psychische Stabilität einzuordnen. Er räusperte sich. »Soweit wir wissen, ist er mit irgendwas betäubt, dann gefesselt und anschließend in flüssigem Lack ertränkt worden. Er hat zu dem Zeitpunkt vermutlich noch gelebt.«

»Womit betäubt?«

»Du musst die Obduktion abwarten.«

Wir fuhren geradewegs auf die Siegessäule zu, und Hegert bog in den Kreisverkehr ein. Ich schob mich etwas zur Seite, als die Fliehkraft anfing, mich nach außen zu schieben.

»Und der Lack?«

»Da wissen wir noch nichts zu. Den Tatort kennen wir auch noch nicht, falls du das als Nächstes fragen wolltest.« Er schnaubte. »Weißt du, irgendwie hat sich nichts verändert. Du stellst immer noch die gleichen ungeduldigen Fragen, und die KTU vertröstet dich auf später. Es tut mir leid, aber wir erstellen immer noch keine Laborberichte direkt am Tatort.« Er blickte zur Seite, wahrscheinlich um zu sehen, ob ich ihm die Bemerkung übelnahm. Tat ich nicht – ich war tief in Gedanken versunken.

»Warst du am Tatort dabei?«

»Du fragst jetzt nicht nach deinem Wagen, oder?«

Ich schüttelte den Kopf, biss nicht an. Stattdessen kniff ich die Augen zusammen, als könnte ich so besser denken. Oder die aufkeimenden Kopfschmerzen unterdrücken. »Wie schlimm sah er aus?« Ich musste Hegert nicht sagen, dass ich von Davie sprach.

Er zuckte mit den Schultern, was ihm nicht leichtfiel, weil er mit beiden Händen fest das Steuer im Griff halten musste. Wir hatten die riesige Statue bereits komplett umrundet und befanden uns immer noch auf der Innenbahn.

»Ziemlich gruselig. Ich meine, der Lack war wie eine Maske. Sah aus wie so ein Scheiß, den die sich für einen Film ausdenken würden.« Noch ein schneller Seitenblick auf mich. »Sein Mund war aufgerissen. Ich vermute, dass er entweder langsam wieder zu Bewusstsein kam oder bereits wach war. Es tut mir leid, Johnny, aber das war kein schöner, leiser Tod.«

Ich nickte. »Kannst du rausfahren? Mir wird langsam schlecht.« Rechts rauschte permanent die grüne Bahn des Tiergartens an uns vorbei. Ich fühlte mich wie damals, als ich auf dem Schützenfest meinen Eltern weggelaufen und fast eine Stunde lang Kettenkarussell gefahren war.

»Ich habe dich gefragt, wohin du willst. So lange du dich nicht entscheidest, fahre ich halt im Kreis, dachte ich mir.«

»Sehr witzig.« Ich deutete nach vorn. »Fahr da raus, Richtung Hansaplatz. Ich lad dich auf ein Eis ein.«

»Ein Eis?«

Jana hatte uns damals, als wir uns kennengelernt hatten, ein paar Mal gemeinsam auf ein Eis eingeladen. *Knüpfen*, hatte sie das genannt. Sie wollte, dass wir uns anfreundeten. Ihre Freunde sollten ebenfalls miteinander befreundet sein, schien ihre Philosophie zu sein. Besonders, wenn es sich um Kollegen handelte.

Mit einem Schulterblick setzte Hegert den Blinker, zog rüber, und kurz darauf fuhren wir Richtung Westen. Wir suchten einen Parkplatz auf dem Mittelstreifen und überquerten die Straße des 17. Juni, deren normalerweise dichter Verkehrsteppich um diese Zeit bereits einige Lücken aufwies. *Nicht mehr lange und die Ausschwärmer für Kino und Abendessen werden ihn wieder flicken*, dachte ich, nachdem eine silberne C-Klasse an uns vorbeigezogen war und wir auf den Eispavillon zugingen.

Ein paar Minuten später standen wir an den Passat gelehnt,

leckten am Eis und hatten die untergehende Sonne direkt in unserem Rücken. Das Gold der Siegessäule strahlte.

»Haben sie dir schon gesagt, wann du deine Karre von der KTU wiederbekommst?«

Ich schüttelte den Kopf.

»Du hattest aber mal irgendwann noch einen anderen Wagen, oder?«

»Das ist ziemlich lange her.« Damals war ich einen schwarzen Audi TT gefahren. Die *Kaulquappe*, hatte Jana ihn liebevoll genannt.

»Was ist mit dem passiert?« Hegert leckte sich Eis von der Oberlippe.

Ich zuckte mit den Schultern. »Den haben sie mir weggenommen, als sie mir den Geldhahn zugedreht haben.« Ich sah geradeaus auf das glitzernde Gold der Siegessäule am Großen Stern. Aus dem Augenwinkel heraus konnte ich sehen, wie Hegert mich ansah. Wie seine Gedanken mühlsteinartig knirschten.

»Was war mit dem Geld damals?«

»Auf dem Schweizer Konto?«

Er nickte.

Ich zuckte erneut mit den Schultern und biss von der Waffel ab. »Das wurde eingefroren. Weil nie einwandfrei geklärt werden konnte, wem es gehörte.«

Er schwieg. Das Geld hatte sich damals auf einem Konto unter meinem Namen befunden. Ich hatte bloß nichts davon gewusst – bis zu dem Zeitpunkt, an dem die Staatsanwaltschaft es mir gesagt hatte.

»Du glaubst nicht, dass es das Geld von Wegelow war, oder?«

»Er hat das immer bestritten.«

Sascha Wegelow hatte damals eine Belohnung auf den Kopf des mutmaßlichen Mörders seines Sohnes ausgesetzt. Genau die Summe, die man später auf jenem Konto mit meinem Namen gefunden hatte. Direkt nachdem der einzige Verdächtige, Georg Lammert, bei einer heftigen Auseinandersetzung mit mir zu Tode gekommen war. Verständlicherweise hatte die Staatsanwaltschaft Zweifel gehegt, dass ich mit der Kohle nichts zu tun hatte.

»Komm schon, Thiebeck, hast du nie versucht herauszufinden, wer dafür verantwortlich war?«

Ich drehte mich so schnell zu ihm um, dass Hegert zurückzuckte. Als er meinen Gesichtsausdruck sah, murmelte er eine Entschuldigung. Ich brauchte ein paar Sekunden, um meinen Zorn einzudämmen. *Containment*, hatte die Psychologin das damals genannt.

Ich ließ mich wieder gegen den Wagen sinken. »Natürlich habe ich. Es gab keine Spur. Meinst du, ich hatte Bock darauf, dass sie mich rausschmeißen? Mir die Pension wegnehmen? Scheiße, die wollten mir sogar einen Totschlag oder gar Mord anhängen. Der kleine, blonde Wichser von der Staatsanwaltschaft war sich sicher, dass er sich mit mir richtig schön profilieren kann.« Ich lächelte schief. »Bloß, dass es dann am Ende nur für ein Dienstaufsichtsverfahren und meine Kündigung gereicht hat.« Als hätte ich damit irgendwas gewonnen.

»Würdest du zurückkommen, wenn du könntest?«

Ich überlegte kurz. »Glaub nicht. Wenn du mit genug Scheiße beworfen wirfst, bleibt immer was kleben, egal wie oft du dich wäschst. Gibt ein paar unter euch, die mir glauben. Das rechne ich euch hoch an. Aber der Rest? Arbeitet sich schlecht in so einem verzahnten Haufen, wenn die eigenen Leute dir nicht mehr vertrauen.«

»Das verstehe ich.«

»Ich muss los.« Mit sanftem Schwung drückte ich mich vom Auto weg und warf den Rest der Waffel in einen Mülleimer. »Du meldest dich bei mir, wenn ihr was habt?«

Er zögerte. »Ich versuch's, okay? Wenn ich das Gefühl habe, dass das einigermaßen klargeht. Keine brisante Kacke, in Ordnung, Johannes?«

»Geht klar.« Ich bot ihm die Rechte an, nachdem er sich das letzte Stück Waffel in den Mund geschoben hatte.

Während wir uns kurz die Hände schüttelten, fragte er mit vollem Mund: »Soll ich dich noch ein Stück mitnehmen?«

Ich verneinte stumm. Er musste tief nach Charlottenburg rein, während ich zurück in den Wedding wollte. Mit dem Kinn Richtung S-Bahn deutend, antwortete ich: »Ich nehm die Bahn. Passt schon. Bis bald.«

Er nickte und öffnete die Wagentür. »Danke fürs Eis«, sagte er mit einem Lächeln, bevor sein Kopf verschwand und er die Tür hinter sich zuknallte.

Ich wartete noch, bis der Motor lief, und verabschiedete ihn mit erhobener Hand.

Susan, Davies Frau, öffnete mir die Tür. Davids *Witwe*, korrigierte ich mich gedanklich. Sie hatte dunkle Ringe unter den Augen, ihr Make-up war vom Weinen ruiniert und ihre Augen rot. Aber offenbar hatte sie sich bereits wieder gefasst, schniefte bloß unwillkürlich ab und zu. Als sie mich sah, biss sie sich auf die Lippe. *Da kommt alles erneut hoch*, nahm ich an.

»Es tut mir so leid«, sagte ich, meine Stimme kaum mehr als ein Flüstern. Bevor sie etwas sagen konnte, machte ich einen Schritt nach vorn und nahm sie in den Arm.

Erst als das Schütteln und Schluchzen etwas nachgelassen hatte, wagte ich, sie wieder loszulassen.

»Komm rein«, sagte sie mit kratziger Stimme. Sie besaß einen kaum hörbaren amerikanischen Akzent.

Ich folgte ihr in das moderne Einfamilienhaus. Wir setzten uns ins Wohnzimmer, den Blick durch die Scheiben auf den Garten. Mitten in dem frisch angesäten Gras gab es einen kleinen Sandkasten und jede Menge Buddelspielzeug.

»Wo ist der Kleine?«

»Schläft.«

Ich nickte. Susan starrte wie benommen durch das Glas. Ich wusste nicht viel über sie. Wie ich auch kaum etwas über Davie gewusst hatte. Wir hatten im Gym miteinander zu tun gehabt, uns ab und zu bei Grillfesten gesehen, und dort war mir auch Susan begegnet. Nicht mehr als ein halbes Dutzend Mal.

»Susan, sie haben Davie in meinem Wagen gefunden«, sagte ich.

Sie schien mir nicht zuzuhören. Immer noch abgewandt, sagte sie: »Er ist einfach nicht nach Hause gekommen. Ich wusste, dass er länger arbeiten wollte, aber ich habe mir solche Sorgen gemacht, als er nachts immer noch nicht da war.« Sie drehte sich zu mir um. Frische Tränen quollen ihr aus den Augen. »Ich wusste, dass etwas passiert ist. Ein Unfall oder so, habe ich gedacht, verstehst du?«

Ich nickte. Ließ sie reden.

»Wer macht so etwas?«, fragte sie, das Gesicht zu einer schmerzlichen Grimasse verzerrt, und sah mich flehentlich an.

Ich beugte mich vor, um sie erneut in den Arm zu nehmen.

»Es tut mir leid, aber ich muss dich was fragen«, sagte ich, nachdem ihre Zuckungen etwas nachgelassen hatten und sie sich geschnäuzt hatte.

»Was?«, wollte sie wissen und putzte sich noch einmal lautstark die Nase.

»Ich weiß, das klingt dämlich, und die vom LKA haben dich das bestimmt auch gefragt, aber hast du irgendeine leise Ahnung, wer das getan haben könnte?«

Sie schüttelte den Kopf, die Nase immer noch im Taschentuch.

»Ob Davie Feinde hatte, muss ich nicht fragen, oder?«

Noch eine Verneinung.

Ich nickte. Davie war ein lieber Kerl gewesen. Mir kam eine andere Idee. »Hatte er in letzter Zeit irgendetwas mit Lack zu tun? Musstet ihr euer Auto umlackieren oder ausbessern? Oder Fenster streichen, irgendwas am Haus? Hattet ihr Ärger mit Handwerkern?«

Verwundert sah sie mich an. »Nein. Wieso?«

Ich zuckte mit den Schultern. »Ich suche nach einer Spur, wo wir den Faden aufnehmen können. Etwas, das uns einen Hinweis geben könnte.«

»*Wir? Uns?* Ich dachte, du wärst kein Polizist mehr.«

»Davie war mein Freund. Und der Coach hat mich darum gebeten. Außerdem ist das LKA nicht mehr dasselbe, seit ich da weg bin«, sagte ich grimmig.

Sie nickte, als ob sie wüsste, wovon ich sprach.

»Hatte Davie ein Arbeitszimmer?«

Susan schaute verlegen. »Na ja, wir haben ein kleines Extrazimmer. Da stehen bloß ein Gästebett, ein Computer, den ich manchmal benutze, und ein kleiner Tisch drin. Dort hat David manchmal am Laptop gearbeitet, wenn er Arbeit mit nach Hause gebracht hat.«

»Ist der Rechner hier?«

»Nein, den hatte er mit auf der Arbeit. Und der Kommissar von der Polizei meinte, den hätten sie mitgenommen, um ihn zu untersuchen.«

»Densch?«

»So hieß der, ja. Die waren zu zweit hier.«

»Hatte er einen Terminkalender oder so?«

»Du meinst, nicht digital?« Sie schüttelte den Kopf. »Das hat er alles am Computer gemacht.«

Ich überlegte, ob es noch weitere Möglichkeiten gab, einen Einblick in Davies Leben zu bekommen, an die die *Bullen* vielleicht noch nicht gedacht hatten.

Susan unterbrach meine Gedanken. »Aber ich habe Zugriff auf seinen Kalender. Also beziehungsweise, wir haben den geteilt. Über das Internet. Da könnte ich nachschauen, ob er irgendwelche Termine hatte.«

Ich folgte ihr in den ersten Stock, wo sie eine kleine Kammer betrat und den Computer hochfuhr. Dort hatten wirklich nur das schmale Bett, ein Schrank und der Computertisch Platz. Susan loggte sich ein und rief ihren Onlinekalender auf. »Die grünen Einträge sind Davids. Die blauen meine, und alles, was orange ist, sind die gemeinsamen.« Sie machte mir Platz und trat umständlich zur Seite, damit ich an den Computer kam.

Ich fing an, nach Davies Terminen zu schauen. Der einzige Eintrag vom Abend zuvor lautete *Call Tyler*.

»Wer ist Tyler?«

»Mein Bruder. Er arbeitet als Broker in Frankfurt. Soweit ich weiß, wollte er David wegen irgendwas um Rat fragen.«

Ich schaute weiter in die Vergangenheit. Ein Mitarbeitergespräch mit seinem Chef, regelmäßige Trainings beim Karate und ein *Kumpelabend* in den letzten zwei Wochen. Jedenfalls nichts, was erklären würde, warum Davie in der Nacht in Lack ersäuft und in mein Auto gelegt worden war. Ich lehnte mich frustriert zurück.

»Da ist nichts, oder?«, fragte Susan unsicher von hinten. Ich hatte kurzzeitig vergessen, dass sie da war.

»Nein, nichts.« Ich drehte mich zu ihr um. »Kannst du mir die Adresse seiner Arbeit geben? Dann schaue ich dort mal vorbei.«

»Sicher.«

Knapp eine Stunde später stand ich vor dem Gebäude der Speditionsfirma *Hartwig*, bei der Davie gearbeitet hatte. Am Empfang begrüßte mich eine adrette Brünette mit strenger Brille.

»Guten Tag, was kann ich für Sie tun?«

»Mein Name ist Thiebeck. LKA. Ich glaube, meine Kollegen waren schon bei Ihnen.« Ich holte meine Kriminaldienstmarke aus der Tasche und zeigte sie der beeindruckten Kleinen.

Obwohl man mir damals bei der Suspendierung Marke, Ausweis und Waffe abgenommen hatte, besaß ich noch ein paar dieser schweren, ovalen Metallstücke. Mehrfach hatte ich meine als verloren gemeldet, weil ich vermutet hatte, dass man sie mir zwischendurch wegnehmen würde. Dass das irgendwann permanent sein würde, damit hatte ich allerdings nicht gerechnet. Meine Erfahrung war, dass viele Menschen die Marken beeindruckender fanden als die Dienstausweise, die, ketzerisch gesagt, nicht so weit von Büchereiausweisen oder Impfpässen weg waren. Auch wenn die Marken auf der Rückseite bloß meinen Namen trugen und kein Bild. Diese hier besaß sogar schon einige Kratzspuren – verursacht durch die Bierflaschen, die ich mit ihr geöffnet hatte.

»Ich müsste einen Blick auf das Büro von Herrn Kierran werfen, wenn das möglich ist.«

»Sicher.« Sie stand auf, um aus einem Nebenraum eine zweite junge Frau an den Empfang zu holen, und brachte mich dann zum Fahrstuhl.

Auf dem Weg nach oben wusste sie nicht so genau wohin mit ihren Blicken. Zwischendrin streiften sie mich, dann lächelten wir beide, sie etwas verlegen, und kurz bevor der Fahrstuhl uns mit einem *Ping* erlöste, sagte sie noch: »Furchtbare Geschichte.«

Ich antwortete nicht, sondern ging hinter ihr den Flur entlang.

»Hier ist sein Büro. Gewesen«, korrigierte sie sich und machte mir Platz.

»Danke, ich komme klar«, verabschiedete ich sie resolut, nahm die Türklinke in die Hand und wartete, bis sie endlich, etwas verunsichert, abzog. Zum Schluss lächelte ich sogar noch einmal kurz.

Aber den ganzen Zirkus hätte ich mir sparen können. In Davies Büro fand ich fast keine Spuren von persönlicher Bedeutung, außer einem Bild von ihm, Susan und dem Kleinen. Seinen Rechner hatte das LKA bereits mitgenommen, und aus den Unterlagen, die in Dutzenden von Aktenordnern in Regalen standen, wurde ich nicht schlau. Zahlen und Bilanzen.

Natürlich gab es die Möglichkeit, dass der Mord an Davie etwas mit seinem Job zu tun hatte. Bei Speditionen ging es oft um beträchtliche Summen. Allerdings hatte der Gedanke einen Haken: Warum zum Teufel war er dann in *meinen* gestohlenen Ford gesetzt worden?

Etwas später stand ich frustriert wieder vor dem Gym. Es begann bereits zu dämmern und wurde langsam kühler.

Ich fand den Coach in der Halle. Er war gerade dabei, zwei von unseren Noobs etwas über die Beinarbeit beizubringen. Ich wartete, bis er kurz innehielt, und signalisierte ihm dann, dass ich mit ihm reden wollte.

»Hey, Johnny.«

»Können wir reden?«

»Komm mit in mein Büro.«

Kurz darauf befanden wir uns in dem kleinen Kabuff, das er sein *Büro* nannte. Früher waren in der kleinen Kammer Putzmaterialien und Klopapier gelagert worden. Bremer hatte damals Glasfenster an zwei Seiten einsetzen lassen, sodass der winzige Raum jetzt aussah wie ein Büro aus amerikanischen Polizeiserien. Es roch nicht gut darin.

»Was gibt es?«

»Ich habe mit Susan gesprochen.«

Er nickte.

»Sie weiß nichts. Das hatte ich mir schon fast gedacht. Und auf seiner Arbeit habe ich auch nichts herausgefunden.« Ich setzte mich auf die Schreibtischkante. »Aber ich bin auch nicht sicher, ob ich dort etwas hätte finden können. Ich glaube nicht, dass sein Tod etwas mit der Spedition zu tun hat. Oder mit eurer Familie.«

»Sondern mit dem Gym?«

»Ja.«

Er nickte grimmig. »Das habe ich mir schon fast gedacht. Aber eine Spur hast du nicht?«

»An was hat Davie gearbeitet, wenn er hier war?«

»Er hat sich um die Vorbereitungen für den Fight gegen Bussas gekümmert.«

Ich nickte. Der Litauer Tauras Bussas war mein nächster Gegner, und der Coach und Davie hatten den Kampf sehr wichtig genommen. »Sonst noch was?«

»Es gibt einen Hamburger Profiboxer namens Gürges, der überlegt hat, Teil unseres Gyms zu werden.«

»Ein Schachboxer?«

»Noch nicht. Aber der Mann hat Potenzial. Davie hat versucht, Sponsoring-Verträge für ihn zu finden.«

»Kann ich mir das Zeug, mit dem Davie zu tun hatte, mal ansehen?«

»Klar, bedien dich.« Er stand auf, holte einen Aktenordner und mehrere Pappmappen hervor und legte mir alles auf den Tisch. Dann machte er mir Platz und trat an mir vorbei zur Tür.

»Hey, Coach.«

Er hielt inne und lehnte sich gegen den Türrahmen.

»Blöde Frage, ich weiß. Aber hatte Davie jemandem, der ihm Übles wollte?«

Der Coach musterte mich mit zusammengekniffenen Augen. »Wenn es irgendwen gäbe, dem ich so etwas zutrauen würde, meinst du nicht, ich hätte ihn längst durch die Mangel gedreht?« Er hielt den Blick noch einen Moment, bis ich langsam nickte. Dann ging er.

Ich wühlte mich durch die Unterlagen, fand aber nichts, was auch nur den Hauch eines Hinweises abgegeben hätte. Nichts, was Davie mit mir und mit einem Motiv für einen grausamen Mord in Verbindung brachte. Entnervt gab ich schließlich auf.

3

Am nächsten Morgen fühlte ich mich wie gerädert. Ich hatte schlecht geträumt, konnte mich aber an nichts erinnern. Nur, dass ich mehrmals mit durchgeschwitztem T-Shirt aufgewacht war. Mein Mund fühlte sich ausgetrocknet an, als hätte ich gesoffen. Gähnend ging ich rüber ins Arbeitszimmer, um den Rechner anzuschmeißen. Morgendliches Ritual, auch wenn ich eigentlich in keiner Verfassung war, um Schach zu spielen. Ich öffnete das Programm direkt vom Desktop aus: *Bulletproof.* Auf der Oberfläche konnte ich sehen, dass zwei meiner Gegner in den verschiedenen Partien Bullet-Schach ihrerseits mit Zügen geantwortet hatten.

Bullet-Schach funktionierte genau wie digitales Blitzschach, allerdings hatte jeder Spieler bloß eine Minute für seinen Zug zur Verfügung. Am Brett war der Druck natürlich größer als am Rechner, an dem ich bis zu vierundzwanzig Stunden Zeit hatte, bis ich ziehen musste. Aber der Clou bestand darin, dass ich den Zug meines Gegners erst sehen konnte, wenn ich auf *Start* drückte und die Uhr längst lief.

Früher hatte ich mit meinem Vater häufig Blitzschach gespielt, und Coach Bremer hatte die Idee mit dem digitalen Bullet-Schach gefallen.

»Wenn du aus dem Ring steigst, um die drei Minuten Schach zu spielen, bevor du weiterboxt, musst du dein Hirn freikriegen. Ganz schnell. Du darfst nicht mehr darüber nachdenken, wie sehr dir der Typ zusetzt, wie sehr die Leberhaken schmerzen und ob du ihn vielleicht in Runde sieben niederschlägst. Du musst spielen. Nur noch an Schwarz und Weiß denken, nur noch das Brett sehen. Obwohl dein Herz pumpt, deine Lungen in den Overdrive gehen und jede Faser deines Körpers schmerzt. Das ist Schachboxen, Johannes! Diese Balance aus Körper und Geist, auf die musst du dich einlassen.«

Deswegen machte ich meine Züge in den digitalen Spielen gern nachts, wenn ich vom Training kam, oder morgens nach dem Aufstehen, wenn ich nicht gut funktionierte, wenn mir das Denken noch schwerfiel.

Gegner: Mario Ottendorf, dreiundvierzig Jahre, sechster Zug. Die Partie lief noch nicht lange.

Klick. Das Fenster der Partie öffnete sich. Er hatte den Springer drohend vorgeschoben. Ich ignorierte den Vorstoß und konzentrierte mich stattdessen auf meinen eigenen Angriff auf der rechten Seite.

Bauer g2-g4. *Klick*. Das Fenster schloss sich.

Nächste Partie. Gegner: Helmut ›Hellboy‹ Klinger, achtundsechzig Jahre, achtzehnter Zug.

Dieses Spiel lag in den letzten Zügen, ich hatte ihn fast so weit. Einmal hatte er sich bereits aus dem Schach gewunden.

Klick. Er hatte eine Entlastung mit seinem Turm versucht. Mit einem Lächeln schüttelte ich den Kopf. *Das war's, Hellboy.*

Ich wollte gerade meinen Zug machen – Springer d5xb7 –, da bemerkte ich die Nachricht am unteren Bildschirmrand: Schach.

Und darunter: Schachmatt.

Verwirrt glitt mein Blick über den Screen. Die Uhr für meinen Zug lief nicht. Weil ich keinen Zug mehr hatte. Klinger hatte sich nicht bloß aus meiner Umklammerung herausgewunden, sondern gleichzeitig einen eigenen Würgegriff angesetzt, den ich nicht hatte kommen sehen. Die alte Schlange.

Klick. Ich schloss die Partie. Der Coach hielt mir häufig Predigten, weil ich zu überheblich spielte und noch überheblicher boxte. »Du bist ein Berg, Johannes. Und du bist clever, besonders für deine Größe. Dir kann kaum einer was. Denkst du. Und dann gibt's da einen, der ist aggressiv, hat Biss, der weiß, was er tut. Und er benutzt deine Arroganz gegen dich. Beim Judo nutzt du die Kraft des anderen, um ihn auf die Matte zu legen. Das ist das Einzige, was die meisten Gegner gegen dich machen können. Und das tun sie, wenn du nicht aufpasst. Respektier deine Gegner, immer. Das ist wichtig, sonst verlierst du, obwohl du nicht müsstest.«

Mit einem Stöhnen erhob ich mich und ging in die Küche, um endlich die Kaffeemaschine einzuschalten. Dann lief ich weiter ins Bad, um mir die Kruste aus den Augen zu puhlen und den Pelz von der Zunge zu putzen. Der Coach hatte recht. Gegen Hellboy hätte ich nicht verlieren müssen. Ich war sorglos geworden, hatte mich zu sicher gefühlt.

»Lerne Demut«, hatte Bremer immer wieder gesagt.

Mit einem Grinsen steckte ich mir die Zahnbürste in den Mund. *Demut ist schwer, wenn man so ein arschgeiler Typ ist wie ich*, dachte ich mit Galgenhumor. Mein Stolz hatte in den letzten Monaten arg zu leiden gehabt.

Erst als ich knappe zehn Minuten später den ersten Kaffee intus hatte, und der zweite bereits auf mich wartete, kam ich mir wieder ein Stück weit lebendig vor. Ich ergriff meine Sporttasche, warf die Klamotten und das Duschzeug hinein und machte mich daran, das Haus zu verlassen. Als die Tür hinter mir ins Schloss fiel, dachte ich darüber nach, ob es überhaupt Sinn hatte, ins Gym zu gehen. Saß Coach Bremer immer noch dort auf einer der Bänke und weinte? Oder hatte er den Laden einfach dichtgemacht und war bei seiner Schwiegertochter? Ratlos stand ich einen Moment lang auf dem Treppenabsatz, unfähig, eine Entscheidung zu treffen.

Dann gewann die Routine die Oberhand. Ohne weiter darüber nachzudenken, was mich erwarten mochte, lief ich los.

Das Gym war geöffnet. Ich tauchte in das Zwielicht der Halle, die Sporttasche in der Hand. Im Freihantelbereich stand Schmolli neben einer Bank und wischte sich weißes Magnesiumpulver von den Händen. Als er mich sah, hob er den Arm zum Gruß. Bei den Boxbirnen stand Janos und daddelte gegen eine von ihnen. Ansonsten war niemand zu sehen.

Langsam durchschritt ich die Halle. Janos sah kurz zu mir rüber und nickte, ohne innezuhalten. Schmolli deutete nur auf den Durchgang zum Büro. Offenbar war der Coach dort hinten. Im Durchgang fiel mir etwas auf. Die Bilder und ihre Rahmen waren abgestaubt worden. Irgendwer hatte jeden einzelnen von ihnen abgewischt, sie wieder zum Glänzen gebracht. An der ganzen Wand hingen, vom Boden bis in fast zwei Metern Höhe, sicher knapp drei Dutzend Fotos. Manche in Schwarz-Weiß, andere bereits so verblichen, dass sie einen Sepia-Stich besaßen. Ich betrachtete das Foto von Davie und dem Coach. Und dann musste ich lächeln – das Bild von Schmolli, das immer schief gehangen hatte, war jetzt gerade. Ich ging weiter.

»Hey, Coach. Alles in Ordnung?« Ich lehnte im Türrahmen zu seinem Büro.

Bremer sah mich über den Rand seiner Brille hinweg an. »Bist du hier, um zu trainieren?«

»Ja. Bisschen bewegen. Auf andere Gedanken kommen.«

Er lächelte unfreundlich. »So wie du das beschreibst, klingt das nach einem angenehmen Sonntagsnachmittagsfick. Aber das läuft nicht. Dein Kampf ist in weniger als drei Wochen.«

»Okay«, sagte ich gedehnt, weil ich mir nicht sicher war, wie er das meinte. Ob er wirklich vorhatte, das durchzuziehen, trotz Davies Tod?

»Zieh dich um, mach dich warm. Dann will ich, dass du mit Janos in den Ring steigst.«

»Janos? Warum denn das? Der ist nicht mal annähernd meine Gewichtsklasse.« Normalerweise sparrte ich mit Schmolli, weil der als Einziger ungefähr meine Körpermaße besaß.

Von hinten klopfte mir Schmolli mit gepuderter Hand auf die Schulter und hinterließ einen weißen Fleck. »Weil Schmolli langsam und fett ist«, sagte er und grinste mich an.

Da wir nicht beide Platz im Türrahmen fanden, blieb er auf dem Gang stehen. Ich betrachtete den Coach.

Der nahm die Brille ab, legte sie auf den Tisch und rieb sich die Nasenflügel. »Weil dein nächster Gegner einen Kopf kleiner ist als du. Weil er sehr, sehr schnell ist und vor allem: Weil er nicht müde wird. Der Kerl ist fünfzehn Jahre jünger als du. Auf Schmolli trifft keines dieser Attribute zu. Auf Janos dagegen schon.«

Ich sah zu Schmolli hinüber, aber der breitete nur gutmütig die Arme aus, als wäre gegen diese Argumente kein Kraut gewachsen. Nachdenklich sah ich wieder zum Coach. Bussas, gegen den ich meinen nächsten Kampf hatte, besaß den Kampfnamen *Buzzsaw* – die Kreissäge. Er war durch sein atemberaubendes Tempo im Ring und die aggressive Spielweise am Schachbrett bekannt geworden. Wahrscheinlich hatte der Coach recht: Schmolli würde mich nicht auf die Intensität meines Gegners vorbereiten.

»Alles klar«, sagte ich und wandte mich zum Gehen.

»Johnny!«

Ich drehte mich erneut zum Coach um.

»Mach den Kopf leer. Lass dich nicht ablenken. Es gibt eine Zeit, in der wir um Davie trauern. Aber nicht im Ring oder am Brett. Verstanden?«

»Ja.« Ich ging, um mich umzuziehen, aber immer wieder saß ich kurz da, mit hängendem Kopf, und dachte nach. War das wirklich der richtige Weg? Einfach weiterzumachen? Mehrmals war ich kurz davor aufzustehen und zu gehen. Ich sah auf, als Schmolli hereinkam.

»Hey«, sagte er und setzte sich mir gegenüber auf die schmale Bank, den Spind im Rücken.

»Hey.«

»Nicht so leicht, das mit dem leeren Kopf, oder?«

Ich verneinte stumm, während ich auf meine hochgeschnürten Boxstiefel starrte.

»Aber genau darum geht es doch.«

Ich sah auf. »Was meinst du?«

Er breitete die Arme aus. »Na, in solchen Situationen zu kämpfen. Das ist es, was Schachboxen ausmacht.«

»Ach komm, nicht diese alte Leier. Das haben wir doch schon tausend Mal gehört.« Ich richtete mich auf und ließ mich mit dem Rücken gegen die blecherne Spindtür fallen.

Schmolli lehnte sich weiter vor, dabei heftig den Kopf schüttelnd. »Nee, nee. Hör mal zu. Schachboxen geht gegen jeden Instinkt. Wenn du hochgepumpt aus dem Ring steigst, die Handschuhe runterreißt und dich dann ans Brett setzt, dann willst du nicht denken! Du willst weiterboxen. *Jab*, *Jab*,

Hook! Stattdessen musst du dich auf die schwarz-weißen Kästchen und Figuren konzentrieren, während dir die Suppe in die Augen läuft. Drei Minuten, in denen du deinen Körper nicht brauchst. Im Gegenteil, der behindert dich. Das Rauschen in den Ohren, deine Pumpe, das Adrenalin. Und nach der Runde steigst du wieder hoch, hast vielleicht noch deinen nächsten Zug im Kopf, und dann musst du die Fäuste hochreißen, um nicht getroffen zu werden. So ist das hier. Du willst zumachen, dich einigeln, nachdenken. Geht nicht! Fäuste hoch. Box, Johnny, box!« Dabei schlug er aus Quatsch nach mir, in Erwartung einer Reaktion. Er traf mich schmerzhaft am Oberarm. Als ich immer noch nichts erwiderte, spielte Schmolli seinen letzten Trumpf aus: »Für den Coach.«

Ich stöhnte. »Fuck! Nicht so, Schmolli!«

»Doch, *genau* so! Ist doch Mist. Hilf ihm weiterzumachen. Der wollte den Kampf immer mindestens so sehr wie du. Und jetzt habt ihr ihn. Macht was draus.«

Ich gab mich geschlagen. Mit einem gequälten Ausatmen nickte ich und stand auf.

Zehn Minuten später wusste ich genau, warum der Coach mir Janos zum Sparren gegeben hatte. Für meine Größe war ich relativ flink auf den Beinen und beweglich. Aber bei Gott, Janos war anstrengend! Der Lockenkopf grinste um den Mundschutz herum, duckte sich bei meinem Schlag links weg, und ich fuhr herum, um ihm zu folgen.

Janos war erst seit anderthalb Jahren im Gym, hatte die zwanzig kaum überschritten, aber das Zeug dazu, einer von den besseren Boxern zu werden. Obwohl er durch- und austrainiert war und für seine Größe beeindruckende fünfundachtzig Kilo auf die Waage brachte, war er Welten von einem

Schwergewichtler oder sogar Superschwergewichtler wie mir entfernt. Entsprechend wenig hatten wir bisher zusammen trainiert.

Bussas war ähnlich gebaut wie Janos, aber einen halben Kopf größer und kräftiger. *Das heißt, zu dieser wahnsinnig machenden Geschwindigkeit wird auch noch ordentlich Druck auf der Pumpe dazukommen*, dachte ich, als ich einen von Janos' Schlägen blockte. Die Glocke ertönte. Mit einem Grinsen ließ mein Gegner die Fäuste sinken und entspannte sich. *Er* hatte jetzt ein paar Minuten Pause – ich nicht.

»Los, mach hinne«, rief Schmolli heiser vom Ringrand.

Ich lief auf ihn zu und streckte ihm die Handschuhe entgegen. Routiniert löste er die Bindung und hob dann das oberste Ringseil, damit ich durchsteigen konnte. Unten wartete schon der Coach an seinem kleinen Campingtisch mit dem Brett. Wir befanden uns in der neunten Runde, das hieß, Janos und ich hatten bereits vier Runden geboxt, und der Coach und ich spielten jetzt zum fünften Mal unsere drei Minuten Blitzschach.

»Bereit?«, fragte er mich, als die Minute abgelaufen war. Die sechzig Sekunden, die uns zur Verfügung standen, um die Handschuhe an- und auszuziehen und vom Ring zum Brett und zurück zu wechseln. Ich nickte und wischte mir mit den bereits durchweichten Boxbandagen, die ich noch an den Händen trug, über die Stirn. Der Coach war am Zug. Er zog seinen Läufer vor, um meinen Turm zu bedrohen. Ich versuchte, meinen Atem zu beruhigen.

Klack – die Schachuhr.

Durch die Anstrengung flimmerte mein Sichtfeld leicht, während ich den Arm hob, um meinen Bauern zu bewegen. Ich zögerte und musste die Hand wieder zurückbewegen, weil ich es mir nicht leisten konnte, den Arm zu lange unentschlossen über dem Brett schweben zu lassen. Das kostete mich Kraft, die ich gleich gegen Janos brauchen würde. Wenn der Coach mich unten fertigmachte, musste ich gar nicht mehr zu Janos in den Ring. *Verdammt, Thiebeck, denk nach!* Doch den Bauern.

Klack.

Der Coach zog. Setzte mich unter Druck.

Klack.

Ich fühlte mich unendlich müde und sehnte mich doch gleichzeitig zurück in den Ring. Längst spielte ich nicht mehr auf Sieg, sondern bloß noch auf Zeit. Schadensbegrenzung. Bloß nicht matt gehen.

»Hey, Johnny, was machst du?« Der Coach sah mich wütend an und deutete auf das Brett. Seine Uhr lief, nicht meine.

»Was denn?«, fragte ich und rieb mir mit der rauen Bandage übers Gesicht.

»Du schindest Zeit!«

Ich sah auf die große Uhr, die die Intervalle zwischen Ring und Brett bestimmte. Noch etwas über eine Minute, dann würde es wieder in den Ring gehen. Der Coach stand auf, packte die Schachuhr und stellte sie aus, sodass sie für keinen von uns weiterlief. Er schaute auf mich herunter.

»Mach dir nichts vor, Johnny. Du kannst das Ding nicht über einen K. O. im Ring gewinnen.«

Ich stierte ihn an, sagte aber nichts. Er hatte recht. In meinem Hirn fühlte sich alles stumpf und wattig an.

»Bussas hat bloß eine Achtzehnhundertfünfziger«, sagte der Coach.

Meine ELO-Zahl, in der die Spielstärke von Schachspielern gemessen wurde, war höher.

»Aber das ist völlig egal, wenn du dich auf sein Spiel einlässt. Er wird dich am Brett hinhalten, und dann wird er im Ring nach Punkten gewinnen.« Seine Hand packte meinen Bizeps. »Er kann dich nicht ausknocken. Niemals. Du bist ein harter Knochen und hast Nehmerqualitäten. Aber *du* kannst *ihn* auch nicht umhauen. Der ist zu schnell, zu wendig, der lässt sich nicht festnageln. Die Gelegenheit gibt er dir nicht. Und während du ihm noch frustriert hinterhereilst, setzt er die Nadelstiche. Und gewinnt nach Punkten. Verstehst du das?«

Ich nickte.

»Die Zeit ist um. Zieh deine Handschuhe an, deine Pause ist vorbei.« Der Coach drehte sich kurz zu Schmolli um. »Hol mir Davie, okay? Ich muss mit ihm über Bussas reden.«

Keiner von uns sagte ein Wort. Schmolli und ich standen da wie festgefroren. Der Coach erlöste uns aus dem Moment, indem er den Kopf schüttelte, als hätte er einen wuchtigen Haken abbekommen und würde nun versuchen, den Schmerz loszuwerden. Er hob hilflos eine Hand, als wollte er abwinken und Schmolli zurückrufen, der sich keinen Millimeter bewegt hatte. Dann war der Moment vorbei.

Mit der Sporttasche über der Schulter verließ ich die Halle und bemerkte sofort den nachtschwarzen, fetten Audi, der auf der anderen Straßenseite parkte. Solche Autos fielen in meiner Gegend auf. Besonders, wenn zwei Personen einfach darin rumsaßen. Dienstwagen.

Densch und Jana, stellte ich fest, nachdem ich ein paar Schritte mehr gemacht hatte. Ich überquerte die Straße hinter den beiden und näherte mich ihnen aus dem toten Winkel.

Als ich die Tür aufzog, ruckte Denschs Kopf herum wie bei einer aufgeregten Henne.

»Was soll das, Thiebeck?«

»Warten Sie etwa nicht auf mich?« Ich warf einen Blick auf Jana, die sich nicht umgedreht hatte, und bildete mir ein, ein Lächeln zu sehen.

»Thiebeck, ich habe Ihre verdammten Spielchen *so* satt!«

Ich ließ mich schwer auf die Rückbank fallen. »Kommissar Densch, was Sie für arrogante Amüsiertheit halten, ist reiner Galgenhumor. Der Sohn eines guten Freundes ist ermordet worden, und irgendwie hänge ich in der ganzen Scheiße mit drin und habe deswegen so Schmeißfliegen wie Sie am Arsch. Also, warum seid ihr hier?«, fragte ich an Jana gewandt.

Sie nahm die Gelegenheit wahr. Langsam drehte sie sich zu mir nach hinten. »Wir haben den Lack identifiziert, in dem David Kierran gestorben ist.«

Ich nickte. *Und weiter?*

Nach einem Seitenblick auf ihren Chef fuhr Jana fort: »Es handelt sich dabei um einen Acryllack, der in dieser Form fast ausschließlich zur Herstellung von Spielwaren benutzt wird.«

»Spielwaren?«

Jetzt wandte sich Densch ebenfalls zu mir um. »Holzspielzeug. Spielfiguren.«

Ein unangenehmes Gefühl stieg in meinem Magen auf. »Zum Beispiel?«

»Nichts ›zum Beispiel‹. Wir haben einen gemeldeten Einbruch in eine Lackiererei, die sich heute Morgen als Tatort des Mordes herausgestellt hat. Dort werden alle möglichen Spielzeuge lackiert, aber das Schwarz, wissen Sie, wofür man das fast ausschließlich verwendet, Herr Thiebeck? Schachfiguren.«

Für einen Moment sagte ich nichts, saß einfach nur da, in den Sitz der Rückbank gelehnt. Jana und Densch gingen im Geist sicher gerade all die Fragen durch, die man sich als Bulle in genau diesem Augenblick stellte: *Ist die Reaktion echt? Hat er bereits gewusst, was wir ihm sagen würden?* Und natürlich: *Hat er was mit dem Fall zu tun, ist vielleicht sogar schuldig?*

Ich schob die beiden gedanklich weg, drückte mental den Stumm-Schalter, um sie auszublenden. Um nachzudenken. Aber Densch ließ mich nicht.

Er bellte mich an: »Hey, Thiebeck, ich habe Sie was gefragt. Antworten Sie!«

»Johannes, wir haben wirklich keine Lust, dich auf dem Revier vorzuführen. Komm, rede mit uns.«

Langsam kehrten die beiden in meinen Fokus zurück, als wäre ich kurz weggetreten gewesen. »Was soll ich euch sagen?«

»Vielleicht, warum zum Teufel der Sohn Ihres Trainers in *Ihrem* Auto liegt, ersäuft mit Lack, der für die Produktion von Schachfiguren benutzt wird?« Densch schrie fast.

»Johannes!« Jana berührte mich am Oberschenkel und verhinderte so möglicherweise, dass ich Densch sofort eine klebte.

Beherrscht antwortete ich stattdessen: »Ich habe keine Ahnung, Densch. Aber ich schwöre Ihnen, ich finde es raus.«

Zurück in meiner Wohnung sah ich die SMS von Hegert: *Haben was gefunden. Melde mich heute Abend.*

Ich warf das Telefon auf die Couch. Wahrscheinlich wollte er mir von der Geschichte mit dem Lack erzählen, mich vor Densch warnen. *Zu spät*, dachte ich, während ich mich erschöpft in den Sessel fallen ließ. Ich presste die Handflächen gegen das Gesicht und lehnte mich zurück. Dann schnappte ich mir erneut das Telefon und suchte Taminas Nummer raus. Ich starrte auf ihren Namen, fluchte leise und feuerte das Handy wieder in die Sofakissen. Wenig später hatte ich es erneut in den Fingern. Betrachtete die Pixel, die Taminas Namen bildeten. Drückte auf den grünen Hörer. Während ich die Regalwand mit meiner CD-Sammlung betrachtete und dem Freizeichen lauschte, musste ich mehrmals den Reflex unterdrücken, nicht doch einfach wieder aufzulegen.

Sie ging ran. »Hallo, Johannes.« Sie klang fröhlich und aufgeräumt wie immer.

»Hey.«

»Alles klar?«

»Können wir uns heute Abend sehen? Kannst du rüberkommen?« Mit diesen Worten dehnte sich die Sehnsucht in mir aus wie Luft beim Auftauchen aus großer Tiefe. Drohte fast, meinen Brustkorb zu sprengen.

Tamina zögerte. »Das sieht ganz schlecht aus. Ich gebe nachher Kurse, und heute Abend bin ich zu einem Seminar eingeladen.«

Ihre Stimme drang geradezu physisch in meinen Kopf, füllte ihn aus, und es schüttelte mich unwillkürlich.

Ich sagte nichts, in der Hoffnung, sie möge noch etwas hinzufügen, einlenken, mir ein Angebot machen. Ich wusste, dass das kindisch war. Sie hatte keine Termine, die sie einfach wie ein liebeskranker Teenie für mich sausen lassen konnte.

Tamina schwieg ebenfalls.

»Was ist danach? Kannst du hinterher kommen?«

»Du klingst komisch. Was ist denn passiert, Johannes? Ist alles in Ordnung mit dir?«

Ich spürte meinen Stolz wie einen fetten Kloß im Hals. Also würgte ich ihn hoch, kaute für einen Augenblick darauf herum und schluckte ihn schließlich herunter wie ein Stück Knorpel. »Bitte, Mina, kannst du kommen?« Ich flüsterte fast.

Sie wusste, wie schwer es mir fiel, sie zu bitten, zu betteln. Dass es sich dabei um eine Art von Wiedergutmachung handelte.

Als wir uns vor knapp zwei Jahren kennengelernt hatten, hatte ich sie auf Abstand gehalten. Wir hatten Zeit miteinander verbracht, uns großartig verstanden und tollen Sex gehabt. Mehr wollte ich nicht. Sie schon.

Irgendwann hatte sie es schließlich akzeptiert und es geschafft, dass wir Freunde bleiben und uns immer noch sehen konnten. Und dann, eines Morgens, während ich neben ihr gelegen und sie noch geschlafen hatte, hatte ich festgestellt, dass ich einen Fehler begangen hatte. Ich wollte sie – ganz und gar. Aber Tamina blieb misstrauisch und hielt mich weiterhin auf Armeslänge von sich fern. Emotional zumindest. Wir sahen uns wieder mehr, schliefen miteinander, aber sie war es, die strikt die Dosis von Nähe bestimmte.

Erst hatte sie gezogen und ich mich gewehrt, und jetzt war es andersherum. Manchmal schmerzte es mich, wie es ihr damals wehgetan haben musste, aber ich verstand sie. Trotzdem fragte ich mich, ob es noch einmal eine Zeit geben würde, in der keiner von uns beiden zog. Oder weglief. Oder sich zumindest beide in gleichem Maß in dieselbe Richtung bewegten. Aber egal, wie schwer es mir fiel, dass ich nicht mehr von ihr haben konnte, sie gar nicht zu sehen, war auf jeden Fall das größere Übel. Das hatte ich in der Vergangenheit bereits festgestellt.

»Ja, ich kann heute Nacht vorbeikommen.« Ihre Stimme

klang weich und warm, und für einen kurzen Augenblick musste ich die Augen schließen.

»Danke«, sagte ich.

Nachdem wir das Gespräch beendet hatten, setzte ich mich an den Rechner. Emotional aufgewühlt, verunsichert und frustriert. Was für eine hervorragende Voraussetzung, um Schach zu spielen. Ich öffnete *Bulletproof* und checkte den Status meiner Gegner. Nur einer hatte gezogen, Ottendorf, ein alter MEK-Kollege aus Duisburg.

Ich schloss ein letztes Mal kurz die Augen, versuchte, mir den bisherigen Verlauf der Partie vor Augen zu führen, und klickte sie dann an.

Sh5-f6. Ich antwortete mit: Lf6xb4.

Auge um Auge, dachte ich, als ich das Programm wieder schloss. Er hatte im letzten Zug einen Bauern geschlagen, jetzt setzte ich ihn unter Druck. Kurz bevor das Fenster verschwand, sah ich noch, dass Ottendorf nur acht Sekunden für seinen Zug gebraucht hatte. *Nicht schlecht*, dachte ich beeindruckt und checkte noch kurz meine E-Mails, bevor ich den Laptop schloss.

Erneut griff ich nach dem Handy und suchte die Nummer meines alten Kumpels Kai Stehrs heraus.

»Hey, Bruder, was liegt an?«

Stehrs und ich arbeiteten beide ab und zu für Manfred Richards, der eine private Sicherheitsfirma betrieb. Aber während ich fast ausschließlich die Berater- und Coaching-Jobs annahm, war sich Stehrs auch für die dreckigen Jobs nicht zu schade. Er stand auf das Noir-Image des Privatdetektivs, und ich war immer wieder überrascht, wie wenig moralische Skrupel er besaß. Aber Stehrs besaß einen guten Riecher und noch bessere Kontakte.

»Ich brauche deine Hilfe.«

»Schieß los.«

Ich umriss, was passiert war, und Stehrs schwieg, bis ich geendet hatte. Dann fragte er: »Meinst du, da lief irgendein Scheißspiel?«

»Weiß nicht.« Boxklubs hatten oft genug mit zwielichtigen Gestalten zu tun, denen man auch einen Mord zutrauen würde. Aber eher im Bereich des Profisports, in dem die Börsen und Wettgewinne groß genug waren, um die Aufmerksamkeit des organisierten Verbrechens auf sich zu ziehen. Das war bei unseren kleinen Schachboxkämpfen kaum der Fall. Trotzdem war es das einzige Szenario, das irgendeinen Sinn ergab. »Vielleicht hat sich Davie mit irgendjemandem eingelassen, von dem er besser die Finger gelassen hätte. Oder er hat richtig Mist gebaut«, sagte ich.

»Ich höre mich mal um.«

»Danke, Mann.«

»Kein Problem, Bruder.«

Nachdem wir das Gespräch beendet hatten, verließ ich die Wohnung. Im Treppenhaus rief ich Hegert an und ließ mir den Namen der Lackfirma geben, in der Davie getötet worden war.

Mit den Öffentlichen machte ich mich auf den Weg nach Schöneberg und stand dort irgendwann gegen halb sieben vor dem Firmengebäude. In einigen Fenstern brannte noch Licht. So lange, wie die BVG gebraucht hatte, mich mit Bus und Bahn hierher zu befördern, hatte ich schon befürchtet, dass der Laden längst dicht sein würde. Ich brauchte dringend wieder einen fahrbaren Untersatz.

»Guten Tag, Thiebeck mein Name«, sagte ich und hielt dem jungen Mann, der mich vom Empfang abgeholt hatte, meine

Marke entgegen. »Die Kollegen vom LKA waren tagsüber schon hier, richtig?«

Er nickte, aber bevor er etwas sagen konnte, machte ich weiter.

»Kriminalhauptkommissar Densch hat mich gebeten, mir den Tatort noch einmal anzusehen. Ist das ein Problem?« In den letzten Satz legte ich so viel Alphatier, wie ich konnte. Ruhig, souverän, machtvoll. Jeden Widerstand im Keim erstickend. Das konnte ich hervorragend.

Herr Mertens, der Junior-Chef, sah das genauso. Stumm nickte er, schüttelte dann schnell den Kopf, quetschte ein »Kein Problem« hervor und bat mich schließlich, ihm zu folgen.

»Hier hinten ist die Tür aufgehebelt worden.«

»Wo geht's da hin?«, wollte ich wissen.

Wir standen in einer großen Halle mit mehreren Türen und einer großen Zahl an Rolltoren. Die Tür, auf die Mertens deutete, lag neben diesen Toren. Sie war mit polizeilichem Absperrband gesichert.

»Raus auf den Hof. Der Täter hat sie mit einer Brechstange aufgebrochen.«

»Ist der Hof gesichert?«

Er nickte. »Das Tor ist nachts verschlossen, wir haben eine Videoüberwachung, und alle paar Stunden schaut ein Wachmann von einem Sicherheitsunternehmen vorbei.«

Ein paar Stunden reichen aus, um jemanden in Lack zu ersäufen, dachte ich bitter. »Ist das Tor ebenfalls aufgebrochen worden?«

»Nein. Offenbar ist der Täter über das Tor oder den Zaun geklettert.«

Ich verzog das Gesicht. Das ergab keinen Sinn. Bisher war

ich davon ausgegangen, dass der Täter Davie entführt und hierhergebracht hatte. Hatten sich die beiden hier einvernehmlich getroffen? Das würde die Theorie, dass Davie einen Bock geschossen hatte, definitiv bekräftigen.

Mertens fuhr fort: »Aber vorne im Frontbereich war ein Fenster geöffnet, und mehrere Topfpflanzen wurden vom Fensterbrett gestoßen. Vielleicht ist der Täter später so geflohen.«

Ich nickte. Oder er hatte Davie durch das Fenster hereingeholt. »Können Sie mir den Tatort zeigen?«

»Sicher.«

Kurz darauf standen wir in einer riesigen Halle, in der mehrere Dutzend Metallkessel standen, jeweils umgeben vom Arm einer Maschine. Die Kessel waren innen alle mit festen Schichten aus verschiedenfarbigem Lack versehen.

»Was passiert hier?«

»Hier werden die Spielsteine lackiert.« Mertens trat auf einen Kessel zu und zeigte hinein.

Darin konnte ich jede Menge roter Holzklötzchen sehen.

»Verstehe. Wo ist es passiert?«

Er führte mich zwischen den Kesseln hindurch in eine der hinteren Ecken. Unter zwei kleinen, schmutzigen Fenstern oben in der Wand war die ganze Ecke mit Band abgesperrt worden. Auf dem Boden war jede Menge schwarzer Farbe ausgelaufen, verspritzt und verschmiert, und überall standen noch die kleinen Aufsteller des Erkennungsdienstes mit den Nummern drauf, die damit markiert hatten, an welcher Stelle welche Fotos geschossen worden waren. Weiter hinten lag umgekippt ein großer Plastikbottich, in dem sich offenbar ebenfalls schwarze Farbe befunden hatte.

Ich brauchte nicht lange, um zu verstehen, was vermutlich

geschehen war. Der Mörder hatte die Farbe in den Bottich gefüllt und Davie kopfüber dort hineingehängt. Der hatte sich gewehrt, dabei den Behälter umgestürzt, sodass die Farbe über den schmutzigen Beton geflossen war. Da war es aber vermutlich bereits zu spät gewesen. Ich sah mich um. Es waren undeutliche Fußabdrücke zu sehen, jedoch ohne Profil. Ich nahm an, der Täter hatte Plastiküberzieher getragen, wie unsere Leute, wenn sie einen Tatort betraten.

Ich wandte mich an Mertens. »Wer hat den Tatort gefunden?«

»Die Frühschicht. Der Schichtleiter hat mich angerufen, und ich habe sofort die Polizei alarmiert. Hier wurde heute nicht gearbeitet. Wissen Sie, wann die Halle wieder freigegeben werden kann?«

»Am besten wenden Sie sich persönlich an Kommissar Densch. Der wird Ihnen weiterhelfen, Tag und Nacht. Was ist mit den Videos? Sie sagten, es gäbe eine Überwachung? Ich nehme an, das Material haben die Kollegen bereits mitgenommen?«

Er schüttelte den Kopf. »Das ist alles digital. Sie haben die relevanten Stellen bloß kopiert. Wollen Sie sie sehen?«

Wir gingen zurück in den Bürokomplex der Firma, und er führte mich in einen kleinen Raum, der mich an Serverräume erinnerte: Mehrere Regale, gefüllt mit digitaler Hardware und zwei einzelnen Computerstationen. Mertens brauchte nicht lange, um ein monochromes Video minderer Qualität auf den Bildschirm zu rufen. Ich sah den Innenhof des Geländes, links am Bildrand war die Wand mit den Rolltoren zu sehen. Die Uhrzeit zeigte zwei Uhr vierunddreißig. Plötzlich – ein Schlag. Das Bild wackelte leicht und alles wurde schwarz.

»Was ist da passiert?«

»Das wissen wir nicht. Die Kamera ist später aus der Wand gerissen worden. Ich nehme an, der Täter hat sie aus der Ferne beschädigt und dann mitgenommen, um seine Spuren zu verwischen.«

»Zeigen Sie mir die Stelle.«

Kurz darauf stand ich auf einer Klappleiter, die Mertens aus einer der Werkshallen geholt hatte, und sah mir die Überreste der Kamera an der Backsteinwand an. Einige Drähte und die Reste der Verankerung streckten blind ihre Fühler aus, als seien sie immer noch auf der Suche nach dem Gerät. Mir erschien es so, als ob irgendwer sich einfach mit seinem Gewicht an die Kamera gehängt hatte und sie auf diese Weise entsorgt hatte. Aber warum? Unzufrieden untersuchte ich die Mauer dahinter, konnte in der einsetzenden Dämmerung aber nicht mehr viel sehen. Etwas fiel mir auf, und ich streckte die Finger aus. Rieb über den groben Stein. Und konnte Spuren schwarzer Farbe an den Fingerkuppen erkennen.

»Haben Sie etwas gefunden?«

Ich schüttelte den Kopf.

Draußen vor der Tür rief ich Hegert an. »Ich war gerade in der Lackfirma. Habt ihr euch die Mauer, wo die Kamera rausgerissen wurde, genau angesehen?«

»Ja«, sagte er unsicher.

Natürlich ahnte er, dass sie *nicht* gründlich genug gearbeitet hatten, wenn ich ihn darauf ansprach.

»Ich glaube, dass sich dort Farbspritzer befinden. Schickt da noch mal jemanden hin, der Proben nimmt. Möglicherweise hat der Täter die Kamera mit einer Art Farbbombe geblendet, bevor er da hoch ist.«

»Okay, machen wir.«

Ich legte auf. Bisher hatte ich bloß über den Lack nachgedacht. ›Schachfiguren‹, hatte Densch gesagt. Klar, eine deutliche Verbindung zum Gym. Aber wenn der Täter auch für die Kamera schwarze Farbe benutzt hatte, gab es dann noch eine weitere Verbindung, die ich bisher nicht gesehen hatte? Grübelnd lief ich Richtung U-Bahn.

»Das ist schön«, sagte Tamina. »Ich mag es, wenn ich dich so spüre.«

Mein Kopf lag in ihrem Schoß. Während sie am einen Ende des Sofas saß, nahm ich den Rest davon ein. Sie fuhr mir mit ihren langen Fingern durchs Haar. Kämmte mich mit ihnen, streichelte und massierte mir die Kopfhaut und sah, offenbar zufrieden, auf mich herab.

Ich sagte nichts. Obwohl ich froh war, dass sie gekommen war, ging es mir alles andere als gut. Im Gegenteil, so mitgenommen hatte ich mich seit Monaten nicht mehr gefühlt. Ich kam mir so zerbrechlich vor, als würde ein unachtsames Anecken, ein lautes Wort mich zerspringen lassen.

Ich kannte diese Hilflosigkeit. Das Selbstmitleid. Genauso hatte ich mich nach dem Fall Lammert gefühlt, besser bekannt auch als die *Fibonacci-Morde*.

Milde Form von Depression, hatte die Diagnose der Psychologin damals gelautet, aber Tamina hatte nur verächtlich durch die Nase geschnaubt.

»Mild ist daran gar nichts«, war ihre Meinung gewesen.

Ich hatte davon ohnehin nichts hören wollen. Weigerte mich, an eine Depression zu glauben. An etwas, das ich nicht selbst beheben konnte.

»Danke, dass du gekommen bist«, murmelte ich in ihre

Strickjacke, drückte die Nase in die Wolle und sog ihren Duft in mich ein. Tamina wuschelte mir durch die Haare.

»Es ist dein verdammter Stolz. Der hält dich von mir fern. Weißt du das?« Mit leiser werdender Stimme beugte sie sich vor und küsste mich aufs Ohr.

›Nein, du hältst mich von dir fern‹, wollte ich sagen, trotzig und schmollend. Aber ich hielt die Klappe. Weil ein kleiner Teil von mir ahnte, dass sie vielleicht nicht ganz unrecht hatte. Also atmete ich nur schwer und stellte mir vor, wie sie jetzt gerade über mir milde lächelte.

»Bringst du mich ins Bett?«, fragte ich. Die Aussicht, einzuschlafen, während ich mich an ihr festklammern konnte, erschien mir noch attraktiver als Sex.

»So lange ich dich nicht tragen muss.«

Ich bekam einen weiteren Kuss auf die Schläfe. Und bewegte mich erst, als sie mich sanft von sich herunterschob.

»Komm.«

Ich nickte und folgte ihr ins Bad.

4

Am nächsten Morgen entwirrte ich mich groggy aus Taminas Armen und Beinen, um den schrillen Ton der Haustürklingel zum Verstummen zu bringen. Nur in einen Bademantel gehüllt, den ich gerade noch mit dem Gürtel verschloss, ging ich zur Gegensprechanlage.

»Ja, bitte?«

»Die Kriminalpolizei. Öffnen Sie bitte die Tür, Herr Thiebeck.«

Densch, der Wichser. *Scheiße!* Mein Blick glitt zur Uhr. Kurz nach sieben. Der Penner war bloß so früh hier, um mir eins reinzuwürgen. Ich lehnte mich mit dem ganzen Gewicht in den Buzzer, der unten öffnete, als könnte ich so einen Teil meiner Frustration loswerden. Dann ging ich, um mir wenigstens noch Boxershorts anzuziehen.

Übel gelaunt erwartete ich die beiden oben an der Wohnungstür.

»Guten Morgen, Herr Thiebeck. Dürfen wir reinkommen?«

Ich sah an Densch vorbei zu Jana. Ihr Gesicht blieb ausdruckslos.

»Sicher.« Ich ließ die Tür aufschwingen und ging vor in die Küche. Die Kaffeemaschine wartete bereits auf weiteren Input. »Kaffee?«

»Nein, danke«, sagte Densch. Er blieb an der Tür stehen. Jana schüttelte den Kopf, als ich mich zu ihnen umdrehte.

»Wie ihr wollt.« Dann hielt ich kurz inne und deutete auf die Stühle. »Setzt euch doch.« Ich ließ einen Espresso durchlaufen.

Die beiden nahmen Platz.

»Um was geht's?«

»Sagt Ihnen der Name Mario Ottendorf etwas, Herr Thiebeck?«

»Sie machen Witze, Densch, oder? Jana, will der mich verarschen?« Ein merkwürdiger Schwindel ergriff von mir Besitz, drehte die auf einmal viel zu kleine Küche um mich wie einen Kreisel und führte dazu, dass ich das Spülbecken hinter mir mit beiden Händen packen musste, um nicht zu fallen.

»Beantworten Sie meine Frage, Herr Thiebeck. Kennen Sie Herrn Ottendorf aus Duisburg?«

Benommen nickte ich. Natürlich wussten sie bereits, dass wir uns kannten. Das hatte ihr Computer bereits ausgespuckt, und genau deswegen waren sie jetzt bei mir.

»Woher kennen Sie sich?«

Ich setzte zum Sprechen an, aber meine Stimme versagte. Versuchte es erneut, kämpfte gegen das Krächzen an. »Wir waren vor Jahren eine Weile zusammen beim MEK. Heute sehen wir uns kaum noch, aber wir spielen Schach gegeneinander.«

Densch machte sich eifrig Notizen.

»Fernschach?«, wollte Jana wissen.

»Ja, digital. Über den Computer.« Nach einem kurzen Moment des Zögerns fügte ich hinzu: »Ich habe gestern Abend noch gegen ihn gespielt. Was ist passiert, Jana?«

Die beiden warfen sich vielsagende Blicke zu. Ich wollte losbrüllen, presste stattdessen jedoch die Lippen aufeinander.

»Es tut mir leid, Ihnen mitteilen zu müssen, dass Mario

Ottendorf nach momentanem Kenntnisstand bereits vor zwei Wochen einem Gewaltverbrechen zum Opfer gefallen ist, Herr Thiebeck.«

»Was?« Ich starrte Jana an. »Wovon redet der?« Ich schüttelte den Kopf, als könnte ich Densch auf diese Weise zur Vernunft bringen. »Sh5-f6.«

»Wie bitte?«

»Sh5-f6. Das war sein letzter Zug. Den hat er gestern noch gemacht.«

In diesem Moment ging die Tür zur Küche auf. Tamina kam herein, nur mit einem meiner riesigen Eisbären-Jerseys bekleidet.

»Oh, wir haben Besuch.« Sie stutzte, warf mir einen Blick zu, als könnte sie auf diese Weise erfahren, was hier vor sich ging, und überspielte dann ihre Unsicherheit mit einem Lächeln.

»Mina, das sind die Kommissare Densch und Kleidermann. Densch, Jana, das ist Tamina Garuda.«

Tamina streckte erst Jana die Hand hin, ging dann um den Tisch herum, um Densch ebenfalls zu begrüßen. Dann kam sie zu mir und stellte sich auf die Zehenspitzen, um mich auf den Mund zu küssen. »Alles in Ordnung?«, flüsterte sie besorgt. Ihr Mund verlangte, vermutlich genau wie meiner, dringend nach einer Zahnbürste.

Kurz dachte ich darüber nach, wie hoch das Jersey rutschte, wenn sie sich streckte, was sie darunter trug und wie viel davon sie gerade Densch und Jana präsentierte. »Ich erklär's dir später, okay?«

»In Ordnung. Aber ich brauche einen Kaffee«, erwiderte sie, als sie sich wieder von mir löste.

»Du kannst meinen haben«, sagte ich und reichte ihn ihr.

Nachdenklich verschwand sie wieder aus der Küche.

»Ottendorf«, wiederholte Densch, als hätte der Rest von uns inzwischen vergessen, worum es bei dem Gespräch vor Taminas Auftauchen gegangen war. »Soweit wir bisher wissen, hat er seinen Mörder freiwillig in die Wohnung gelassen. Es gibt keine Spuren eines gewaltsamen Eindringens. Möglicherweise hat Ottendorf den Täter sogar gekannt.«

»Wie ist er gestorben?«

»Er wurde mit einer Drahtschlinge erwürgt.«

»Einer Garotte?«

»Sieht wohl so aus, ja. Was wir noch nicht wissen, ist, ob Ottendorf vorher betäubt oder anderweitig außer Gefecht gesetzt wurde.«

»Du hast gestern noch Schach mit ihm gespielt?«, wollte Jana wissen.

Ich nickte.

»Können wir den Rechner sehen?«

»Sicher. Er steht drüben im Arbeitszimmer.« Ich bedeutete ihnen, mir zu folgen. Froh darüber, dass Tamina sich inzwischen im Bad befand, ließ ich die beiden im Wohnzimmer warten und brachte den Laptop zu ihnen. Ich setzte mich in den Sessel neben der Couch, auf der sie Platz genommen hatten.

»Das hier ist das Programm. Darüber werden die Partien abgewickelt.«

»*Bulletproof*? Warum heißt das Programm so?«

Ich konnte das Misstrauen in Denschs Stimme hören, auch wenn sein Gesichtsausdruck vollkommen neutral blieb.

»Das bezieht sich auf die Schach-Version, die wir spielen. Bullet-Schach. So ähnlich wie Blitzschach.«

»Das spielt man auf Zeit, oder?«, fragte Jana.

»Richtig. Bullet-Schach lässt nur eine Minute pro Zug zu. Sobald ich eine Partie öffne und sehe, welchen Zug der Gegner gemacht hat, habe ich genau diese sechzig Sekunden.« Ich stutzte, als mir etwas auf dem Bildschirm auffiel.

»Was ist?«, wollte Jana wissen.

»Ottendorf hat seinen nächsten Zug gemacht.«

»Zeigen Sie mal.«

»Wenn ich das öffne, muss ich den Zug machen.«

»Aufmachen!«, befahl Densch.

Ich klickte.

Sf6xd5.

»Er hat einen meiner Bauern geschlagen.«

Fünfundfünzig Sekunden noch, um meinen Zug einzugeben.

»Das war's?« Densch klang ungläubig.

»Ein Schachzug. Mehr nicht.«

Sechsundvierzig Sekunden.

»Und was machen Sie jetzt?«

Ich zuckte mit den Schultern. »Ich weiß nicht. Sagen Sie es mir. Schmeiße ich die Partie?«

»Woher weißt du, dass du diese Partie gegen Ottendorf spielst?«

Ich deutete auf den Monitor: *White – m_ottendorf*. Das grüne Licht daneben war aus, Ottendorf nicht online. Dann mein Name: *Black – j_thiebeck*.

Dreißig Sekunden.

Densch fuhr sich mit der Hand durch das dünne Haar. »Machen Sie Ihren Zug, verdammt noch mal, und dann nehmen wir den Laptop mit. Den soll sich die Computerabteilung ansehen.«

»Kann es sein, dass der Account von Ottendorf gehackt wurde?«, fragte Jana.

Achtzehn Sekunden.

Noch ein Schulterzucken von mir. »Da ich nicht davon ausgehe, dass ich hier gegen jemanden aus dem Jenseits spiele, müsst ihr entweder drüben in Duisburg den falschen Mann haben oder es handelt sich in der Tat um einen geknackten Account. Ihnen ist aber klar, dass Sie keine Spur davon in *meinem* Rechner finden werden, oder? Ich meine, das Internet ist nicht dort *drin*«, fügte ich an Densch gewandt hinzu.

Zehn Sekunden.

»Sehr witzig, Thiebeck. Ihr Zug?«

c4xSd5. Damit war der aggressive Springer raus.

»Und jetzt?«

»Machen Sie das Ding zu, und geben Sie es uns mit. Unsere Techniker werden den auseinandernehmen.«

Mir war klar, dass ich ihn auflaufen lassen konnte. Sollte er doch gehen und sich einen Durchsuchungsbescheid von der Staatsanwaltschaft geben lassen. Doch das wollte ich gar nicht. So sehr mir Densch auf die Nerven ging, in diesem Fall war er einer von den Guten. Ich wollte genau wie er wissen, was hier für ein Spiel gespielt wurde.

»Thiebeck, ich will ganz ehrlich zu Ihnen sein. Ich glaube nicht, dass ich Sie wirklich nach einem Alibi für die Tode von David Kierran und Mario Ottendorf fragen muss. Kann sein, dass ich das trotzdem irgendwann noch tun werde. Aber der Punkt ist: Ich glaube auch nicht daran, dass es sich bei dieser ganzen Geschichte um Zufälle handelt. Der Sohn Ihres Coachs, Ihr Auto, jetzt ein alter Bekannter. Auf irgendeine Weise stecken Sie in der Sache drin, und unser Job wird es sein, herauszufinden, wie. Insofern bin ich bereit, Sie mit Samthandschuhen anzufassen. Vorerst. Und natürlich nur so lange, wie Sie vollständig mit uns kooperieren. Wenn ich jemals das

Gefühl habe, Sie sperren sich oder spielen Ihre kleinen Spiele, dann läuft es auf eine ganz andere Tour. Ist das klar?«

Ich machte mir nicht die Mühe, ihm auf seinen Sermon zu antworten. Das Gesicht in den Händen vergraben, hatte ich mich in den Sessel zurücksinken lassen. Ottendorf war tot!

Densch unterbrach meine Gedanken. »Wir haben Ihre Verbindung natürlich schon gecheckt und wissen, wer Ottendorf ist. War. Wann haben Sie sich das letzte Mal gesehen?«

Ich überlegte kurz. »Vor drei Jahren vielleicht? Bei einem Exer-Treffen, das hatte nichts mit Schach zu tun. Damals sind wir ins Gespräch gekommen und haben danach angefangen, über *Bulletproof* zu spielen.«

»Exer?«, fragte Jana.

Es war Densch, der für mich antwortete. »Ex-MEK. Ottendorf hat dem Verein ziemlich lange angehört.«

Im Gegensatz zu mir, wollte er damit sagen. Ich war nach nur einem Jahr wieder aus dem Mobilen Einsatzkommando ausgeschieden und hatte mich stattdessen beim LKA beworben.

»Gibt es da irgendwas in der Vergangenheit, von dem wir wissen sollten? Dreckige Wäsche, von Ihnen oder von Ottendorf?«

Ich schüttelte den Kopf. »Nicht, dass ich wüsste. Der Mann war ein guter Polizist.«

»So wie Sie«, fügte Densch tonlos hinzu.

Ich war überrascht. Der Mann konnte ja sogar sarkastisch sein, wenn er wollte. »So wie ich«, antwortete ich, ebenfalls ohne jede Ironie in der Stimme.

Densch verzog das Gesicht. »Gibt es vielleicht jemanden aus Ihrer MEK-Vergangenheit, der sich an Ihnen und Ottendorf rächen will?«

»Die alte Frage nach dem Motiv? Es gibt jede Menge Leute, die mich für ein Arschloch halten. Vielleicht sind sogar welche sauer genug, um mich umbringen zu wollen. Aber so drauf, dass sie derart psychopathisch einen Mord begehen würden?« Ich schüttelte den Kopf. »Da fällt mir niemand ein. Und die Tatsache, dass Davie umgebracht wurde, mit diesem Lack für Schachfiguren, zeigt doch auch eher, dass es um das Gym geht, oder? Könnte Ottendorf nicht einfach Mittel zum Zweck gewesen sein?«

»Könnte sein«, gab Densch zu. »Vielleicht aber auch nicht. Sie wissen ja, Ermittlungen in alle Richtungen und so. Außerdem, kommt es Ihnen nicht komisch vor, dass ausgerechnet ein alter MEK-Mann als Front für dieses Schachspiel herhalten musste? Mit wie vielen Leuten haben Sie zeitgleich Partien am Laufen?«

Ich dachte nach. »Zehn oder elf, glaube ich.«

Densch nickte. »Wie viele davon sind Polizisten?«

»Ottendorf und ich.«

»Und das ist Zufall, glauben Sie?«

»Ich habe keine Ahnung, Densch. Das ergibt alles keinen Sinn. So oder so nicht.«

»Stimmt. Deswegen suchen wir nach dem Sinn. Und sollten uns vor voreiligen Schlüssen hüten.«

»Wer könnte von deiner gemeinsamen Vergangenheit mit Ottendorf wissen? Also von eurer Zeit beim MEK, von euren digitalen Schachpartien *und* deiner Mitgliedschaft im Box-Gym? Ich meine, das dürfte eine ziemlich kleine Gruppe sein, oder?«, fragte Jana.

Ich überlegte und stimmte zu. Selbst wenn es im Kern um den Mord an Davie und das Gym ging und Ottendorf lediglich einen Kollateralschaden darstellte, musste jemand über all diese Verbindungen informiert sein. Ich musste Densch recht geben, irgendwie saß ich mitten drin in diesem Netz aus nebulösen Verstrickungen.

»Haben Sie von einem Ihrer alten Kollegen aus der Zeit gehört? Jemand, der sowohl Sie als auch Ottendorf kennt?«

»Nein, von niemandem.«

»Also gut, wir kommen auf Sie zurück, sobald wir mehr wissen. Wie werden diese Accounts verifiziert?«, fragte Densch unvermittelt und deutete auf den Bildschirm.

»Über ein Passwort. Nicht anders als Ihr E-Mail-Account oder Ihr Paypal-Zugang. Es gibt nichts, was nicht gehackt werden kann.«

»In Ordnung«, sagte Densch, setzte sich auf und befand die Unterhaltung damit wohl für beendet. Er deutete auf den Rechner, den ich einfach zuklappte und ihm reichte.

»Ich gehe davon aus, dass ihr euch nur um die Daten von *Bulletproof* kümmert und den Rest nicht anrührt«, sagte ich an Jana gewandt.

»Versprochen.«

Die beiden verabschiedeten sich, und ich ließ sie aus der Wohnung. Jana hob zum Abschied auf der Treppe noch die Hand und lächelte mir zu. Als ich die Haustür zudrückte, spürte ich Tamina hinter mir, die sich an meinen Rücken lehnte.

»Worum geht's?«, flüsterte sie.

»Mord. Morde, die irgendwas mit mir zu tun haben. Und ich habe keine verschissene Ahnung, warum oder inwiefern.«

»Willst du mir davon erzählen?«

Ich nickte und ließ mich von ihr an der Hand zurück in die Küche führen.

»Hast du Ärger?«

Ich sah in Taminas Augen, die mich groß über den Tisch hinweg anschauten. Schüttelte den Kopf. Zuckte mit den Schultern. *Ja. Nein. Vielleicht.*

»Nicht so«, sagte ich schließlich. »Ich stehe jedenfalls nicht unter Verdacht.«

»Sondern?«

Eigentlich wollte ich ihr barsch antworten. Sie zurechtweisen, dass sie das nichts anginge. Aber ich hielt mich zurück. Sie hatte mich gefragt, und ich hatte mich entschieden, ihr davon zu erzählen. Sie fragte nicht aus Neugier oder Höflichkeit, sondern um mir zu helfen.

Früher hatte ich dieses Prinzip nicht verstanden. Hatte mich immer geweigert, Teile meiner Arbeit auf dem abendlichen Küchentisch auszubreiten, wie wir das früher oft mit den Einzelteilen eines Motors getan hatten, den man auseinandernahm, reinigte und schließlich wieder zusammensetzte, damit er schnurrte wie ein Kätzchen. Meine jeweiligen Freundinnen hatten nie etwas über meine Arbeit erfahren. Ich wollte sie damit nicht belasten.

Jana hatte das immer falsch gefunden und vehement dagegen argumentiert. Sie würde mit *ihrem* Tommy über alles reden, hatte sie gesagt. Jedenfalls insoweit, wie es die Dienstvorschriften erlaubten, hatte sie eingeschränkt. Die eheliche Harmonie, die damals aus ihren Worten troff, hatte mir einen Würgereiz beschert und eine beißende Entgegnung hervorgerufen.

Irgendwann hatte ich begriffen, dass Jana vielleicht auch genau deswegen seit mehr als acht Jahren glücklich verheiratet war, während ich alleine in den letzten drei Jahren auf ein halbes Dutzend gescheiterter Beziehungen und Beziehungsanfänge zurückblicken konnte.

Inzwischen verstand ich, dass Taminas Frage keine Floskel war. Keine hohle Phrase wie: ›Was macht der Hund, was macht die Frau?‹, wie sie manche Kollegen früher auf dem Revier gestellt hatten. Sie wollte es wirklich wissen.

»Der Sohn meines Trainers wurde ermordet und in meinem Wagen gefunden.«

»Oh.«

Ich schnaubte. »Ja, in der Tat. Und jetzt sieht es so aus, als wäre ein ehemaliger Kollege, mit dem ich über das Netz Schach spiele, ebenfalls umgebracht worden.«

Ihre Augen weiteten sich noch ein Stück. »Aber du stehst nicht unter Verdacht?«

»Nicht mehr als jeder andere auch. *Ermittlungen in alle Richtungen* und so. Also nein, eigentlich nicht.«

»Aber du glaubst, dass es da einen Zusammenhang gibt?«

»Das halte ich zumindest für sehr wahrscheinlich.«

Ich erzählte von dem Lack, mit dem Davie getötet worden war.

»Was wirst du jetzt machen?«

Ich lachte freudlos. »Die Füße stillhalten? Keine Ahnung, das ist alles so bizarr. Dieser Kollege ist seit ein paar Tagen tot. Aber unsere Partie läuft noch.«

»Was heißt, *läuft noch*? Gegen ihn? Obwohl er ermordet wurde?«

Ich nickte stumm und sah sie an.

Tamina schien zu überlegen, biss ein Stück von ihrem Croissant ab und kaute. Schließlich sagte sie: »Hat das irgendwas mit dieser alten Sache zu tun?«

»Den Lammert-Morden?« Ich hatte Tamina kennengelernt, als die ganze Geschichte mit den Serienmorden von Georg Lammert längst abgestürzt war und ich mich mitten in den

Trümmern am Boden befand. Trotzdem kannte sie natürlich Teile der Story und wusste, was mich das alles gekostet hatte.

»Lammert war Schachspieler.«

Bei Georg Lammert hatte es sich um einen alten Freund meines Vaters gehandelt, mit dem ich genau wie gegen Ottendorf über den Bulletproof-Server gespielt hatte. Bis sich herausstellte, dass er ein Serienmörder war, dem wir seine Taten allerdings nicht nachweisen konnten.

»Mehr aber auch nicht. Und Lammert ist tot.«

Von dem Balkon seiner Villa gestürzt. Ich hatte oben am Geländer gestanden und hinunter auf seine zerschmetterte Form geschaut.

Für eine Weile saßen wir stumm da und aßen. Ab und zu schlürfte einer von uns Kaffee oder ein Messer klirrte gegen das Konfitüreglas.

»Mit der Blonden hast du früher zusammengearbeitet, oder?«

»Mit Jana? Ja, genauso wie Densch jetzt mit ihr arbeitet.«

»Ist das der andere? Der Kommissar? Der hat deinen Job übernommen?«

»Den haben sie damals extra aus Hannover einfliegen lassen. Und seitdem ist er hier in der Stadt und geht mir auf die Nerven.«

»Aber der hatte mit der ganzen Sache damals nichts zu tun, oder?«

Ich musste lächeln, weil ich wusste, worauf sie hinauswollte. »Nein. Eigentlich habe ich mich immer nur über mich selbst geärgert und darüber, dass ich dem Depp so eine Steilvorlage geliefert habe.«

Mein Handy vibrierte. Unbekannte Nummer. Ich schnappte mir das Telefon und nahm ab. »Ja, bitte?«

»Hauptkommissar Densch hier. Hören Sie zu, Sie machen keinen weiteren Zug mit diesem Programm, ist das klar?«

»Was haben Sie rausgefunden?«

»Thiebeck, haben Sie mich verstanden? Sie rühren dieses Schachprogramm nicht mehr an, auch nicht von einem anderen Rechner aus, okay?«

»Die Regeln besagen, dass die Partie, wenn ich meinen Zug nicht innerhalb von vierundzwanzig Stunden mache, als Verlust gewertet wird.«

»Und? Interessiert mich das? Was ist los, Thiebeck, haben Sie Angst um Ihr Rating? Mein Gott, Sie sind wirklich kaputt!« Seine Stimme war lauter geworden.

Ich hielt das Handy ein Stück weiter vom Kopf weg und ließ mich nicht provozieren. »Das meine ich nicht. Ich wollte nur sagen, dass es Regeln gibt.«

»Seit wann halten *Sie* sich denn an Regeln, Thiebeck?«, spuckte er jetzt fast. »Bleiben Sie von dem Programm fern!«

»Wann bekomme ich meinen Rechner wieder?«

»Sobald wir damit fertig sind. Denken Sie daran, das ist eine polizeiliche Anweisung. Ich krieg Sie dran, wenn Sie uns da reinpfuschen. Halten Sie sich zu unserer Verfügung«, schob er noch barsch hinterher.

Mein »Keine Sorge« wurde bereits vom Klicken unterbrochen. Densch hatte aufgelegt. Bevor ich das Telefon weglegen konnte, brummte es erneut in meiner Hand. Ich verzog das Gesicht. Das Display zeigte mir allerdings, dass es nicht, wie ich gedacht hatte, ein weiteres Mal Densch, sondern Malte, einer der Jungs aus dem Gym, war.

»Hey, Malte.«

»Morgen, Johnny. Pass uff, ick wollt bloß wissen, ob du heute zum Training jehst.«

Mit dem Handy am Ohr sah ich Tamina an. Ich hatte keine Ahnung, wie lange sie bleiben wollte. Zögernd antwortete ich: »Weiß nicht genau. Wieso?«

Tamina schien mein Dilemma zu erkennen. Mit einem Grinsen zeigte sie erst auf sich und machte dann mit Zeige- und Mittelfinger eine Gehbewegung auf dem Tisch. Ich lächelte zurück.

»Biste zufällig mit 'm Auto unterwegs? Ick dachte, du könntest ma vielleicht abholen. Jeht ditt?«

»Ich habe momentan kein Auto, Malte. Sorry.« Ich fuhr manchmal die Biege, um ihn aufzusammeln, seit Malte seinen Führerschein verloren hatte.

Tamina griff nach ihrer Handtasche, kramte darin herum und legte mir dann ihren Autoschlüssel neben den Teller.

»Ah, okay, wusst ick nich. Jut, denn wohl eher nich, wa.« Er lachte.

»Warte.« Ich deckte das Handy mit der flachen Hand ab. »Was wird das denn?«

Sie lächelte mich an. »Ich brauche den Wagen bis zum Wochenende nicht. Du kannst ihn haben. Setz mich nach dem Frühstück einfach bei Kathi ab, und du kannst ihn ausleihen, in Ordnung?«

Ich wollte den Kopf schütteln. Ihr den Schlüssel wieder rüberschieben. Nichts annehmen, autark bleiben. Aber sie hatte recht: Ich *hasste* es, nicht mobil zu sein. Auf die Öffentlichen angewiesen zu sein. Tamina fuhr kurze Strecken meist ohnehin mit dem Fahrrad. Vielleicht konnte ich das als Entschuldigung benutzen, um sie öfter zu sehen. Und wenn es nur war, um sie irgendwo hinzufahren.

»Malte?«

»Ick bin noch hier.«

»Es gibt doch einen Wagen. Ich kann dich abholen kommen.«

»Prima. Wann?«

Ich sah auf die Uhr. »Um elf?«

Tamina nickte und biss erneut von ihrem Croissant ab.

»Passt ma super. Ruf mich oof 'm Handy an, ick komm denn runter, jut?«

Wir verabschiedeten uns, und ich legte auf.

»Einer von deinen Jungs?«

»Jungs? Malte ist fast so alt wie ich.« Das stimmte nicht, er war vermutlich fast zehn Jahre jünger als ich, aber es störte mich, wenn Tamina so redete, als sei ich der alte Mann im Klub. Auch wenn es mehr oder weniger stimmte.

»Entschuldigung. Einer von den Jungs aus dem Gym?« Mit einem breiten Grinsen fügte sie hinzu: »So wie du einer bist.«

Ich warf meine Serviette nach ihr. »Ja, genau so.«

Sie wurde wieder ernst. »Du hattest was von einem Kampf erzählt. Findet der jetzt noch statt? Ich meine, trotz des Mordes und so?«

»Der Coach will das unbedingt durchziehen. Sagt, das sei ich ihm schuldig.«

»Eigentlich willst du aber nicht?«

»Ich weiß nicht. Habe nicht das Gefühl, ich hätte gerade den Kopf dafür frei. Aber irgendwie bekomme ich das schon hin.«

»Darf ich zu dem Kampf kommen?«

Ich sah sie verwundert an. Bisher hatte sie Schachboxen nie ernst genommen. Hatte bloß gewitzelt, dass man dann auch genauso gut Bogenschießen und Maronipellen als kombinierte Sportart anerkennen könnte.

»Warum?«

Sie lächelte, den Blick gesenkt. Es war eines ihrer kleinen, ein wenig nach innen gerichteten Lächeln, die ich unglaublich an ihr mochte. Wie jedes Mal überkam mich das Bedürfnis, sie zu packen und in den Arm zu nehmen.

»Nur so«, sagte sie, nachdem sie wieder zu mir aufsah.

»Sicher. Warum nicht. Gern«, korrigierte ich mich schließlich.

Tamina grinste breit. »Gut.«

Ich hatte Tamina bei ihrer Freundin abgesetzt und war danach direkt zu Malte gefahren. Während ich in seine Straße einbog, fischte ich das Handy aus der Tasche, ließ es eine ganze Weile lang klingeln und gab schließlich entnervt auf, als ich bereits vor Maltes Haus stand. Es überraschte mich nicht, dass er nicht ranging. Malte hatte sein Telefon meistens stumm geschaltet, und seine Festnetznummer kannte ich nicht.

Nachdem ich die Straße einmal hoch- und wieder runtergegurkt war, musste ich wohl oder übel akzeptieren, dass ich keinen Parkplatz finden würde. Also lenkte ich den Golf in eine Einfahrt und parkte dort. Mit einem letzten unruhigen Blick zurück lief ich auf die Haustür zu.

Durch den abgeplatzten Lack sah die Metalltür eher silbern als grün aus und vermittelte den heimeligen Eindruck des Haupttors einer JVA. Die Hälfte der Klingeln war längst aus der Fassung verschwunden, die anderen mehr oder weniger unleserlich. Lose Drähte hingen überall herum, aber das spielte keine Rolle: Da die Tür schon mehrfach aufgebrochen worden war, schloss sie ohnehin nicht mehr komplett. Ich stemmte mich gegen das schwere Metall und schob mich in den düsteren Flur dahinter.

Die staubigen Fliesen im Boden waren an verschiedenen Stellen gesprungen, und es roch nach Urin. Hinter der Tür stand eine durchweichte Pappkiste, in der verschiedene Bücher lagen. Manche der Briefkästen waren beschädigt und standen offen, einer war gleich ganz aus der Wand gerissen und anscheinend mitgenommen worden.

Ich ging die Treppe im Vorderhaus hinauf und ignorierte den Sperrmüll, der auf den Treppenabsätzen und vor den Wohnungstüren stand. Ein alter Röhrenmonitor, ein Stuhl ohne Sitzfläche, vergilbte Küchenregale und ein trauriger Farn, der sich tapfer gegen einen einsamen Tod wehrte. Schließlich stieg ich noch über ein Stück Plastikrohr, um in den dritten Stock zu gelangen.

Auf dem Treppenabsatz vor Maltes Wohnung stutzte ich. Seine Tür stand offen. Nur einen winzigen Spalt breit, aber sie war definitiv nicht verschlossen. Nicht mal der großkotzige Malte würde hier gewohnheitsmäßig die Tür auflassen, entschied ich, während ich vorsichtig die letzten Stufen hinaufstieg. Schnell griff ich hinten an meinen Gürtel, dorthin, wo sich früher meine Dienstwaffe befunden hatte. Mit einem stummen Fluch machte ich einen Schritt auf die Tür zu, die leere Hand ausgestreckt. Meine Finger stießen die mit Aufklebern übersäte Tür langsam auf. Das Schloss schien unbeschädigt.

»Malte?«

Keine Antwort. Mit einem letzten Blick über die Schulter glitt ich in den Wohnungsflur, jeden Muskel angespannt. Schritt für Schritt bewegte ich mich unter dem niedrigen Zwischenboden hindurch, den Malte eingezogen hatte, um seinen ganzen Krempel unterzubringen. Ich musste das Bedürfnis unterdrücken, den Kopf einzuziehen, so eng kam es mir vor. Zu meiner Linken schaute mir Muhammed Ali von einem riesigen, rissigen Poster mit erhobenen Fäusten entgegen. Ihm gegenüber lehnte Crocodile Dundee lässig mit verschränkten Armen gegen ein schiefes Regal und lächelte selbstherrlich zu Ali und mir rüber. Zu seinen Füßen stapelten sich Kisten, Zeug von Maltes Ex, soweit ich wusste. Ich war nicht besonders oft hier gewesen, meistens bloß unten, um Maßner abzuholen.

»Malte?«

Ich warf einen schnellen Blick nach links in die Küche. Jede Menge ungespültes Geschirr und blinde Scheiben, die Richtung Industriegebiet schauten. Ein paar verwelkte Blumen in einer viel zu kleinen Vase. Es roch nach Bratfett. Die Tür zum Schlafzimmer hinter der Küche war geschlossen, während die zum großen Wohnzimmer rechts offen stand. Ich machte einen Schritt darauf zu und ließ den Kopf vorschnellen, um einen Blick hineinzuwerfen. Ich konnte nichts Auffälliges sehen, aber das Zimmer verlief schlauchartig parallel zur gesamten Länge des Flurs. Ich musste weiter hinein, um bis nach hinten schauen zu können.

Am Türrahmen hielt ich inne, atmete durch und sammelte mich. *Thiebeck, du spinnst komplett*, dachte ich kurz. *Wirst den Penner Malte dabei erwischen, wie der sich schön genüsslich einen runterholt.*

Mein Oberkörper zuckte vor, sodass ich einen Blick in den Raum werfen konnte, und sofort wieder zurück.

Mein Atem wurde nicht ruhiger. Im Gegenteil: Auf dem beigen Teppich hatte ich einen dunklen Fleck erkennen können. Braun, rostig, wie getrocknetes Blut. Entschlossen glitt ich geduckt in den Raum. Lauschte. Kam langsam aus der gebückten Haltung hoch und starrte auf Malte.

Er war allein. An einen Holzstuhl gefesselt, der zu denen in der Küche passte: blauer, abgeschabter Lack und geflochtene Sitzflächen aus Bast.

Fuck!, zuckte es mir durchs Hirn. Meine Reflexe übernahmen. Schnell ging ich zu ihm. Obwohl ich bereits ahnte, dass er tot war, fühlte ich nach seinem Puls. Mit den Fingerrücken, um keine Abdrücke zu hinterlassen. Nichts.

Wo war der Täter? Noch in der Wohnung?

Mit mehreren schnellen Sätzen sprang ich zurück in den Flur, riss die Tür zum Schlafzimmer auf. Berge von Klamotten, gewaschen und ungewaschen, und ein Geruch, der mich an Sportstunden in der Schule erinnerte, versteckten sich dort. Niemand sonst. Die Wohnung war leer, bis auf Malte und mich.

Ich kehrte ins Wohnzimmer zurück, ging auf ihn zu und bildete mir ein, den metallischen Geschmack von Blut auf der Zunge zu spüren.

Mit zusammengekniffenen Augen betrachtete ich den Draht, der ihn an Füßen und Handgelenken, die hinter den Stuhl gezerrt worden waren, fesselte. Sein gesamter Unterleib schien mit scharfen Schnitten geöffnet worden zu sein. Ich konnte das Schwarz von geronnenem Blut und das ölige Grau von Eingeweiden erkennen. Seine Trainingshose war genau wie der Teppich blutdurchtränkt. Maltes aufgerissene Augen starrten stumpf an die Decke, die mit vergilbten Styroporplatten abgehängt war. Sein Mund stand offen. Als könnte er nicht begreifen, was hier geschehen war. Hinter ihm auf dem Wohnzimmertisch standen zwei Kaffeetassen.

In mir stritten sich zwei Teile meiner selbst. Erhielten abwechselnd die Oberhand. Der eine, *Johnny T.*, wie mich Malte oft genannt hatte, starrte fassungslos auf einen Freund, den jemand bestialisch ermordet hatte.

Der andere, der ehemalige Kommissar Johannes Thiebeck, ging im Geist alles durch, was man an einem Tatort überprüfen musste. Vermutlicher Todeszeitpunkt: maximal ein, zwei Stunden her. Dann fiel mir ein, dass ich vor einer Weile noch mit ihm telefoniert hatte. *Konzentrier dich, du Affe*, schalt ich mich.

Der Täter hatte sich keinen Zutritt verschafft, sondern war offenbar von Malte hereingelassen worden. War die zweite Kaffeetasse von ihm? Die hatten nicht im Ernst hier zusammengesessen und gemeinsam Käffchen geschlürft, bevor der Killer sein Jagdmesser gezückt hatte, oder?

Ich warf einen kurzen Blick in die anderen Zimmer. Aber in keinem davon konnte ich einen weiteren Hinweis auf den Täter erkennen. Entweder hatte er dort keine Spuren hinterlassen oder sich tatsächlich nur mit Malte im Wohnzimmer aufgehalten. Spuren eines Kampfes konnte ich ebenfalls nicht erkennen. Wer auch immer Malte an den Stuhl gefesselt hatte, musste ihn überrascht, ihn betäubt oder niedergeschlagen haben. Malte war Boxer, hatte gute Reflexe und war kein Feigling. Ihn einfach mit der Waffe zu bedrohen, hätte vermutlich nicht gereicht.

Mein Blick streifte die tiefen Wunden an Maltes Bauch. Jemanden auf diese Weise aufzuschlitzen, bedurfte keiner großen Kraft, wenn man ein scharfes Messer besaß. Aber Davie durch das Fenster in die Lackfirma zu zerren, schon. Und einen Polizisten wie Ottendorf zu erdrosseln, da musste man sich seiner Kraft schon ziemlich sicher sein. Suchten wir nach mehreren Tätern? Vermutlich nach einem Mann. Die Morde entsprachen nicht den Mustern, nach denen Frauen töteten. Wollte jemand das Gym vernichten? Ging es eigentlich gar nicht um mich, sondern um den Coach? Erst Davie, jetzt Malte. Vielleicht sollte ich Stehrs mal nach schwarzen Flecken in der Vergangenheit des Coachs fragen. Das Schachspiel lief über mich, und Ottendorf war mein Kontakt gewesen, aber möglicherweise war ich einfach bloß Mittel zum Zweck. Irgendwie passten all die Puzzleteile immer noch nicht zusammen. Ich verstand nicht, nach was ich suchen musste.

Ich warf einen Blick auf die Leiche. Jedenfalls war ich mir ziemlich sicher, dass die ganze Sache mit Malte nicht viel zu tun hatte.

Eigentlich hätte ich zu diesem Zeitpunkt einfach wieder verschwinden müssen, niemandem sagen, dass ich hier gewesen war. Was Densch davon halten würde, dass ausgerechnet ich über eine weitere Leiche gestolpert war, konnte ich mir schon denken. Er würde mir den Kopf abreißen.

Während ich langsam zurück ins Wohnzimmer ging, angelte ich das Handy aus der Gesäßtasche, suchte Janas Nummer heraus und rief sie an.

»Hey, Johannes, was gibt es?«

Eine Stunde später saß ich hinten in einem Streifenwagen. Ich hatte mir zunächst jede Menge Flüche von Densch anhören müssen, weil ich die Wohnung überhaupt betreten hatte. Kommentare, ob ich von nun an bei jeder offenen Tür das MEK rufen sollte, hatte ich mir verkniffen. Ich wusste ja, wie er sich fühlen musste. Totschlag, Mord, alles keine Seltenheit in größeren Städten. Das hier sah allerdings eher nach einem Serienmörder aus. Da bekam jeder Bulle ganz klamme Finger. Ich kannte das aus eigener Erfahrung und erinnerte mich noch gut daran, wie uns im Fall Lammert das erste Mal die Ahnung beschlichen hatte, dass wir es mit einer Serie zu tun haben könnten.

Ich schaute an den beiden Streifenpolizisten vorbei auf die

Straße, auf der sich mehr und mehr Anwohner versammelten. Blaulicht im Kiez, das zog die Menge innerhalb kürzester Zeit aus ihren Löchern hervor.

In diesem Moment trat Jana an das offene Fenster des Wagens. Sie beugte sich herunter und sagte: »Wir müssen reden, Johannes.« Dann, an die Polizisten vor mir gewandt: »Bitte bringen Sie ihn auf das Präsidium. Wir kommen nach, sobald wir können.« Sie streckte die Hand aus und legte die Handfläche gegen meine Scheibe.

Ich lächelte, erwiderte die Geste allerdings nicht. Der Wagen fuhr an, und wir ließen Jana am Bordstein zurück.

Ich sah mich in dem hellen, mit großen, freundlichen Glasfenstern ausgestatteten Raum um, in den man mich gesteckt hatte. In dem eher schlecht sitzenden Jogginganzug, den man mir gegeben hatte, nachdem ich gezwungen worden war, mich auszuziehen, fühlte ich mich unwohl. Aber Densch hatte darauf bestanden, meine Sachen runter ins Labor zu schicken, um zu sehen, ob sich Spuren davon am Tatort finden lassen würden. Andere als die, die sich dort wegen meines *unverantwortlichen und unsachgemäßen* Eindringens ohnehin finden würden.

Zusätzlich hatte man meine Haut, vor allem an den Händen und Handgelenken, mit Luminol und UV-Licht untersucht.

»Das Zeug reagiert empfindlich, unter anderem auch auf Urin«, hatte Arne Hegert unten im Labor mit einem Augenzwinkern gesagt. »Falls du dir also nach dem letzten Toilettengang nicht die Hände gewaschen hast, sag es lieber gleich.«

Densch hatte das Ganze jedoch kein bisschen witzig gefunden und das Ergebnis der Untersuchung grimmig abgewartet.

»Bei Gott, Thiebeck, ich hoffe für Sie, dass dieser Lackmus-Test Sie nicht durchfallen lässt«, hatte er gesagt, und erstaunlicherweise hatte ich ihm geglaubt.

Ich war mir sicher, dass Densch keine Skrupel gehabt hätte, mein Dienstaufsichtsverfahren wieder aufzurollen, wenn er gekonnt hätte, aber hinter Gitter wollte er mich offenbar nicht bringen. Selbst wenn dann sein Fall gelöst wäre.

»Nichts«, hatte Hegert festgestellt, und ich hatte wieder nach oben gedurft.

»Meine Sachen?«

»Bekommen Sie, wenn wir damit durch sind.«

Ich hatte mich gefügt, und so saß ich anschließend ohne Unterwäsche in diesem Baumwollanzug herum, der leicht im Schritt kniff, und musste mehrfach den Reflex unterdrücken, meine Weichteile neu zu ordnen. Ich hatte keine Lust, von Jana und Densch mit den Pfoten am Sack erwischt zu werden.

Die Tür öffnete sich, und Jana kam herein. Sie stellte zwei große Pappbecher mit Latte macchiato auf den Tisch und ging, um die Tür hinter sich zu schließen.

»Zucker ist schon drin«, sagte sie, als sie mir meinen mit einem Lächeln rüberschob.

»Danke.« Ich rührte mit dem kleinen Stäbchen um und nahm einen vorsichtigen Schluck. »Heiß! Aber besser als die Maschinenplörre, die wir den Verdächtigen früher gegeben haben. Offenbar gibt es hier jetzt einen ordentlichen Automaten. Ach ja: schickes Verhörzimmer«, stellte ich dann noch fest und sah mich anerkennend um.

Zu meiner Zeit waren die Räume enger, dunkler und vor allem tiefer in der Etage, ohne Fenster, gewesen. »Die Stühle sind auch nicht schlecht«, fügte ich hinzu und lehnte mich probeweise mehrfach zurück. Selbst für jemanden meines Formats waren die gepolsterten Sitze bequem.

Jana setzte sich mir gegenüber und schob ihren Becher zur Seite, als hätte sie ohnehin nie vorgehabt, daraus zu trinken. Mit einem Blick auf ihren Notizblock sagte sie: »Das hier ist kein Verhör, Johannes. Du sitzt in einem Besprechungszimmer.« Langsam hob sie den Kopf und sah mich merkwürdig intensiv an. »Und du musst auch keine Spielchen spielen. Wir sind alleine.«

Sie hatte recht. Ich spulte die markigen Sprüche ab, um mich selbst davon abzulenken, dass mir hundeelend zumute war. Ich hatte Malte gemocht. Und kurz vor seinem Tod noch mit ihm gesprochen. Hatte sich der Täter da bereits im Haus befunden? Vielleicht auf dem Treppenabsatz? Oder gar in der Wohnung? Hätte ich Malte retten können, wenn ich mich etwas beeilt hätte? All das schwirrte mir im Kopf herum, aber so ganz konnte ich die dicke Lippe nicht sein lassen, wie eine Maschine, die auf Autopilot lief.

»Ist das der Grund dafür, dass mir die Trainingshose von jemandem zwei Köpfe kleiner in die Kimme kneift und die Eier abklemmt?«

»Johannes, du hast uns aus der Wohnung eines Ermordeten angerufen! Der ein Freund von dir ist. Und falls es dir entgangen ist: Du hattest auch mit den anderen Toten zu tun.«

»Oh, danke für den Hinweis. Das hatte ich schon vergessen.« Meine Stimme troff vor Sarkasmus.

»Entschuldigung.« Sie streckte die Hand aus, um mich am Arm zu berühren. »Du bist hier, weil wir mit dir zusammenarbeiten wollen. Du kannst mir glauben, dass Mirko davon nicht gerade begeistert ist, aber uns bleibt nichts anderes übrig. Und dass wir mit dem neuen Toten hier eine handfeste Krise haben, ist ja wohl klar, oder?«

»Malte Maßner. So hieß euer Toter.«

Jana sah auf ihren Block, als müsste sie meine Aussage überprüfen. »Ja, sicher. Tut mir leid. Malte.« Sie atmete hörbar aus und sah mich erneut an.

Fast tat es mir leid, dass ich meinen Ärger an ihr ausgelassen hatte. »Habt ihr das Telefon überprüft?« Ich hatte Jana erzählt, dass ich direkt vor dem Mord noch mit Malte gesprochen hatte. War das der Auslöser für den Mord gewesen? Hatte der Täter ihn abgehört? Mich? Oder war der Zeitpunkt reiner Zufall gewesen? Früher hatte ich oft großspurig behauptet, wie so viele Ermittler, dass man bei der Polizei nicht an Zufälle glauben durfte. Aber davon auszugehen, dass der Täter mich oder jemand anders quasi rund um die Uhr überwachte, kam mir schon extrem paranoid vor.

»Keine Wanzen in seiner Wohnung, auch nicht im Telefon. Deins werden wir noch checken.«

»Gibt es eine Möglichkeit, dass sich der Täter bereits in der Wohnung befand, als ich mit Malte telefoniert habe?« Die Vorstellung kam mir unglaublich bizarr und widerlich vor.

»Das wissen wir nicht, Johannes.« Ihre Stimme klang betrübt, als würde sie mir gerne irgendwie Klarheit verschaffen.

»So, Zusammenarbeit. Was genau heißt das in Denschs Welt?«

Bevor Jana antworten konnte, ging die Tür auf. Densch kam herein. Sein Gesicht wies rötliche Flecken auf, und seine Krawatte sah aus, als hätte er bereits mehrfach verzweifelt an ihr gezerrt, um Luft zu bekommen. Auf dem Arm trug er einen Haufen Kleidung. Meine Kleidung. Er legte die Klamotten auf den Tisch und schob sie zu mir rüber.

»Die sind sauber. Tut mir leid für die Umstände, Thiebeck, aber ich bin sicher, Sie verstehen, dass wir das überprüfen mussten. Auch zu Ihrem Besten.«

Ich nickte stumm und stand auf, um den Stapel näher an mich heranzuziehen. Als ich mir das kratzige Oberteil des Jogginganzugs über den Kopf zog und mit nacktem Oberkörper dastand, schauten mich beide völlig perplex an.

»Was machen Sie da?«

»Sie glauben doch nicht im Ernst, dass ich eine Sekunde länger in diesem Fummel hier sitzen bleibe?« Ich ließ den Sweater auf den Tisch fallen und schnappte mir mein T-Shirt. Dann zog ich den Pullover an und griff nach dem Bund der Jogginghose.

»Oh nein!«, protestierte Densch.

Ohne ihn zu beachten, zog ich die Hose herunter, stieg aus ihr heraus und zog meine Boxershorts aus dem Haufen. Beide blickten betont zur Seite – Jana belustigt, Densch wütend.

Einen Augenblick später zog ich meinen Gürtel zu und ließ mich, nun wieder vollständig bekleidet, in den Sitz fallen.

»Die zarten Jungfern können nun den keusch abgewandten Blick wieder nach vorne richten«, sagte ich.

Jana erwiderte mein Grinsen, während Densch mürrisch den Kopf schüttelte. »Kindergarten.«

»Besprechungszimmer«, half ich nach, um das vorher unterbrochene Gespräch wieder aufzunehmen.

»Hören Sie zu, Thiebeck, ich muss Ihnen den Ernst der Lage nicht erklären. Drei Tote innerhalb kürzester Zeit, auf den ersten Blick miteinander verknüpft, über Sie miteinander verbunden, und vermutlich vom selben Täter ermordet. Sie wissen, was das heißen könnte.«

Ich nickte, schlagartig wieder ernst. »Serienmord.«

Gequält verzog er bei dem Wort das Gesicht. »Jedenfalls wurde eine Soko gebildet. Zusammen mit den Kollegen aus dem Ruhrgebiet, die im Fall Ottendorf ermitteln. Und wir brauchen Ihre Kooperation, Thiebeck. Sie hängen da mit drin, und ohne Sie kommen wir nicht weiter, fürchte ich. So ungern ich das zugebe: Sie müssen mit an Bord.«

Ich nickte und spreizte die Finger. »Kein Problem.«

Densch schien über meine Zustimmung überrascht.

»Warum gucken Sie so? Glauben Sie im Ernst, das ginge mir am Arsch vorbei? Ich würde blocken, nur um Ihnen in die Suppe zu spucken?« Ich schnaubte verächtlich. »Sie überschätzen Ihre Bedeutung für mich und meinen Ärger, Mann!«

»Umso besser.« Densch sah Jana an. »Wollen wir?«

Sie nickte und wandte sich an mich. »Wir gehen jetzt hoch, zu den anderen. Ich stelle dir den Rest der Soko vor. Ach, und eine Sache noch: Danke für den Tipp mit der Farbe. An den Kameras.«

»Habt ihr was gefunden?«

»Was du gefunden hast, waren in der Tat wohl schwarze Farbspuren. Der Täter hat damit die Kamera beschmiert, bevor er sie von der Wand gerissen hat. Außerdem hat das Team Gummirückstände an der Wand festgestellt.«

»Ist das der gleiche Lack wie drinnen? Mit dem Davie getötet wurde?«

Jana schüttelte den Kopf. »Arne sagt, es handelt sich um Acrylfarbe. Keine Gemeinsamkeiten mit dem Lack drinnen.«

»Und das Gummi? Habt ihr eine Ahnung, wo das herkommt?«

»Leider nicht. Arne versucht noch herauszufinden, woher die Abriebspuren stammen könnten.«

»Gehen wir nach oben«, sagte Densch ungeduldig.

Als wir auf den Gang hinaustraten, hörte ich das Geklacker von aggressiven Absätzen.

»Auf ein Wort, Herr Densch«, sagte eine Frauenstimme herrisch.

Noch während ich mich umdrehte, zog Jana mich am Arm, fort von Densch. Neben ihm stand Gabriele Sänger, Oberstaatsanwältin. Während sie halblaut auf Densch einredete, bedachte sie mich mit einem bösen Blick.

Die Sänger war damals einer von den Bluthunden gewesen, die wegen Lammert kläffend hinter mir her gewesen waren. Hatte gedacht, sie könnte meinen blutigen Kopf präsentieren und sich damit einen Chefsessel sichern. Offenbar hatte sie es irgendwie anders geschafft, nach oben zu kommen.

»Komm«, sagte Jana und zerrte erneut an mir.

Rückwärts gehend, behielt ich Densch und Sänger mit einer gewissen Genugtuung im Blick. Ich konnte mir geradezu vorstellen, wie sie ihn anfauchte: ›Was zum Teufel macht der Kerl hier? Warum läuft der frei herum?‹

Und Densch würde ihr erklären müssen, dass ich ein elementarer Bestandteil der Ermittlungen war. Die Befriedigung, die ich empfand, war kindisch, aber der Sänger hatte ich immer schon eins reinwürgen wollen, nachdem sie versucht hatte, mich derart öffentlich zu kreuzigen.

»Guten Morgen. Das ist Hans Fahlinger, Hauptkommissar bei der Kripo Duisburg. Und sein Kollege, Guido Niemeyer, ebenfalls aus Duisburg. Franziska Schiefer und Daniel Kunzi, Assistenz. Und Arne Hegert kennen Sie ja bereits. Meine Damen und Herren, das ist Johannes Thiebeck, unser ehemaliger Kollege«, stellte Densch mich vor.

Ich schüttelte den beiden Kriminalern die Hand. Fahlinger

hatte bestimmt keine zehn Jahre mehr bis zur Pension, und mit seinem silbergrauen Haar und dem Rauschebart wäre er auch auf einem norddeutschen Krabbenkutter nicht fehl am Platz gewesen. Unter seinem gestreiften Hemd wölbte sich ein enormer Bauch, der die Knöpfe abplatzen zu lassen drohte. Sein Händedruck war fest, wie man es von einem Fischer erwarten konnte.

Sein Kollege Niemeyer war mindestens zwanzig Jahre jünger, eher Ende zwanzig, und trug die schmutzig blonden Haare streng zurückgegelt. Sein Gesicht sah auf eine kantige Art gut aus, und er besaß die sportliche Figur eines Athleten. *Triathlon vielleicht*, dachte ich. Er war mir sofort unsympathisch, weil er die Art von Kerl war, die viel zu genau wusste, wie viel Schnitt sie bei den Frauen hatte. Niemeyer trug einen milchkaffeebraunen Anzug, und sein Händedruck passte gut zu dem von Fahlinger: männlich, ohne dass er mir dabei versuchte, die Hand zu zerquetschen. Hegert begrüßte mich mit erhobener Hand, während er sich Mineralwasser in ein Glas einschenkte.

Danach kamen die letzten beiden Anwesenden dran: Franziska Schiefer, Mitte zwanzig, mit krausen Locken in einem Pferdeschwanz. Sie erreichte keine eins fünfundsechzig und machte einen selbstbewussten Eindruck. Bei dem Letzten, Daniel, handelte es sich um einen jungen Mann mit Nerdbrille und einem Hipster-Haarschnitt, vermutlich nicht viel älter als die Schiefer. Er schien komplett mit Carhartt-Klamotten ausgestattet zu sein, und zu seiner Hosentasche führte eine fette Silberkette, um das Portemonnaie zu sichern. Bei den beiden handelte es sich um die Assistenten der vier Kommissare, aber ich hatte nicht mitbekommen, wer von ihnen nach Berlin und wer ins Ruhrgebiet gehörte.

Wir befanden uns in einem Raum ganz oben im Präsidium, der noch heller und luftiger war als der Besprechungsraum zuvor. Gleich zwei komplette Fensterfronten gaben den Blick auf die Stadt frei und vermittelten den Eindruck eines hochwertigen Lofts. Den hinteren Teil dominierte ein langer Konferenztisch mit Stühlen für bis zu zwanzig Leute, während wir uns an der Stirnseite befanden, an der weitere Stühle standen und ein riesiges Whiteboard an der Wand hing. An dem Board waren bereits verschiedene Fotos durch bunte Pfeile in Blau und Grün verbunden. Dazwischen klebten große Post-its in Rosa; auf ihnen mit Markern geschriebene, kaum leserliche Anmerkungen.

Von mir gab es dort auch ein Bild, in der Mitte. Dabei handelte es sich um eine Schwarz-weiß-Kopie eines Fotos aus meiner aktiven Zeit im Dezernat. Offenbar befand sich hier also noch irgendwo eine Akte mit meinem Namen drauf, aus der sie sich das Foto besorgt hatten. Möglicherweise gab es in der Abteilung für Internes sogar noch den einen oder anderen scharfen Hund, der davon träumte, mich für die Sache mit Lammert dranzukriegen.

»Okay, ich möchte noch einmal alle Anwesenden bei der Soko *Schachklub* begrüßen«, ergriff plötzlich der alte Fahlinger das Wort.

»Schachklub?«, zischte ich Jana fassungslos zu.

Sie verzog verlegen das Gesicht und zuckte mit den Schultern. Ich schüttelte den Kopf und wandte mich wieder nach vorn. Ich hatte vergessen, wie pietätlos solche offiziellen Bezeichnungen oft waren, auch schon zu meiner Zeit. Wahrscheinlich war ich selbst für einige echte Monstrositäten verantwortlich.

»Rekapitulieren wir kurz, was wir wissen und vor allem,

warum wir von einem Serienmord ausgehen.« Fahlinger drehte sich zum Whiteboard um. Er hatte einen dicken, grünen Edding in der Hand, mit dem er jetzt gegen die Tafel klopfte. »Erstes Opfer: Mario Ottendorf, vor exakt dreizehn Tagen. In seinem Blut wurde, genau wie bei den anderen beiden Opfern, 4-Hydroxybutansäure, GHB, auch besser bekannt als *Liquid Ecstasy*, gefunden. Ein ungewöhnliches Vorgehen. Aber: Erster Hinweis auf einen gemeinsamen Täter.« Er schrieb eine dicke Eins an die Tafel. »Ottendorf ist mit einer Drahtschlinge erwürgt worden, das deckt sich mit keinem der anderen Morde, und weitere Spuren des Täters haben wir in der Wohnung nicht gefunden. Dann David Kierran.« Wieder klopfte er gegen die Tafel, in die Nähe von Davies Bild. »Kierran wurde ebenfalls mit GHB betäubt. Wir gehen davon aus, dass er, nachdem er entweder bewusstlos oder zumindest psychisch und physisch stark eingeschränkt war, in dem Lack ertränkt wurde.« Hier zeigte er auf einen Bereich, in dem mehrere Notizen, die ich von meiner Position aus nicht lesen konnte, mit *LACK* übertitelt waren. »Das Auto, in dem wir ihn gefunden haben, gehört Herrn Thiebeck und ist ein paar Tage vorher als gestohlen gemeldet worden. Vermutlich hat der Täter es bereits in Vorbereitung seiner Tat entwendet. Und schließlich heute Morgen Malte Maßner. Obwohl wir noch keine abschließenden Laborergebnisse haben, sieht es momentan so aus, als ob auch er mit GHB betäubt wurde. Eventuell hat es sich in seinem Kaffee befunden.«

»Den der Täter mit ihm zusammen getrunken hat«, warf Niemeyer ein und hob bedeutungsvoll die Augenbrauen.

»Das können wir noch nicht abschließend sagen«, erhob Densch Einspruch.

Hegert, der mit erhobener Hand vorgetreten war, räusperte sich. »DMSO.«

»Was bitte?«, fragte Densch ungehalten.

»Dimethylsulfoxid. Abgekürzt DMSO. Wir haben Spuren davon in David Kierrans Körper gefunden. Der Befund kam vorhin rein, ich konnte Ihnen die Ergebnisse noch nicht zeigen.«

»Und was hat das mit dem Kaffee zu tun?«, fragte Niemeyer.

Hegert räusperte sich erneut. Offenbar war es ihm unangenehm, vor der gesamten Gruppe zu referieren. »DMSO ist ein organisches Lösungsmittel, das die Eigenschaft besitzt, extrem schnell in die Haut einzudringen.«

»Ein Gift? Warum das denn? Die Opfer sind doch alle auf völlig unterschiedliche Weise ermordet worden.« Fahlinger fand offenbar keinen Gefallen an Hegerts Vortrag. Er schüttelte missbilligend den Kopf.

»Obwohl DMSO in höheren Dosen durchaus eine giftähnliche Wirkung haben kann, ist es in diesem Fall nicht als solches verabreicht worden.« Hegert hob die braune Aktenmappe, die er in der Hand hielt, als würde er damit etwas illustrieren. »Aber DMSO besitzt die außerordentliche Fähigkeit, alles, was man darin löst, als Trägersubstanz schnell in den Organismus einzubringen.«

Keiner von uns reagierte. Offenbar hatten auch die anderen nicht richtig verstanden, was er uns zu erklären versuchte.

Hegert fuhr fort: »Das GHB, mit dem alle drei Opfer vermutlich kampfunfähig gemacht worden sind, ist wahrscheinlich nicht oral verabreicht worden.« Er drehte sich zu Niemeyer um. »Also eher nicht durch den Kaffee, sondern über das DMSO. Es ist davon auszugehen, dass der Täter die

Opfer damit nur benetzen musste, um die Droge zu verabreichen.«

»Was, mit einer Wasserpistole oder wie?« Niemeyer machte ein schnorchelndes Geräusch durch die Nase. Er klang wie ein kleines Schweinchen.

Hegert blieb cool. »Durchaus eine Möglichkeit. Nicht wahrscheinlich, aber DMSO könnte man in der Tat mit einer Wasserpistole oder einer dieser größeren Wasser-Pumpguns verabreichen.«

Ungläubiges Gemurmel und Kopfschütteln machten sich in der Runde breit, bis Densch zur Ordnung rief.

»Das würde jedenfalls erklären, wie der Täter jeweils derart dicht an die Opfer herangekommen ist. Ich bin nicht davon ausgegangen, dass er sie alle in einer Cocktailbar aufgerissen hat«, sagte Niemeyer grinsend.

Hegert ignorierte die Geschmacklosigkeit und fuhr fort: »Der Täter musste also eigentlich nur eine Tür geöffnet bekommen oder sich auf eine Distanz von gut einem Meter nähern.« Er drehte sich zu Densch um, sodass sie etwas mehr als eine Armeslänge voneinander entfernt standen, und ergriff ein Wasserglas. Dann deutete er eine Bewegung an, als wollte er Densch das Wasser übers Sakko schütten. Der hob nur die Augenbrauen.

»An der Tür klingeln, kurz warten, zack!« Hegert drehte sich zu dem Rest von uns um. »Und seine ›Waffe‹ kann er einfach in einem Pappbecher von Starbucks oder McCafé auf der Straße herumtragen.«

Fahlinger nickte. »Okay, wir kümmern uns darum. Unsere Techniker sollen rausfinden, ob das Zeug auch bei Ottendorf verwendet wurde.«

»Ich rede mit Ihrer KTU«, stimmte Hegert zu.

»Die sollen checken, ob sich davon etwas am Türrahmen oder im Wohnungsflur findet. Bei Maßner ebenso.«

»Alles klar.« Hegert schnappte sich seinen Papierstapel und ging, die Hand noch einmal zum Gruß erhoben.

Fahlinger wartete, bis die Tür zugezogen wurde, und setzte dann erneut an. »Alle Opfer sind Bekannte oder Freunde von Herrn Thiebeck.«

Die Aufmerksamkeit richtete sich unvermittelt auf mich.

Ich hielt mich an dem Glas Wasser fest, das mir Jana gereicht hatte.

»Trotzdem gibt es auf den ersten Blick keine echte Beziehung zwischen den Opfern. Vielleicht abgesehen von dem Box-Gym, das der Vater von Kierran leitet und in dem Maßner trainiert hat. Allerdings hatte Ottendorf damit nichts zu tun.«

»Was ist mit dem Schach-Server?«, warf Densch ungeduldig ein, dem die Sache offenbar zu lange dauerte.

Fahlinger nickte und deutete auf das Bild von Ottendorf. »Nach dem Tod von Ottendorf hat sich der Täter nach momentanem Stand Zugang zu dessen Account auf dem Server von *Bulletproof* verschafft und eine Partie Bullet-Schach mit Herrn Thiebeck angefangen.«

Mir stellten sich die Nackenhaare auf. Bisher war mir nicht klar gewesen, dass Ottendorf bereits tot war, als unsere Partie begonnen hatte. Ich hatte mir einfach nicht die Mühe gemacht nachzurechnen.

»Aufgrund dieser Tatsache und des Umstands, dass der Lack, der zu David Kierrans Tod geführt hat, normalerweise zur Herstellung von Schachfiguren dient, sollte also klar sein, dass es einen direkten Bezug zum Thema gibt. Die große Frage ist jetzt: welchen?« Als niemand auf diese rhetorische Frage antwortete, fuhr Fahlinger fort: »Das hier sind die Züge der Partie bisher.« Er ging auf Kunzi zu, der ihm ein Blatt Papier reichte.

Fahlinger hielt es hoch, als ob einer von uns auf diese Entfernung etwas darauf hätte erkennen können.

»Herr Thiebeck spielt Schwarz.« Fahlinger umkreiste großzügig den Bereich LACK. »David Kierran: schwarzer Lack in der Lunge.« Er pinnte das Blatt mit einem runden, roten Magneten an das Whiteboard.

Franziska Schiefer schob sich jetzt nach vorn und ging an Fahlinger vorbei, der ihr etwas verwundert dabei zusah. Sie lehnte sich vor und betrachtete den Zettel, den er gerade angepinnt hatte. Dann richtete sie sich wieder auf, suchte mit dem Blick verschiedene Informationen auf dem Board. Lehnte sich wieder nach vorn, nahm den Zettel ab und drehte sich dann zu uns um.

»Die Morde an Maßner und Kierran haben beide innerhalb von vierundzwanzig Stunden stattgefunden, *nachdem* in der digitalen Partie eine schwarze Figur geschlagen wurde.« Sie zeigte auf das Papier.

Fahlinger nickte und reichte es an Densch weiter, der zu den beiden getreten war.

»Was wollen Sie damit sagen?«, wollte Niemeyer wissen. »Dass das irgendein krankes Spiel ist? Das Schachspiel des Todes?« Er schnaubte verächtlich.

Der Rest von uns starrte stumm auf das Whiteboard. Alle gingen im Kopf die Informationen durch, die wir besaßen. Und ich wusste, dass die Schiefer recht hatte. Das war das Einzige, was Sinn ergab. Der Täter hatte Ottendorf umgebracht, um an seinen Account zu kommen und dann, beide Male, wenn er einen meiner Bauern geschlagen hatte, ein weiteres Opfer getötet.

Fassungslos starrte ich auf das Weiß der Tafel, die bunten Linien, die Fotos. Alles fing an, sich zu drehen. Und mitten im Auge des Orkans, scheinbar unbeweglich, hing die Kopie meines hässlichen Fotos aus den Akten.

Jana berührte mich am Arm, sie betrachtete mich besorgt mit gerunzelter Stirn. »Alles in Ordnung?«, flüsterte sie. Offenbar hatte ich den Eindruck gemacht, als würde ich jeden Augenblick zusammenklappen. Ich nickte.

»Bisher wissen wir über den Täter, dass er sich bis zu einem gewissen Grad mit Computern auskennen muss. Wir können noch nicht sagen, ob er Ottendorfs Account geknackt hat oder irgendwie anders an die Zugangsdaten gekommen ist. Möglicherweise kennt der Täter Ottendorf und hatte deswegen keine Schwierigkeiten, sich unter falschem Namen einzuloggen.«

»Unwahrscheinlich«, widersprach Kunzi. Er rückte die Brille zurecht. »Möglicherweise war das Programm in der Wohnung von Ottendorf offen. Falls der Rechner lief, als der Täter kam. Aber danach hätte er seine Züge von Ottendorfs Wohnung aus machen müssen. Das deckt sich nicht mit den momentanen Erkenntnissen.« Er warf Schiefer einen kurzen Blick zu, aber die schüttelte den Kopf.

»Rechner war aus«, sagte sie.

»Dann bleibt noch die Möglichkeit, dass der Täter Ottendorf so gut kannte, dass er Zugang zu seinem Passwort besaß.«

»Da sind unsere Leute in Duisburg bereits dran«, warf Niemeyer ein. »Wir bekommen demnächst eine umfangreiche Liste von Personen, die entweder gut mit Ottendorf befreundet waren oder mit denen er in letzter Zeit Kontakt hatte.«

Kunzi nickte. »Dass der Mörder das Passwort zufällig in der

Wohnung gefunden hat und daraufhin erst seinen Plan angepasst hat, glaube ich nicht.« Er drehte sich zur Tafel um und deutete auf Ottendorf. »Ich gehe davon aus, dass Ottendorf nur gestorben ist, *weil* der Täter einen Zugang brauchte.«

»Aber warum ein Schachspiel?«, stellte Jana erneut die Frage, die uns alle die ganze Zeit schon beschäftigte.

Weil es um das Gym geht. Es geht ums Schachboxen, nicht ums Schach, wollte ich sagen, hielt aber meinen Mund. Weil ich selbst nicht mehr an diese Theorie glaubte. Stattdessen sagte ich: »Wenn es wirklich um mich geht«, und deutete auf mein Bild in der Mitte des Whiteboards, »dann ist das Schachboxen das, was mich besonders macht. Abgesehen vom spektakulären Ende meiner beruflichen Karriere«, fügte ich mit einem Schulterzucken hinzu.

»Wer könnte diese Auseinandersetzung mit Ihnen wollen? Wer ist bereit, einen Menschen zu töten, um unerkannt gegen Sie Schach spielen zu können?«, fragte Niemeyer.

»Ich habe nicht die geringste Ahnung«, gab ich zu. »Wie ich Densch und Jana bereits gesagt habe, ich wüsste niemanden, auf den dieses pathologische Profil auch nur annähernd zutreffen würde. Aber ich kann versuchen, Ihnen eine Liste zu geben, auf der alle gewaltbereiten Kriminellen draufstehen, mit denen ich in meinem Leben bereits zu tun hatte und denen ich jeweils zumindest einen dieser Morde zutrauen würde.«

Densch nickte. »Vielleicht gibt es da einen Anhaltspunkt, danke.«

»Was ist mit der Partie, läuft die noch?«, wollte Fahlinger wissen.

»Thiebeck hat die Anweisung, das Spiel nicht anzurühren.«

»Aber ich habe Ihnen auch bereits gesagt, dass ich die Partie verliere, falls ich keinen Zug mache«, warf ich verärgert ein.

»Was würde das bedeuten?«, wollte Schiefer wissen.

Densch antwortete unzufrieden: »Das wissen wir nicht. Zum jetzigen Zeitpunkt müssen wir davon ausgehen, dass jeder weitere Zug einen zusätzlichen Toten bedeuten könnte. *Das* Risiko möchte vermutlich niemand eingehen, oder?« Er sah herausfordernd in die Runde.

»Wir brauchen einen Psychologen«, sagte Fahlinger. »Ein Täterprofil, das die Erkenntnisse zum Schachspiel einbezieht. Und wir brauchen jemanden, der dieses Schachspiel für uns organisiert. Haben Sie irgendwelche Großmeister hier im Dezernat?«, witzelte er.

Densch ging nicht darauf ein. »Okay. Er ist Schachspieler. Was haben wir noch?«

Die ganze Zeit hatte ich das Hin und Her mehr oder weniger unbeteiligt beobachtet. Ich war nicht mehr Teil dieser Maschinerie, konnte nicht richtig aktiv werden. Aber jetzt regte sich etwas in mir, ein Gedanke wie ein Pflanzensprössling, der sich seinen Weg durch Pflastersteine oder Beton ans Licht suchte. Eigentlich wollte ich ihn sofort wieder begraben, ihn ignorieren. Stattdessen warf ich ein: »Lammert hat Bullet-Schach gespielt.«

5

»Wer?«

Fahlinger und Niemeyer sahen verwirrt aus. Densch dagegen musterte mich düster, als hätte ich mit diesem Satz endlich meine Schuld in der Geschichte damals zugegeben.

»Ein alter Fall, in dem Herr Thiebeck ermittelt hat. Ich gebe Ihnen die Details dazu später.« Sein düsterer Blick blieb auf mir liegen. »Über den gleichen Server?«

Ich nickte. »Über *Bulletproof*, ja.« Nach einem minimalen Zögern fügte ich hinzu: »Und er hat gegen mich gespielt.«

»Das ist nicht Ihr Ernst, oder?« Densch machte einen Schritt auf mich zu, als wollte er mich körperlich bedrohen.

»Worum, zum Teufel, geht es hier?«

Niemand beachtete Fahlinger.

»Leider doch. Lammert war ein alter Freund meines Vaters. Ich habe mit ihm über mehrere Jahre hinweg Schach gespielt, bevor es zu den Fibonacci-Morden kam.«

»Aber Lammert ist tot.«

Ich machte mir nicht die Mühe, etwas auf Janas Einwand zu erwidern.

Densch fragte: »Wer kann davon wissen? Ich meine, dass Lammert Bullet-Schach gespielt hat?«

Ich zuckte mit den Schultern. »Jeder, der sich Einsicht in die Akten verschaffen kann.«

»Was ist mit Rache als Motiv?«, fragte er mich. »Immerhin haben Sie Lammert umgebracht.«

Ich hob die Hand, mit ausgestrecktem Zeigefinger, um ihn zu warnen.

Er lenkte ein. »Also gut. Ich formuliere um: Immerhin waren Sie, wie auch immer, in seinen Tod verwickelt.« Er fixierte mich mit misstrauischem Blick. »Gibt es jemanden, der sich an Ihnen für Lammerts Tod rächen will?«

»Ich habe keine Ahnung. Ich wüsste nicht, wer. Die Einzige, die damals unter seinem Sturz zu leiden hatte, war seine Frau, Gesine Lammert. Die ist bestimmt nicht mein größter Fan, aber die als Täterin halte ich für unvorstellbar.«

Densch schnippte mit den Fingern. »Überprüft sie trotzdem. Keine losen Enden.« Er sah erst mich an, dann Jana. »Was ist mit dem Ermittlungsteam von damals? Mit wem habt ihr zusammengearbeitet? Wenn wir davon ausgehen, dass der Täter Insiderwissen besitzt, könnte es sich auch um jemanden von uns handeln.«

»Mit welchem Motiv?«, fragte Jana und runzelte die Stirn.

»Keine Ahnung, aber vielleicht gibt es eins. Legt eine Liste mit allen an, die damals über den Fall Bescheid wussten. Überprüft auch die. Wir dürfen nichts als gegeben annehmen!«, ermahnte er alle im Raum. »Vergesst nicht die Kollegen von der Staatsanwaltschaft.« Dann bellte er: »Besorgen Sie mir alle Unterlagen zu der Lammert-Sache. Möglicherweise ergeben sich weitere Parallelen, wenn wir uns da durchwühlen.«

Kunzi setzte sich sofort in Bewegung und schob sich dabei die Brille höher auf die Nase. Immerhin wusste ich jetzt, dass die Schiefer nach Duisburg gehörte.

»Moment noch, Kunzi. Wir sind noch nicht fertig. Was ist mit der IT?«, wollte Densch von Jana wissen.

»Sind wir dran. Die Techniker überprüfen, ob sie das irgendwie zurückverfolgen können. Immerhin können sie jetzt feststellen, wann der Täter sich in den Account einloggt.«

»Okay, als Nächstes will ich die Psychologie und irgendwelche sensationellen Schachspieler hier haben. Setzt die an diese Partie, lasst sie sie analysieren und tragt alles zusammen, was wir über den Täter wissen. Besorgt mir ein Profil von dem Scheißkerl!« Er bekam wieder rötliche Flecken im Gesicht. »Und in der Zwischenzeit halten Sie still, Thiebeck. Falls Ihnen noch etwas einfällt, was uns weiterbringen könnte, reden Sie mit Kleidermann.«

Immerhin besaß er die Einsicht, nicht zu verlangen, dass ich mit *ihm* direkt reden sollte. Damit war ich entlassen. Jana bedeutete mir mit einem Kopfnicken, sie vor die Tür zu begleiten. Der Junge, Kunzi, folgte uns ebenfalls.

»Johannes, Daniel wird dich nach unten bringen. Wir müssen noch deine Aussage aufnehmen. Ich komme später nach, in Ordnung?« Sie sah mich ernst an, und ich musste lächeln.

Eigentlich wollte sie mir vermutlich sagen: ›Bitte, mach dem kleinen Kunzi keine Schwierigkeiten. Er ist noch jung und unerfahren, er hat keine Chance gegen dich.‹

Zweifelnd sah sie mich an, seufzte dann und ging mit einem Nicken in Kunzis Richtung zurück in den Besprechungsraum.

»Hier entlang, bitte«, sagte Daniel Kunzi und deutete den Flur hinunter.

»Ich kenne mich ein bisschen aus. Ich war hier schon mal«, sagte ich und setzte mich mit einem Grinsen in Bewegung.

Kurz stutzte er, begriff dann und wurde rot.

»Keine Sorge, ist schon ein paar Jahre her. Gibt bestimmt Abzweigungen, bei denen ich Hilfe brauche.«

Wir suchten uns den Weg zum Fahrstuhl und fuhren zwei

Stockwerke tiefer, um uns in den Raum zu setzen, in dem ich ursprünglich mit Densch und Jana geredet hatte.

»Bitte, nehmen Sie doch Platz.« Er holte frische Gläser für uns beide. Mit einem Räuspern setzte er sich mir gegenüber und sagte: »Können Sie mir noch einmal genau erzählen, was heute Morgen passiert ist, bevor Sie bei Herrn Maßner angekommen sind?«

Das tat ich. Er schrieb mit, stellte Fragen, ich wiederholte mich, beschrieb detaillierter und versuchte, seinen Eifer zu befriedigen. Während er dasaß und meine letzten Aussagen niederschrieb – wie ich in die Wohnung gekommen war und Malte gefunden hatte –, sagte ich unvermittelt: »Kunzi, das klingt wie ein Spitzname.«

»Ist es aber nicht«, erwiderte er flach. Offenbar kam ihm das unangemessen unhöflich vor, denn er sah kurz zu mir hoch, bevor er weiterschrieb.

»Vielleicht für Kunzold. Oder Kunzelmann.«

»Nein. Kein Spitzname. Einfach nur Kunzi.«

»Ein echter Name? Kein Scheiß?«

»Kein Scheiß.« Diesmal schaute er nicht mehr auf, als könnte er mich auf diese Weise leichter abschütteln. Er versuchte, sich zu konzentrieren.

»Gibt's den oft? Ich meine, in Deutschland?«

»Weiß ich nicht.« Er war fertig mit Schreiben und fing erneut an, mich zur Situation in der Wohnung auszufragen.

Zwei Stunden später betrat Jana den Raum.

»Hey«, begrüßte sie uns, mich mit einem Lächeln und Kunzi mit einem besorgten Blick.

»Keine Sorge, er hat sich ordentlich geschlagen«, sagte ich. Er sah mich überrascht an.

Jana ging nicht darauf ein. »Ich fahre dich nach Moabit, damit du dein Auto holen kannst.« Sie beugte sich vor, um einen Blick auf Kunzis Aufzeichnungen zu werfen.

Mit leiser Stimme erklärte er ihr ein paar Dinge, sie nickte und hörte zu.

»Sieht gut aus«, befand sie. »Herr Thiebeck läuft uns auch nicht davon. Falls wir feststellen, dass noch etwas fehlt, bin ich mir sicher, dass wir ihn jederzeit fragen können.«

Kunzi bestand darauf, mich mit einem Händeschütteln zu verabschieden, und kurz darauf begleitete ich Jana zu ihrem Wagen auf dem Hof.

»Hast du dich benommen?«

»Diese Typen aus Duisburg, Fahlinger und Niemeyer, was haben die auf dem Kasten? Sind die gut oder eher ein Klotz am Bein?«

Jana ließ die Zentralverriegelung aufspringen, und wir stiegen ein. Nachdem sie sich angeschnallt und den Motor angelassen hatte, zuckte sie kurz mit den Schultern. »Fahlinger ist ein alter Hase. Kein schlechter Kriminalist. Über die Jahre vielleicht ein wenig müde geworden. Und Niemeyer, ich weiß nicht, vermutlich halte ich von dem genauso wenig wie du.«

»Was denke ich denn über ihn?«

Jana grinste breit, während sie raus auf die Straße fuhr. »Du hältst ihn für einen blasierten Wichser. Vielleicht sogar für ein noch größeres Arschloch als Mirko.«

Ich hob abwehrend die Hände. »Bitte, ich glaube nicht, dass *das* möglich ist.«

Lächelnd schüttelte sie den Kopf. Mit einem Schulterblick fädelte sie sich Richtung Norden ein. »Ich bin fest davon überzeugt, dass du deine Meinung über Mirko noch ändern wirst. Wahrscheinlich werdet ihr niemals beste Freunde, und wenn Tommy und ich zum Sommergrillfest einladen, muss ich euch eventuell wechselseitig nur alle zwei Jahre kommen lassen, aber du wirst ihn schon noch zu schätzen lernen. Er ist kein schlechter Polizist.«

Ich sah aus dem Fenster. »Aber ein Idiot. Und ich fürchte, daran wird sich auch in diesem Leben nichts mehr ändern. Du hast recht, so wie der Stand momentan ist, habe ich keine Lust, mich weiter über ihn zu ärgern. Hauptsache, er macht seinen Job.«

Jana warf mir einen schnellen Seitenblick zu. »Denkst du manchmal an früher?«

»Klar. Natürlich mache ich das. Ich bin bei euch im Präsidium, hocke in euren Zimmern, da kommen Erinnerungen hoch.«

»Aber du würdest ohnehin nicht ermitteln, auch wenn du noch im Dienst wärst. Die hätten dir den Fall wegen Befangenheit längst entzogen. Das weißt du, oder?«

»Ja. Wahrscheinlich. Sie hätten es versucht. Aber ich hätte immerhin noch meine Dienstmarke und die Knarre.«

»Wenn es nur um die Waffe geht, ich kenne da einen Import-Export in Kreuzberg, der besorgt dir eine.«

Kurz hatte sie mich. Dann sah ich ihren Gesichtsausdruck und musste ebenfalls lächeln. »Passt schon. Es fühlt sich halt einfach beschissen an, nicht zu wissen, was vor sich geht.«

»Das verstehe ich.« Sie klopfte mir aufmunternd mit der Hand auf den Oberschenkel, bevor sie wieder beide Hände am Lenkrad brauchte.

Kurz darauf hielt Jana in der zweiten Reihe hinter Taminas Golf und drehte sich zu mir. »So.«

Ich lehnte mich vor, berührte sie mit den Händen an den Schultern und schob mein Gesicht an ihres heran. Sie schloss die Augen, während ich ihr die Stirn küsste. Das hatte ich fast zwei Jahre lang nicht mehr gemacht. Damals war das ein Ritual zwischen uns gewesen.

»Jetzt kann mir nichts mehr passieren«, sagte sie mit einem Lächeln.

»Nein, nichts. Danke fürs Mitnehmen.« Mit diesen Worten stieg ich aus und wartete kurz, bis sie den Blinker setzte und davonzog, bevor ich den Golf aufschloss und einstieg. Ich würde nach Hause fahren und diese Liste erstellen, von all den kaputten Typen, mit denen ich im Laufe meiner Karriere zu tun gehabt hatte. Obwohl ich vermutete, dass wir uns damit auf dem Holzweg befanden, mussten wir es immerhin versuchen.

Auf dem Weg telefonierte ich noch mit Stehrs.

»Hey, Bruder. Es tut mir leid, ich habe nichts gefunden. Dein Davie ist sauber wie ein Kinderpopo.«

»*War* sauber.«

»Entschuldigung. So war das nicht gemeint. Der Kerl war einer von den Guten, soweit wie ich das überblicken konnte.«

»In Ordnung. Kannst du seinen Vater auch noch überprüfen? Emil Bremer?«

»Deinen Coach?«

»Ja.« Auch wenn ich inzwischen nicht mehr glaubte, dass die ganze Geschichte etwas mit dem Gym und nicht, wie jeder annahm, mit mir zu tun hatte, konnte ich diese Möglichkeit zumindest nicht komplett ausschließen.

»Ich kümmere mich drum, Mann.«

In der Halle begrüßte mich Schmolli bereits am Eingang. Er schien in den letzten Tagen rund um die Uhr hier zu sein. Vermutlich, um auf den Coach aufzupassen.

»Ich geh kurz zum Späti. Brauchst du was?« Nachdem ich verneint hatte, klopfte er mir auf die Schulter und sagte im Weggehen noch: »Der Coach ist in seinem Büro.«

Das Gym lag merkwürdig still da, als hielte es den Atem an. Als warte es ab, was als Nächstes geschehen würde. Ich war froh, dass Schmolli sich um den Coach kümmerte, und verspürte ein schlechtes Gewissen bei dem, was ich ihm gleich sagen würde.

Ich klopfte an den Türrahmen.

»Komm rein«, sagte er, ohne aufzusehen.

»Hey, Coach, ich muss mit dir reden.« Ich zog einen der uralten Stühle an den Schreibtisch heran und setzte mich. Dabei stieß ich mir die Knie an der Front des Tischs.

»Was gibt's?« Er schob die bifokale Brille etwas nach unten, um mich darüber hinweg anzusehen.

»Waren die Bullen bereits hier? Wegen Malte?«

Für einen kurzen Moment starrte er mich einfach nur an. Ich fragte mich, ob das endgültig zu viel für ihn gewesen war. Ob ich ihn jetzt verloren hatte.

Stattdessen nickte er. »Ja, die waren hier. Heute Vormittag. Haben erzählt, dass jemand Malte umgebracht hat. Johnny, war das auch das Schwein, das meinen Davie erwischt hat?«

Ich rutschte auf dem Stuhl hin und her. »Das weiß ich nicht. Noch nicht. Aber es sieht ganz danach aus.«

Coach Bremer nickte, als hätte er nichts anderes erwartet.

»Haben sie auch erzählt, wer ihn gefunden hat?«

Sein Blick wanderte zurück zu mir. »Nein, haben sie nicht. Wer hat ihn gefunden?«

»Wir waren verabredet. Malte hat mich angerufen und gefragt, ob ich ihn mitnehmen kann. Ich bin bei ihm zu Hause vorbei und in die Wohnung rein.« Das Schlucken tat mir weh, so trocken fühlte sich meine Kehle an. »Coach, ich fürchte, das alles hat mit mir zu tun.«

»Ist es wegen dieser alten Geschichte? Damals? Wegen der sie dich entlassen haben?«

»Kann man noch nicht sagen. Aber ganz auszuschließen ist es nicht.«

Der Coach betrachtete mich einen Moment lang, nahm sich die Brille von der Nase. Rieb sich die Augen.

»Falls es so ist, Coach, tut es mir wahnsinnig leid.« Meine Stimme klang vollkommen falsch in meinen Ohren. Was für beschissene Plattitüden! Was hatte der Mann jetzt davon?

Er hob den Kopf, sah geradewegs in mich hinein. »Hast du Scheiße gebaut, Johnny? Hast du irgendwas gemacht, weswegen du nachts nicht schlafen kannst? Hast du dir irgendwas vorzuwerfen?«

Ich antwortete nicht sofort. Eine Milliarde Bilder rasten durch meinen Kopf, bombardierten mich. Eine weiße Weste hatte ich weiß Gott nicht, nicht Johnny Thiebeck, das Tier. Aber der Coach hatte recht, es hatte keinen Sinn, sich selbst zu zerfleischen. »Wegen Davie?«

Er nickte ernsthaft, hielt mich immer noch mit seinem Blick gefangen.

»Nein«, sagte ich schließlich.

»Dann hör auf, dir Vorwürfe zu machen, Johnny«, meinte er dann entschlossen. »Das ist nicht deine Schuld. Nur die dieses perversen Mistkerls. Mach dir den Kopp damit nicht voll.« Er tippte sich mit Zeige- und Mittelfinger gegen die Schläfe. »Das bringt dich nicht weiter. Finde ihn einfach und mach ihn fertig. Das hätte Davie auch gewollt.«

Ich nickte, müde und ohne Überzeugung. Trotzdem war

es eine Erleichterung, dass ich mir keine Vorwürfe anhören musste. Es reichte, dass ich mir selbst welche machte.

»Hör zu, ich habe mir die Videos von Bussas noch einmal angesehen. Manchmal schafft er es, durch seine Schnelligkeit in den Infight zu gehen und dort ein paar Hammer-Haken zu setzen. Die Dinger kommen gerade von unten, Johnny, die siehst du nicht mal kommen. Wenn Schmolli zurück ist, will ich, dass du an deiner Deckung arbeitest, klar?«

Er tat jetzt das, was sein Sohn früher gemacht hatte. Davie war für die Theorie zuständig gewesen. Für die Strategie. Ich sah ihn an. Bremer konnte doch nicht einfach weitermachen, als wäre Davie nie dagewesen. Ihn ersetzen. Ich wollte etwas dazu sagen, aber es kamen keine Worte aus meinem Mund. Ich versuchte es trotzdem. »Coach, ich …«

»Geh und mach dich warm. Ein paar Runden an der Birne, ordentlich Seilspringen. Du brauchst schnelle Beine gegen den Terrier. Lass dich nicht anspringen. Na los, mach schon.«

Ohne ein Wort nickte ich, starrte den Alten, der sich längst wieder seinen Papieren zugewandt hatte, noch einen Augenblick lang an und ging. Verließ die Halle, lief zum Auto und holte meine Tasche. Kaum zehn Minuten später schnappte ich mir eines der Springseile und fing an, mich warm zu machen.

Als Schmolli irgendwann kam, um den Anweisungen des Coachs nachzukommen, wimmelte ich ihn ab und nahm mir stattdessen Boxbirne, Sandsack und Hanteln vor, um mich auszupowern. Um mit der Anstrengung die Rübe leer zu bekommen. Schmolli verstand die Stimmung, in der ich mich befand, und überließ mir die Halle. Keuchend arbeitete ich mich in dem halbdunklen Gewölbe, in dem jedes Geräusch leicht nachhallte, an mir selbst ab, bis ich kaum noch die

Arme heben konnte. Die Muskeln in Waden und Oberschenkeln brannten, und aus meinem T-Shirt hätte man mehrere Liter Schweiß wringen können.

Zerschlagen schleppte ich mich in die Dusche.

Zu Hause räumte ich die feuchten Klamotten aus der Sporttasche und öffnete den Kühlschrank. Minutenlang stand ich da und starrte ins neongrelle Nichts. Dann knallte ich kurzentschlossen die Tür wieder zu und schnappte mir die Autoschlüssel. In meiner Wohnung wollte ich an diesem Abend nicht bleiben.

Nachdem ich den Wagen geparkt hatte und durch die Friedrichstraße nach Norden gelaufen war, war es bereits dunkel geworden. Die alten, hohen Häuser, die sonst durchaus ihren Charme besaßen, wirkten auf einmal merkwürdig bedrohlich und klamm. Als würden hinter ihren alten Fassaden Dinge passieren, von denen man lieber nichts wissen wollte. Manchmal brachen helle, hohe Fenster, deren Schein nach draußen fiel, die Düsternis, aber sie ließen die verkrusteten Fronten nur noch mächtiger erscheinen.

Ich blieb auf der gegenüberliegenden Straßenseite stehen und betrachtete die Glasfront im zweiten Stock, die das Gesicht des Studios bildete, in dem Tamina arbeitete. Dort oben versuchten Frauen auf Laufbändern verzweifelt, in die Dunkelheit zu rennen, aber es gelang ihnen nicht. Ich hatte nie verstanden, warum man Trainingsgeräte direkt am Fenster platzierte. Warum man sich derart zur Schau stellen wollte. Ich setzte mich in Bewegung und überquerte die Straße.

Die sportliche Blonde hinter dem Tresen begrüßte mich freundlich, als ich das Studio betrat.

»Ist Tamina schon fertig?«

Sie schüttelte den Kopf und deutete mit einem Lächeln auf die gepolsterten Barhocker. »Der Kurs läuft noch.«

Ich schob mich auf den Sitz und sah mich um. An den meisten Maschinen trainierte jemand, und insgesamt schien das Studio gut zu laufen. Taminas Kurse waren meistens übervoll, hatte sie erzählt. Diese Uhrzeit war die Hauptgeschäftszeit für den Laden, nahm ich an. Ich bemerkte eine Bewegung neben mir und drehte mich um. Die Blonde hatte mir ein fettes Cocktailglas mit einem Fruchtmix hingestellt.

»Hochprozentig?«, fragte ich, hob das Glas und nippte daran. Bei dem ganzen Fruchtfleisch konnte ich mir das Abendessen mit Tamina vermutlich sparen.

»Ja, voll mit Vitaminen und anderem guten Zeug. Sie sollten unseren Gurkenpowerdrink probieren.« Ihr Gesichtsausdruck zeigte, dass sie bereits wusste, wie ich reagieren würde.

»Ich nehme an, ich sehe nicht gerade wie der Power-Gurke-Typ aus?«

Sie musste lachen. »Nein, ich glaube nicht.« Ihr Gesichtsausdruck wurde etwas ernster. »Aber den Sportler sieht man Ihnen an. Gewichte?«

Ich schätzte sie auf Mitte bis Ende zwanzig. Schwer zu sagen, durch die dunklen Augenbrauen und langen Wimpern wirkte sie vermutlich älter. Um die Augen herum besaß sie kleine Lachfältchen, die sie merkwürdig abgeklärt aussehen ließen.

»Boxer.«

Sie zog die Brauen hoch, schürzte die Lippen. Dann legte sie den Kopf schief und schüttelte ihn, sodass ihr Pferdeschwanz tanzte. »Glaube ich nicht. Dafür sind Sie nicht der Typ.«

»Warum nicht?« Ich nahm einen langen Zug von dem Cocktail.

»Weiß auch nicht. Aber irgendwie passt da was nicht.«

»Schachboxen«, lenkte ich ein.

»Was ist das? Noch nie gehört.«

Plötzlich küsste Tamina mich auf die Wange und schlang ihren Arm um meine Hüfte. »Das, liebe Sonja, kann er dir ein anderes Mal erzählen.«

»Hey«, sagte ich, rutschte herum und küsste sie auf den Mund. »Salzig«, stellte ich fest.

Mit einem Lachen wischte sie sich übers Gesicht, das leicht glänzte.

»Ich dachte, Damen schwitzen nicht?«

»Tun sie auch nicht. Sie *transpirieren.* Höchstens. Was machst du hier?«

»Ich überrasche dich. Essen wir zusammen? Eingekauft habe ich schon.«

»Du kochst?«

Ich nickte.

»Prima. Was gibt es?«

»Fettuccine mit Lachs. Klingt gut?«

»Das klingt sehr gut. Oder?«

Sonja nickte lächelnd.

Tamina küsste mich erneut. »Bei mir oder bei dir?«

»Bei dir.«

»Dann los. Ich hole nur noch meine Tasche.«

Kurz darauf kam sie zurück und hakte sich bei mir unter. Ich drehte mich ein letztes Mal um, um mich mit erhobener Hand für den Cocktail zu bedanken, und ließ mich dann von Tamina zum Fahrstuhl ziehen.

Während wir nach unten fuhren, schob sie sich dicht an mich heran, umschlang mich fest mit beiden Armen und sah zu mir auf. »Alles in Ordnung?«

»Mhm-mhm.«

»Du hast mich noch nie abgeholt, um für mich zu kochen.«

Statt einer Antwort beugte ich mich nach unten, um sie zu küssen.

»Du lenkst ab!«

Noch ein Kuss. Der Fahrstuhl war bereits eine ganze Weile unten angekommen und wartete geduldig mit offenen Türen, bis wir uns endlich voneinander lösen konnten und durch das hell erleuchtete Foyer gingen.

Draußen erwartete mich erneut die Bedrohlichkeit der dunklen Stadt. Als sei sie urplötzlich zu meinem Feind geworden. Während wir zum Auto gingen, hielt ich Tamina fest umschlungen. Ein oder zwei Mal sah sie verwirrt zu mir auf, aber sie sagte nichts.

»Oh Gott, ich kann nicht mehr!« Tamina schob ihren Stuhl zurück und schüttelte die Haare aus. »Ich platze gleich.«

Ich lächelte zufrieden und nahm einen Schluck Weißwein. »Gut, dass ich nicht mehr dazu gekommen bin, einen Nachtisch vorzubereiten.«

Sie zog zustimmend die Augenbrauen in die Höhe. »In der Tat.«

»Ich muss dir was sagen, Mina.«

»Oh Gott, was kommt jetzt?«, rief sie gut gelaunt. »Ein Antrag? Oder so ein ›Wir sollten uns eine Weile nicht mehr sehen‹?« Sie bemerkte meinen Blick und wurde wieder ernst. »Entschuldige bitte. Was ist es?«

Kurz erzählte ich ihr, was mit Malte passiert war.

»Ich weiß nicht, worum es dabei geht, was hier passiert. Und ich gehe davon aus, dass es entweder mit meiner Zeit als Polizist oder mit dem Gym zu tun hat.«

Sie überlegte. »Hast du Angst um mich?«

»Ja«, sagte ich und merkte dabei, wie sich ein Kloß in meinem Hals mitbewegte.

»Und was willst du machen?« Bevor ich antworten konnte, fuhr sie noch dazwischen: »Und sag jetzt nicht so etwas wie: ›Vielleicht sollten wir uns eine Weile nicht sehen!‹ Untersteh dich.«

»Solange wir keine Ahnung haben, hinter wem der Täter wirklich her ist, wäre es vielleicht das Beste.«

Sie sah mich mit dunklen Augen an. »Wenn du mich jetzt wegschickst, egal, warum, Johannes Thiebeck, dann siehst du mich nie wieder, das schwöre ich. Einmal dieses Spiel reicht mir.«

Ich starrte sie düster an.

Ihre Gesichtszüge wurden plötzlich weicher. »Ich bin bereit, mich an bestimmte Spielregeln zu halten. Zum Beispiel könnte ich mich regelmäßig melden und dir Bescheid sagen, wenn mir etwas Verdächtiges auffällt. Aber auf keinen Fall lasse ich mich von dir aufs Land oder sonst wohin abschieben, damit du hier in aller Ruhe in deinem Fall ermitteln kannst.«

Schließlich sagte ich: »In Ordnung. Was Konkretes habe ich ohnehin nicht. Aber an die Spielregeln erinnere ich dich bei Gelegenheit.«

Wir standen auf, um gemeinsam aufzuräumen. Als ich mich daranmachte, die Spüle zu füllen, stellte sich Tamina hinter mich, den Kopf auf die Stelle zwischen meinen Schulterblättern gelegt. Sie machte nicht den Versuch, mich am Abwaschen zu hindern, aber während ich die Hände im Wasser hatte, wanderten ihre Finger über meinen Körper. Sie krochen unter mein Longsleeve und erforschten meinen Bauch.

Kletterten die Spur der feinen Härchen hinauf zu meinem Oberkörper, streichelten meinen Brustkorb. Ich liebkoste ihre Hand mit meinem Kinn, als sie oben am Ausschnitt angekommen war.

Mit einem Ruck zog ich den Stöpsel aus dem Becken, trocknete mir die Hände ab und drehte mich langsam zu Tamina um. Ihre Handflächen glitten dabei weiter über meine Haut, bis sie mich am Rücken berührten.

»Hey«, sagte ich und beugte mich vor, um ihr sanft in die Lippen zu beißen. Sie zu küssen.

»Hey«, antwortete sie atemlos.

Ich berührte sie an der Hüfte, schob ihr Top nach oben. Sie hatte geduscht, während ich gekocht hatte, und sich eine Trainingshose und ein Sweatshirt angezogen, das weite, das ich so an ihr liebte. Ich streichelte ihren flachen Bauch, spürte die Knochen ihres Beckens. Als meine Finger sich tastend ihren Weg nach unten suchten, keuchte sie auf. Sie trug nur die Hose, sonst nichts.

Während meine Lippen gegen ihre lächelten, packte ich sie fest an der Hüfte, hob sie hoch und trug sie langsam Richtung Schlafzimmer.

»Nachtisch?«, wollte ich wissen. Undeutlich, weil ihr Mund immer noch gegen meinen gepresst war.

Sie nickte.

Schlaftrunken tastete ich auf dem Beistelltisch neben dem Bett herum.

»Deins oder meins?«, wollte ich benommen wissen.

»Deins«, brummte Tamina und grub sich tiefer in ihre Bettdecke.

Endlich fanden meine Finger das Handy. »Ja?«, stieß ich hervor, während ich versuchte, mich von Tamina zu entwirren, um mich aufzusetzen. Ich hatte nicht auf das Display geschaut, hätte aber vermutlich ohnehin nichts erkennen können.

»Guten Morgen. Jana hier.«

»Morgen.«

»Kann ich dich abholen kommen?«

»Was gibt es? Ist irgendwas passiert?« Ich setzte mich auf, und Tamina rutschte protestierend das letzte Stück zur Seite.

Beleidigt rollte sie sich auf ihrer Seite fest in die Decke.

»Nein, nichts passiert«, beruhigte mich Jana. »Die Psychologin will dich sprechen. Dich kennenlernen. Geht das?«

Ich unterdrückte den Wunsch, ihr zu sagen, sie solle in ein paar Stunden wieder anrufen, denn ich musste sofort an Davie und Malte denken. Also entgegnete ich bloß: »Klar. Soll ich ins Präsidium kommen?«

Jana zögerte. »Wir treffen sie nicht bei uns, sondern fahren zu ihr.«

»In Ordnung. Hol mich ab.« Ich nannte ihr Taminas Adresse.

Jana klang belustigt, als sie antwortete: »Alles klar. Ich denke, ich brauche so fünfzehn Minuten. Zieh dir bis dahin was an, ja?«

Ich legte auf und drehte mich zu Tamina um, um sie zum Abschied auf die Schulter zu küssen. Sofort wandte sie sich mir zu, umschlang meinen Hals mit den Armen und forderte einen echten Kuss ein. Danach ließ sie mich einen Augenblick lang nicht los und sah mir tief in die Augen.

»Machst du dir Sorgen?«, fragte sie schließlich.

Ich nickte stumm.

»Um mich?«

Noch ein Nicken.

»Ich glaube nicht, dass du dir Sorgen um mich machen musst.«

»Das tue ich aber.«

»Sieh mal, bisher hatte das alles nur mit dem Boxen zu tun. Mit dem Schachboxen«, korrigierte sie sich schnell. »Dafür habe ich mich nie interessiert. Dieser Teil deines Lebens hatte irgendwie nie etwas mit mir zu tun, weißt du?«

»Okay.« Ich glaubte nicht daran, und sie wusste das. Aber sie versuchte es trotzdem, und wir beließen es beide dabei.

Sie küsste mich ein letztes Mal und ließ mich dann los. Ich stemmte mich hoch und ging, um unter die Dusche zu springen und mich anzuziehen. Zeit für einen Kaffee würde ich nicht mehr haben.

Auf der Treppe klingelte erneut mein Handy. Stehrs.

»Hey, hast du was zum Coach?«

Er zögerte.

»Sag schon.«

»Dein Coach hat vor ein paar Jahren mal ziemlichen Ärger mit ein paar Leuten aus Frankfurt gehabt. Die wollten hier dick ins Box- und Wettgeschäft einsteigen.«

»Und?«

»Es heißt, dass dein Coach da eine Weile mitgemischt hat. Der scheint damals nicht lange gefackelt zu haben, für eine Anklage hat's aber nie gereicht.«

»Verstehe. Ist irgendjemand gestorben?«

»Glaub nicht. Also, ein Hund wurde überfahren. Aber es gab ein paar Monate lang böses Blut und jede Menge gebrochene Knochen. Bremer hatte damals Connections zu einer Motorradbande, die ihm geholfen hat.«

»Hast du was Konkretes?«

»Bloß Hörensagen.«

»Okay, danke.« Wir verabschiedeten uns, und nachdenklich überquerte ich die Straße, um ins Auto zu steigen.

»Du siehst aus wie der junge Morgen«, begrüßte mich Jana mit einem Lachen.

»Halt die Klappe und fahr los«, grummelte ich und strich mir die noch feuchten Haare aus dem Gesicht.

»Brauchst du einen Kaffee?« Sie zeigte auf den Getränkehalter an der Armatur.

»Oh Gott! Habe ich dir schon mal gesagt, dass ich dich abgöttisch verehre?« Ich schnappte mir den heißen Becher.

»Pass auf, dass du dich nicht verbrühst.« Sie setzte den Blinker und fuhr los.

Ich nahm den ersten glückseligen Schluck. »Wo fahren wir hin?«

»Moabit, Nähe Turmstraße.«

Jana parkte den Wagen in einer Seitenstraße, und wir stiegen aus.

»Es ist nicht weit. Da vorne um die Ecke, Richtung Westhafen.«

Ich nickte und folgte ihr. Auf den Straßen herrschte die typische frühe Betriebsamkeit aus Shoppern und Bummlern, und trotz der kühlen Temperaturen trieben sich jede Menge Menschen draußen vor den Backshops und Kaffeeläden herum.

Jana steuerte auf die Tür eines Antikladens zu. Eine feine Glocke klingelte bei unserem Eintreten. Ich lehnte mich zurück, um das Schild über dem Eingang lesen zu können, bevor ich ihr folgte – irgendwas mit *Pretiosen*. Drinnen gab es jede Menge edle Möbel, kleine Kästchen und Schränkchen, und dazwischen standen Glasvitrinen mit antiken Spielen. Ich konnte verschiedene Schachspiele und ein Pachisi erkennen sowie andere, die mir vollkommen fremd waren. Der Laden sah so aus, als hätte er eher in die Bergmannstraße gehört, zu den ganzen Yuppies, ihrem Trödel und ihren Taquerias.

Uns kam eine ältere Frau entgegen, bestimmt jenseits der sechzig. Sie trug ein weinrotes Strickkleid, und ihr volles Silberhaar machte einen derart weichen Eindruck, dass ich unwillkürlich das Bedürfnis verspürte, es zu berühren. Ihr freundliches, offenes Gesicht begrüßte uns mit einem Lächeln. Irgendwie erwartete ich jeden Moment, dass sie uns zur Begrüßung eine Geschichte erzählen würde.

»Sind Sie Frau Kleidermann?«

»Ja. Hallo, Frau Körner, das ist Johannes Thiebeck. Johannes, darf ich vorstellen: Professor Hedwig Körner. Polizeipsychologin und außerdem Expertin für alles, was mit dem Thema Spielen zu tun hat.«

Wir schüttelten uns die Hände. Hedwig Körner besaß einen angenehmen Händedruck. Ich mochte das Gefühl ihrer warmen Haut an meiner.

»Kommen Sie mit, gehen wir nach hinten.«

Wir folgten ihr in den hinteren Teil des Raums, in dem ein alter Esstisch offenbar als Tresen und Schreibtisch fungierte. Daneben gab es einen Durchgang in einen schmalen Flur, durch den wir in ein Hinterzimmer gelangten, in dem sich ein Sofa und zwei Sessel befanden. In der Mitte stand ein Kaffeetisch, auf dem mehrere Antik- und Möbelmagazine lagen. Eine Seite des Raums blickte durch ein schmales Fenster auf einen tristen Moabiter Innenhof und eine andere wurde komplett durch eine Regalwand voll mit Büchern eingenommen.

»Setzen Sie sich doch. Ich mache uns Tee.« Sie verschwand im Flur.

Weiter hinten hatte ich noch eine Tür gesehen und nahm an, dass es dort eine kleine Küche gab. Jana und ich schauten uns kurz um und ließen uns dann in den Sesseln nieder.

»Wie lange arbeitet sie schon für euch?«

Jana lächelte. »Ich habe keine Ahnung. Ihren Namen habe ich früher schon mal gehört, aber wir haben uns nie persönlich getroffen. Offenbar ist sie dir in deiner aktiven Zeit auch nicht untergekommen.«

Ich schüttelte den Kopf. »Ich kenne bloß den alten Drischmidt, der uns beim Fall Lammert unterstützt hat. Ansonsten sind die einzigen Polizeipsychologen, denen ich begegnet bin, diejenigen, die versucht haben, mir meinen Kopf geradezurücken.«

»Was nicht besonders gut geklappt hat.«

»Was *gar nicht* gut geklappt hat«, bestätigte ich mit einem Lächeln. Während wir auf Frau Körner warteten, nahm ich eines der Magazine, ließ es aber gleich wieder auf den Tisch fallen, nachdem ich ein paar Seiten durchgeblättert hatte. Antike Möbel interessierten mich im Moment überhaupt nicht.

Frau Körner tauchte wieder auf, in der Hand ein Tablett, das sie auf dem Tischchen abstellte.

»Milch und Zucker?«, wollte sie wissen, und ich schüttelte den Kopf.

Eigentlich meinte ich den Tee generell, aber stattdessen bekam ich eine Tasse davon ohne Milch und ohne Zucker. Der Inhalt roch ein wenig wie eine Mischung aus Weichspüler und Räucherkerze. Mit einem höflichen Lächeln stellte ich die Tasse auf dem Tisch ab und sah zu, wie sich Frau Körner zu uns setzte.

Sie erwiderte meinen Blick, neigte dann den Kopf und sagte verschwörerisch: »Eigentlich bin ich eher Antiquarin als Psychologin. Und in der Tat gilt meine Liebe dem Spiel. Jede Art von Spiel sagt so viel über die menschliche Psyche aus, wissen Sie?«

Ich nickte und wartete ab.

»Es tut mir leid für die Umstände, aber ich bin nicht gerne im Präsidium«, entschuldigte sie sich und nahm einen Schluck aus ihrer Tasse.

Das Porzellan passte hervorragend zu ihr: dünnwandiges, edles Geschirr, wie es auch bei meiner Großmutter im Schrank hätte stehen können.

»Das macht nichts, Frau Körner«, sagte Jana. »Wir sind gerne gekommen.«

Frau Körner ignorierte sie und musterte mich intensiv, während sie die Tasse behutsam wieder auf den Tisch stellte. Ich kam mir so jung vor wie schon seit Jahren nicht mehr. Fast schien es mir, als müssten meine Ohren anfangen, rot zu werden, so intensiv sah sie mich an. Als hätte ich etwas ausgefressen.

»Gegen Sie spielt also jemand dieses Schachspiel«, stellte sie fest.

Es war keine Frage, und ich antwortete auch nicht darauf.

Sie nickte beiläufig wie für sich selbst. »Sind Sie gut?«

Die Frage überraschte mich. »Meine ELO-Zahl liegt knapp über neunzehnhundertfünfzig«, entgegnete ich. Halb erwartete ich, dass sie eine Einordnung erfragen würde, aber sie nickte bloß. Offenbar kannte sie sich aus.

»Sie sehen nicht gerade wie ein typischer Schachspieler aus.«

Ich musste an die kleine Blonde, Sonja, denken, die etwas Ähnliches gesagt hatte, nur, dass sie nicht geglaubt hatte, ich sei Boxer. Ein kleines Grinsen konnte ich mir nicht verkneifen. Hedwig Körner lächelte zurück.

»Ich bin Schachboxer.«

Eine ihrer fein geschminkten Augenbrauen, filigran wie alles andere an ihr, wanderte etwas in die Höhe. »Erzählen Sie mir davon.«

Für einen kurzen Moment kam ich mir vor wie bei einer meiner wöchentlichen Therapiesitzungen, die ich vor ein paar Jahren zwangsweise verordnet bekommen hatte. Ich schob die unangenehmen Erinnerungen beiseite und beschloss, uneingeschränkt mitzuspielen. Die Körner weckte in mir nicht das Bedürfnis, mich aufzulehnen oder mich zu verweigern, wie das bei vielen meiner Therapeuten der Fall gewesen war. Das hier war ihre Show, sie wollte uns bei den Ermittlungen helfen, und sie würde schon wissen, was sie tat.

»Drei Minuten Boxen wechselt sich mit drei Minuten Blitzschach ab. Wer k. o. geht oder schachmatt gesetzt wird, verliert. Das ist eigentlich schon alles.«

Sie lächelte ihr feinsinniges, undefinierbares Lächeln. »Würden Sie sich eher als Boxer oder als Schachspieler bezeichnen?«

Das war eine merkwürdige Frage für jemanden ohne Kenntnisse vom Schachboxen. Eine, die wir uns als Schachboxer uns immer wieder selbst stellten. Die meisten von uns hatten einen klaren Fokus. Auf der einen Seite die Schachspieler, die versuchten, kein K. o. oder technisches K. o. zu kassieren, während sie ihren Gegner am Brett unter Druck setzten. Auf der anderen Seite die Jungs, die ihre Chancen eher zwischen den Seilen sahen und dort punkteten, während sie versuchten, sich an der Schachuhr keine Blöße zu geben. Aber es gab auch Ausnahmen. Tauras Bussas zum Beispiel. Der war einer der ausgeglichensten Schachboxer, die ich kannte. Ein Umstand, vor dem mich der Coach immer wieder warnte, auch wenn er beteuerte, dass das bei mir nicht anders sei.

»Ich weiß nicht. In der Tat liebe ich beide Seiten. Kann mir das eine ohne das andere nicht gut vorstellen. Aber es ist einfacher, am Brett zu gewinnen als im Ring. Besonders in den unteren Gewichtsklassen, im Mittelgewicht oder Halbschwergewicht.«

Wieder dieses Nicken, als hätte sie keine andere Antwort erwartet. Vielleicht machten Psychologen das einfach aus Gewohnheit, um ein Gefühl von Allwissenheit zu vermitteln.

»Aber nicht unbedingt im Schwergewicht?«

»Da kommt ein Knock-out schon mal vor.«

»Sie machen Ihren Gegnern im Ring bestimmt Angst.«

Ich betrachtete ihre zierliche Figur und wurde mir meiner Größe dabei umso mehr bewusst.

Jana schien bei unserem Gespräch die Geduld zu verlieren. »Können Sie uns etwas zu den Figuren sagen? Wie bestimmt der Täter, wer wen repräsentiert? Nach welchen Gesetzen entscheidet er, wer sterben muss?«

»Schwierig. Solche Muster sind in der Tat nicht einfach zu erkennen. Für Außenstehende. Für den Täter ergeben sie natürlich Sinn. Er lebt nach seinen eigenen Gesetzmäßigkeiten. Diese logischen Verbindungen hängen sehr spezifisch von der jeweiligen Innenwelt eines Menschen ab. Allerdings tendieren solche gedanklichen Konstrukte dazu, in sich konsistent zu sein.«

»Was heißt das?«

»Wenn wir es schaffen, seinen *Code* zu knacken, haben wir eine große Chance, ihm auf die Spur zu kommen. Er wird vermutlich nicht aus seiner Haut können und plötzlich Regeln ändern. Wenn wir erkennen, nach welchem System er Bedeutungen zuordnet und vergibt, dann können wir ihn in seinem eigenen Raster fangen.«

»Wie entschlüsseln wir seinen Code?«

Frau Körner seufzte und lächelte, während sie nach ihrem Tee griff. »Genau das ist die spannende Frage.« Sie nahm einen Schluck und sah mich über den Rand der Tasse hinweg an. Als sie das Porzellan wieder auf die Untertasse setzte, sagte sie: »Aber es würde mich sehr überraschen, wenn das Ganze nicht etwas mit Ihrem Schachboxen zu tun hätte.«

»Wie kommen Sie darauf?«

»Das ist es doch, was Sie wirklich ausmacht, oder? Was Sie prägt und formt. Und ich meine nicht körperlich, auch wenn das natürlich ebenfalls stimmt«, fügte sie mit einem Lächeln hinzu.

»Vermutlich, ja. Kann man so sagen.« Seit man mir meinen Job weggenommen und mich aus dem Dienst entlassen hatte, gab es in der Tat wenig, was mich wirklich definierte. Viel war mir nach dem Fall Lammert nicht geblieben.

»Sehen Sie. Und das weiß der Täter. Wäre er auf der Suche nach einem Schachspieler oder einem Boxer, hätte er vermutlich jemand anders ausgewählt. In solchen Fällen tut man gut daran, nicht an Zufälle zu glauben. Dass Sie Schachboxer sind, ist kein Zufall. Sondern Teil des Systems. Des Plans.«

»Aber was genau bedeutet das?« Unruhig rutschte ich ein Stück nach vorn.

Mit einem langen Atemzug stellte Frau Körner die Tasse ab. »Legen Sie meine Worte bitte nicht auf die Goldwaage. Im Grunde genommen weiß ich noch zu wenig über den Fall und kenne den Täter nicht gut genug. Aber natürlich habe ich eine vage Vorstellung, in welche Richtung es gehen könnte.«

Jana und ich nickten beide zeitgleich, als würden wir damit ein stillschweigendes Abkommen mit ihr eingehen: Keine Wörter auf der Goldwaage.

Sie fuhr fort: »Ich könnte mir vorstellen, dass für den Mörder diese Mordserie *seine* Form des Schachboxens darstellt. Zu töten stellt den physischen Aspekt der Partie dar.«

»Und unsere Versuche, ihm auf die Spur zu kommen, sind der strategische Part? Das Schach?«

Frau Körner zuckte mit den Schultern. »Vielleicht. Möglicherweise ist aber auch das Schach der Teil des … mhm, Schachs.« Sie lachte. »Wenn Sie verstehen. Immerhin spielen Sie Schach gegeneinander. Eventuell bedarf dieser Teil also keiner Metapher. Das ist schwer zu sagen.«

»Und wenn ich schlage? Wenn ich eine seiner Figuren vom Brett nehme? Was passiert dann, bei ihm, meine ich? In seinem Kopf? Was macht er?«

»Das weiß ich nicht. Möglicherweise ignoriert er das, weil es ihm auf *Ihren* Teil bei der ganzen Sache ankommt. Weil *seine* verlorenen Figuren nicht seiner Sicht auf das Spiel, seinem Spielverständnis, entsprechen. Genauso gut ist es allerdings auch möglich, dass er für sich ebenfalls Personen definiert hat, die seine Figuren darstellen. In diesem Fall müssen wir davon ausgehen, dass er für jeden geschlagenen weißen Spielstein ebenfalls jemanden tötet. Nur ist es natürlich ungleich schwieriger, diese Morde zu erkennen.« Sie hob die Hände. »Allerdings, sobald wir das schaffen, haben wir ihn, weil er wie eine Spinne im Netz seiner eigenen Verknüpfungen sitzt.«

Jana nickte nachdenklich. Auch mir bescherte die Aussicht auf weitere Tote nicht gerade ein Hochgefühl.

»Mit Sicherheit lässt sich das alles nicht sagen. Sie müssen sich vor Augen halten, dass wir mit großer Wahrscheinlichkeit von einem Psychopathen reden. Da sind wasserdichte Aussagen schwierig.« Unvermittelt stand sie auf und ging aus dem Zimmer.

Jana und ich saßen schweigend da, bis sie zurückkam und eine Schachtel mit Zimtkringeln auf den Tisch stellte. Die Absurdität der Geste im Angesicht unseres Gesprächsthemas schien ihr gar nicht aufzufallen.

»Bitte, bedienen Sie sich.« Sie wandte sich erneut mir zu. »Spielen Sie, um zu spielen oder um zu gewinnen, Herr Thiebeck?«

Ich antwortete nicht. Weil ich die Antwort nicht kannte. Zeit meines Lebens war ich ein ehrgeiziger Mensch gewesen. Niemand stieg in den Ring, der nicht gewinnen wollte. Aber wie *dringend* jemand gewinnen wollte, das entschied meist über Sieg oder Niederlage, hatte der Coach mal gesagt. Ohne das Spiel machte mir das Gewinnen deutlich weniger Spaß. Ratlos zuckte ich mit den Schultern.

»Für den Täter sind seine Regeln vermutlich sehr wichtig. Die Regeln des Spiels bilden das Universum, in dem sich alles bewegt. Sie bilden seine formgebenden Grenzen. Deswegen spielt er mit Ihnen. Er hat Sie herausgefordert und will, dass Sie sich mit ihm messen. Und er will gewinnen. Über Sie triumphieren.«

In diesem Moment klingelte Janas Handy.

»Entschuldigen Sie mich«, sagte sie und ging hinaus.

Ich wartete einen Augenblick, bis sie die Tür geschlossen hatte, und fragte dann: »Wie viel hat diese Mordserie mit mir zu tun? Ich meine, wirklich mit mir persönlich?«

»Es tut mir leid, wenn ich Ihnen nur unzureichende Antworten liefern kann. Ich wäre mir meiner Sache auch gerne sicherer.« Sie lächelte entschuldigend. »Natürlich kann man nicht ausschließen, dass der Täter Sie persönlich kennt. Das halte ich aber für sehr unwahrscheinlich. Deutlich plausibler erscheint mir die Theorie, dass Sie ganz einfach als Projektionsfläche dienen. Und da könnte Ihre Zeit beim LKA durchaus ins Spiel kommen. Es ist ja nicht gerade so, als würde man als erfolgreicher und zusätzlich noch sehr unorthodox arbeitender Kriminaler nicht genügend PR generieren. Positive wie negative.«

Fast kam es mir so vor, als hätte sie mir bei ihren letzten Worten zugezwinkert.

»Feinde habe ich mir sicher genug gemacht, ja«, stimmte ich zu.

»Womit verdienen Sie momentan Ihr Geld, Herr Thiebeck? Darf ich das fragen?«

»Sicher. Ich bin Berater für eine Sicherheitsfirma.«

»Können Sie gut davon leben?«

»Geht so. Das ist keine Festanstellung, ich bin Freiberufler. Inwieweit Kohle reinkommt, hängt stark davon ab, wie viel ich arbeiten kann. Muss.« Ich fügte hinzu: »Gerade habe ich eher mehr Zeit und weniger Geld.«

»Ich verstehe.« Sie musterte mich weiter mit diesem Blick, als könnte sie mich damit in meine emotionalen Einzelteile zerlegen. »Vermissen Sie Ihren Job? Als Kommissar, meine ich.«

Jetzt konnte ich spüren, wie sich meine Kiefermuskeln verspannten. Ich lehnte mich zurück, wie um mein verkrampftes Inneres zu entspannen. Als könnte ich so die Größe wiedergewinnen, die ich seit zwei Jahren nicht mehr verspürte.

»Ja, das tue ich. Ich wünschte, es wäre nicht so und ich könnte sagen: ›Leckt mich am Arsch, mir geht es gut. Ich bin froh, aus eurem Scheißladen raus zu sein!‹ Aber so ist das leider nicht.« Ich schaffte es weder, die Schärfe noch die Bitterkeit aus meinen Worten herauszuhalten.

Frau Körner lächelte milde, als hätte ich ihr vollstes Verständnis, und fast brachte sie mich mit dieser Geste gegen sich auf. Aber mein Ärger zerrann sofort wieder, als ich mir klarmachte, wie ruhig sie bei meinem Ausbruch geblieben war. Außerdem schien sie kein Stück verlegen, trotz meiner Kraftausdrücke.

»Auf wen sind Sie derart wütend, Johannes? Wer hat Ihnen das alles weggenommen?«

Ich bemerkte kaum, dass sie mich mit Vornamen ansprach. Beobachtete stattdessen, wie sich unwillkürlich meine rechte Faust ballte und wieder öffnete.

»Auf die Pisser von der Staatsanwaltschaft, die versucht haben, mich für ihre eigene Karriere ans Kreuz zu nageln. Die sich für keinen Dreck zu schade waren. Auf das LKA, die hohen Herren, die mich haben fallen lassen wie eine heiße Kartoffel, obwohl ich jahrelang für sie die Knochen hingehalten habe. Die keinen Moment wirklich gezweifelt haben an der ganzen Scheißgeschichte. Auf Lammert, das perverse Dreckschwein, der jahrelang meinen Vater und mich getäuscht hat, der in seinem Wahn all diese Menschen getötet hat und mich mit seinem doppelten Spiel mitgerissen hat, bei seinem Sturz von diesem Balkon.« Ich hatte auf den Kaffeetisch zwischen uns gestarrt, aber jetzt hob ich den Blick, um die Psychologin anzusehen. Ich konnte spüren, wie meine Augen brannten. Vor Wut, nahm ich an. »Aber ich schätze, am meisten auf mich selbst. Ich habe mich damals nicht gerade clever angestellt und wollte mit dem Kopf durch die Wand.« Ich verzog den Mund zu einem schiefen Lächeln. »Wenn ich das alles etwas smarter angegangen wäre, hätten mir die Wichser gar nichts gekonnt. Es wäre also nicht fair, mich selbst von dieser Liste auszuschließen.«

»Schon mal keine schlechte Einsicht«, erwiderte sie, ebenfalls mit einem Lächeln. »Wenn man Ihnen die Möglichkeit dazu gäbe, würden Sie in Erwägung ziehen, Ihren alten Job wieder aufzunehmen?«

Ich überlegte kurz. »Ich weiß nicht. Schätze, das kommt darauf an.«

»Lassen Sie mich raten: Es kommt darauf an, wie viel von Ihrem Stolz dabei unbeschadet bleibt.«

Reflexartig wollte ich protestieren, aber stattdessen sah ich sie nur an. »Ja, vielleicht«, sagte ich schließlich.

In diesem Moment tauchte Jana in der Tür auf. Als ich ihren Gesichtsausdruck sah, stellten sich mir die Nackenhaare auf. »Was ist passiert?«

»Der Schach-Server ist gehackt worden, sagt unsere IT.«

6

Schweigend fuhren wir zurück ins Präsidium. Wir waren beide tief in Gedanken versunken. Jana dachte wahrscheinlich bereits darüber nach, was diese neue Entwicklung für den Fall bedeuten mochte, auch wenn wir bisher keinerlei Details kannten. Ich dagegen hing noch dem Gespräch mit Frau Körner nach. Vermutlich hatte der Besuch bei der alten Dame Jana enttäuscht. Körner hatte ihr kein handfestes Täterprofil geliefert, keine heiße Spur, auf die Jana sich stürzen konnte. Aber ich wusste, dass es dafür zu früh war. Die Arbeit mit Psychologen brauchte Zeit. Es dauerte, bis man etwas Verwertbares von ihnen in die Hand bekam. Und ich vertraute der Professorin. Ich war mir sicher, sie würde *liefern* – zu angemessener Zeit.

Densch begrüßte uns mit einem knappen Nicken. Außer ihm befanden sich oben im neuen Hauptquartier der Soko noch Niemeyer, die kleine Schiefer und ein junger Mann mit einem blonden Pferdeschwanz aus dünnen Haaren, der mit dem Rücken zu uns an einer Reihe von Tischen saß. Vor ihm standen Laptops, Desktop-Computer, mehrere Monitore und eine ganze Menge Peripheriegeräte. Ich nahm an, dass der Mann zur IT gehörte. Aus meiner Zeit kannte ich ihn jedenfalls nicht.

»Das ist Paul Krüger von der IT-Sicherheit«, stellte Densch ihn vor.

Krüger drehte sich nicht einmal um, sondern hob nur kurz die Hand vom Keyboard als Erwiderung auf unsere Begrüßung.

»Herr Krüger und sein Team überwachen den *Bulletproof*-Server und haben die Unregelmäßigkeit festgestellt, allerdings ohne dabei eine digitale Spur verfolgen zu können.«

Krüger drehte sich jetzt doch um und warf Densch einen missbilligenden Blick zu, als würde er jede Kritik weit von sich weisen. Dabei schob er eine riesige, hellbraune Hornbrille die Nase hinauf. Wo Kunzi mit seiner Nerdbrille dem aktuellen Mitte- oder Friedrichshain-Style entsprach, war die von Krüger vielleicht in den Siebzigern das letzte Mal modern gewesen. Er trug ein ausgewaschenes Kapuzenshirt und zerfranste Jeans.

»Was genau ist passiert?«, fragte Jana.

Densch schaute zu Krüger, um die Frage weiterzugeben. Der legte sich den Zopf auf dem Rücken zurecht, bevor er antwortete. »Normalerweise gilt eine Partie auf dem Server als verloren, wenn innerhalb von vierundzwanzig Stunden nach dem letzten Zug einer Seite kein weiterer erfolgt ist. Also dann jedenfalls, wenn man die Partie mit dieser Option spielt. Was man nicht muss, was in diesem Fall allerdings geschehen ist.«

Ich konnte sehen, wie die drei Kommissare bei seinen Ausführungen vor Ungeduld fast zappelig wurden, aber keiner von ihnen unterbrach Krüger. Offenbar galt der alte Leitsatz ›Leg dich niemals mit der IT an‹ immer noch.

»Der letzte Zug von Schwarz erfolgte gestern um sieben Uhr achtunddreißig und … äh, dreiundvierzig Sekunden. Weiß war danach am Zug«, fügte Krüger unnötigerweise hinzu.

»Und?«, fragte Densch mit flacher Stimme. Er beherrschte sich vorbildlich.

»Weiß antwortete darauf ziemlich exakt anderthalb Stunden später mit einem Zug. Demnach hätte also diese Partie heute Morgen, gegen neun Uhr acht und ein paar Zerquetschte, offiziell mit einem Schachmatt für Schwarz enden sollen.«

»Weiter!« Langsam bekam Denschs Fassade Risse.

»Das ist aber nicht passiert. Stattdessen wurde der Server extern gehackt. Jemand ist dort eingedrungen und hat die Datenstruktur manipuliert.«

»Was heißt das genau?«

Krüger ließ sich nicht aus der Ruhe bringen. »Soweit wir sehen können, betrifft die einzige Veränderung in der Tat die Partie zwischen *m_ottendorf* und *j_thiebeck*.«

Densch nickte ungeduldig.

Mit einer langsamen Bewegung drehte sich Krüger zu seinen Monitoren um und klopfte mit dem Finger auf einen von ihnen. Ich konnte dort nichts als viele Zeilen Code erkennen.

»Die Partie ist nicht beendet. Stattdessen hat Schwarz einfach *ausgesetzt*. Das geht normalerweise nicht, deswegen wurde der Code dahingehend verändert. Und Weiß hat in der Folge einen weiteren Zug gemacht. Und zwar«, er sah auf seine Armbanduhr, »vor ziemlich exakt zwei Stunden, um neun Uhr dreiundzwanzig.«

»Was für einen Zug?«, fragte ich leise. Überall am Körper konnte ich Gänsehaut spüren.

Krüger lehnte sich vor. »Sd6xb7. Er hat einen Bauern geschlagen.«

»Scheiße!«, brüllte Densch.

Nur Krüger zuckte zusammen, während der Rest bei diesem Ausbruch erstaunlich ruhig blieb.

»Das gibt's doch nicht! Ich denke, wir haben da die Sicherheit dran? Wie konnte das passieren, verdammt noch mal?«

Während Densch mit geballten Fäusten versuchte, sich etwas zu beruhigen, bemerkte ich, dass er zumindest den Anstand besaß, bleich zu werden. Ich ersparte mir einen Kommentar darüber, dass es *seine* brillante Idee gewesen war, den Zug zu verweigern. Er hatte Spielchen mit dem Mörder gespielt und er hatte verloren. Wer würde jetzt den Preis dafür bezahlen müssen? Tief im Bauch fühlte ich eine Eisgrube, die mir Übelkeit verursachte.

»Wie gut muss man sein, um das hinzukriegen?«, fragte Jana und machte einen Schritt auf den Monitor zu.

Krüger wiegte den Kopf hin und her. »Also, mal eine *Computer Bild* durchgeblättert zu haben, reicht da nicht aus. Bisschen was muss man schon drauf haben, auch wenn die Sicherheit des Servers und des Systems nicht wirklich gut sind. Sagen wir mal so: Unsere Leute hätten das auch hinbekommen, aber einer von denen aus der Kantine eher nicht.«

»Was ist mit unseren Servern? Könnte die auch jemand hacken?«, fragte die Schiefer.

Krüger schüttelte vehement den Kopf. »Wir reden hier nicht über ein Hackergenie. Der Eindringling war zum Beispiel nicht gut genug, um keine Spuren zu hinterlassen. Aber die IT-Sicherheit des LKA-Servers ist nicht vergleichbar mit diesem Schach-Hub.« Ein erneutes Kopfschütteln sollte offenbar Missbilligung darüber zum Ausdruck bringen, dass überhaupt jemand auf diese Idee gekommen war.

Jana ging rüber zum Whiteboard und schrieb mit einem der Marker unter den Bereich TÄTER: *Computerspezialist? Hacker?*

Oben standen: *Chemiker?* und *Schachspieler (ELO?)*.

Densch zischte Franziska Schiefer an: »Was ist mit der Schachtruppe?«

»Einer von ihnen ist bereits hier, der andere unterwegs.«

Densch nickte ungeduldig und rief dann laut: »Okay, zuhören! Ich will, dass diese Schachfuzzis sich einschließen und die Züge des Täters analysieren. Keine Ahnung, möglicherweise kann der Kerl gar kein Schach spielen, sondern simuliert nur irgendeine Partie, die er sich aus dem Internet besorgt hat. Oder er benutzt einen Schachcomputer, um die Züge zu machen. Schiefer, Sie und Kunzi kümmern sich um die Schachtruppe. Und Krüger, stopfen Sie dieses Sicherheitsleck. Ich will, dass Sie zumindest herausbekommen, wie der Typ das System manipuliert. Und installiert mir hier einen Countdown, der uns zeigt, wie viel Zeit wir noch bis zum nächsten Zug haben. Die Schachtypen sollen sich überlegen, wie sie das Spiel aufrechterhalten können, damit wir keine weiteren Figuren verlieren. Jedenfalls so lange, bis wir den Mistkerl festgenagelt haben.«

»Schlagen wir selbst?«, fragte ich in eine kleine Pause hinein, in der er Luft zu holen schien.

Densch zögerte und warf Jana einen Blick zu. Die erläuterte kurz die Theorie von Frau Körner bezüglich der Spielfiguren des Täters.

Densch stieß laut Luft aus und ließ die Schultern etwas hängen. »Sie sollen versuchen, nicht zu schlagen. Im allergrößten Notfall, bevor wir selbst eine Figur verlieren, schlagen wir lieber selbst. Geringeres Risiko«, schob er mit einem Schulterzucken nach, als müsste er sich rechtfertigen. »Aber die oberste Prämisse bleibt: Hinhalten! Alle Figuren auf dem Brett lassen.« Dann drehte sich Densch abrupt zu mir um. »Ihnen, Thiebeck, steht eine echte Fleißarbeit bevor. Sie werden uns alle Ihre Freunde, Bekannte und Angehörige auflisten, aus denen wir ein potenzielles Raster erstellen können.

Außerdem werden Daniel und Franziska Ihre Bekannten kontaktieren, ihnen sanft von unserem *Problem* berichten und mit ihnen eine Reihe von Vorsichtsmaßnahmen durchgehen. Ihnen Notrufnummern dalassen, diese Dinge. In Ordnung?«

Ich nickte grimmig. Was hätte ich auch sonst tun sollen? Weiß hatte gerade einen weiteren Bauern geschlagen. Davie, Malte, wer würde der Nächste sein? Oder *die* Nächste? Ich verdrängte den Gedanken.

»Wir müssen versuchen, diesen Spagat aus ernstzunehmender Warnung und Sachlichkeit zu schaffen, damit keine Panik ausbricht. Und damit darf uns niemand an die Presse gehen, hört ihr? Ihr dürft den Leuten nicht zu viel erzählen, sonst haben wir eine Medienkatastrophe an der Hand.«

Jana bot sich an, diese *Matrix* mit mir zusammen zu erstellen. Ich war froh, dass ich das weder mit Densch noch mit einem der Duisburger tun musste. Sie brachte mich in ein Zimmer auf derselben Etage, und wir saßen nebeneinander, während ich Namen, Adressen und Bekanntheitsgrade herunterratterte.

Nach einer Weile kam Kunzi und brachte uns belegte Brötchen und heißen Kaffee. Fast zwei Stunden später nickte Jana schließlich befriedigt: Sie hatte jedes noch so unwahrscheinliche Opfer in ihre Excelliste eingegeben. Während sie immer noch auf den Monitor des Laptops starrte, klingelte mein Handy. Es war Tamina. Sofort schlug mein Herz schneller.

»Hey«, sagte ich mit merkwürdig schräger Stimme. Auf der anderen Seite hörte ich bloß ein Knacken und Rauschen. Ich warf einen schnellen Blick auf das Display, aber die Verbindung bestand noch. »Tamina? Hörst du mich?«

Jana warf mir einen kurzen Blick zu. Ich signalisierte ihr, einen Moment Geduld zu haben, und trat vor die Tür.

»Hallo? Tamina?« Die Verbindung brach ab und wurde durch ein Freizeichen ersetzt. Mit einem Fluch schloss ich die Tür und suchte ihre Nummer heraus. Rief zurück. Besetzt. Ich legte auf, versuchte es noch einmal. Währenddessen lief ich mit gesenktem Kopf den Gang entlang und bekam nur vage mit, dass mir ein paar Mal Menschen verschreckt auswichen. Erst draußen auf der Raucherterrasse bekam ich endlich ein Freizeichen.

»Hörst du mich jetzt?« Es war Tamina.

Ich sackte vor Erleichterung kurz in mich zusammen. »Ja, ich höre dich. Drinnen ist absolut mieser Empfang, du warst dauernd weg. Tut mir leid. Was gibt es?« Ich versuchte, die vorherige Anspannung aus meiner Stimme herauszuhalten. Kein Grund, sie unnötig zu belasten.

»Ich wollte mich bloß bedanken. Das war sehr süß von dir.« Ihre Stimme klang so weich und warm, als wollte sie mich damit ins Bett locken.

»Bedanken? Wofür?«

»So etwas hat noch nie jemand für mich gemacht, Johannes. Danke schön! Ich war absolut sprachlos, als ich das gesehen habe. Aber wie bist du denn reingekommen?«

»Mina, wovon redest du?«

»Ach, komm. Spiel doch nicht den Unschuldigen.«

Ich konnte ihr Grinsen förmlich hören.

»Das sind keine Spielchen. War jemand in deiner Wohnung, Mina? Was ist passiert?«

Schlagartig klang sie, als würde ihr die Luft weggedrückt. »Du weißt von nichts? Schwarze Seide! Das ganze Bett ist mit schwarzer Wäsche bezogen, und überall liegen schwarze Rosenblätter. Johannes, was geht hier vor? Wer war in meiner Wohnung?« Sie stockte.

»Bist du sicher, dass du alleine bist?«

»Du machst mir Angst!«

»Beantworte meine Frage: Bist du dir sicher, dass niemand da ist?«

Sie zögerte. »Ja, bin ich. Ich war in der Küche, im Bad, überall. Wer sollte hier sein?«

»Fass nichts an, hörst du! Ich komme!« Mit Wucht riss ich die Tür zum Gang auf und sprintete los, Richtung Besprechungszimmer der Soko.

Densch, Fahlinger und ich fuhren, begleitet von zwei Streifenwagen, zu Taminas Wohnung. Hegert hatte den ED mobilisiert, so schnell wie möglich nachzukommen.

Sie öffnete die Tür, und wir fielen uns in die Arme.

»Wer war in meiner Wohnung, Johannes?«, flüsterte sie, während ich sie noch eng umschlungen hielt.

Statt zu antworten, küsste ich sie auf beide Augenlider.

»Es kam mir schon ein bisschen morbid vor«, murmelte sie gegen meine Brust. »All das Schwarz, so glänzend. Irgendwie trotzdem schön, wie in einem dunklen Märchen, weißt du?« Sie schaute zu mir hoch, und ich nickte. In ihren Augen glitzerte es, aber sie hielt sich gut.

Ich küsste erst ihre Stirn, dann ihren Mund. »Komm, lass uns von hier verschwinden und den ED seine Arbeit machen.«

Eng umschlungen saßen wir hinten in einem Polizeiwagen, der uns zurück zum LKA brachte.

Ich führte sie ins Besprechungszimmer und zog sie auf meinen Schoß. Ihre Nase dicht an meinen Hals gepresst, unterhielten wir uns flüsternd über irgendwelche Banalitäten. Ich kannte die Reaktion; bloß nicht über das sprechen, was gerade passiert war, bis man sich wieder gefasst hatte.

»Kann ich Sie einen Augenblick sprechen?«, unterbrach uns Densch, der offenbar ebenfalls zurückgekehrt war.

Ich sah Tamina an, die nickte und sich langsam aus meiner Umarmung löste. Dann wartete ich, bis die Schiefer zu uns getreten war und Tamina mitnahm, vermutlich, um ihr Kaffee einzuflößen, das Allheilmittel unserer Zivilisation. Erst dann folgte ich Densch in den hinteren Teil des Raums, bis wir außer Hörweite waren.

»Was haben Sie gefunden?«, wollte ich sofort wissen.

»Bisher nicht viel. Keine Spuren gewaltsamen Eindringens, so wie es aussieht. Aber das hier lag auf dem Bett.« Er hielt einen kleinen Folienbeutel hoch, wie ihn die Spurensicherung verwandte.

Ich nahm ihn und betrachtete die Visitenkarte, die darin steckte. Als Motiv war mittig eine zweigeteilte Schachfigur aufgedruckt: ein König – halb schwarz, halb weiß. Unten wurde sie durch ein Band aus stilisierten Dreiecken abgerundet. Die Karte selbst bestand aus schwerem Papier, und die Figur war nicht bloß gedruckt, sondern eingeprägt. Sie sah edel aus. Vorsichtig strich ich mit dem Finger über die Karte.

»Haben Sie so etwas schon einmal gesehen?«, fragte Densch.

Ohne zu antworten, drehte ich den Beutel um. Auf der anderen Seite stand etwas mit dunkler Tinte in gestochen scharfer Handschrift geschrieben: *Ohne Regeln ist das Spiel bedeutungslos.* Auf den ersten Blick sah es fast wie gedruckt aus, aber es handelte sich eindeutig um einen handschriftlichen Satz.

»Sagt Ihnen der Spruch irgendetwas? Kennen Sie das Motiv?«

»Weder noch.«

»Sieht wohl so aus, als müssten wir im Moment davon ausgehen, dass unser Täter in die Wohnung von Frau Garuda eingedrungen ist, um dort diese Nachricht an Sie zu hinterlassen. Der ED befindet sich noch vor Ort, vielleicht finden wir etwas Verwertbares.« Nach einem Augenblick fügte er mit gesenkter Stimme hinzu: »Wobei ich, ganz ehrlich, davon nicht unbedingt ausgehen würde. Bisher hat sich unser Täter leider extrem geschickt angestellt und keine unnötigen Spuren hinterlassen.«

Ich nickte, den Blick immer noch auf die Botschaft des Mörders gerichtet. Er war in Taminas Wohnung gewesen! Mit einem Seitenblick sah ich rüber zum anderen Ende des Raums, wo sich Kunzi zu den beiden Frauen gesellt hatte.

»Ich habe bereits Polizeischutz für sie beantragt. Die Genehmigung sollte kein Problem darstellen.«

»Sie kann mit zu mir kommen und dort bleiben.«

Densch musterte mich. Schließlich fragte er: »Heißt das jetzt: ›Guter Plan, und zusätzlich passe ich auf sie auf‹, oder heißt das: ›Mumpitz, ich mache das lieber alleine?‹«

»Densch, Sie haben ja richtig Sinn für Humor.« Mit einem Nicken sagte ich: »Guter Plan!« Als ich sein Lächeln sah, verzog ich das Gesicht. »Bilden Sie sich da bloß nichts drauf ein.«

Schlagartig verdüsterte sich seine Miene wieder, er hatte offenbar ebenfalls an den letzten Zug des Täters denken müssen.

»Ich brauche einen Kaffee. Was ist mit Ihnen?«

Langsam folgte ich ihm zum Buffettisch, der seit dem Morgen aufgebaut worden war und auf dem sich belegte Brötchen, Obst, Muffins sowie mehrere Kannen mit Kaffee und heißem Wasser für Tee befanden.

Während mir die chromgebürstete Riesenkanne gurgelnd

Kaffee in meinen Becher spuckte, sah mich Densch von der Seite her an.

»Was ist?«

Wir wechselten die Position, damit er an den Lebensspender herankonnte. Ich nahm mir Milch und zwei Stück Zucker.

»Können wir gleich mal kurz zu den Schachprofis rübergehen? Ich würde Sie gerne vorstellen und Ihnen das Set-up zeigen.«

Ich warf Tamina einen Blick zu. Sie schien bei der Schiefer und Kunzi gut aufgehoben zu sein. Im Moment konnte ich ohnehin nichts für sie tun.

»Sicher«, antwortete ich.

Nachdem sich Densch jede Menge Zucker in seinen Becher gehauen hatte und ich mich bereits fragte, wie viel vom Geschmack des Kaffees wohl übrig bleiben mochte, ging er voraus. An der Tür drehte ich mich um, wartete, bis ich Taminas Blick einfangen konnte, und signalisierte ihr dann, dass wir kurz rausgehen würden. Sie nickte und lächelte mir zu.

»Hier entlang, bitte.« Densch wartete draußen, während ich die Tür hinter uns schloss.

Er führte mich den Gang entlang, um ein oder zwei Ecken, bis wir zu den kleinen Besprechungsräumen kamen. Die kannte ich von früher: winzige Kabuffs, in denen selbst Hülsenfrüchte Platzangst bekommen hätten. Die meisten von ihnen hatten nicht einmal Fenster, weil sie im Innenbereich des Gebäudes lagen. In ihnen gab es Belüftungsanlagen, die einen konstanten Druck auf den Ohren erzeugten, als würde man mit großer Geschwindigkeit in die Tiefe rauschen.

Densch öffnete eine der weiß lackierten Türen, nachdem seine Knöchel kurz in der Andeutung eines Klopfens über das

Holz gefahren waren. Es waren bereits drei Leute im Raum anwesend, und ich musste den Reflex unterdrücken, sofort einen Schritt zurück zu machen. Es war, als würden sich die Türen zu einem überfüllten Fahrstuhl öffnen. Drinnen befanden sich zwei Unbekannte und Paul Krüger, der IT-Mann.

Die Einrichtung bestand aus zwei Tischen, die man an einer Wand zusammengeschoben hatte, und die jetzt nur noch einen schmalen Durchlass nach hinten boten. Auf ihnen standen zwei Laptops und ein Monitor, während sich auf dem Boden noch ein Computer-Tower, ein Drucker und Krüger befanden. Der hockte unter dem Tisch und werkelte offenbar an Kabeln und Anschlüssen herum.

»Jetzt müsste es gehen«, presste er gedämpft hervor.

Einer der beiden Männer, die sich bei unserem Eintreten der Tür zugewandt hatten, beugte sich über die Tastatur des Laptops und klickte darauf herum.

»Immer noch kein Netz«, beschied er.

Krüger fluchte.

»Thiebeck, das ist Herbert Rauh.«

Ich schüttelte dem untersetzten Mann mit Halbglatze und Schnurrbart die Hand. Er trug ein gestreiftes Hemd mit einem weinroten Pullunder darüber und sah aus wie ein Beamter, Lehrer oder Buchhalter. Oder vielleicht wie ein alt gewordener Krimineller.

»Und das ist Jens-Peter Schultz.«

Ich wandte meine Aufmerksamkeit dem zweiten Mann zu. Er war etwas jünger als Rauh, vielleicht Mitte dreißig, machte einen hageren, abgezehrten Eindruck, wie ein Langstreckenläufer, und wirkte dadurch größer, als er in Wirklichkeit war. Seine lockigen, dunklen Haare standen ihm weich vom Kopf ab, und mit seinem kurzrasierten Bart konnte man ihn sich gut in einer spanischen Bar mit einer Gitarre unter dem Arm vorstellen. Er trug ein Longsleeve mit weitem V-Ausschnitt, das den Blick auf den oberen Teil seiner behaarten Brust freigab. Sein vorstehender Adamsapfel tanzte munter auf und ab, als wir uns begrüßten.

Densch räusperte sich. »Herr Rauh ist uns als hervorragender Schachspieler empfohlen worden. Seine ELO-Zahl beträgt …« Densch zögerte und warf einen Blick zur Seite, bevor er fortfuhr: »… zweitausendvierhundertsiebenundachtzig?«

Rauh nickte. Auch wenn Densch diese Art der Kategorisierung offenbar fremd war und er sich dabei komisch vorkam, wir Schachspieler waren das gewöhnt. Die ELO-Zahl besagte lediglich, dass Rauh ein exzellenter Spieler war.

»Und bei Herrn Schultz handelt es sich um einen Fernschachgroßmeister. Die beiden haben sich freundlicherweise bereit erklärt, uns zu unterstützen.«

Densch zog einen der Stühle unter dem Tisch hervor, um sich zu setzen. Rauh tat es ihm gleich, während sich Schultz im Stehen gegen einen Tisch lehnte und ich mich gegen die Wand.

»Können Sie uns etwas über die Spielstärke des Täters sagen?« Densch machte eine Handbewegung in Richtung Tischoberfläche, auf der ich mehrere Ausdrucke sehen konnte.

Vermutlich waren das unsere bisherigen Züge.

Rauh schüttelte den Kopf. »In der Partie sind noch nicht sehr viele Züge gemacht worden. Selbst wenn wir mehrere komplette Partien zum Analysieren hätten, könnten wir höchstens eine grobe Hausnummer abgeben. Mehr lässt sich daraus leider nicht erkennen.«

Densch nickte ungeduldig. »Was ist mit der Situation auf dem Brett? Wie sieht es mit einem *Containment* aus?«

»Sie meinen, dass wir keine Figuren verlieren?«, wollte Schultz wissen.

Densch nickte.

»Auch das ist schwer zu sagen. Letztlich kommt es darauf an, wie gut der Gegner wirklich spielt, und vor allem, wie aggressiv. Ich meine, will er das Spiel gewinnen? Oder geht es ihm darum, unsere Figuren zu schlagen?«

Densch sah mich an, aber ich breitete nur die Arme aus und zuckte mit den Schultern. Das würde uns hoffentlich bald Frau Körner sagen können.

»So. Jetze?«, erklang es unter dem Tisch.

Schultz checkte den Laptop. »Ja, geht.«

»Super.« Krüger kroch unter der Platte hervor, stand auf, schob sich wortlos mit einem Nicken an uns vorbei und verließ den Raum.

»Danke«, rief Rauh, kurz bevor die Tür zuklappte.

»Wie lange können Sie ihn hinhalten? Was schätzen Sie?«, machte Densch übergangslos weiter.

»Ich denke, zwei oder drei Runden sollte das möglich sein, solange er nicht suizidal spielt. Danach können wir keine Garantie geben, das wird man dann sehen. Wir müssen agil damit umgehen, je nachdem, wie sich die Situation auf dem Brett entwickelt.«

»Das gibt uns maximal zwei bis drei Tage«, sagte ich. »Bisher hat er seine Züge immer extrem schnell gemacht.«

Densch kniff die Augen zusammen und massierte sich den Nasenrücken mit Daumen und Zeigefinger. Schließlich setzte er sich mit einem Ruck auf. »Dann sollten wir die Zeit nutzen.«

Wir verabschiedeten uns von den beiden und traten nach draußen. Als Densch gerade gehen wollte, berührte ich ihn am Arm und fragte: »Können Sie mir auch eine dieser Druckkammern besorgen? Ich brauche nur einen Tisch und einen Stuhl. Und einen Rechner. Oder meinen.«

Er sah mich ausdruckslos an.

»Und ich hätte gerne die Akte Lammert.«

»Was wird das, Thiebeck?«

»Densch, das hat irgendwas mit dem Fall Lammert zu tun, das spüre ich. Die beiden Fälle hängen zusammen. Bitte, geben Sie mir die Akten. Ich muss da meine Nase reinstecken, mich reingraben, dann finde ich möglicherweise etwas.«

Plötzlich grinste Densch. »Sie sind ein Junkie, stimmt's?« Er machte mit dem Arm eine ausladende Geste. »Es ist dieser ganze Zinnober, den Sie vermissen, oder? Sie haben zu lange nicht mehr am Klebstoff geschnüffelt. Und jetzt bricht das alles wieder über Sie herein: Soko, Dezernat, Whiteboard, Krisenmeetings. So ist es doch, oder? Ein kleines Zimmer als Methadonprogramm, keine schlechte Idee.«

Ich machte einen Schritt auf ihn zu. Wegen der Wand hinter ihm konnte er nicht zurückweichen. Ich knurrte: »Wissen Sie, Densch, vorhin habe ich für eine Sekunde lang geglaubt, dass Sie vielleicht doch kein komplett schlechter Mensch sind. Dass sich hinter dieser Bürokratenfassade irgendwo ein ganz passabler Kerl verbirgt, mit dem man sogar mal ein Bier trinken kann. Aber ich habe mich geirrt.« Mit einem Schritt zurück betrachtete ich ihn. »Sie sind und bleiben ein Arschloch.« Ich wandte mich ab, um zurück zum *Hauptquartier* der Soko zu gehen. Über die Schulter sagte ich noch: »Besorgen Sie mir den Raum, Densch, oder ich rede mit dem Staatsanwalt. Sie brauchen mich und meine Kooperation. So dämlich, diese Chance ungenutzt zu lassen, sind nicht mal Sie.«

Zwei Stunden später stand Densch wieder vor mir, drückte mir eine Schlüsselkarte, eine Gäste-ID für den Eingang und zwei dicke Aktenmappen in die Hand.

»Vierundzwanzig-C«, sagte er tonlos und sah mich an, als hätte er Aufsicht auf dem Schulhof und ich einen Schneeball in der Hand.

»Danke.«

Er wandte sich ab, um zu Fahlinger und Niemeyer zu gehen, die sich inzwischen zu uns ins Besprechungszimmer gesellt hatten. Vor einer Weile hatte ich Tamina zu mir nach Hause gebracht und ihr meinen Schlüssel überreicht. Hinter uns war ein Streifenwagen hergefahren, der jetzt vor meinem Haus parkte. Bevor ich gegangen war, hatte ich in der Wohnung in jedes Zimmer und in jeden meiner Schränke gesehen.

»Danke«, hatte sie gesagt und mich geküsst.

»Hast du Angst?«, hatte ich sie gefragt.

»Ein bisschen.« Sie hatte sich auf die Lippe gebissen.

Ich hatte genickt. »Gut.« Hatte mich korrigiert. »Also nicht gut, dass du Angst haben musst, aber insofern, weil es dich vorsichtig sein lässt.«

»Wie real ist die Gefahr?«

»Ich weiß es nicht. Ganz ehrlich nicht, Mina.«

»Okay. Ich pass auf mich auf.«

»Bis später. Ich versuche, nicht so lange wegzubleiben.«

Noch ein Kuss und noch einer. Als hätte ich physisch von ihr Besitz ergreifen müssen. Um sie zu beschützen. Sie hatte es witzig gefunden. Dann war ich zurück ins Präsidium gefahren.

»Wissen Sie, wo Vierundzwanzig-C ist?«, wollte Kunzi wissen, der ein Stück weiter weg stand.

Offenbar hatte er meinen Austausch mit Densch mitbekommen. »Ich kann Sie hinbringen.«

»Kein Problem, danke. Ich war hier schon einmal.« Die Spitze konnte ich mir – ein weiteres Mal – nicht verkneifen. Plötzlich fühlte ich mich unglaublich müde. Das ganze wichtige Soko-Gehabe von Densch und Fahlinger ging mir auf die Nerven, und ich verspürte den dringenden Wunsch, einfach zu gehen, das Präsidium zu verlassen, ins Auto zu steigen und zu Tamina zu fahren. Aber ich wusste, dass ich das nicht konnte.

Sd6xb7.

Wer war der Bauer auf b7 gewesen? Ich warf einen Blick auf das riesige Schachbrett in Posterform, das inzwischen neben dem Eingang hing. Darauf hatte jemand, vermutlich mit Klebepunkten, die verschiedenen Figuren auf ihre jeweiligen Positionen geklebt. Ich hielt das für affig, als ob einer von den Bullen in einem Moment der Klarheit plötzlich auf dem Brett ein Muster und damit die Lösung des Falls erkennen würde. Aber es schadete sicher auch nichts, und so war ich der Letzte, der dagegen protestieren würde.

Mit einem Seufzer schob ich mir die Akten unter den linken Arm, steckte die ID in die Hosentasche und ging, um mir mein neues Büro in Vierundzwanzig-C anzusehen.

Sobald ich die ersten Zeilen überflogen hatte, erfasste mich der bekannte Schwindel, den ich seit fast zwei Jahren nicht mehr verspürt hatte. Georg Lammert, achtundfünfzig Jahre alt, verheiratet, Geschäftsführer einer Beraterfirma und ein guter Freund meines Vaters. Ich hatte Lammert gekannt, seit ich denken konnte. Er war nicht oft bei uns gewesen, aber alle paar Jahre war er aufgetaucht, bei einem Grillfest, einer Vernissage meines Vaters oder einer anderen Gelegenheit.

Und dann war ich ihm wiederbegegnet, als die Hinweise sich verdichtet hatten. Nachdem wir eine Spur gefunden hatten, die uns zu dem Fibonacci-Mörder führte. Zu dem Mann, der neun Menschen, darunter mehrere Kinder, getötet hatte. Der noch drei weitere hatte ermorden wollen, wie sich später herausstellte. Einem Menschen, der besessen gewesen war von Zahlen und ihrer Ordnung. Wir hatten ewig gebraucht, um überhaupt zu verstehen, nach welchem Muster der Täter vorging.

Mein Blick wanderte über das Papier.

Elke Semmering, einunddreißig Jahre. Mit einem Kind im Bauch. Sie war das erste Opfer gewesen und hatte uns eine ganze Weile auf die falsche Spur geführt.

Die nächsten zwei Toten waren kleine Kinder gewesen, Michael und Janine, beide gerade mal ein Jahr alt. Und dann noch eins, Milena, zwei Jahre alt. Die nächsten drei waren drei, fünf und acht Jahre gewesen. Torsten, Lisa und Tobias. Alle waren sie mit bloßen Händen erwürgt worden, genau wie die Semmering. Die Staatsanwaltschaft hatte damals die Soko *Kindergarten* gebildet, weil es der Täter offenbar nur auf Kleinkinder abgesehen hatte. Aber wie passte die Semmering da rein?

Ich weiß noch genau, wie wir vor diesem Puzzle gestanden hatten, immer wieder, und einfach nicht verstanden, was vor sich ging. Dann starben der dreizehnjährige Leander und Wiebke, einundzwanzig Jahre alt. Ein hochbegabter Schüler und eine junge Studentin, die beide nichts miteinander zu tun zu haben schienen. Oder mit den anderen Morden.

Lammert hatte damals mit mir Schach gespielt – Bullet-Schach. Über den gleichen Server, über den ich jetzt mit dem toten Mario Ottendorf spielte. Und ich war mir sicher, dass es für Lammert eine Art paralleles Spielen gewesen war. Parallel zu der Jagd, die wir ihm lieferten.

Durch einen Zufall war ich auf die Fibonacci-Folge gestoßen, bei der die vorhergehenden Zahlen addiert werden, um die nächste zu bilden. Lammert brauchte damals für seine Züge auf dem *Bulletproof*-Server immer exakt so viele Sekunden, dass es einer der Fibonacci-Zahlen entsprach. Er war besessen von diesen Zahlen. Und das Alter der Toten entsprach genau dieser Abfolge: 1, 1, 2, 3, 5, 8, 13 und 21. Sein nächstes Opfer hatte Lammert sich bereits ausgesucht, dessen war ich mir irgendwann sicher gewesen. Und nicht Elke Semmering war das eigentliche erste Opfer gewesen, sondern ihr ungeborenes Kind. Die Null, mit der die Fibonacci-Folge begann.

Lammert hätte vermutlich noch drei weitere Morde begangen, bevor es ihm die Zahl 144 unmöglich gemacht hätte, weiter zu töten. Vielleicht hätte er aber auch einfach wieder von vorn angefangen.

Es klopfte.

»Ja, bitte?«

Jana streckte den Kopf herein. Als sie mich am Tisch sitzen sah, musste sie lächeln. »Hey. Ganz wie in alten Zeiten.«

»Was? In diesem Loch hier, wie früher?« Ich schnaubte. »Wohl kaum. Wir hatten das schönste Büro im ganzen Gebäude.«

Sie schlüpfte herein und schloss die Tür hinter sich.

»Die Akte Lammert?«

Ich nickte und starrte auf die Papierberge vor mir.

»Glaubst du wirklich, dass diese Sache irgendwas damit zu tun hat?« Da es nur einen Stuhl im Raum gab, schob sie einen der Ordner etwas zur Seite, um sich auf die Tischkante zu setzen.

»Und glaubst *du* wirklich, dass wir hier einen Täter haben, der mit mir Schach über den *Bulletproof*-Server spielt, exakt so, wie es Lammert getan hat, und das alles *nichts* miteinander zu tun hat?«

Sie seufzte. »Nein, das glaube ich nicht. Du hast recht. Ich verstehe die Verbindung bloß nicht.«

»Noch nicht.«

»Sicher.« Sie verschob ein paar Blätter mit der linken Hand. »Wie ist das, in dem alten Zeug herumzuwühlen? Ich stelle mir das ein bisschen so vor, wie an verschorften Wunden herumzupuhlen. Ob die Wunde verheilt ist, stellt man erst dann fest. Wie ist das bei dir, kommt da frische Haut oder neues Blut zum Vorschein?«

»Ich bin mir noch nicht sicher. Es fühlt sich komisch an. Das ist alles schon so weit weg gewesen.«

»Nach was suchst du genau?«

»Weiß nicht. Vielleicht nach einem Hinweis, wer von der Geschichte überhaupt wissen könnte. Immerhin sind die Akten komplett unter Verschluss gehalten worden.«

»Vergrab dich nicht zu tief. Nur so weit, dass ich dich an den Füßen wieder herausziehen kann.«

»Du riechst gut«, sagte ich, ohne aufzusehen.

»Richtig. Bloß, dass ich dringend eine Dusche nötig hätte.«

Ich zuckte mit den Schultern. »Wahrscheinlich ist es genau das. Du weißt doch: Thiebeck, das Tier.«

Sie lachte. »Ja, ich weiß.« Nach einer kleinen Pause fuhr sie fort: »Du machst dir Sorgen um Tamina, oder?«

»Klar.«

Sie nickte. »Das verstehe ich. Wir tun unser Bestes, Johannes. Das musst du mir glauben. Okay?«

»Okay.«

Sie musterte mich einen Moment lang, als müsste sie entscheiden, ob ich *wirklich* überzeugt sei. Schließlich lächelten wir beide.

»Sag mal, kannst du mir einen Laptop besorgen? Oder dafür sorgen, dass ich meinen von euch zurückbekomme? Braucht ihr den überhaupt noch? Ich habe Densch nach einem Rechner gefragt, aber den Teil hat er offenbar geflissentlich ignoriert.«

»Um ins Netz zu gehen?«

Ich nickte. »Einfach ein paar Sachen zu checken, wäre schon hilfreich.«

»Mit deinem Rechner würdest du hier ohnehin nicht ins Netz können, weißt du doch. Sicherheit.«

»Schön. Dann einen anderen?«

»Ich schau mal, was ich tun kann.« Sie verabschiedete sich, indem sie mir noch einmal zulächelte.

Ich nickte gedankenversunken und wandte meine Aufmerksamkeit wieder Georg Lammert und den Trümmern meiner Vergangenheit zu.

7

Mein Handy vibrierte. Eine SMS von Tamina: *Können wir telefonieren? Oder ist es gerade schlecht?*

Ich nahm den Hörer vom Festnetztelefon hoch, das mir einer der ITler zusammen mit dem uralten Laptop vor knapp einer Stunde vorbeigebracht hatte, und wählte ihre Handynummer.

»Hallo?«, fragte sie verhalten, da ihr das Display eine unbekannte Rufnummer anzeigte.

»Ich bin's. Wie geht es dir?«

Sofort veränderte sich ihre Stimme. »Hey. Mir geht's gut. Ich habe mich auf deiner Couch in alle Decken, die ich finden konnte, eingewickelt und schaue mir nach und nach deine DVD-Sammlung an«, erklärte sie. Sie selbst besaß keinen Fernseher. »Aber du hast keine Schokolade im Haus«, fügte sie vorwurfsvoll hinzu.

»Ich bringe dir welche mit, wenn ich komme, gut?«

»Sehr gut.« Sie wurde ernst. »Hör mal, du weißt vermutlich noch nicht, wann du kommst, oder?«

Ich zögerte.

»Ich hab nur vorhin mit Melli telefoniert und wollte später noch bei ihr vorbeischauen. Ist das okay?«

»Sicher.« Auf diese Weise musste ich wenigstens kein schlechtes Gewissen haben, wenn ich noch eine Weile hier festsaß. Ich wusste, dass das eigentlich albern war, schließlich ermittelte ich nicht selbst und konnte nicht richtig zur

Lösung des Falls beitragen. Trotzdem fühlte ich mich besser, wenn ich in diesem Loch hockte und wenigstens so tat, als sei ich nicht vollständig hilflos. Ich nahm an, dass Tamina diese Zusammenhänge zumindest erahnte, immerhin kannte sie mich schon eine Weile.

»Ich nehme den Golf, ja? Kann sein, dass ich erst spät komme. Wahrscheinlich koche ich was mit Melli. Aber ich habe ja meine Streifenbeamten dabei, mir kann also gar nichts passieren, richtig?«

»Richtig.«

»Gut. Dann bis später? Schlüssel nehme ich mit, damit ich dich nicht wecken muss.«

Falls ich bis dahin schon zu Hause bin, dachte ich. »In Ordnung. Viel Spaß. Und grüß Melli.«

»Mach ich. Bis später.« Sie verabschiedete sich mit einem Kussgeräusch und legte auf.

Ich starrte noch eine ganze Weile auf den Apparat, bevor ich es schaffte, mich ein weiteres Mal Georg Lammert zuzuwenden. Ich fragte mich, wie Tamina und ich diese ganze Sache überstehen würden. Ob es uns näher zusammenbringen oder, im Gegenteil, auseinanderdriften lassen würde. Immerhin gab es keinen deutlicheren Weckruf, dass man mit einem Bullen, ehemalig oder nicht, zusammen war, als dass ein psychopathischer Serienkiller in die eigene Wohnung eindrang und dort das Bettzeug neu arrangierte.

Die meisten Beziehungen kamen schon mit dem normalen Kriminaleralltag nicht zurecht, da brauchte es gar keine eindeutige Morddrohung oder akute Lebensgefahr. Momentan schien Tamina damit jedoch noch relativ gut klarzukommen. Die Frage war, ob das so bleiben würde.

Mit einem Seufzer griff ich mir erneut die Unterlagen. Die

Abrechnungen von Lammert, die wir damals zusammengestellt hatten, um ihm etwas nachzuweisen. Mein Blick fiel auf mehrere Kringel, die jemand mit Textmarker um verschiedene Posten auf seinen Kreditkartenabrechnungen gemacht hatte. Durch das Fotokopieren waren diese jetzt grau statt neonfarben.

Ich starrte darauf. Hotelrechnungen in der Schweiz. Dunkel erinnerte ich mich daran, dass ich damals auf diese Spur gestoßen war. Mehrere Hotelaufenthalte in der Schweiz, und wir hatten nie herausgefunden, was Lammert dort getrieben hatte. Irgendwann war es für den Fall nicht mehr relevant erschienen, beziehungsweise schlussendlich war Lammert dann vom Balkon zu Tode gestürzt, sodass sich diese Schweizreisen nie hatten aufklären lassen. Lammert war alle zwei oder drei Jahre für weniger als eine Woche nach Spiez, an den Thuner See im Kanton Bern, gefahren.

Ich öffnete Google im Browser, suchte nach Spiez, scannte kurz die Einträge und öffnete die Seite des örtlichen Tourismusverbands. Mit schnellen Wechseln zwischen meinen Daten und der Webseite verglich ich mögliche Events. Keines von ihnen passte auf Lammerts Reisen. Nicht das Winzerfest, nicht die Herbstmärit oder der berühmte *Spiezathlon*. Manche von ihnen stimmten mit einem oder vielleicht zwei Terminen überein. Aber Lammert hatte über einen Zeitraum von zwölf Jahren insgesamt sechs Reisen unternommen, und auf nichts passten alle von ihnen.

Die Termine hatten immerhin alle im Sommer gelegen, was uns damals dazu veranlasst hatte, sie als Ferienreisen zu kategorisieren. Aber Lammert war nie länger als sechs Tage geblieben, und was viel schwerer wog: Er hatte niemals seine Frau mitgenommen. Das passte nicht zu einem Urlaub.

Wir hatten damals sogar überprüft, ob er dort vielleicht eine Geliebte besucht hatte, aber Nachfragen im Hotel hatten keinerlei Hinweise auf eine weibliche Begleitung ergeben. Plötzlich fiel mir das Stadtwappen von Spiez auf der Seite auf: Ein Wappenschild mit drei blauen Spitzen, die in eine weiße Fläche hineinragten. Das erinnerte mich an irgendwas.

Mit einem Ruck stand ich auf, die Zettel, Handy und Schlüsselkarte in der Hand, und verließ das Zimmer.

Ich fand Jana mit Fahlinger im Gespräch im Soko-Hauptquartier.

Sie bemerkte mich, hörte dem Duisburger noch einen Moment lang zu und hob dann, bei einer kurzen Pause, den Finger. »Einen Moment, bitte«, entschuldigte sie sich und kam zu mir. »Hast du was?«

»Möglich. Vielleicht nicht mehr als ein blödes Gefühl im Magen. Aber das hier lässt mir keine Ruhe.« Ich zeigte ihr die Abrechnungen.

»Was ist das?«

»Lammerts Kreditkarte. Diese Reisen in die Schweiz, bei denen wir nie herausgefunden haben, warum er dort war. Du erinnerst dich?«

Sie nickte. »Vage. Was ist damit?«

»Er ist jedes Mal nach Spiez gefahren.«

»Ich weiß, und?«

»Wo ist die Visitenkarte, die der Täter hinterlassen hat?«

Sie schaute mich verdutzt an. »Warum? Was ist damit?«

»Kannst du sie holen lassen? Bitte?«

Während Jana ging, um Kunzi zu beauftragen, die Karte zu holen, beugte ich mich über einen der Rechner, die auf den Tischen standen. Ich öffnete den Browser und suchte erneut die Informationsseite der Stadt Spiez heraus.

»Was ist denn los?«, wollte Densch wissen, der mit Jana zusammen herüberkam.

Hinter den beiden versuchte Kunzi, nicht zu auffällig und neugierig dreinzuschauen, während er ihnen in einigem Abstand folgte.

In der Hand hielt Densch den Folienbeutel mit der Karte, den er mir entgegenstreckte. »Die Techniker haben keine Spuren darauf gefunden. Nicht einmal die von Frau Garuda. Offenbar hat sie mit Ihnen telefoniert, bevor ihr die Karte überhaupt aufgefallen war. Nichts.«

Ich nahm ihm den Beutel ab und zeigte ihnen die Figur auf der Vorderseite. Dann deutete ich auf den Monitor.

»Glauben Sie, dass das dieselben Spitzen wie auf dem Wappen sind?«, fragte Densch, nachdem er sich vorgebeugt und die Augen zusammengekniffen hatte, um besser sehen zu können.

Ich präsentierte die Zettel, die ich immer noch in der linken Hand hielt, und berichtete kurz darüber, dass wir mit diesen Schweizreisen nie etwas hatten anfangen können.

»Das kann kein Zufall sein. Wir haben einen Täter, der mit mir Schach spielt, wie es Lammert getan hat, und der in sein eigenes Logo das Stadtwappen von Spiez eingearbeitet hat«, sagte ich mit Bestimmtheit. Kurz entschlossen nahm ich das Handy aus der Tasche und machte ein Foto der Karte.

Densch nickte nachdenklich. »In der Tat klingt das erst einmal nicht so, als könnte das zufällig passiert sein, da gebe ich Ihnen recht. Andererseits: Das sind bloß Spitzen, wie es sie vermutlich zuhauf in irgendwelchen Wappen und Logos gibt. Die Farben stimmen auch nicht.« Er sah in die Runde. »Was machen wir jetzt damit?«

Kunzi meldete sich zu Wort. »So lange wir nicht wissen,

was genau Lammert in der Schweiz gemacht hat, wird es schwierig, weitere Schlüsse zu ziehen.«

»In der Tat.« Densch hatte mir den Beutel wieder abgenommen und zeigte nun mit ihm auf Jana. »Kollegin Kleidermann, vielleicht kümmern Sie und Thiebeck sich verstärkt darum. Immerhin haben Sie in der Sache Ihre Nase schon mal ordentlich drin gehabt. Herr Kunzi kann Sie unterstützen, wo es nötig ist. Noch Fragen?«

Jana setzte gerade an, etwas zu sagen, als mein Handy brummte. Ich fischte es aus der Hosentasche, während ich ein Stück wegging, und sah auf das Display. Schmolli.

»Was gibt's, Mann?«

»Hey, Johnny, ich rufe für den Coach an.«

Shit! Mein Blick wanderte rüber zu den anderen, die immer noch miteinander diskutierten. »Wieso? Was liegt an?«

»Der Coach lässt fragen, wann du heute zum Training kommst.«

»Äh, Schmolli, gerade ist es echt …«

»Johnny!«, unterbrach er mich. »Ich weiß. Mir ist klar, dass du die Birne voll hast und ganz andere Dinge Prio haben.« Er machte eine theatralische Pause. »Aber es ist der Coach, Bruder. Du hast es ihm versprochen. Daran erinnerst du dich noch, oder?«

Ich kniff die Augen zusammen, bis mir bunte Flecken im Sichtfeld tanzten. »Ja, daran erinnere ich mich, Schmolli.«

»Gut. Dann noch einmal: Der Coach lässt fragen, wann du heute zum Training kommst.«

Ich sah auf die große Uhr, die an der Wand neben dem Eingang hing. »Ich bin in einer Dreiviertelstunde bei euch.«

»Prima. Dann bis bald.« Er legte auf.

Unter der Uhr stand inzwischen ein Tisch, auf dem Krüger

und seine Leute einen Monitor aufgestellt hatten, der in riesigen, digitalen Ziffern nur eines darstellte: die Zeit bis zum nächsten Zug.

Vierzehn Stunden, Siebenunddreißig Minuten, fünfundfünfzig Sekunden.

Vierundfünfzig Sekunden.

Dreiundfünfzig Sekunden.

Zweiundfünfzig Sekunden.

Ich zwang mich, den Blick abzuwenden. Mit einem stummen Fluch ging ich zu Jana und Kunzi zurück. Densch hatte sich nach hinten verzogen, um mit Niemeyer zu reden. Die beiden standen in der Nähe vom Buffettisch.

»Alles in Ordnung?«, wollte Jana wissen.

»Das war Schmolli. Der Coach fragt, wo ich bleibe«, antwortete ich mit einer Grimasse.

Sie lächelte und berührte mich sanft am Arm. »Geh mal. Das tut dir bestimmt gut.«

Ich hatte ihr erzählt, wie besessen der Coach von dem Kampf war. Und auch von meinem Pfadfinderehrenwort. Ich starrte auf das Bündel Papiere in meiner Hand, dachte an Spiez im Kanton Bern und an das Monster, das dort draußen herumlief.

»Wirklich. Geh!« Mit einem Grinsen kramte sie in der Tasche. »Hier ist mein Autoschlüssel. Der Audi steht unten im Hof. Fahr zur Halle, tob dich aus, und wenn du wirklich möchtest, kannst du dir in zwei, drei Stunden die gesamte Nacht mit dem Rest der Crew um die Ohren schlagen.«

Ich sah auf, betrachtete ihr Gesicht und nahm den Schlüssel. »Danke.«

»Schon gut. Bis nachher. Und sei nett zu deinen Jungs, wenn sie mit dir sparren müssen«, rief sie mir hinterher.

»Komm schon, leg mal richtig Power hinter deine Schläge, du müder Sack!«

Janos tanzte vor mir her, extrem beweglich in der Hüfte, und bombardierte mich mit schnellen Jabs.

Ich ließ mich nicht beirren. Am Brett sah ich gegen den Coach gut aus, und hier im Ring schätzte ich Janos und mich punktemäßig ungefähr gleichauf. Keine Not, mich zu hetzen. Ich hielt meine Deckung sauber oben und achtete auf meine Beinarbeit. Der Plan des Coachs, und damit auch meiner, war es, den flinken Janos nach und nach in eine Ecke zu drängen und ihn dort festzunageln, genau wie in anderthalb Wochen Bussas, um meine überlegene Masse und Körperkraft richtig zur Geltung bringen zu können.

Aber Janos war ein gerissener Boxer und ließ sich auf keine unnötigen Spielchen ein. Außerdem konnte er davon ausgehen, dass ihn der Coach am Brett rauspauken würde, er selbst musste ja nicht spielen.

»Werd mal besser am Brett, dann kann ich dich da erledigen«, schnaubte ich, während ich links zumachte und rechts einen Jab antäuschte.

Janos grinste mich mit seinem grellroten Mundstück an. Seit er vor gut anderthalb Jahren das erste Mal im Gym trainiert hatte, war der Coach glatt an ihm verzweifelt, weil Janos zwar Schachspielen konnte, aber leider kaum besser wurde.

Während er sich als Boxer in Windeseile weiterentwickelte, gab es am Brett keine *Luft nach oben*. Janos machte das nichts aus, er liebte das Boxen. Aber den Coach trieb es in den Wahnsinn, weil er ursprünglich das Gefühl gehabt hatte, aus Janos einen Weltklasse-Schachboxer schmieden zu können.

Der Gong ertönte und erlöste Janos. Auf mich wartete das Brett.

»Handschuhe aus!«, kommandierte der Coach, und Schmolli winkte mich ungeduldig in unsere Ecke.

Kurz darauf ließ ich mich stöhnend auf den Hocker am Schachbrett fallen, während der Coach knallend die Uhr in Gang setzte. Ich versuchte, meine Müdigkeit, meine wirren Gedanken und meine Ängste beiseitezuschieben, um mich auf die schwarzen und weißen Kästchen konzentrieren zu können.

Janos trat zu mir in den Duschraum, als ich gerade meinen Kopf unter den heißen Strahl hielt.

»Alles klar?«, fragte er mit einem Lächeln. Ich nickte unter dem fetten Wasserstrahl.

Nach einer Weile fragte er: »Du hast ihn gefunden, oder?«

»Malte?«

»Ja.«

»War kein schöner Anblick.«

»Die Bullen haben uns alle befragt. Schmolli meinte, das hätte nichts mit dem Gym zu tun.«

Ich zuckte mit den Schultern und seifte mich weiter ein. »Das wissen sie noch nicht.«

»Auch wenn Schmolli nicht will, dass wir das laut sagen, geht das Gerücht um, dass du was mit der ganzen Sache zu tun hast. Stimmt das?«

»Davie saß in meinem Auto. Das ist mir gestohlen worden. Und ein Kerl, mit dem ich Bullet-Schach gespielt habe, ist ebenfalls umgebracht worden. In Westdeutschland.«

Er sah mich aufmerksam an, als erwarte er noch mehr.

»Das war's.«

»Okay.« Er drückte sich Duschgel in die Hand und wusch sich die Haare, offenbar nicht zufrieden mit den wenigen Brocken, die er aus mir herausgequetscht hatte.

Ich musterte ihn von der Seite, musste daran denken, wie sehr es den Coach frustrierte, dass Janos nicht besser Schach spielte. »Wärst du in einem normalen Gym nicht besser aufgehoben?«

Er zuckte mit den Schultern, hielt das Gesicht in den Strahl. Nachdem er Wasser ausgespuckt hatte, antwortete er: »Ich mag Schach. Leider bin ich nicht besonders gut. Das hat meinen Vater früher schon immer frustriert, wenn ich mit ihm gespielt habe. Der wollte, dass ich das Spiel *pauke*. Wie Vokabeln. Italienische Eröffnung, skandinavische Eröffnung. Benoni-Verteidigung.« Er lachte. »Weißt du, was *Benoni* heißt? ›Sohn der Trauer‹; das muss mein alter Herr auch oft genug gedacht haben. Aber wie gesagt, das Spiel macht mir Spaß, und ich mag die schnellen Wechsel. Nur Boxen wäre mir zu langweilig, fürchte ich.« Er drehte den Hahn zu und ging, um sich sein Handtuch um die Hüften zu schlingen.

Knapp eine Stunde später saß ich frisch geduscht unten in Janas Familienkutsche und wählte ihre Nummer.

»Hallo, Johannes. Alles in Ordnung?«

»Ich wollte mal hören, wie der Stand bei euch ist.«

Sie seufzte. »Nichts Neues, fürchte ich. Mirko ist mit den Duisburgern gerade eine Runde Currywurst essen gegangen. Ich glaube, danach passiert nicht mehr viel. Die haben uns hier im ersten Stock ein Bettenlager aufgestellt, ich habe keine Ahnung, ob das Feldbetten sind oder ob denen was Besseres eingefallen ist. Mein Tipp: Geh nach Hause, hol dir eine Mütze Schlaf und steh morgen in aller Herrgottsfrühe hier auf der Matte, um uns gepeinigten Seelen einen Kaffee zu spendieren.«

Ich zögerte.

Sie versuchte es anders. »Ist Tamina nicht bei dir zu Hause?«

»Ja, schon gut. Ich haue ab. Bis morgen früh«, sagte ich zähneknirschend.

Ohne einen Laut zu machen, schlüpfte ich eine halbe Stunde später bei mir daheim zu Tamina unter die Bettdecke, um mich an ihren Rücken zu legen. Sie gab einen leisen Laut des Wohlbefindens von sich und drängte sich fester gegen mich. Mein rechter Arm lag schwer über ihrer Taille, aber als ich ihn wegnehmen wollte, um sie nicht zu erdrücken, packte sie ihn und wickelte sich damit fest ein. Kurz dachte ich darüber nach, mit ihr zu schlafen, und bekam eine Erektion. Aber dann zeigten Taminas Wärme, die Weichheit des Betts und die Dunkelheit des Zimmers ihre Wirkung, und ich driftete langsam weg. Schlaf erschien mir attraktiver als Sex.

8

Im Hauptquartier des LKA traf ich Kunzi und Franziska Schiefer, die mit Bechern voll dampfendem Kaffee am Buffet standen und sich ihr Frühstück raussuchten.

»Morgen«, begrüßten sie mich.

Ich grüßte zurück und trat neben Kunzi. »Immerhin klappt das mit der Essensversorgung. Gibt es was Neues?«

Er hatte inzwischen den Mund voll mit dem Großteil eines Schokomuffins, schüttelte bloß den Kopf, versuchte, etwas zu sagen, hustete. Schließlich schaute er hilfesuchend zu seiner Kollegin.

»Keine Spuren in der Wohnung von Frau Garuda. An der Karte sind wir noch dran, aber das sieht ebenfalls nicht gut aus. Handgeschöpftes Papier, aber ohne ein Wasserzeichen oder anderen Zirkus, der sich in einem Thriller hervorragend machen würde, um unseren Täter zu überführen.«

»Wo ist der Rest? Densch? Jana?«

»Kommissar Densch ist unten in der KTU, und Frau Kleidermann ist noch mal in die Notunterkunft gegangen.«

Ich nickte. *Notunterkunft* war die Bezeichnung für die Räume, in die einfach ein halbes Dutzend Feldbetten gestellt wurden, um für Fälle wie diese als Übernachtungsmöglichkeit zu dienen.

»Ich bin in Vierundzwanzig-C«, sagte ich mit einem Nicken und schnappte mir, bevor ich ging, noch einen Becher Kaffee und eine Handvoll Kekse. Ich fühlte mich zu unruhig, um hier mit den beiden Assistenten und jeder Menge Small Talk auf den Rest der Crew zu warten, bloß um dann zu erfahren, dass wir ohnehin kein Stück weiter waren.

Auf dem Weg klopfte ich kurz bei den Schachprofis. Nach einem gemurmelten »Herein« öffnete ich die Tür und sah Rauh, der bereits am Computer saß.

»Morgen«, grüßte ich.

Ohne zu antworten, zeigte er auf ein Whiteboard, nicht ganz so groß wie das im Hauptquartier, das offenbar gestern noch aufgehängt worden war. Dort standen drei Schachzüge, jeweils mit *Variante I* bis *III* betitelt. Ich betrachtete die drei, sah auf das Brett, überlegte kurz und schürzte die Lippen. »Ich würde die *III* nehmen.«

»Warum?«

Ich konnte in seinem Gesicht keine Emotion lesen und so nicht abschätzen, ob er meine Wahl guthieß oder nicht. Mit einem Schulterzucken antwortete ich daher: »Es ist der konservativste Zug. Derjenige, der langfristig am wenigsten Gewinn verspricht, aber kurzfristig die größte Sicherheit bietet. In unserer Situation ist konservativ wohl angebracht.«

Offenbar zufrieden mit meiner Wahl nickte Rauh und wandte sich wieder dem Monitor zu. Leise schloss ich von außen die Tür.

In Vierundzwanzig-C vergrub ich mich erneut in Lammerts Unterlagen und die Webseite der Tourismuszentrale von Spiez. Auf den Tisch hatte ich das Handy mit dem Bild der Visitenkarte des Täters gelegt und verglich immer wieder die beiden Motive. Das Wappen bestand aus blauen Dreiecken auf weißem Hintergrund. An der Figur hatten wir anderthalb weiße Dreiecke auf Schwarz und anderthalb schwarze auf Weiß. Aber eben genau drei, am unteren Rand, und auch wenn ich kein Mathematiker war, hatte ich zumindest das Gefühl, dass die Proportionen ebenfalls übereinstimmten. Ich machte mir eine mentale Notiz, Densch das überprüfen zu lassen.

All das half mir aber noch nicht weiter. Wenn ich annahm, dass die Schachfigur in der Tat etwas mit Spiez zu tun hatte – und damit mit Lammert –, was bewies mir das?

Frustriert nahm ich mir den Stapel mit den alten Ausdrucken unserer damaligen Schachpartie. Jemand hatte mit Kugelschreiber Kringel um die Zeiten gemacht, die Lammert damals für seine Züge gebraucht hatte. Die Fibonacci-Folge.

Mit einem Ruck stand ich auf. Der Drehstuhl rollte taumelnd nach hinten in den Raum wie ein verunglückter Astronaut. Mit einem Satz war ich an der Tür, stürmte den Gang entlang und rannte fast einen dürren Kerl der Marke *Bestatter* in beigem Pullover über den Haufen, bis ich ohne zu zögern die Tür zum Schachraum aufriss.

Rauh zuckte herum. »Was …«

»Wo sind die bisherigen Züge der Partie?«

»Wovon reden Sie?«

»Die Züge der Partie, wo sind die?« Ich sprach nicht langsam, nicht leise und vermittelte offenbar auch nicht den Eindruck, dass ich sehr geduldig wäre.

Rauh starrte zu mir hoch und deutete, ohne hinzusehen, auf zwei Zettel auf dem Tisch. Ich riss sie hoch.

Ein dumpfes Gefühl machte sich in meiner Magengrube breit. Ich hätte gern die Arme ausgestreckt, um mich an den Wänden des kleinen Zimmers abzustützen. Um mich vor dem Schwindel zu bewahren, der drohte, mich in meine innere Dunkelheit hinabzuziehen.

Acht Sekunden, nicht schlecht, hatte ich bei einem seiner Züge gedacht. Jetzt ging ich die geloggten Daten durch.

Für den ersten Zug hatte er dreizehn Sekunden gebraucht.
Zweiter Zug: Zwei Sekunden.
Dritter Zug: Vierunddreißig Sekunden.
Vierter Zug: Drei Sekunden.
Fünfter Zug: Acht Sekunden.

Mein Blick raste alle Züge durch, drehte um, flitzte wieder nach oben. In der Hoffnung, den Ausreißer zu finden. Die eine Zahl, die nicht zur Fibonacci-Folge gehörte.

Aber es gab keinen Ausreißer. Nicht einen einzigen, genauso wie es bei Lammert keinen gegeben hatte. Der Mann war besessen gewesen von diesen Zahlen und hatte sein gesamtes Leben der Ägide ihrer strengen Regeln unterworfen.

»Alles in Ordnung? Ist Ihnen nicht gut?«

Wortlos verließ ich das Schachzimmer, die Papiere noch in der Hand. Die Tür ließ ich offen, so benommen fühlte ich mich.

»Aber Lammert ist tot«, wiederholte Jana zum dritten Mal. Sie sagte diesen Satz wie ein Mantra, als könnte er Unheil von uns abwenden und verhindern, dass ein ungeheuerlicher Gedanke Realität würde.

»Wenn wir annehmen, dass die Zahlen wissentlich entstanden sind, müssen wir wohl von Folgendem ausgehen«, sagte Densch und hob die Hand, um zu zählen.

Als ich ihnen meinen Fund präsentiert hatte, hatte er mich sofort gefragt, ob es ein Zufall sein könnte. Ich hatte nicht geantwortet, sondern ihn nur mit düsterem Blick angesehen. ›Bei Mord gibt es keine Zufälle‹, war einer der ersten Leitsätze, die sie einem in der Ausbildung nahebrachten, gleichgültig wie verzweifelt man sich manchmal an die Hoffnung klammerte, es möge alles blindes Zusammenspiel sein.

»Erstens: Der Täter kennt nicht nur die Hintergründe der Fibonacci-Morde, sondern wirklich alle Details. Zweitens: Er ist ein derartig guter Schachspieler, dass er in der Tat in der Lage ist, seine Züge in diesen neun Zeitfenstern innerhalb der erlaubten Minute durchzuführen.« Bei diesen Worten sah Densch mich an, und ich stimmte mit einem ernsten Nicken zu.

Ich hatte ihm vorher erklärt, wie unglaublich schwierig es für einen Bullet-Schachspieler war, sich auf diese Zeiten zu konzentrieren, wenn man eigentlich seine gesamte Leistung brauchte, um einen guten Zug zu machen.

Meine Theorie im Fall Lammert war damals gewesen, dass Lammert durch seinen Zahlenzwang deutlich schlechter gespielt hatte, als das in Wirklichkeit der Fall gewesen wäre. Doch damals war es in unserem Spiel nicht um Menschenleben gegangen, und Lammert hatte sich wirklich nur am digitalen Brett mit mir messen wollen.

»Können wir Georg Lammert exhumieren lassen?«, fragte Kunzi und rückte sich die Brille mit zwei Fingern zurecht.

»Was? Nur um zu beweisen, dass wir es hier nicht mit einem Wiedergänger zu tun haben? Haben Sie sie noch alle?«, fuhr Densch herum. »Was ist das hier: *Ich weiß, was du letzten Sommer getan hast*?«

Kunzi zuckte zusammen und erwiderte nichts.

Densch schüttelte den Kopf. »Das ist nicht Lammert. Der ist tot. Aber unsere Aufgabe ist es, herauszufinden, worin die Verbindung besteht. Frau Körner behauptet, so lange der Täter keine Fehler macht, ist alles, was wir herausfinden, von ihm geplant. Er *will*, dass wir die Möglichkeit haben, auf diese Dinge zu stoßen. Das Spiel besteht darin, zu schauen, *wann* wir es schaffen. Und weder die Visitenkarte noch das

Wappen noch die Zahlen sind ein Fehler. Das sind Hinweise, die uns der Mörder gibt, weil er glaubt, dass wir zu dämlich sind, um damit etwas anzufangen.« Er musterte uns alle streng, nacheinander in die Runde blickend. Sogar Fahlinger und Niemeyer, die später hinzugekommen waren und sich etwas im Hintergrund hielten, bezog er ein. »Zeigen wir dem Wichser, dass er sich irrt. Er wird dieses Spiel verlieren. Sind wir uns einig?«

Es gab vereinzelt gemurmelte Zustimmung.

»Sind wir uns *einig*?«, wollte Densch lauter wissen.

Die Zustimmung wurde deutlicher und hörbarer. Ich musste den Reflex unterdrücken, den Kopf zu schütteln. Das hier erinnerte mich an meine Studienzeit, als ich Rugby gespielt hatte und der Trainer zwischen den Spielzeitdritteln versucht hatte, den Einheizer zu spielen. Jetzt fehlte nur noch, dass wir einen Kreis bildeten, uns in der Mitte an den Händen berührten und einen Kampfschrei brüllten. Vielleicht: »SCHACHMATT!«

Als sich unser kleines Rudel auflöste und Fahlinger und Densch anfingen, die Aufgaben zu verteilen, trat ich an Jana heran.

»Ich bin in meinem Zimmer, okay?« Ich vermied es, *Büro* zu sagen, um nicht zu aufgeblasen zu klingen, auch wenn ich das eigentlich meinte.

Vierundzwanzig-C *war* mein Büro, und von dort aus konnte ich tiefer in diesen Fall eindringen, als es bei diesem ganzen Kaspertheater hier möglich war.

»*Heads up!*«, rief plötzlich Densch noch einmal in Trainermanier. »In etwas über zwei Stunden ist es so weit.« Er deutete auf den Countdown. »Rauh und Schultz haben einen Plan, den würden sie uns gerne vorher vorstellen. Den allgemeinen

Schachschlachtplan, wenn man so will. Wir treffen uns also in sechzig Minuten wieder hier. Alles klar?«

»Bis später«, sagte Jana, als ich ging.

Am Rechner starrte ich auf die Bilder der kleinen Stadt Spiez, als könnte ich sie so zwingen, mir Lammerts Geheimnis zu verraten. Was gab es dort? Ein Heilbad, ein Internat, ein Museum. Das Heimat- und Rebbaumuseum Spiez. Das hatte alles so wenig mit dem zu tun, was ich von Lammerts Leben wusste. Er war ein erfolgreicher Unternehmensberater gewesen, der seine Frau geliebt hatte. Kinderlos. Dafür mit einem halben Dutzend Rehpinscher, die seiner Frau gehört hatten.

Meine Hand an der Maus zuckte, ich betätigte den Zurück-Button. Folgte einem Link. Das Internat. Großformatige Bilder davon, hoch über dem Ort gelegen, suggerierten Macht und Elitebewusstsein. *Das* wiederum passte hervorragend zu Lammert.

Ich suchte die Daten seiner Reisen heraus. Recherchierte die Zeiten der Schulferien im Kanton Bern in den entsprechenden Jahren. *Klick, klick. Klickediklick.*

Bingo!

Lammert war bei allen Besuchen *immer* in der ersten Woche der Sommerferien in Spiez gewesen. Ich ließ mich in den Stuhl zurückfallen und starrte auf den Monitor. Was hatte das zu bedeuten? Sechs Reisen, jeweils zwei oder drei Jahre dazwischen.

Der erste und der letzte Besuch lagen zwölf Jahre auseinander. Einschulung und Abitur? Wie nannte man das in der Schweiz: Matura? War das wirklich möglich? Mit einem aufgeregten Klick suchte ich sowohl das Internat als auch das

Hotel, das Lammert damals gebucht hatte, heraus. Die beiden lagen nicht in unmittelbarer Nähe, aber immerhin so nah beieinander, dass ein Zusammenhang zumindest nicht auszuschließen war. War Lammert also in die Schweiz gefahren, weil er einen Schüler des dortigen Internats besucht hatte? Ihn über seine gesamten zwölf Schuljahre hinweg begleitet hatte?

Lammert war kinderlos gewesen. Keine lebenden Geschwister. Welches Kind hätte er damals zur Einschulung in der Schweiz besucht haben können? Ich griff nach meinem Handy und rief Jana an, weil ich keine Lust hatte, sie im gesamten Gebäude zu suchen.

»Kannst du Kunzi oder Schiefer darauf ansetzen, dass sie mir eine Klassenliste des Jahrgangs 1991 des Leonhard-Euler-Internats in Spiez besorgen?«

»Wieso?«

»2003 war die Abschlussklasse. Kannst du dafür sorgen, dass wir diese Liste bekommen?«

Sie zögerte. »Sicher. Kunzi wird sich darum kümmern. Aber kannst du mir vielleicht erklären, welcher Spur du da hinterherjagst?«

»Entschuldigung. Ja. Diese Reisen von Lammert in die Schweiz lagen alle in den Berner Schulferien. Immer in der Anfangswoche. Und der Zeitraum zwischen dem ersten Besuch und dem letzten sind exakt zwölf Jahre. Das entspricht den zwölf Jahren, die man für die Matura braucht.«

»Das Schweizer Abi?«

»Was, wenn Lammert ein Kind dort eingeschult hat und dann alle paar Jahre wiedergekommen ist, um nach ihm zu sehen? Das würde man doch in der ersten Ferienwoche machen, oder? Das böte sich an.«

Jana schien nicht überzeugt. »Lammert hatte weder Kinder noch Verwandte mit welchen.«

»Ich weiß.« Ich bemühte mich, meine Ungeduld zu zügeln. »Seit ich das erste Mal auf diese Rechnungen gestoßen bin, vor zwei Jahren, habe ich mich immer gefragt, warum Lammert alleine nach Spiez gefahren ist. Ohne seine Frau und die Scheißpinscher. Ich meine, er hat sonst *alles* mit ihr gemacht.«

Jana begriff, worauf ich hinauswollte. »Ein uneheliches Kind?«

»Ist zumindest eine Möglichkeit. Und das würde erklären, warum Gesine Lammert niemals mitgefahren ist. Weil sie von dem Kind vermutlich nichts wusste.«

Jana schwieg, während es offenbar in ihrem Kopf rotierte. Ich bremste mich, um nicht einfach weiterzureden. Um ihr Zeit zum Denken zu geben.

Endlich sagte sie: »Hältst du es für möglich, dass das unser Mörder ist? Lammerts Kind?«

Ich musste nichts sagen, weil sie meine Antwort bereits kannte. Jana legte auf.

Das musste es sein! Meine linke Faust ballte sich unwillkürlich. Ich hatte das Gefühl, den entscheidenden Schritt vorangekommen zu sein, und es drängte mich, zuzupacken, der Jagd ein Ende zu machen. Das ergab alles einen Sinn: Lammert hatte ein Kind, vermutlich einen Sohn, wenn es sich wirklich um den Mörder handelte. Es gab deutlich weniger weibliche Serienmörder als männliche. Von Lammert hatte er die Liebe zum Schachspiel, möglicherweise sogar die Obsession für Zahlen übernommen. Und vielleicht hatte er auch die psychopathische Ader geerbt, die ihn zum Killer werden ließ.

Es klopfte an der Tür. Kunzi steckte seinen Kopf herein. »Kommissarin Kleidermann schickt mich.«

Ich nickte und bedeutete ihm mit dem Handy, das ich immer noch in der Hand hielt, hereinzukommen.

»Sie hat mir nicht gesagt, worum es geht.«

Ich rollte mit dem Stuhl an den Tisch zurück, suchte die Adresse des Internats heraus und kritzelte sie auf ein Blatt Papier.

Nachdem er gegangen war, starrte ich auf den Bildschirm. Das idyllische Städtchen am See, kristallklares Wasser und am Ende des Orts das majestätische Internat. Kurz entschlossen öffnete ich ein neues Fenster im Browser und suchte nach einem Flug.

Schönefeld–Bern. Fünf Minuten später bekam ich den Boarding-Pass auf mein Handy gesendet.

Ich ging, um Jana und Densch davon zu erzählen. Sie würden vermutlich ausrasten, aber bevor sie es schafften, die Staatsanwaltschaft davon zu überzeugen, einen Ermittler nach Spiez zu schicken, wäre ich längst wieder zurück.

Es war früher Nachmittag, als ich mit dem Leihwagen auf Spiez zusteuerte. Auf dem Sitz neben mir lag eine Umhängetasche, in der sich ein Stapel mit Kopien aus dem LKA befand sowie der Laptop, den ich, ohne zu fragen, mitgenommen hatte. Der Flug von Berlin aus hatte etwas länger als anderthalb Stunden gedauert, und ich hatte mir direkt am Flughafen in Bern-Belp einen Leihwagen genommen, einen schwarzen Volvo. Es waren knapp vierzig Kilometer nach Spiez runter. Die Strecke war angenehm zu fahren. Mit jeder Menge spektakulärer Blickfänge, im Hintergrund immer die Bilderbuchansicht der schneegekrönten Berge.

Das Navigationssystem lotste mich direkt zum Internat. Kurze Zeit später bog ich in die Einfahrt ein. Ein großer Bogen aus Naturstein, überwachsen mit Efeu, begrüßte mich, und auch der breite Kiesweg, der unter meinen Reifen atmosphärisch knirschte, verstärkte den Harry-Potter-Eindruck, den das Internat vermittelte.

Ich stellte den Wagen auf dem Besucherparkplatz ab, stieg aus und blieb einen Augenblick lang stehen, um zu dem Gebäude aufzusehen, das eher an ein Schloss als an eine Schule erinnerte.

Drei riesige, schlanke Türme, geziert von verschiedenen bunten Fahnen, krönten das wuchtige Gebäude, das sich noch endlos nach hinten in eine aus wucherndem Grün bestehende Parkanlage erstreckte. Kurz überlegte ich, ob es früher der Herrschaftssitz eines Adeligen gewesen sein mochte, und wusste instinktiv, wie erfüllt Lammert bei diesem Anblick gewesen sein musste. Wahrscheinlich mit einem Halbsteifen, er hatte monumentale Machtdarstellung immer zu schätzen gewusst. Vermutlich war das einer der Gründe, warum er sein mögliches Kind hier auf das Leonhard-Euler-Internat geschickt hatte. Bildungspornografie, quasi.

Ich stieg die breite Fronttreppe hinauf und betrat das in kühles Dunkel getauchte Foyer. Die riesige Eingangshalle besaß zwei Rundtreppen, die auf beiden Seiten der rückwärtigen Wand ins obere Geschoss führten. Die nach oben auslaufenden Glasfenster, die einen Großteil dieser Wand ausmachten, waren von draußen großzügig mit Efeu überwachsen, sodass das Licht drinnen einen grünlichen Schimmer besaß. Erinnerte mich an ein Aquarium.

Ein dezentes Schild zu meiner Linken wies mir den Weg zum Sekretariat. Als ich den breiten Gang dorthin betrat, kamen mir zwei junge Mädchen in Schuluniformen, die erstaunlich kurze Röcke aufwiesen, entgegen und grüßten mich mit leisen Stimmen.

Der Boden aus roten Terrakottafliesen war mit einem dicken, jeden Schritt schluckenden Teppich in warmem Beige ausgelegt, und an den holzvertäfelten Wänden hingen in regelmäßigen Abständen Körbe mit Hängepflanzen, die ihre dicken, grünen Finger nach dem Boden ausstreckten. Insgesamt war ich überrascht, wie viel Behaglichkeit das Innere dieses von außen so steif wirkenden Gebäudes vermittelte. Für die Schüler konnte man nur hoffen, dass die Zimmer und Klassenräume die gleiche Atmosphäre ausstrahlten.

Ich klopfte an die dunkle, matt schimmernde Massivholztür und trat ein, nachdem eine männliche Stimme mich hereingebeten hatte. An einem Tresen, augenscheinlich aus demselben dunklen Holz wie die Tür, stand ein schlanker, junger Mann mit kurz geschnittenen, dunklen Haaren. Er besaß gut aussehende, kantige Züge, und seine Figur ließ eher vermuten, dass er der Kapitän der Rudermannschaft war als der Sekretär.

»Guten Tag, kann ich Ihnen helfen?«, begrüßte er mich freundlich. Er sprach Deutsch, aber mit dem typischen Singsang der Schweizer.

»Johannes Thiebeck. Das Landeskriminalamt in Berlin müsste mich angekündigt haben. Ich glaube, ein Daniel Kunzi hat mit Ihnen gesprochen?«

»Richtig, ja. Allerdings hieß es, dass Sie erst morgen kommen würden. Ich habe Ihnen die Sachen allerdings bereits vorbereitet.«

Der kleine, goldene Aufsteller auf dem Tresen sagte mir, dass er Andreas Hermann hieß. Herr Hermann drehte sich zur Seite, um auf einem Tisch hinter sich nach den Sachen zu suchen.

Nachdem ich das Unwetter *Kleidermann-Densch* überstanden und die beiden davon überzeugt hatte, dass ich an diesen Ort kommen *musste*, wenn wir auf schnelle Ergebnisse hoffen wollten, hatte Kunzi alles Weitere vorbereitet. Die Berliner Staatsanwaltschaft hatte sich mit Bern in Verbindung gesetzt und dafür gesorgt, dass das Internat alle benötigten Informationen zur Verfügung stellen würde. Das Einzige, was ich an dem Plan geändert hatte, war, dass ich sofort geflogen war. Densch hatte einen Kontaktbeamten in Bern angefragt, und Kunzi hätte mich begleiten sollen, wenn wir, wie geplant, am nächsten Tag geflogen wären.

»Das hier sind die Einschulungslisten von 1991. Und die Klassenlisten aus den späteren Jahren. Wonach suchen Sie genau?« Hermann legte mir nacheinander mehrere aufgeschlagene Aktenordner auf den Tresen.

In diesem Moment klopfte es, und die Tür ging auf. Es waren die beiden Mädchen, die mir zuvor auf dem Flur begegnet waren.

»Hier ist der Schlüssel. Danke, Herr Hermann.« Eine von ihnen legte einen Schlüssel mit einer Art dicken, roten Plastikboje auf den Tresen.

Beide mussten offenbar ein Kichern unterdrücken, bevor sie sich, vom milden Lächeln des Sekretärs begleitet, wieder verabschiedeten. Ich schätzte die beiden auf keine sechzehn. Er musste Mitte zwanzig sein, jede Wette, dass er der Schwarm der meisten Mädchen hier auf dem Internat war. Als er nach dem Schlüssel griff, bemerkte er meinen Blick, und ein Anflug von Rot überzog seine braun gebrannten Wangen. Er ging, um den Schüssel an ein Brett zu hängen.

Ich beugte mich über die Akte und ging die Namensliste durch. Enttäuscht verzog ich das Gesicht, obwohl ich natürlich nicht erwartet hatte, den Namen *Lammert* dort zu finden. Mein Problem: Ich wusste nicht, wonach ich suchte. Wie hatte Lammerts unbekannte Geliebte geheißen? Oder hatte er sein uneheliches Kind vielleicht sogar unter einem falschen Namen eingeschult?

Hermann legte einen Stapel aus einem halben Dutzend Hardcoverbüchern auf den Tresen. »Das hier sind die Jahrbücher«, bot er hilfsbereit an. Mit einem nachsichtigen Lächeln schlug er das erste auf, blätterte, bis er auf Seiten mit kleinen Porträtfotos in Schwarz-Weiß landete.

»Die Bilder unserer Schüler. Wen auch immer Sie suchen, in den Jahrbüchern finden Sie auf jeden Fall Bilder von allen.« Nach einem Augenblick des Zögerns fügte er hinzu: »Aber Sie wissen nicht genau, nach wem Sie suchen, richtig?«

Ich nickte. »Wie viele Kinder haben Sie hier in jedem neuen Jahrgang?« Ich blickte dabei auf die Liste, als könnte ich das beim schnellen Überfliegen selbst zählen.

»Ende der Achtziger müssten es ungefähr vierzig neue pro Jahrgang gewesen sein. Zwei Klassen. Die sind bei uns auf knapp über zwanzig beschränkt«, fügte er erklärend hinzu. »Inzwischen sind es etwas weniger. Wir haben einen Schülerrückgang zu verzeichnen.«

»Warum?« Ich sah von den Unterlagen auf.

Wieder dieser Hauch von Röte. Kurz fragte ich mich, ob die Aufmerksamkeiten der Schülerinnen an diesen Mann vielleicht vollständig verschwendet waren. Nicht auszuschließen, dass er schwul war.

»Das Alleinstellungsmerkmal einer Eliteausbildung hat etwas an Bedeutung verloren. Ich nehme an, durch die verbesserte Aufstellung allgemeiner und anderer privater Schulen«, versuchte er sich an einer Erklärung.

Wir sind den meisten Menschen schlicht zu teuer, übersetzte ich und nickte. Das konnte ich mir lebhaft vorstellen. Jemanden wie Lammert würde so etwas allerdings auch heutzutage nicht davon abhalten, seinen Sprössling hier ausbilden zu lassen.

»Sagen Sie, gibt es möglicherweise noch jemanden, der damals Teil des Lehrkörpers gewesen ist? Der damalige Rektor: Arbeitet der noch hier?«

Hermann überlegte. »Frau Klingst war damals Rektorin. Die ist vor ein paar Jahren gestorben. Aber Herr Meißner, der damals Konrektor war, ist heute unser Rektor.«

»Könnten Sie mich vielleicht zu ihm bringen?«

Hermann zögerte. Möglicherweise bekam sein Rektor nicht viele unangekündigte Besucher.

»Bitte, es ist wichtig.«

»In Ordnung, kommen Sie. Wir schauen, ob er Zeit für Sie hat.«

Wenig später klopfte er an eine Tür im hinteren Teil des beeindruckenden Gebäudes. Nach Aufforderung traten wir ein. Ein älterer Mann mit kurz geschorenem, grauem Haar saß hinter einem imposanten Schreibtisch in einem geschmackvoll eingerichteten Raum. Regale aus dunkel gemasertem Holz umfassten eine umfangreiche Bibliothek, und die großen Fenster, außen eingerahmt von Efeu, ließen warmes Licht ins Zimmer.

Hermann stellte mich und mein Anliegen kurz vor, wartete ab, bis Meißner ihn nickend entließ, und sagte dann: »Ich warte unten am Empfang auf Sie.«

Meißner erhob sich, um mir die Hand zu schütteln. »Sie suchen Informationen zu einem ehemaligen Schüler von uns?«

Ich nickte. »Alles, was wir haben, ist der Vater. Möglicherweise war das Kind nicht unter dem Namen des Vaters eingeschrieben.«

Meißner setzte eine Brille auf. »In Ordnung. Setzen Sie sich bitte.«

Ich kam der Aufforderung nach.

»Kind sagen Sie? Sie wissen also nicht einmal, ob es sich um einen Jungen oder ein Mädchen gehandelt hat?«

»Leider nicht.«

»Wie lautet der Name des Vaters?«

»Georg Lammert. Ein Industrieller aus Berlin.«

»Welcher Jahrgang?«

»1991.«

»Ah, ja. Frau Klingst war damals Rektorin. Ich hatte gerade als Konrektor angefangen.« Meißner atmete tief ein, drehte seinen Stuhl herum und starrte aus dem Fenster.

Ich sagte nichts, beobachtete ihn nur.

Als er eine ganze Weile so dagesessen hatte und ich ihn gerade ansprechen wollte, um zu sehen, ob er eingeschlafen war, fuhr er scharf herum.

Er schüttelte den Kopf. »Nein, tut mir leid. Der Name Lammert sagt mir nichts. Aber das ist auch nicht wirklich erstaunlich.« Er zog seinen Stuhl weiter nach vorn und lehnte sich verschwörerisch über den Tisch. »Unsere Schule hat eine ganze Menge Zöglinge von Persönlichkeiten, die lieber nicht möchten, dass jemand weiß, dass ihre Kinder hier wohnen. Wir repräsentieren quasi das Schweizer Bankgeheimnis, nur geht es nicht um Gold, sondern um Kinder.« Er lachte heiser. »Diese Vereinbarungen werden meistens nur mit dem Rektor verhandelt. Von den Schülern, die wir *jetzt* an der Schule haben, könnte ich Ihnen einiges erzählen. *Könnte*, wohlgemerkt.« Er lehnte sich wieder zurück. »Es tut mir leid, in Ihrem Fall kann ich Ihnen nicht weiterhelfen. Aber vielleicht finden Sie in unseren Unterlagen irgendetwas, das Ihnen weiterhilft.«

Ich erhob mich, schüttelte ihm zum Abschied die Hand und suchte mir meinen Weg zurück zu Hermann, um mich durch das Material dort zu wühlen.

Nachdem ich mit den Namen auf der Klassenliste nichts anfangen konnte, wandte ich mich den Bildern im Jahrbuch zu. Die Fotos, unter denen jeweils der Name kursiv geschrieben stand, blickten mich stoisch aus der Vergangenheit an. Erstklässler, die meisten vermutlich fünf oder sechs Jahre alt, und einer von ihnen war heute ein psychopathischer Serienkiller? *Wer von euch ist es?*, dachte ich, während ich mir die Bilder dieser so unschuldig aussehenden Kinder ansah. Da mir natürlich keiner von ihnen direkt ins Auge sprang, schlug ich parallel die Bücher der nächsten Jahrgänge auf. Schaute mir an, wie sich die kleinen Menschen über die Jahre langsam verändert hatten, wie sich ihre Züge festigten. Und immer noch sagte keines dieser Gesichter: ›Ich werde Menschen töten, wenn ich groß bin.‹

Manche von ihnen guckten verträumt, andere grimmig. Der ein oder andere grinste breit in die Kamera, gerade in den ersten Jahren sah man vereinzelte Zahnlücken. Die Mädchen oft mit langen Haaren, manche mit Pferdeschwänzen oder geflochtenen Zöpfen. Ich zwang mich, nicht nur auf die Jungs zu achten. Auch wenn ich fest davon ausging, dass ich einen männlichen Nachkommen von Lammert suchte, konnte ich mir dessen nicht vollständig sicher sein.

»Ich nehme nicht an, dass Sie mir sagen werden, nach wem oder was genau Sie suchen? Oder warum?«, fragte Hermann.

Ich lächelte. »Nicht wirklich, nein. Nur so viel: Es gibt einen Mann, der vermutlich einen Schüler oder eine Schülerin Ihres Internats über die Jahre hinweg mehrfach hier besucht hat. Immer in der ersten Woche der Sommerferien, alle paar Jahre. Wir gehen davon aus, dass dieser Schüler ein uneheliches Kind dieses Mannes war. Leider habe ich den Namen des Kindes nicht, insofern gestaltet sich die Suche etwas schwierig. Ein wenig wie die Nadel im Heuhaufen.«

Andreas Hermann nickte verständnisvoll, musterte mich dabei aber aufmerksam, als könnte er all das, was ich ungesagt gelassen hatte, aus meinem Mienenspiel herauslesen.

Erneut öffnete sich die Tür, und zwei Personen, vermutlich Lehrer, kamen herein. Bei der einen handelte es sich um eine füllige Dame Mitte vierzig, während der Mann ein schlaksiger Kerl mit Schnauzer Mitte dreißig war. Die beiden begrüßten mich und warfen mir, den Büchern und den Aktenordnern verwunderte Blicke zu, während sie mit Hermann ein kurzes Gespräch über die Raumbelegung im zweiten Stock begannen.

Ich schaute weiter die Bilder der verschiedenen Jahrbücher durch. Bisher lagen nur die sechs aus den Jahren von Lammerts Besuchen vor mir, aber sein Sohn musste natürlich auch in den anderen vorhanden sein. Sobald die Lehrer das Sekretariat wieder verlassen hatten, fragte ich Hermann nach den übrigen Büchern. Er zögerte keine Sekunde und ging in einen der angrenzenden Räume.

Außer der Eingangstür, durch die ich hereingekommen war, führten zwei offene Türen aus dem Zimmer – weitere Büros der Schuladministration, nahm ich an. Einen Augenblick später kam Hermann durch eine davon wieder herein und ließ die anderen sechs Bücher mit einem Ächzen auf den Tresen fallen.

»Gibt es vielleicht die Möglichkeit, mich irgendwo hinzusetzen, wo ich weniger im Weg stehe?«, fragte ich nach einem kurzen Blick auf den Stapel.

»Sicher. Sie können sich an den Schreibtisch von Frau Kiering setzen, die ist diese Woche im Urlaub. Kommen Sie.« Ich schob die Bücher aufeinander und legte die Aktenstapel obendrauf, bevor ich ihm folgte. Er ging mir voran durch die erste Tür. Wir betraten ein Büro, das nur wenig größer war als der Empfangsraum des Sekretariats und in dem sich zwei Schreibtische gegenüberstanden. Auf ihnen und den Fensterbrettern befanden sich jede Menge Topf- und Hängepflanzen, alle gut gepflegt.

»Der andere Tisch ist meiner«, erklärte Hermann ungefragt, und wieder kam es mir vor, als könnte ich eine Spur der verräterischen Röte wahrnehmen.

Ich stutzte kurz. Flirtete der Kerl mit mir?

Er räumte einige Papierhaufen auf dem Schreibtisch zur Seite und zog den Stuhl zurück, bevor er eine einladende Geste machte. Erst dann bemerkte er meine übervollen Arme. Mit bestürztem Gesichtsausdruck streckte er die Hände aus, um mir etwas abzunehmen. »Entschuldigung, wie unaufmerksam!«

»Schon gut«, sagte ich, während ich leicht in die Knie ging, um den hohen Stapel unbeschadet auf die Tischoberfläche bugsieren zu können.

Er leistete dabei mehr moralischen Beistand als praktische Hilfe. Ich glitt auf den Stuhl, um Bücher und Ordner auf dem zur Verfügung stehenden Platz zu verteilen.

Hermann zögerte. »Brauchen Sie noch etwas? Kann ich Ihnen was bringen? Wasser, Kaffee?«

»Ein Glas Wasser wäre großartig, danke.«

Er erwiderte mein Lächeln und nickte. »Kommt sofort.«

Als er bereits einen Schritt zur Seite gemacht hatte, hielt er noch einmal inne. Betrübt sah er auf den großen Flachbildmonitor, der offenbar zu einem Rechner unter dem Tisch gehörte. »Es tut mir leid, aber Sie werden leider keinen Zugang zu dem Rechner von Frau Kiering haben.« Seine Miene verdüsterte sich noch ein Stück mehr. »Und ich fürchte, an meinen darf ich Sie auch nicht lassen, so gerne ich das auch täte. Die Vorschriften sind …«

»Passt schon«, unterbrach ich ihn. »Ich bin versorgt«, fügte ich hinzu und klopfte auf die Umhängetasche, die ich eben zu meinen Füßen abgestellt hatte. »Habe meinen eigenen Rechner dabei. Und einen Surfstick«, beeilte ich mich, hinzuzufügen.

Erleichtert lächelte er mich an. »Ihr Wasser! Kommt in einer Sekunde.« Und damit ließ er mich allein.

Ich wandte meine Aufmerksamkeit wieder den Büchern zu, blätterte durch die verschiedenen Bilder des 91er-Jahrgangs. Natürlich erinnerte ich mich noch an Lammert, aber um sicherzugehen, holte ich den Rechner hervor, klappte ihn auf und suchte Fotos von Lammert per Bildersuche aus dem Netz. Georg Lammert war, auch bevor wir angefangen hatten, gegen ihn zu ermitteln, eine Persönlichkeit des öffentlichen Interesses gewesen, und so hatte ich keine Schwierigkeiten, unterschiedliche Bilder von ihm zu finden. Bei offiziellen Anlässen oder Benefizgalas ernste Porträtfotos, oder Schnappschüsse bei irgendwelchen Gelegenheiten.

Ich versuchte, das unangenehme Gefühl, das sich bei seinem Anblick in meiner Magengrube ausbreitete, zu ignorieren. Versuchte, zu verdrängen, dass das letzte Mal, als ich einen Blick in Georg Lammerts Gesicht geworfen hatte, der Moment gewesen war, bevor er vom Geländer seines Balkons im zweiten Stock abgeglitten und unten auf dem sturmgrauen Marmor der riesigen Terrasse aufgeschlagen war.

Jetzt suchte ich nach möglichst alten Bildern. Lammert als junger Mann wäre mir am liebsten gewesen, aber ich fand kein Bild, auf dem er jünger als Mitte dreißig war. Der Anfang seines wirtschaftlichen und gesellschaftlichen Aufstiegs, nahm ich an. Ich begann mit dem Abschlussjahr 2003. Sah mir die Bilder der Absolventen an, die sich dort im Buch versammelt hatten. Ein Blick auf einen von ihnen und dann auf Lammert. Ich suchte nach Ähnlichkeiten.

Nicht allen Kindern sah man die Züge ihrer Eltern im Gesicht an, manchen dagegen schon. Aber bei keinem dieser Bilder klickte es, keines von ihnen ließ mich stutzen.

Hermann öffnete nach einem Klopfen die Tür und brachte mir eine Flasche Mineralwasser, ein hohes Glas und eine weiße Serviette ins Zimmer. Ich bedankte mich leicht abwesend und wandte mich wieder den Fotos zu. Dass er ging, bemerkte ich kaum.

2002, elfte Klasse. Keine Auffälligkeiten.

2001. Nichts.

Ich ging sie alle durch, in der Hoffnung, dass ein jüngerer Sprössling vielleicht mehr verwandte Züge aufweisen würde.

Am Ende ließ ich mich frustriert in den Stuhl zurückfallen. Keines dieser Kinder, keiner der Jugendlichen, sah aus, als ob es sich um einen Abkömmling von Lammert handeln könnte. Dieses Lotteriespiel, auf das ich meine Hoffnungen gesetzt hatte, würde also nichts abwerfen. Ich dachte über weitere

Optionen nach. Ein Blick auf den Bildschirm sagte mir, dass es bereits kurz vor vier war.

Ich sah auf die Liste der Erstklässler, die 1991 eingeschult worden waren. Eine Option gab es noch, auch wenn ich mich davor scheute, sie zu nutzen. Aber hatte ich wirklich eine Wahl? Was passierte gerade in Berlin? Wie viel Zeit hatten wir noch? Wie lange bis zum nächsten Toten?

Schließlich holte ich mein Handy aus der Tasche, suchte die Nummer meiner Eltern heraus und rief an. Es klingelte eine ganze Weile, bevor sich meine Mutter meldete.

»Thiebeck?«

»Hier auch Thiebeck. Hallo, Mama.«

»Johannes! Ich wollte dich längst anrufen. Schön, dass du dich meldest. Sag mal, hast du in den nächsten paar Tagen Zeit, mit mir den Pflaumenbaum abzuernten?«

»Sicher. Gerne.«

Sobald ich einen irren Killer gefasst habe.

Der Baum im Garten meiner Eltern war uralt und beeindruckend groß. Er trug jedes Jahr eine unglaubliche Menge Früchte, die hervorragend schmeckten. Jana hatte es vor Jahren geschafft, eine Art Deal mit meiner Mutter abzuschließen, sodass sie jedes Jahr einen Korb voll bekam. Ihr durfte ich auf keinen Fall erzählen, was ich meiner Mutter versprochen hatte, sonst würde sie auf der Stelle dafür sorgen, dass ich aufhörte zu ermitteln, um diese unglaublichen Hammerpflaumen, wie sie sie nannte, zu ernten.

»Ich möchte nicht, dass das dein Vater macht. Du kennst ihn ja, wenn man ihn ließe, würde er immer noch auf jede Leiter steigen.«

»Klar. Was ist mit den Dachrinnen?«

Sie seufzte. »Die sauber zu machen, steht auch noch an.

Aber übernimm dich nicht, mir reicht es, wenn du dich erst einmal um den Baum kümmerst.«

»Sorg du nur dafür, dass Papa so lange nicht zu den Rinnen hochklettert, hörst du? Ich weiß noch nicht, wann ich dazu komme.«

»Weswegen rufst du an?«

»Ist Papa da?«

»Warte kurz.« Das Telefon wurde auf den kleinen Tisch im Wohnzimmer gelegt, und ich hörte sie nach meinem Vater rufen. Die Tatsache, dass es sich um ein kabelloses Telefon handelte, das sie genauso gut hätte mitnehmen können, interessierte meine Mutter nicht.

»Das kommt bloß weg«, pflegte sie immer zu sagen. Meinen Vater trieb sie damit zur Weißglut, der das Gefühl hatte, für ihre Schrulligkeit extra Wege gehen zu müssen.

»Hey, Junge. Wie geht es dir?«

»Ganz gut. Hör zu, Papa, es tut mir leid, aber ich habe ein Problem, bei dem du mir helfen könntest.« Ich zögerte, mit der Sprache herauszurücken.

»Ich höre.« Er ahnte noch nichts.

»Es geht um Georg.« Jetzt war es heraus. Fast erwartete ich, dass er sofort auflegen würde. Seit zwei Jahren durfte dieser Name in unserer Familie nicht mehr erwähnt werden. Meinen Vater hatte die Geschichte damals schwer getroffen, weil sie sich für ihn wie der Verrat eines guten Freundes angefühlt hatte. Als hätte der psychopathische Mörder Lammert irgendwie seinen alten Freund Georg beseitigt und seinen Platz eingenommen. Als hätte Lammert bloß deswegen Menschen umgebracht, um meinen alten Herrn zu verletzen. Die beiden hatten sich seit ihrer Kindheit gekannt.

Ich konnte meinen Vater am anderen Ende atmen hören.

»Ich nehme an, es ist wichtig«, sagte er schließlich mit müder Stimme. »Die Polizei war bei uns. Wegen der Morde. Hat das alles was mit Lammert zu tun?«

»Möglicherweise.« Eigentlich wollte ich ihm die Tatsache, dass Lammert quasi aus dem Grab auferstanden schien, gern verschweigen. Es würde die Sache für ihn nicht einfacher machen, wenn er den Verdacht bekam, dass nun alles von Neuem beginnen würde.

»Ja, es ist wichtig. Sehr wichtig«, fügte ich hinzu.

»Also gut. Schieß los.«

»Kann ich dir eine Liste von Namen vorlesen, und du sagst mir, ob dir einer davon bekannt vorkommt?«

»Was sind das für Namen?«

»Ich habe den Verdacht, dass Lammert ein uneheliches Kind hatte. Falls das stimmt, muss ich herausfinden, wie dieses Kind heißt. Möglicherweise kannst du mir dabei helfen, wenn dir etwas an einem der Namen auffällt. Vielleicht ein Mädchen, das er mal erwähnt hat oder das irgendwo in eurem Bekanntenkreis aufgetaucht ist. Ja?«

»In Ordnung.« Er klang gefasster, als ich erwartet hatte. Vielleicht war das Gefühl des angehaltenen Atems, mit dem ich diesem Telefonat entgegengesehen hatte, übertrieben gewesen. Aber damals, als langsam klar geworden war, dass es sich bei dem Täter um Lammert handelte, hatte mein Vater fast einen Zusammenbruch erlitten.

Ich begann, ihm die Nachnamen der Schüler vorzulesen. Kurz überlegte ich, ob ich die Adressen der Elternhäuser, die sich in einer eigenen Spalte befanden, ebenfalls nennen sollte, aber ich beschloss, es zunächst nur mit den Namen zu versuchen. Immerhin würde mein Vater in einem Nebel, der über ein Vierteljahrhundert alt war, herumstochern.

Langsam und mit reichlich Pausen ging ich die Liste durch. Manchmal unterbrach er mich und bat darum, dass ich einen Namen wiederholte. Schließlich waren wir am Ende angelangt.

Mit einem bangen Gefühl fragte ich: »Und?«

Er antwortete nicht sofort. In der Zwischenzeit steckte Hermann seinen Kopf zur Tür herein, sah, dass ich telefonierte, und zog sich mit einem überraschten Ausdruck wieder zurück. Offenbar war es ihm unangenehm, mich gestört zu haben.

»Tut mir leid, Johannes, ich fürchte, da klingelt bei mir nichts. Keiner der Namen kommt mir in diesem Zusammenhang irgendwie bekannt vor.«

»Kann ich dir die Adressen der Eltern vorlesen?«

Er schien nicht begeistert, willigte aber ein. Ich begann.

Gut die Hälfte der Familien stammte aus der Schweiz. Viele aus Zürich, Genf und Bern, aber insgesamt gab es eine breite Streuung. Einige aus Österreich und Frankreich, sogar eine aus London war dabei. Der Rest stammte aus Deutschland. München, Stuttgart, Frankfurt und Hamburg. Aus Berlin kam keine.

Als ich am unteren Ende der Liste angekommen war, enttäuschte er mich erneut. »Nein, ich fürchte, ich kann dir nicht helfen. Und ich könnte noch nicht einmal beschwören, dass da nichts dabei wäre. Das ist einfach schon verdammt lange her, weißt du?«

»Schon klar. Danke trotzdem.« Ich versuchte, die Enttäuschung aus meiner Stimme zu halten.

»Was hat ein Kind von Georg mit diesen Morden zu tun?«

»Das weiß ich noch nicht. Es ist bloß eine Spur. Falls dir noch was dazu einfällt, ruf mich an, ja?«

»Sicher.« Nach einem Moment fügte er hinzu: »Johannes?«

»Ja?«

»Pass auf dich auf, in Ordnung?«

»Mach ich.«

Wir verabschiedeten uns, und ich blickte erneut stumpf auf die aufgeschlagenen Bücher. Blätterte zwischen ihnen hin und her, ließ meine Gedanken wandern, als würden sie auf diese Weise irgendwo weit draußen auf des Rätsels Lösung stoßen.

Hermann sah ein weiteres Mal in den Raum und verzog unglücklich das Gesicht. Ich schaute ihn ungeduldig an.

»Es tut mir leid, aber ich fürchte, ich muss Sie jetzt bitten, zu gehen. Das Sekretariat ist ab halb fünf nicht mehr besetzt, und ich muss zuschließen.« Sein Gesichtsausdruck vermittelte den Eindruck, als ob ihm diese Aufforderung körperliche Schmerzen bereitete.

»Kein Problem«, sagte ich und klappte die Bücher zusammen.

Kunzi hatte dafür gesorgt, dass ich sie mitnehmen konnte. Wahrscheinlich hatten die hier noch ganze Keller voll mit denen.

»Können Sie mir von diesen Unterlagen Kopien machen?«, fragte ich und deutete auf die Aktenordner.

»Sicher.« Er kam lächelnd zum Tisch, um mir zu helfen. Vielleicht milderte die Aussicht, mir unter die Arme greifen zu können, seine Schuldgefühle. Inzwischen war ich mir hundertprozentig sicher, dass Andreas Hermann an Mädchen kein gesteigertes Interesse hatte.

Ich begleitete ihn zum Kopierer im hinteren Teil des Empfangsraums, wo wir die Unterlagen aushefteten, kopierten und wieder einhefteten.

»Wo werden Sie jetzt hingehen?« Als er meinen Seitenblick sah, fügte er hinzu: »Ich meine, Sie haben noch nicht gefunden, wonach Sie gesucht haben, oder?«

»Nein, leider nicht.« Ich schob die letzten Seiten in den Ordner und schloss den Bügel.

»Brauchen Sie ein Hotel, in dem Sie heute Nacht bleiben können?«

Eigentlich hatte ich gehofft, noch eine der Abendmaschinen aus Bern zu nehmen und so um eine Übernachtung herumzukommen. Ich wusste nicht, ob es meine Unruhe zulassen würde, erst am nächsten Morgen zurückzufliegen.

Ich antwortete: »Eigentlich bräuchte ich heute Nachmittag eher ein ruhiges Café. Eines, in dem sich niemand beschwert, wenn man den Tisch unter einem Haufen Bücher und Papier begräbt und über mehrere Stunden nicht mehr als ein paar Kaffees und Sandwiches bestellt.«

Er grinste. »Verstehe. Es gibt ein ganz schönes Lokal, direkt in der Innenstadt, mit Blick auf den See. Das Café *Kristallsee*. Die haben eine riesige Terrasse, die dürfte um diese Jahreszeit ziemlich leer sein. Da können Sie hin. Falls Sie jemand schief ansieht, sagen Sie einfach, ich hätte Sie geschickt. Außerdem haben die einige Zimmer, die sie zur Saison an Pensionsgäste vermieten. Falls Sie es sich also anders überlegen und doch ein Zimmer brauchen sollten, kann man Ihnen da helfen.«

Ich begleitete ihn, um die Ordner wegzubringen. Wir durchquerten den hinteren Raum, der an das Empfangszimmer angrenzte. Dort standen ebenfalls zwei Schreibtische, aber die Hierarchie war ganz offenbar nicht ebenbürtig: Ein riesiger Tisch aus dunklem Ebenholz beanspruchte den Großteil des Raums für sich, während ein kleinerer direkt bei den großen

Fenstern stand. Ich nahm an, dass hier Rektor oder Rektorin residierten, vermutlich mit persönlicher Assistenz oder Sekretär. An den Raum schloss sich eine Kammer an, die komplett mit hohen Regalen und Aktenschränken gefüllt war: die Unterlagen des Internats.

Hermann stellte die Ordner, die ich ihm reichte, nach und nach an ihre Plätze, und wir gingen zurück nach vorn. Nachdem ich meine Tasche mit dem Laptop und den Kopien geschultert hatte und die zwölf schweren Jahrbücher etwas umständlich im Arm hielt, sprang er los und holte mir eine zweite Umhängetasche mit Schriftzug und Logo des Internats.

Ich bedankte mich, während ich die Bücher darin verstaute. Dann schüttelte ich ihm die Hand, betonte noch einmal, wie sehr ich seine Hilfe zu schätzen wüsste, und wollte mich zum Gehen wenden. Etwas in seinem Gesichtsausdruck ließ mich zögern.

»Ja?«, fragte ich.

Er räusperte sich. »Ich bin nachher ohnehin in der Stadt.« Ein weiteres Räuspern. »Falls Sie noch da sind, kann ich im *Kristallsee* vorbeischauen?« Schnell fügte er hinzu, während er auf die Tasche mit den Büchern deutete: »Ich meine, eventuell kann ich Ihnen bei den Nachforschungen helfen.«

Für den Bruchteil einer Sekunde war ich fassungslos. Der Kerl baggerte mich an! Wahrscheinlich hatte er deswegen wissen wollen, ob ich dort ein Zimmer nehmen würde. *Oh Mann, Thiebeck hat eine schwule Affäre, während er in der Schweiz ermittelt.* Jana würde sich nicht mehr einkriegen. Densch wäre vermutlich fassungslos.

Ich versuchte, meinen Gesichtsausdruck neutral zu halten. »Sicher. Kommen Sie vorbei, wenn Sie können. Zu übersehen bin ich wohl nicht.«

Ich verabschiedete mich von Hermann, lief durch das riesige Foyer und die breite Treppe hinunter und war froh, endlich wieder im Volvo zu sitzen. Als ich den Wagen wendete und den Kiesweg hinunterfuhr, hatte ich Glück, dass kein Hausmeister oder Gärtner weit und breit zu sehen war, da ich in meiner Frustration beim Anfahren mehr Kies als nötig spritzen ließ.

9

Hermann hatte recht gehabt: Im *Kristallsee* waren tatsächlich nicht viele Gäste, und als ich die junge Bedienung fragte, ob ich mich auf der Terrasse ausbreiten könnte, zeigte sie mir lächelnd den Weg.

Nachdem ich mich dort in den Holzstuhl gesetzt hatte und auf das atemberaubende Panorama des Sees hinausblickte, verstand ich sofort, warum man dem Café seinen Namen gegeben hatte. Durch die tief stehende Sonne glitzerte die Oberfläche des Wassers, wie ich es sonst nur vom Mittelmeer kannte. *Kristall, in der Tat.*

Ich bestellte ein großes Radler, beziehungsweise ein *Panasch*, wie mich die Bedienung korrigierte, sowie eine große Platte Schweizer Rösti. Ich hatte seit dem Morgen nichts mehr gegessen und stürzte mich mit Heißhunger auf den Teller, sobald er kam. Erst nachdem ich sogar die Reste des würzigen Öls mit Brot vom Teller gewischt hatte und den größten Teil des Panaschs in großen Schlucken getrunken hatte, widmete ich mich wieder meinen Unterlagen.

Die Kinder des Jahrgangs und ihre Bilder waren mir inzwischen schon so vertraut, dass ich viele von ihnen wiedererkannte, ohne die Bildunterschrift zu lesen. Ich wusste, wie Christina Schulz in der siebten Klasse ausgesehen und dass Louis Harder über die Jahre hinweg immer die gleiche Brille getragen hatte. Es kam mir vor, als hätte ich diese Kinder schon seit Ewigkeiten begleitet.

Als ich mich gerade erneut über die Klassenliste mit den Namen beugte, das Glas mit dem Biergemisch in der rechten Hand, stockte ich. Ich brauchte einen Moment, bevor ich begriff, was gerade passiert war. Ich hatte auf einen Namen gestarrt, zu dem ich kein Bild im Kopf hatte. *Pieter Gorlaff.*

Rasch sah ich zum Jahrbuch hinüber, schaute dort unter G nach und … fand nichts. Ich blätterte auch die restlichen Seiten durch, aber es gab keinen Pieter Gorlaff. Hektisch griff ich mir die nächsten zwei Jahrbücher und durchsuchte sie parallel. Auch nichts.

In den Klassenlisten tauchte in jedem einzelnen Jahr ein Pieter Gorlaff auf. Eingeschult 1991, Mutter Sandra Gorlaff, wohnhaft in Hamburg. In den Jahrbüchern gab es dieses Kind allerdings kein einziges Mal. Wie benommen saß ich da und starrte auf die Porträtgalerien. Hatte ich tatsächlich Lammerts geheimes Kind gefunden? Seinen Sohn, den er hier hinter den Alpen versteckt hatte?

In diesem Moment tauchte Andreas Hermann auf und kam lächelnd auf mich zu.

»Da sind Sie ja noch. Und in der Tat nicht zu übersehen. Darf ich mich setzen?«

Mit einem Mal wurde mir alles zu viel. Ich strich mir übers Gesicht. »Hören Sie zu, ich möchte wirklich nicht unhöflich sein und fühle mich durchaus geschmeichelt von Ihrer Aufmerksamkeit, aber gerade habe ich *echt* andere Probleme.«

Er starrte mich an. Schien plötzlich zu begreifen. Ein breites Grinsen erhellte seine Miene. »Sie meinen, ich würde Sie …« Er deutete in meine Richtung.

Mich verwunderte, dass er nicht sofort wieder rot wurde. Dass ihn die Zurückweisung weder zu kränken noch zu beschämen schien.

»Na ja, ich meine, Sie sind doch …«

Da lachte er. Es war ein angenehmes, volles Lachen, von dem ich mir vorstellen konnte, dass Frauen und Männer es gleichermaßen attraktiv fanden.

»Das tut mir leid, *diesen* Eindruck wollte ich nicht vermitteln.« Er lachte immer noch leise vor sich hin.

Ich verstand gar nichts.

In diesem Moment tauchte die Bedienung auf, und Hermann, kurz irritiert, bestellte ein lokales Bier. Erst als sie gegangen war, wandte er sich wieder mir zu.

»Ja, ich bin schwul, falls Sie das meinen. Daraus mache ich auch kein Geheimnis. Im Internat weiß das jeder. Auch die kichernden Mädchen. Ich nehme an, das ist der Grund, warum ihnen dieses Spiel so viel Spaß macht. So zu tun, als würden sie mit mir flirten. Jedenfalls, ich entschuldige mich für meine, sagen wir, gesteigerte Aufmerksamkeit. Aber das hatte nichts mit meiner sexuellen Orientierung zu tun«, erklärte er nachsichtig. »Sondern damit, dass Sie mich an jemanden erinnern.«

Ich starrte ihn ungläubig an.

»Darf ich mich setzen?«

Ich nickte.

Nachdem Hermann sich einen Stuhl genommen hatte, fuhr er fort: »An meinen Bruder, der seit fast zehn Jahren in London lebt. Er sieht Ihnen verblüffend ähnlich, und als Sie heute Nachmittag in mein Empfangszimmer spaziert sind, wäre ich Ihnen fast um den Hals gefallen, weil ich gedacht habe, Sie wären Tom. Sie dürfen sich also geschmeichelt fühlen. Aber nur, weil mein Bruder vermutlich in der Tat deutlich jünger ist als Sie und weil Sie mich damit an einen Menschen erinnern, den ich sehr liebe«, erklärte er verschwörerisch.

Ich dagegen war wie vom Donner gerührt. Verschwunden war der leicht zu verunsichernde Schwule, dessen Gesicht sich heute bei jeder Gelegenheit mit einem feinen Hauch von Prinzessinnenröte überzogen hatte. Und ich Trottel hatte mir so viel darauf eingebildet, wie unglaublich schlau ich doch gewesen war! Kurz fragte ich mich, ob *mein* Gesicht vielleicht gerade puterrot anlief.

Der Sekretär dagegen schien völlig entspannt und nahm sein Bier von der Bedienung mit einem Lächeln entgegen, um es mir dann entgegenzustrecken. Wir ließen die Gläser sanft gegeneinander klicken.

»Haben Sie etwas gefunden?«, fragte Hermann mit einem Blick auf die Unterlagen, nachdem er sich den Bierschaum von der Oberlippe gewischt hatte.

Mir fiel wieder ein, was ich entdeckt hatte, bevor er gekommen war.

»Pieter Gorlaff«, stieß ich benommen hervor.

Er sah mich aufmerksam und mit zusammengezogenen Brauen an. »Ist das der Schüler, den Sie gesucht haben?«

Ich klopfte mit dem Finger auf die Jahrbücher, ohne zu antworten, und hob mit der Linken die Klassenlisten hoch. »In den Listen gibt es einen Jungen, eingeschult 1991, der laut den Unterlagen im Jahre 2003 seine Matura gemacht hat. Aber er taucht in keinem der Jahrbücher auf. Wie kann das sein?«

Hermann runzelte die Stirn und beugte sich vor. »Zeigen Sie mal her.« Er überprüfte meine Behauptung und sah nach einem Moment wieder hoch. »Das ist sehr seltsam. Ich meine, dass mal ein Schüler in einem der Bücher fehlt, kommt schon vor. Nicht sehr oft, weil das Internat großen Wert auf Sorgfalt legt«, beeilte er sich zu erklären. »Aber manchmal fehlt ein

Schüler an dem Tag, an dem die Bilder gemacht werden, und irgendwer versäumt es, das nachzuholen. Oder in einem Fall war ein Schüler fast ein halbes Jahr krank, da wurde einfach das Bild aus dem Jahr davor genommen.« Er lächelte, als würde er mir gerade eine schändliche Tat gestehen. »Aber dass ein Schüler in den Jahrbüchern gar nicht auftaucht, das ist schon mehr als merkwürdig. Möglicherweise liegt da einfach ein Fehler in den Unterlagen vor, auch wenn ich es mir nicht recht erklären kann.« Grübelnd starrte er auf die Papiere.

Mein Pulsschlag dagegen hatte sich beschleunigt. Solche Zufälle konnte es nicht geben. Ich war mir sicher: Pieter Gorlaff war das Kind, das Lammert hier in die Schweiz gebracht und welches er über die Jahre hinweg immer wieder besucht hatte.

»Wissen Sie, ob irgendeiner der Klassenlehrer noch ausfindig zu machen ist?«

Hermann trank noch einen Schluck aus seinem Bierglas und nahm sich den Stapel mit den Klassenlisten vor. »Feders ist gestorben, schon vor Jahren.« Er sah von dem Zettel hoch. »Bei dem war er in der Klasse, das weiß ich. Frau Gesert lebt inzwischen irgendwo in Österreich, soweit ich weiß. Michael Wagen ist nach Süddeutschland gezogen. Wir haben eine relativ hohe Fluktuation bei den Lehrern. Das ist bei Internaten nicht unüblich«, sagte er wie zur Entschuldigung. Hermann dachte nach. »Sie könnten mit Helmut Kipper sprechen.«

»Wer ist das?«

»Ich meine, er hat die Klasse damals direkt nach der Einschulung betreut. Ganz sicher bin ich mir nicht, immerhin war das alles weit vor meiner Zeit. Aber der lebt noch hier im Ort. Ist ein alter Herr, der wurde vor zwei Jahren in Rente geschickt, glaube ich. Zeigen Sie mal her.« Er griff nach der Liste.

Zu Beginn seiner Aufzählung der Lehrer hatte ich schon befürchtet, ich würde erneut in einer Sackgasse stecken bleiben, weil keiner der Lehrer mehr verfügbar wäre.

»Ja, sehen Sie, da ist er.« Hermann grinste, offenbar stolz, dass er recht behalten hatte, und tippte auf den Anfang der Liste.

»Kennen Sie seine Adresse?«

Hermann schüttelte den Kopf. »Aber ich kann reingehen und schauen, dass ich Sie Ihnen besorge. Das hier ist ein kleiner Ort, Kipper sollte im Telefonbuch stehen. Zur Not kann ich zurück ins Internat fahren und sie dort raussuchen.« Er musterte mich intensiv. »Ich nehme nicht an, dass Sie mir jetzt sagen können, was Sie an diesem Gorlaff so brennend interessiert, oder?«

»Tut mir leid, immer noch nicht.«

Er lächelte. »Dachte ich mir schon. Okay, warten Sie einen Augenblick.« Er erhob sich, um reinzugehen, während ich mich meinem Radler und den Unterlagen widmete.

Würde sich Gorlaff wirklich als heiße Spur erweisen? Und bedeutete das auch, dass Gorlaff der Mann war, gegen den ich dieses tödliche Schachspiel spielte? Kaum vorzustellen – in meinem Kopf tauchte ein Bild ähnlich dem der anderen Kinder auf. Ein Sechsjähriger – mein Mörder. Wie konnte ein Kind, sogar ein Jugendlicher, zu einem Serienkiller werden? Aber natürlich wäre Gorlaff inzwischen längst viel älter. Wer wusste, welchen genetischen und sozialen Ballast Lammert seinem Nachkommen mit auf den Weg gegeben hatte? Ich seufzte, leerte das Glas und sah auf den See. Das Glitzern war verschwunden. Stattdessen stand die Sonne glutrot im Westen, um bald hinter den Bergen zu versinken. Es war merklich kühler geworden und ich fröstelte.

Keine fünf Minuten später kam Hermann zurück und reichte mir einen Zettel. Darauf stand Kippers Name, eine Adresse und die Telefonnummer.

»Danke«, sagte ich, während ich das Papier einsteckte. »Ist das weit von hier?«

Er grinste und schüttelte den Kopf. »Ich habe doch gesagt, das hier ist kein großer Ort.« Dann beschrieb er mir, wie ich zu Kippers Haus kommen würde. Schließlich legte er beide Handflächen auf den Tisch und erhob sich. Hermann streckte mir die Hand entgegen. »Viel Glück! Ich hoffe, Sie finden, was Sie suchen.«

Wir schüttelten uns die Hände, und ich bedankte mich erneut für seine Hilfe. »Die Rechnung übernehme ich.«

»Falls Sie doch über Nacht bleiben …« Er deutete mit dem Daumen über die Schulter. »Wie gesagt, dort sind Sie gut untergebracht. Und wenn Sie noch weitere Hilfe benötigen sollten, fragen Sie drinnen am Tresen nach mir. Die können Ihnen meine Nummer geben.«

Ich nickte. Offenbar wollte er mir nach unserem Missverständnis nicht seine Telefonnummer aufdrängen, und ich spürte meine Kiefermuskeln arbeiten, während ich erneut an meinen Patzer dachte.

Mit einem fröhlichen Lächeln und erhobener Hand wandte sich Hermann zum Gehen und verschwand von der Terrasse. Ich blieb noch einen kurzen Augenblick sitzen, sammelte Unterlagen und Bücher zusammen und ging hinein, um zu bezahlen.

Keine zehn Minuten später bog ich in die kleine Straße ein, in der Helmut Kipper wohnte. Ich parkte direkt vor dem Haus und stieg aus, um das kleine Einfamilienhaus zu betrachten. Üppige Blumenkästen und ein wuchernder Garten verliehen dem Häuschen eine Lebendigkeit, die ich gedanklich nicht mit einem pensionierten Lehrer des steifen Internats in Verbindung gebracht hätte. Aber zugegebenermaßen hatte auch Hermann nicht gerade dem Klischee des typischen Sekretärs für eine derartige Institution entsprochen.

Ich ging den schmalen Weg aus großen Kopfsteinpflastersteinen entlang, dicht vorbei an Büschen, die sich mir entgegenlehnten, um oben an der Tür zu klingeln. Ein älterer Mann, die schmächtige Statur bereits leicht gebeugt, aber mit wachen Augen, öffnete mir. Seine silberweißen, dünnen Haare standen ihm in einem unvollständigen Haarkranz wild vom Kopf ab.

»Guten Tag, mein Name ist Thiebeck. Sind Sie Herr Kipper?«

Er beäugte mich neugierig. »Der bin ich. Was kann ich für Sie tun?« Er sprach fast akzentfrei hochdeutsch.

Ich erklärte kurz, warum ich in die Schweiz gekommen war, log darüber, welche Befugnisse ich besaß, und berichtete von meinem Besuch im Internat und von Andreas Hermann. »Kann ich kurz hereinkommen?«

Er nickte, sah zu Boden, während er die Tür öffnete, und schlurfte ein Stück zurück, um mich einzulassen.

Kurz darauf saßen wir in seinem dezent eingerichteten Wohnzimmer, dessen gesamte Rückfront aus Glas bestand und das über eine Veranda aus Holz direkt in den Garten blickte. Überrascht sah ich mich um, während ich mich in den angebotenen Sessel gleiten ließ. Auf den ersten Blick hätte ich den Besitzer dieses Zimmers sicher auf zwanzig Jahre jünger als Kipper geschätzt. Einzig die gesamte Wand zur linken Hand, die aus deckenhohen Regalen bestand, vollgestopft mit Büchern, verriet den Akademiker im Ruhestand.

Kipper hatte mir gegenüber Platz genommen und sah mich abwartend an. Ich beschloss, nicht lange um den heißen Brei herumzureden.

»Herr Kipper, sagt Ihnen der Name Pieter Gorlaff etwas?«

Es dauerte einen Moment, bevor der alte Mann nickte. Ich hatte nicht das Gefühl, dass er erst in der Erinnerung kramen musste. Er erinnerte sich an Gorlaff, dessen war ich mir sicher, aber offenbar hatte er sich noch nicht entschieden, wie sehr er mir vertrauen konnte und was er alles preisgeben würde. Kurz überlegte ich, ob Lehrer einer Art Schweigepflicht unterlagen, ähnlich wie Ärzte oder Priester.

»Pieter hat vor ein paar Jahren die Matura erreicht. Lassen Sie mich überlegen, das war …« Er starrte hinaus in den Garten, um nachzudenken.

Ich unterbrach ihn nicht.

»Das muss 2003 gewesen sein«, entschied er.

Ich nickte. Dann griff ich nach meiner Tasche, um eines der Jahrbücher herauszuholen. »Könnten Sie wohl so gut sein und mir vielleicht ein Bild von ihm zeigen? Ich habe irgendwie keines von ihm gefunden.«

Kipper streckte die Hand nicht nach dem Buch aus. Er starrte mich bloß an, und in diesem Moment wusste ich, dass ich ins Schwarze getroffen hatte. Das Buch hing schwer an meinem ausgestreckten Arm.

»Herr Kipper?«

»Sie werden dort kein Bild von ihm finden«, sagte er mit flacher Stimme. »Aber das wussten Sie ja bereits, oder nicht?« Er deutete mit einem Nicken auf die offene Tasche, die ich von Hermann bekommen hatte.

Sie stand auf dem Boden zu meinen Füßen, und darin waren die Rücken der restlichen Jahrbücher zu sehen.

Ich zog das Buch zurück und legte es auf dem dunklen Glas des Couchtischs ab. »Ja, das wusste ich bereits. Aber ich habe keine Ahnung, *warum* das so ist. Wieso findet man aus zwölf Jahren kein einziges Foto von Pieter Gorlaff in einem dieser Bücher, Herr Kipper?«

Langsam ließ der alte Lehrer sich in seinen Sessel sinken, ohne mich aus den Augen zu lassen. Er sah erschöpft aus. Schließlich fuhr er sich mit der Hand fahrig durch die entfesselten Haare und setzte sich wieder auf.

»Weil sein Vater es so wollte.«

»Er hat verfügt, dass es keine Bilder von Gorlaff geben dürfe?«

»Richtig.« Kipper setzte sich auf und rutschte nach vorn, direkt an die Sitzkante, als müsste er die Entfernung zwischen uns überbrücken, um mir das zu sagen, was folgen würde. Als könnte er selbst der Luft zwischen uns nicht richtig vertrauen. Ich lehnte mich ebenfalls vor und stützte meine Unterarme auf den Knien ab.

»Natürlich hatten die meisten von uns etwas davon gehört, auch wenn der Rektor eingefordert hatte, dass man in dieser Sache Stillschweigen bewahren sollte. Aber in so einem dichten Gefüge, wie ein Internat es ist, fällt es schwer, den Deckel auf solchen Dingen zu halten.« Er lächelte schwach, als könnte ich das sicher nachvollziehen.

Ich erwiderte das Lächeln nicht, sondern wartete ab.

»Als ich die Klasse übernahm und es drei Wochen nach Schulbeginn um den Fototermin ging, bekam ich vertraulich mitgeteilt, dass Pieter an diesem Tag nicht im Internat sein würde und ich deswegen bitte auch kein großes Aufheben machen sollte. Daran habe ich mich gehalten.«

»Hat Sie diese Order nicht verwundert?«

»Wie gesagt, wir kannten die Gerüchte. Pieter war offiziell das Kind einer alleinstehenden Mutter, aber wir wussten, dass es einen Vater dazu gab. Einen sehr wohlhabenden Vater, der ab und zu auftauchte, um nach Pieter zu sehen.«

»Hätte sich Frau Gorlaff das Internat leisten können?«

Kipper schüttelte den Kopf, schränkte dann mit einem verlegenen Lächeln ein: »Also, eher nicht. Nicht nach dem Eindruck, den sie machte. Ich habe sie allerdings nur ein einziges Mal getroffen. Unsere Vermutung war damals, dass Pieter einen einflussreichen, vielleicht bekannten Vater hatte, der um jeden Preis aus den Büchern herausgehalten werden wollte. Deswegen hat es auch keinen von uns wirklich verwundert, dass es von Pieter keine Bilder geben sollte.«

»Haben Sie Pieters Vater mal gesehen? Sahen die beiden sich sehr ähnlich?«

»Nein, ich habe ihn nie getroffen. Wie gesagt, offiziell wussten wir gar nicht, dass es ihn überhaupt gab. Darüber kann ich Ihnen also leider nichts sagen, es tut mir leid.«

Mit einem nachdenklichen Nicken schob ich das Jahrbuch etwas auf dem Tisch zurecht, als könnte ich es auf diese Weise zwingen, Antworten preiszugeben.

»Hat Pieters Vater dem Internat Geld bezahlt? Mehr als das übliche Schulgeld, meine ich?«

Kipper lächelte. »Auch das weiß ich nicht. Aber ich nehme es an. Unsere Schulführung ist durchaus bereit, von Traditionen abzuweichen, ich rede von unseren Fotos, aber dafür sollte es dann schon gute Gründe geben.«

»Etwa eine umfangreiche Spende?«

»Zum Beispiel. Darüber kann ich Ihnen aber beim besten Willen nichts sagen. Da müssten Sie schon mit der damaligen Rektorin, Frau Klingst, sprechen.«

»Mir wurde gesagt, sie sei verstorben.«

»Möglich. Sie hat vor drei Jahren das Amt abgegeben. Und wenn es unter uns bleibt: Ich finde den frischen Wind, der seitdem durch die Gänge des Internats weht, gar nicht verkehrt. Immerhin hatten wir seit Jahren einen Schülerrückgang zu verzeichnen.«

»Herr Hermann erwähnte das, ja.«

»Warum suchen Sie Pieter?« Kipper sah mich bei der Frage so intensiv an, dass ich das Gefühl hatte, von meiner Antwort hinge ab, wie es weitergehen würde. Wusste Kipper etwas, von dem er sich noch nicht entschieden hatte, ob er es mir erzählen sollte?

»Ich habe den Verdacht, dass ich seinen Vater kannte. Gegen diesen Mann habe ich vor etwas mehr als zwei Jahren in einer Mordserie ermittelt. Ich würde gerne ausschließen, dass Pieter und diese mysteriöse Vaterschaft etwas damit zu tun haben. Eigentlich würde ich gerne herausfinden, dass ich mich geirrt habe und dass dieser Mann *nicht* Pieters Vater war.«

Kipper sah mich fragend an.

»Der Mann ist gestorben.«

Der alte Lehrer nickte, als hätte ich genau wie er vor allem das Wohl seines ehemaligen Schützlings im Blick. Offenbar traf er einen Entschluss. Mit einem Ächzen stemmte er sich aus dem Sessel hoch und trat an eine hüfthohe Kommode zu unserer Rechten. Ich konnte nicht genau erkennen, was er dort hervorholte, bis er sich umdrehte und ich sah, wie er in einem Schuhkarton herumkramte.

»Hier ist es.« Er stellte den Karton zur Seite und kam mit einem Foto auf mich zu.

Er reichte mir das Bild. Es war eine alte Aufnahme, die

offenbar ein Zeltlager zeigte. Im Hintergrund waren die Spitzen mehrerer weißer Jurten zu sehen, und im Vordergrund waren drei Jungs gerade dabei, die Schnüre ihres Zelts zu entwirren. Einer von ihnen grinste frech in die Kamera, während die anderen beiden, halb vornübergebeugt, etwas überrascht aussahen.

Ich starrte auf einen von ihnen, lange bevor Kippers Zeigefinger das Bild an genau dieser Stelle berührte.

»Das ist Pieter«, sagte er.

Diese Erklärung hätte ich nicht gebraucht. Ich wusste sofort, warum Lammert alles dafür getan hatte, dass sein Sohn es nicht in die Jahrbücher schaffte. Es gab ein altes Bild meines Vaters, körnig und in Schwarz-Weiß, auf dem er mit seinen beiden besten Freunden vor ihrem Ruderboot posierte. Mein Vater hatte dieses Bild geliebt, damals war er knapp zehn gewesen, wenn ich mich richtig erinnerte. Georg Lammert befand sich ebenfalls auf dem Bild meines Vaters, und die Ähnlichkeit mit Pieter war nicht zu verkennen.

»Das Bild ist in der zweiten Klasse entstanden. Wir waren auf einer Freizeit in Südtirol, zusammen mit einer Parallelklasse in einem Ferienlager. Ich hatte das Foto gemacht, ohne darüber nachzudenken. Erst als ich es später entwickeln ließ, fiel mir auf, dass Pieter darauf zu sehen war.« Er räusperte sich. Der Umstand war ihm offenbar unangenehm.

»Haben Sie jemals offiziell Anweisung erhalten, keine Bilder von Pieter zu machen?«

Kipper lächelte nachsichtig und sah zur Seite. »Nein, so dramatisch war das nicht. Man versuchte ja, nicht viel Aufhebens darum zu machen. Es gab diese Information zu den Fototagen und sonst nichts. Aber in den Tagen nach unserer Ankunft im Lager, also nachdem ich dieses Bild gemacht hatte, blieb Pieter merkwürdig reserviert, und ich hatte das Gefühl, er zöge sich zurück.«

»Falls man ihm ebenfalls eingebläut hat, sich nicht fotografieren zu lassen, haben Sie damit einen Gewissenskonflikt ausgelöst?«

»Durchaus möglich. Das würde sein Verhalten erklären. Ich habe jedenfalls nie wieder ein Foto von ihm gemacht.«

»Aber dieses hier haben Sie behalten. Und nicht vernichtet.« Ich hielt das Bild wie einen Beweis hoch.

»Ich habe kurz darüber nachgedacht. Aber damals hat mich die ganze Angelegenheit ziemlich beschäftigt. Ich habe sogar einen erhobenen Zeigefinger von der Rektorin bekommen, weil ich wegen dieser Fotosache noch einmal nachgehakt hatte. Erst als mir klar geworden war, dass ich damit vor allem Pieter schaden würde, habe ich die ganze Geschichte vergessen. Und später nicht daran gedacht, das Foto zu vernichten. Sonst hätte ich das sicher getan.«

»Verstehe. Was war der Junge für ein Mensch?«

Erneut traf mich dieser Blick, mit dem mich Kipper offenbar wiegen wollte. Er ging zurück zu seinem Sessel und setzte sich.

»Ruhig. Zurückgezogen. Nach heutigen Erkenntnissen würde man ihn wohl als introvertiert einstufen. In den Neunzigern war man allerdings, zumindest bei uns, noch nicht so weit. Jedenfalls hat er nicht viele Freunde gehabt.«

»Welche waren das?«, unterbrach ich ihn.

»Geben Sie mal her.« Er ließ sich das Jahrbuch reichen und blätterte darin herum. »Hier. Michael Hering und Jannek Blohn wären wohl am ehesten die beiden, die man als seine *Kumpel* bezeichnen würde. Aber wirklich enge Freunde, Blutsbrüder oder so, waren auch die drei nicht. Alles Einzelgänger, gehörten eher zu den einsamen Wölfen und bildeten deswegen wohl so eine Art Zweckgemeinschaft.«

Ich umkreiste die Namen der beiden auf der Klassenliste und machte mir kurze Notizen.

»Haben Sie noch Kontakt zu Pieter gehabt, ich meine später, als Sie nicht mehr sein Klassenlehrer waren?« Ich musste mich zusammenreißen, nicht die Fragen zu stellen, die eigentlich meine Birne durchschwirrten.

Hat Gorlaff jemals psychopathische Züge gezeigt? Hatten Sie zu irgendeiner Zeit das Gefühl, Ihr Schützling könnte sich später zu einem irren Serienkiller entwickeln?

»Kaum noch. Ich meine, man läuft sich über den Weg, hat vielleicht noch vereinzelt Stunden zusammen, sofern der Lehrplan das zulässt. Ganz verliert man sich in einem derart überschaubaren Internat natürlich nie aus den Augen.«

»Gab es sonstige Auffälligkeiten? In seinem Verhalten?«

Ich hielt dem bohrenden Blick stand, sodass Kipper schließlich sagte: »Ich nehme an, Sie würden jetzt gerne hören, dass er kleine Tiere misshandelt hat, wegen seelischer Grausamkeit seinen Mitschülern gegenüber auffällig geworden ist oder Ähnliches, ja?«

Ich neigte leicht den Kopf, um weder bejahen noch verneinen zu müssen.

»Es tut mir leid, Herr Thiebeck, solch einfache Lösungen kann ich Ihnen leider nicht bieten. Es gab zu keinem Zeitpunkt während der vier Jahre, in denen ich Pieters Klassenlehrer war – noch, wage ich zu behaupten, zu einem späteren Zeitpunkt – Grund zur Besorgnis. Wir sind ein Internat, das großen Wert auf besten Leumund legt, das wird Ihnen nicht entgangen sein. Und wir würden kaum unseren Ruf als Eliteschmiede gefährden, indem wir über derartiges Verhalten einfach hinwegsähen.« Er schüttelte den Kopf, als wollte er mir einen Tadel aussprechen. »Nein, wie gesagt, ich fürchte, da müssen Sie schon tiefer graben.«

»Was ist mit besonderen Interessen? Hat er sich mit irgendetwas sehr intensiv beschäftigt?«

»Was genau haben Sie im Kopf?« Er hatte die Augen leicht zusammengekniffen, weil er ahnte, dass ich auf etwas hinauswollte.

»Mathematik, zum Beispiel. Hat er eine besondere Affinität zu Zahlen besessen? Oder was ist mit Chemie? Hat er experimentiert?« Ich musste an den ganzen Kram denken, mit dem Hegert und die KTU uns befeuert hatte: DMSO und GHB. Damit musste man sich doch auskennen, um es anwenden zu können.

»Die Naturwissenschaften sind ihm jedenfalls leichtgefallen. Er war einer von denen, die wir irgendwann in den ersten Jahren darauf getestet haben, ob es sich bei ihm vielleicht um einen Hochbegabten handelt.«

»Und?« Das fehlte noch, das Klischee vom übertrieben intelligenten Serienkiller.

Kipper schüttelte den Kopf. »Er hatte einen hohen IQ, aber nicht genug, um den Begabtenstatus zu erlangen.« Er lächelte. »Ich hatte das Gefühl, das war Pieter fast lieber. Weniger Aufhebens auf diese Weise. Jedenfalls war er in den naturwissenschaftlichen Fächern immer gut. Also auch in Mathe, Physik, Chemie. Das fiel ihm leicht.«

»Aber eine Art … Besessenheit von Zahlen haben Sie nicht festgestellt, nein?«

»Was genau meinen Sie?«

Ich setzte mich etwas anders hin. Räusperte mich. »Also gut, ich will offen mit Ihnen reden. Sein Vater, also der Mann, von dem wir glauben, dass es sich um Pieters Vater handelte, war zwanghaft besessen von Zahlen. Besonders von der Fibonacci-Folge. Beim Blitzschach beispielsweise haben seine Züge immer genauso viele Sekunden gedauert, dass es einer dieser Zahlen entsprach. Das Datum seines Hochzeitstags ließ sich ebenfalls aus diesen Zahlen bilden und seine Hausnummer sowie die Nummernschilder seiner verschiedenen Autos auch. Deswegen also der Gebrauch des Wortes ›zwanghaft‹«, fügte ich mit einem Lächeln hinzu.

Kipper lächelte ebenfalls, schüttelte allerdings den Kopf. »Nein, tut mir leid, nichts in der Art. Auch keine anderen Zwangsneurosen. Er musste nicht rückwärts ins Klassenzimmer gehen, keinerlei Dinge mehrfach berühren und hat sich auch nicht andauernd die Hände gewaschen.«

»Schade.« Ich musste grinsen. Ernster sagte ich: »Was ist mit Schach? Hat er das gespielt?«

Kippers Stirn legte sich in Falten. »Das ist schwieriger für mich. Sehen Sie, alle Fragen, die Sie mir zum Unterricht, zum Lehrplan und allgemeinen Schulverlauf stellen, die sind einfach. Das ist mir alles in Fleisch und Blut übergegangen, und ich habe meine Schüler niemals richtig aus den Augen verloren.« Er atmete tief durch. »Aber Schach … Es gab mal eine AG am Internat, von einem der Mathelehrer initiiert. Ganz sicher kann ich jetzt aber nicht sagen, ob Pieter dort jemals teilgenommen hat. Es würde mich verwundern, wenn er nicht wenigstens grundlegend damit vertraut gewesen wäre. Das sind viele unserer Schüler, alleine durch ihr Elternhaus. Aber ob er dort besondere Fertigkeiten gehabt hat oder sich speziell ausgezeichnet hätte, das weiß ich nicht.«

»Trotzdem vielen Dank. Ich schätze, ich sollte Ihre Zeit nicht über Gebühr beanspruchen.« Ich streckte ihm im Aufstehen die Hand hin, die er lächelnd schüttelte, bevor ich meine Sachen wieder zusammensuchte.

»Ich wünsche Ihnen trotzdem bei Ihrer Suche viel Glück und allen Betroffenen alles Gute.«

Ich verstand den bedeutungsschwangeren Tonfall und quittierte seinen Wunsch mit einem Nicken.

»Kann ich das Bild mitnehmen?«

»Sicher. Wie gesagt, ich hätte es nie machen dürfen, und wir wollen hoffen, dass auf diese Weise vielleicht noch Gutes daraus erwächst. Nur zu.«

»Danke.«

Kipper brachte mich zur Tür, und wir schüttelten uns zum Abschied erneut die Hände. Als er oben an der Tür stand und mir hinterherblickte, während ich zur Straße ging, kam ich nicht umhin, zu denken, dass ich Herrn Kipper vermutlich keinen Gefallen mit meinem Besuch getan hatte. Ich hoffte, er wurde jetzt von nicht allzu großem Kummer und Sorge um seinen Zögling befallen.

Eilig ließ ich mich in den Autositz fallen, schlug die Tür hinter mir zu und schnappte mir sofort das Handy. Drei Anrufe in Abwesenheit!

Es war Jana gewesen, die versucht hatte, mich zu erreichen. Bevor ich sie zurückrief, suchte ich die Nummer meiner Eltern heraus. Diesmal ging mein Vater ran.

»Thiebeck.«

»Hey, Papa, ich bin's noch mal.«

»Johannes. Ich nehme an, es geht immer noch um die Sache mit Georg?«

»Hast du ein Bild von ihm? Eins, auf dem er Mitte bis Ende zwanzig ist?«

Mein Vater klang irritiert. »Wieso das?«

»Ich kenne nur die späteren Bilder von ihm, hast du vielleicht eins von damals?«

»Muss ich nachschauen. Wofür brauchst du das?«

Ich hatte überlegt, ihm so wenig wie möglich zu erzählen. Aber ich schuldete ihm wohl die Wahrheit, er hatte es verdient. Immerhin beschäftigte er sich auf diese Weise mit etwas, das er sehr, sehr tief in sich vergraben hatte. Möglicherweise machte es alles sogar ein klein wenig einfacher, wenn ich ihm die Wahrheit sagte.

»Ich hab dir von meiner Vermutung erzählt, Lammert hätte einen unehelichen Sohn gehabt. Mittlerweile bin ich mir ziemlich sicher, ihn gefunden zu haben. Es gibt jemanden, der ihm mit acht Jahren extrem ähnlich sah. Wie Lammert auf dem Ruderbootbild, das du hast, weißt du?«

»Ja.«

»Aber es gibt keine älteren Bilder von dem Kerl. Ich dachte, wenn die zwei sich als Kinder so ähnlich sahen, müssten uns Bilder aus *dem* Alter von Lammert weiterhelfen können.«

Er brummte.

»Und? Hilfst du uns?«

»Ich habe doch schon gesagt, dass ich nachschaue. Ich melde mich bei dir, wenn ich etwas habe. Aber das kann dauern. Das alte Zeug befindet sich oben auf dem Speicher, und deine Mutter liegt mir seit Tagen in den Ohren, dass ich die Türschwelle endlich reparieren soll.«

»Danke, Papa. Das Bild ist wichtig. Wenn du möchtest, komme ich demnächst vorbei und kümmere mich um die Schwelle, in Ordnung? Sag Mama das. Und um den Pflaumenbaum auch. Untersteh dich, das selbst zu machen. Mein Job. Und einen dicken Kuss. Es tut mir leid, ich muss Jana noch zurückrufen. Ich melde mich wieder, in Ordnung?«

Noch ein Brummen, dann verabschiedeten wir uns, und ich wählte Janas Nummer.

»Hey, da bist du ja endlich. Hab's schon ein paar Mal versucht.«

»Ich weiß, ich habe es gesehen. Pass auf, du musst eine Fahndung rausgeben.«

Sie schwieg am anderen Ende, und ich fuhr fort: »Lammert hatte tatsächlich einen Sohn. Einen gewissen Pieter Gorlaff. Jahrgang '85. Der ist in Spiez aufs Internat gegangen. Genau deswegen war Lammert dauernd hier. Ich habe ein Bild von ihm als er acht war, er sieht aus wie Lammert aus dem Gesicht geschnitten.«

»Mehr haben wir nicht?«

»Die Schule hat jedenfalls keine aktuelle Adresse, nein. Schau mal nach, ob der irgendwo gemeldet ist. Ich schicke dir gleich noch die alte Adresse der Mutter in Hamburg, vielleicht erreicht man die.«

»Gibt es ein aktuelleres Bild von ihm?«

»Leider nicht. Aber vielleicht kann man da jemanden ransetzen, mit dem Computer, der herausarbeitet, wie Gorlaff heute aussehen könnte.«

»Ja, so was geht. Keine Ahnung, wer das bei uns kann, aber das finden wir raus. Wird wohl leider eine Weile dauern, fürchte ich. Welche Staatsbürgerschaft hat er?«

»In den Internatsunterlagen steht deutsch. Aber wenn Lammert wirklich so abgrundtief paranoid war, was seinen Sohn anging, würde ich ihm zutrauen, dass er ihm auch die Schweizer Staatsbürgerschaft besorgt hat.«

»Mhm.« Sie machte eine Pause und mir fiel auf, wie seltsam gepresst sie klang.

»Was ist?«

»Du musst nach Hause kommen, Johannes.«

»Nein.« Schwindel schoss mir aus dem Magen hoch, die Wirbelsäule entlang, stieg mir in den Kopf, drohte mich mit Schwärze zu umfangen.

Der verfluchte Zug, den Densch mich nicht hatte machen lassen, der die Partie eigentlich mit einem Matt gegen mich beendet hätte. Den ich ausgesetzt hatte, weil der Mörder einfach einen weiteren Zug eingegeben hatte.

»Es hat noch einen Toten gegeben. Wir haben ihn heute Nachmittag gefunden.«

»Wer ist es?« Meine Stimme klang, als hätte ich sie durch einen Verzerrer gepresst.

»Carsten Stödter. Es tut mir leid, Johannes.«

Ich schloss die Augen. Der Schwindel verschwand und wurde durch Ekel ersetzt. Einen Widerwillen gegen mich selbst, weil ich Erleichterung verspürte. Nicht Entsetzen, kein Grauen, keine Fassungslosigkeit. Bloße Entlastung, dass dieser schwarze Bauer, den der Mörder geschlagen hatte, niemand gewesen war, der mir wirklich nahestand. Aber dann packte mich ein neuer Gedanke. Bisher hatte ich mich fest an die Theorie geklammert, dass die Morde etwas mit dem Gym zu tun hatten. Ottendorf war der einzige Ausreißer gewesen. Aber der Mord an Stödter machte eines glasklar: Es ging nicht um das Gym, sondern nur um mich. Stödter hatte nichts mit dem Boxen zu tun. Er war ein Element aus meinem früheren Leben, vollkommen abgekapselt von dem, was ich heute um mich hatte. Es war, als hätte der Täter noch einen Gang höher geschaltet.

Stödter war bis vor anderthalb Jahren mein Steuerberater gewesen. Uns hatte eine freundschaftliche, aber grundsätzlich eher geschäftliche Beziehung verbunden. Ich war einmal auf einem seiner Geburtstage gewesen, vor Jahren, aber wir hatten beide schnell festgestellt, dass wir privat nicht viel miteinander anfangen konnten.

Nach meiner Suspendierung und ohne feste Bezüge hatte ich mir Stödter bald nicht mehr leisten können. Seitdem hatten wir nur noch sporadisch Kontakt gehabt.

»Bist du noch da?«

»Ja.« Mehr fiel mir nicht ein.

»Wie schnell kannst du zurückkommen?«

»Ich weiß nicht. Keine Ahnung, wann der nächste Flieger geht.« Ich redete wie auf Autopilot, fühlte mich völlig benommen. Wir verabschiedeten uns, und ich legte auf.

Mir war klar gewesen, dass Densch einen schweren Fehler gemacht hatte. *Densch hat Stödter getötet, nicht ich*, versuchte ich mir einzureden. Aber ich hatte ihn nicht aufgehalten, das Verstreichen des Zugs nicht verhindert.

10

Am Flughafen, direkt vor dem Check-in, erreichte mich auf dem Handy eine Bildnachricht von Jana: *Fahndung ist eingeleitet.*

Angehängt war ein Screenshot ihres Monitors. Er zeigte alle Informationen zu Pieter Gorlaff, einem Schweizer Staatsbürger. Ich starrte auf das Foto, das sich im linken Teil des Ausschnitts befand, wie auf einen Fremden. Ein junger Mann mit dichten, blonden Locken und einem breiten Gesicht. Das war niemals der Pieter Gorlaff, den ich im Ferienlager beim Zeltaufbau gesehen hatte. Der Junge vor knapp zwanzig Jahren war schmal, dunkel und ernst gewesen, nicht so ein Surfertyp wie der hier.

Das musste das Bild eines anderen sein. Jede Wette, Lammert oder sogar sein Sohn selbst hatten in ihrer Paranoia dafür gesorgt, dass bei den Schweizer Behörden nicht Gorlaffs echtes Bild auftauchte. Das hatte Lammert sicher eine ganze Stange Geld gekostet.

Ich war so in Gedanken versunken, dass ich nicht sofort auf die Frage der Dame hinter dem Schalter nach dem Sitzplatz reagierte. Gedankenverloren winkte ich ab und bekam einen Platz, auf dem ich mir bei meiner Größe vermutlich die Kniescheiben ramponieren würde.

Geht davon aus, dass das Foto eine Fälschung ist, textete ich Jana zurück. Dann versuchte ich, Tamina zu erreichen, bevor ich das Handy für den Flug ausschalten musste. Sie ging nicht ran, was ich auch nicht erwartet hatte. Ihr Kurs würde nicht erlauben, dass sie das Handy in der Nähe behielt, aber sie würde den Anruf irgendwann bemerken und mich zurückrufen.

Während der Flieger sich von der Berner Startbahn hob und hinter mir die Schweizer Lichter zurückblieben, versuchte ich, so gut es ging, den Kopf auf der zu niedrigen Rückenlehne abzulegen. Ich hatte recht behalten, der Sitz war furchtbar eng und viel zu klein. Immer wieder musste ich mich zurechtschieben, um wenigstens für eine Weile eine bequeme Position zu finden. Immerhin war der Flug nicht besonders lang.

»Willkommen zurück«, begrüßte mich Hegert verhalten, als ich den Raum der Soko betrat.

Densch, Niemeyer und Fahlinger nickten mir zu, Jana umarmte mich kurz, und Kunzi und Schiefer bewegten immerhin die Lippen, wenn ich ihre Begrüßung auch nicht verstehen konnte. Überrascht sah ich zur Seite, als ich Professor Körner bemerkte, die auf einem Stuhl an der Wand saß und mir zulächelte. Die anderen teilten ihre relaxte Haltung nicht, die Stimmung schien zum Zerreißen gespannt. Nach einem Moment nickte Densch Hegert zu, den er offenbar vorher zurückgehalten hatte. Ich fühlte mich geehrt, dass man auf mein Eintreffen gewartet hatte.

»Also?«

»Carsten Stödter ist in seinem Büro getötet worden. Vermutlicher Todeszeitpunkt: heute Morgen gegen halb zwei. Nach Aussage seiner Assistentin hatte er gestern vor, bis spät in die Nacht zu arbeiten, um eine Abgabe fertig zu bekommen. Sie ist erst heute am frühen Nachmittag ins Büro gekommen, hat ihn dort aufgefunden und uns sofort verständigt.«

»Todesursache?« Fahlinger klang schroff und übermüdet.

»Kehlenschnitt. Durch ein sehr scharfes Messer, der Kopf ist fast vom Rumpf getrennt worden.«

Ich war nicht der Einzige, der bei diesen Worten das Gesicht verzog. Besonders Kunzi und Schiefer zeigten eine ungesunde Blässe.

»Wieder 4-Hydroxybutansäure?«, wollte Densch wissen.

Er schien merkwürdig gefasst, aber ich konnte seine Kiefermuskeln arbeiten sehen.

»Diesmal nicht«, verkündete Hegert. Er hielt mehrere Blätter Papier hoch. »Allerdings konnten im Blut des Opfers Spuren einer hohen Konzentration Thiopental nachgewiesen werden.« Er kam den Fragen der Kommissare zuvor, indem er hinzufügte: »Thiopental ist ein sehr schnell wirkendes Narkotikum. Es hat eine gewisse traurige Berühmtheit erlangt, weil es in den Vereinigten Staaten unter anderem zur Vorbereitung auf die Giftspritze bei Hinrichtungen verwendet wird.«

»Warum ist der Täter von seinem bisherigen Vorgehen abgewichen? Bei allen anderen Opfern ist GHB verwendet worden, oder nicht?«, fragte Jana.

»Das stimmt. In diesem Fall sind einige Dinge etwas anders gelagert. Während alle anderen Opfer quasi *friedlich* überwältigt worden sind, gab es diesmal Spuren einer Auseinandersetzung. Stödter hatte eine Platzwunde auf der Stirn, momentan gehen wir davon aus, dass er sie sich zugezogen hat, weil der Täter gegen die Tür getreten hat, um sie aufzubekommen.«

»Er hat sie aufgebrochen?«

»Nein. Der Tathergang scheint eher so gewesen zu sein, dass der Täter geklingelt, Stödter ihm aufgemacht und der Mörder sich dann gewaltsam weiter Zutritt verschafft hat, nachdem die Tür bereits offen war.«

»Wie hat er ihm das Thiopental verabreicht? Giftspritze klingt nicht so, als würde man so etwas in den Kaffee mischen«, wandte ich ein.

»Der ED hat außen am Türrahmen und an der Tür selbst Spuren von DMSO gefunden. Außerdem sind wir dort auf feine Kunststoffrückstände gestoßen.«

Keiner von uns verstand, wovon Hegert redete.

»Auf Stödters Rücken, etwas oberhalb der Hüfte, befand sich ein Hämatom. Nicht sehr ausgeprägt und ungefähr so groß wie ein Zwei-Euro-Stück. In der Kleidung, einem Unterhemd und einem Hemd, befanden sich Rückstände sowohl von DMSO und Thiopental. Meine Theorie ist bisher, dass der Täter die Droge in DMSO aufgelöst hat, genauso wie vorher das GHB, und versucht hat, es Stödter zu verabreichen, als dieser die Tür öffnete. Deswegen die Spuren am Türrahmen und der Kunststoff. Während Stödter nun in die Wohnung floh und der Täter ihm folgte, hat er ihm offenbar eine zweite Ladung verpasst. Wie das genau passiert ist, wissen wir noch nicht. Das Narkotikum fing an, zu wirken, und bevor Stödter weiteren Widerstand leisten oder um Hilfe rufen konnte, setzte die betäubende Wirkung ein. Der Täter hat das Opfer daraufhin auf seinen Bürostuhl gesetzt und ihm die Kehle durchgeschnitten. Von der Tatwaffe fehlt bisher jede Spur.«

»Wie hat er ihm die Droge verabreicht? Und woher stammt der Kunststoff? Was ist mit dem Hämatom?«

»Es tut mir leid, so weit sind wir leider noch nicht. Momentan analysieren wir den Kunststoff, um herauszufinden, woher er stammt. Wir haben noch keine Ahnung, was diese Verletzung an seinem Rücken verursacht haben könnte.«

»Warum jetzt? Wieso ändert der Täter plötzlich derart radikal sein Verhalten?«, fragte Jana sich selbst genau wie uns.

Kunzi bot eine Antwort an. »Was ist, wenn er Stödter nicht kannte? Und sich nicht wie bei den anderen Zugang verschaffen konnte?«

Fahlinger schüttelte unwillig den Kopf. »Wir können nicht davon ausgehen, dass der Täter mit Ottendorf, Bremer und Maßner per du war. Bremer und Maßner, gut, das wäre noch möglich, jemand aus dem Milieu des Boxstalls, aber Ottendorf war Polizist. Das ergibt keinen Sinn.«

»Ausschließen können wir es aber nicht«, warf Franziska Schiefer ein.

»Aber zumindest würde das erklären, warum der Täter das Betäubungsmittel gewechselt hat.«

Wir sahen Hegert bei seinen Worten an. Er räusperte sich, als sei ihm die plötzliche Aufmerksamkeit unangenehm. »GHB ist keine Droge, die man in einer Konfliktsituation einsetzt. Dafür dauert es bis zum Einsetzen der Wirkung zu lange, und sie schaltet nicht schnell genug aus. Auf keinen Fall würde man sie benutzen, um einen Gegner, der sich wehren will oder möglicherweise misstrauisch ist und Verdacht schöpfen könnte, außer Gefecht zu setzen.«

»Warum dann nicht gleich bei allen Opfern, Thiopental?«, wollte Densch wissen.

»Da müssen Sie vermutlich Professor Körner fragen.« Hegert warf einen hilflosen Blick zur Seite.

Frau Körner erhob sich. Sie sah aus, als würde sie ihm gleich den Arm tätscheln. Langsam richtete sie sich auf, als wäre sie vom langen Sitzen krumm. »Meine Vermutung: Es hat etwas mit Macht und Machtausübung zu tun. Ein Opfer, welches nach und nach der Wirkung von 4-Hydroxybutansäure verfällt, dürfte einem Täter, der genau darauf aus ist, eher ein Gefühl von Kontrolle vermitteln. Also im Gegensatz zu Thiopental«, fügte sie hinzu. Sie sah wachsam in die Runde. »Wir können davon ausgehen, dass es mit dem bisherigen Vorgehen eine bestimmte Bewandtnis hat. Der Täter hätte in jedem der Fälle die Opfer auch an der Tür ihrer Wohnungen mit einer schallgedämpften Pistole töten können. Also beispielsweise«, wandte sie mit einem Lächeln ein. »Die Art, wie er tötet, sagt etwas über ihn aus. Sie beschreibt, wie er sich dabei fühlt, um was es ihm geht. Die Opfer sind betäubt, können vermutlich kaum einordnen, wie ihnen geschieht. In dieser Situation sind sie ihm völlig ausgeliefert. Erst dann begeht er seine Tötungshandlung. Warum genau er jetzt davon abgewichen ist, können wir noch nicht sagen. Aber so viel ist klar: Er wird, für sich selbst jedenfalls, einen überzeugenden Grund gehabt haben. Möglicherweise stand er irgendwie unter Druck oder einer Zeitvorgabe.«

Ich machte einen Schritt nach vorn. »Verzeihen Sie, aber wenn Sie eine Frage gestatten: Wenn es sich bei dem Täter wirklich um Lammerts Sohn handelt, warum tut er das alles? Ich meine, haben Sie eine Ahnung, was das Motiv sein könnte?«

Den nahe liegenden Gedanken sprach ich nicht aus: Rache. Darüber hatte ich bereits den gesamten Rückflug über gegrübelt. War ich für diese Mordserie verantwortlich, weil Gorlaff sich an mir für den Tod seines Vaters rächen wollte?

Professor Körner sah mich einen Augenblick lang ernst an, als wollte sie sich nicht zu einer überhasteten Antwort hinreißen lassen, schüttelte aber schließlich den Kopf.

»Das können wir nicht sagen. Falls es sich wirklich um seinen Sohn handelt, wird der Tod des Vaters auf die eine oder andere Art natürlich in die Psychologie dieser Mordserie hineinspielen. Aber für einen simplen Racheakt ist das hier alles viel zu kompliziert.« Sie machte eine ausladende Bewegung mit dem Arm in Richtung Whiteboard. »Damit würden wir weder den Morden noch dem Täter gerecht. Nach wie vor gilt: Sobald wir genau diese kleinen Nuancen entschlüsseln können, haben wir eine Chance, all das aufzuklären.«

»Was hat es mit den Fotos auf sich? Mit den fehlenden, meine ich«, meldete sich Franziska Schiefer zu Wort. »Kann man davon ausgehen, dass dieses Verhalten schon irgendwie gestört ist? Das ist doch vollkommen merkwürdig, dass der Lammert seinen Sohn geheim gehalten hat und womöglich sogar das Internat dafür bezahlt hat, keine Fotos zu machen. Warum das alles?«

Jana warf mir einen kurzen Seitenblick zu. Ich nickte kaum merklich, und sie räusperte sich, um zu antworten. »Als wir damals gegen Lammert ermittelt haben, gab es einen zentralen, neuralgischen Punkt, an dem Lammert immer wieder sehr verletzlich wirkte: seine Frau. Georg Lammert kam aus ärmlichen Verhältnissen, während Gesine Lammert von schwerreichem Industrieadel abstammte. Lammert hat lange um sie gekämpft und musste sich immer wieder gegen ihre Eltern behaupten. Während der Ermittlungen stellten wir fest, dass Lammert unter enormen Verlustängsten litt, was seine Frau betraf. Ihm war wichtig, dass sie von den Untersuchungen so wenig wie möglich mitbekam. Insofern können wir davon ausgehen, dass Lammert dieses uneheliche Kind und die Verbindung, aus der es hervorging, unter allen Umständen geheim halten wollte. Im Moment nehmen wir an, dass seine Paranoia nicht uns, der Polizei oder der Öffentlichkeit galt, sondern vor allem seiner Frau.«

»Habt ihr die Mutter ausfindig machen können?«, unterbrach Densch sie.

»Bisher noch nicht. Aber die Hamburger Kollegen sind dran.«

Densch wandte sich seufzend wieder dem Whiteboard zu. Dort hatte sich, soweit ich sehen konnte, in meiner Abwesenheit nicht viel getan, außer, dass es einen eigenen Bereich PIETER GORLAFF mit allen von mir zusammengetragenen Infos gab.

»Habt ihr die beiden alten Freunde von Gorlaff gefunden?«, wollte ich von Jana wissen. Ich hatte ihr die Namen per SMS aus der Schweiz durchgegeben.

Sie nickte. »Die beiden haben schon seit Jahren nichts mehr von Gorlaff gehört. Beide behaupten, sie seien in späteren Jahren nicht einmal mehr richtig befreundet gewesen. Gorlaff sei ein absoluter Einzelgänger gewesen, sagen sie. Michael Hering ist Immobilienverkäufer in Baden-Württemberg, und Jannek Blohn ist Banker in Zürich. Wir graben da noch tiefer, falls sie nicht die Wahrheit sagen, aber viel Hoffnung habe ich nicht.«

Ich nickte. Etwas anderes zu erwarten, wäre vermutlich auch sehr blauäugig gewesen.

Densch verteilte die weiteren Aufgaben. Jana und Kunzi sollten sich um Gorlaff und dessen Mutter kümmern, er wollte sich um die Erstellung eines Phantombilds bemühen. Ich selbst war wieder arbeitslos. Gerade als Jana sich mir zuwenden wollte, vibrierte mein Handy. Es war Tamina. Ich ging auf den Gang und nahm ab.

»Hey!«

»Hallo, Johannes«, antwortete sie weich. »Du hast angerufen.«

»Ja. Alles gut bei dir? Keine Probleme?«

»Nein, alles gut«, versprach sie mir.

Wir tauschten noch einen Moment lang leise Worte aus, versicherten uns gegenseitig, dass alles in Ordnung wäre, aber schließlich musste ich sie gehen lassen. Nachdem ich aufgelegt hatte, fühlte ich mich elender als zuvor, als wäre Tamina Lichtjahre entfernt und unerreichbar.

Als ich wieder zurück ins Besprechungszimmer kam, trat Jana auf mich zu. Ich gab ihr zu verstehen, dass es trotz meines Gesichtsausdrucks keine Probleme gab.

»Was passiert jetzt?«

Sie reichte mir eine kleine Schüssel mit Salzbrezeln. Ich nahm eine Handvoll.

»Im System gibt es keine Spuren jüngeren Datums von Gorlaff. Wir haben keine Ahnung, wo er sich aufhält. Ob er hier in Berlin ist«, fügte sie nach einem Augenblick hinzu und sah mich dabei forschend an.

»Ich werde heute Abend hier schlafen. Habt ihr noch eins der unbequemen Feldbetten übrig?«

Jana sah mich überrascht an.

Ich zuckte mit den Schultern. »Tamina ist bei ihrem Kurs. Ich glaube, heute Nacht kann ich ohnehin nicht schlafen. Da kann ich auch gleich hierbleiben und morgen früh todmüde mit euch ins Besprechungszimmer fallen.«

Sie grinste. »In Ordnung. Ich halte dir eins frei. Gehst du noch mal weg?«

»Weiß nicht. Vielleicht sollte ich nach dem Coach sehen. Heute wird er mich nicht dazu kriegen, zu trainieren, aber wenigstens schauen, wie er sich hält, sollte ich.«

»Okay. Sag mal, kannst du auf dem Weg Professor Körner mitnehmen und den Bogen über Moabit fahren? Ich wollte ihr ein Taxi rufen, aber das hat sie nicht zugelassen.«

»Und du hast die Hoffnung, ich bekomme sie umgestimmt?«

Jana grinste. »Ich glaube, sie mag dich. Wahrscheinlich denkt sie, sie kann dir auf der Fahrt noch den Bauch voller Löcher fragen.«

»Großartig.« Ich verzog das Gesicht. »Wie habt ihr sie überhaupt für das Meeting herbekommen? Wo sie doch so eine Abneigung gegen das Präsidium hat?«

Jana lächelte. »Wir haben sie schon heute Nachmittag hergebeten, sobald ich die Infos von dir bekommen habe. Mirko hatte die Hoffnung, dass wir dadurch ein Täterprofil bekommen, das uns irgendwie weiterhilft.«

»Aber das tut es nicht.«

»Leider nicht. Dieser Gorlaff scheint seit seinem Schulabschluss damals wie vom Erdboden verschluckt zu sein. Allerdings wissen wir auch nicht gerade viel, um ihn wieder auftauchen zu lassen. Ich meine, keine Verwandten, keine Freunde, keine Kollegen. Mal sehen, ob wir seine Mutter auftreiben können.«

»Ich würde morgen gerne mit Frau Lammert sprechen, kannst du das mit Densch arrangieren?«

»Schätze schon. Glaubst du, dass sie mit dir reden wird?«

Ich verzog das Gesicht. Gesine Lammert hatte die ganze Geschichte mit ihrem Mann natürlich noch härter getroffen als meinen Vater. Sie hatte ebenfalls keine Ahnung gehabt, welche Untiefen sich in Lammerts Psyche versteckt gehalten hatten. Als wir ihr unsere Untersuchungsergebnisse vorgelegt hatten, war sie aus allen Wolken gefallen. Und dann war er gestorben, bevor sie herausfinden konnte, ob unsere Indizien ihn tatsächlich zu einem Mörder machten.

Ich hatte danach mehrfach versucht, mit ihr zu reden, aber sie hatte sich geweigert. Sie gab mir die Schuld am Tod ihres Mannes und vielleicht sogar an der Tatsache, dass die Morde überhaupt passiert waren. Auf eine merkwürdig irrationale Art konnte ich sie verstehen.

Mit einem Seufzer antwortete ich: »Ich würde es gerne versuchen. So, wie der Stand im Moment ist, *muss* sie mit uns reden. Ich würde ihr gerne die Wahl lassen, ob sie das mit mir machen möchte oder mit Densch und Fahlinger.«

»Ich kann mir nicht vorstellen, dass Mirko dich alleine gehen lässt. Mich wirst du schon mitnehmen müssen.«

»Dann wartest du halt im Auto«, sagte ich und grinste sie an.

»Sei nicht so frech. Vierundzwanzig-C steigt dir wohl zu Kopf.«

Ich wurde wieder ernst. »In der Tat ist das alles kein schlechtes Gefühl. Wieder auf der Straße zu sein, zu ermitteln.« Ich erwiderte ihr Lächeln mit einem nachdenklichen Gesicht. »Eigentlich sollte mich das alles ankotzen. Ich müsste hassen, dass dieser Wichser mich dazu zwingt. Aber irgendwie …«

»Mach es dir selbst nicht zu schwer, Johannes. Das ist normal. Ich meine, du warst früher mit Leib und Seele Bulle.«

Ich räusperte mich. »Stödter.«

Jana legte mir die Hand auf den Arm. »Johannes, hör auf, dich selbst zu zerfleischen. Mir ist völlig klar, was das für dich bedeutet. Dass es hätte schlimmer kommen können. Und auch das ist vollkommen normal. Carsten Stödter wird dir das nicht übel nehmen.«

»Da bin ich nicht so sicher. Er war eher von der nachtragenden Art«, versuchte ich zu scherzen, aber ich war ihr dankbar, dass sie versucht hatte, mein Gewissen zu erleichtern. »Ich werde mal nach Professor Körner schauen«, sagte ich und ging zu der alten Dame und Kunzi hinüber.

»Herr Thiebeck. Ich habe gehört, Sie waren in der Schweiz? Kommissarin Kleidermann hat mich heute Nachmittag über den neuesten Stand der Ermittlungen informiert. Da konnte ich schlecht abschlagen, ins Präsidium zu kommen.«

»Jana hat mich gebeten, Sie nach Hause zu fahren. Kein Grund, die Öffentlichen zu benutzen.«

Sie machte eine wegwerfende Handbewegung. »Ich mag das Busfahren. Die U-Bahn nicht so sehr. Aber zu mir komme ich bequem mit zwei Bussen.«

»Kommt nicht infrage.« Ich versuchte, meinen eindeutigen Ton mit einem kleinen Lächeln abzumildern. »Sie wollen doch nicht, dass ich Ihretwegen Schwierigkeiten bekomme?«

Frau Körner legte den Kopf schief, und für einen Moment erinnerte sie mich an eine Katze. »Jedenfalls nicht für eine solche Lappalie«, antwortete sie mit einem Zwinkern.

»Gut. Wollen wir?«

»Sicher.« Sie verabschiedete sich von Kunzi und folgte mir. Am Ausgang schlüpfte sie mit dem Arm unter meinen, um sich einzuhaken. »Sie erlauben?«

»Oh, es wäre mir eine Freude«, erwiderte ich und hielt ihr die Tür auf.

Gemeinsam fuhren wir mit dem Fahrstuhl runter in den Hof, wo ich Janas Kombi geparkt hatte.

Als wir im Wagen saßen und ich uns Richtung Norden steuerte, sagte sie: »Dem Täter gefällt Ihre Hilflosigkeit.«

»Was bitte?«, fragte ich überrascht.

»Die Frage ist doch die: Hätte er Sie als Gegner auch ausgewählt, wenn Sie noch im aktiven Dienst gewesen wären?«

»Wir gehen davon aus, dass es sich um Lammerts Sohn handelt. Ich glaube nicht, dass jemand anders die gleiche Rolle wie ich bei dem Fall damals gespielt hat. Sie sagten doch, ich wäre eine Art Projektionsfigur. Aktiver Dienst oder nicht. Und Jana, die damals beteiligt war, würde sich nicht besonders gut als Schachgegner eignen.«

»Das stimmt. Allerdings wäre Jana Kleidermann vermutlich nur deswegen kein guter Gegner, weil sie nicht Georg Lammert vom Balkon hat stürzen lassen. Das alleine gibt ihr weniger … sagen wir, *Reibungspotenzial*. Aber ich bin nicht sicher, ob dem Täter so wichtig war, dass all dies in einem Schachspiel endet.« Sie zuckte mit den Schultern und sah aus dem Fenster auf die vorbeiziehenden Lichter. »Vielleicht hätte er gegen Frau Kleidermann Backgammon oder Monopoly gespielt.«

Ich schnaubte. »Sie machen Witze.«

»Ja und nein.« Ernst sah sie mich von der Seite her an. »Das ist ein wichtiger Punkt. Spielt der Täter gegen Sie ausgerechnet Schach, weil es Teil *seiner* oder *Ihrer* Persönlichkeit ist?«

Ich überlegte kurz, wusste aber keine Antwort. Bisher war ich irgendwie von beidem ausgegangen, aber möglicherweise hatte sie recht und nur eines davon spielte eine Rolle.

»Ich glaube, dass es dem Täter Freude macht, dass Sie selbst nicht mehr ermitteln können. Dass Ihnen quasi die Hände gebunden sind.«

»Das würde irgendwie zu Ihrer Theorie mit dem Liquid Ecstasy passen. Die Tatsache, dass er sich fest im Sattel fühlen will.«

Sie nickte. »Ja, möglich. Jedenfalls denke ich, je weniger Sie sich in diese passive Rolle drängen und sich als Opfer definieren lassen, umso weniger Spaß hat der Täter an der Sache.

Zumindest *das* können wir ihm also vermiesen.« Sie lachte auf eine Art, die unpassend jugendlich erschien.

Ich mochte das. *Vielleicht sollte ich in Zukunft schauen, dass ich sie öfter zum Lachen bringe*, dachte ich, während ich die Franklinstraße nach Norden hochfuhr.

Sie ließ es sich nicht nehmen, mich zu lotsen, obwohl ich mich noch gut daran erinnerte, wo sich der Laden befand. Ihre Drei-Zimmer-Wohnung lag direkt über dem Geschäft.

Dort angekommen, hielt ich in zweiter Spur und schaltete den Warnblinker ein.

»Danke schön, das war sehr lieb von Ihnen«, wollte sie sich verabschieden.

»Ich komme kurz mit rein«, sagte ich und stieg aus.

Im Turmstraßenkiez waren noch einige Nachtschwärmer unterwegs. Als Frau Körner ebenfalls auf der Straße stand, fragte sie: »Sind Sie dafür nicht ein wenig zu jung? Oder ich zu alt?«

Ich grinste und bot ihr erneut den Arm an, um sie zur Haustür zu bringen. »Ich will nur sichergehen, dass Sie gut nach Hause kommen. Damit ich keine Scherereien mit Jana bekomme.«

Sie nickte und tat, als würde sie mir jedes Wort glauben. Nach einem Augenblick hatte sie die Tür aufgesperrt, und wir betraten den Hausflur, in dem sofort das Licht anging. Offenbar ein Bewegungsmelder. Es handelte sich um ein gepflegtes Haus, anders als viele im Wedding. Die Briefkästen hingen alle noch an der Wand, es gab einen Mülleimer für unwillkommene Werbung, und der Boden bestand aus einem unruhigen Terrazzo.

»Kommen Sie.«

Ich folgte ihr über den Sisalteppich die Treppe hinauf, und

nachdem sie die Wohnungstür aufgeschlossen hatte, legte ich ihr sanft die Hand auf den Arm.

»Darf ich?«, flüsterte ich.

Sie nickte und trat zurück, während ich vorsichtig die Tür öffnete. Frau Körner sagte nichts, sondern ließ mich lautlos nach dem Lichtschalter tasten. Nachdem ich die drei Deckenstrahler angeschaltet hatte, bewegte ich mich an einem Paar niedriger, antiker Schränkchen vorbei. Im Grunde genommen war die Wohnung genauso eingerichtet wie der hintere Teil des Ladens, dachte ich, als ich mich umsah. Ein schneller Blick in Wohn- und Arbeitszimmer zeigte, dass diese dunkel und verlassen dalagen. Auch im Badezimmer und in der Küche fand ich nichts. So stand ich vor der letzten verschlossenen Tür und zeigte stumm darauf. Sie verzog das Gesicht.

Ich runzelte die Stirn, weil ich nicht verstand, und so beugte sie sich vor und flüsterte: »Eine Dame zeigt ihr Schlafgemach so ungern her wie ihre Unterwäsche. Wenn Sie verstehen.«

Ich verzog das Gesicht, nickte aber, und beschloss zugleich, auf ihre Schamhaftigkeit keine Rücksicht zu nehmen. Langsam drückte ich die Klinke herunter, öffnete die Tür, die leise knarzte, und sah hinein. Auf den ersten Blick war alles ruhig. Schnell glitt ich durch die Tür und schaltete das Licht an. Nichts.

»Wollen Sie noch hinter die Vorhänge schauen?«, fragte sie mit einem Lächeln vom Flur her.

»Finden Sie das albern?«

»Ihre Vorsicht?« Sie legte den Kopf schief. »Sagen wir so: Ich teile Ihre Besorgnis nicht im selben Maße. Aber nein, albern finde ich das nicht. Im Gegenteil, es ist sehr liebenswert.«

Nachdem ich sogar in die kleine Berliner Speisekammer geschaut hatte, traf ich Frau Körner im Flur wieder. »Alles sauber, Frau Professor. Sieht nicht so aus, als ob sich unser Mann bei Ihnen versteckt hält.«

Sie öffnete mir die Wohnungstür, wir schüttelten uns die Hände, und sie bedankte sich noch einmal.

»Bis morgen«, rief sie mir hinterher, während ich bereits die Treppe hinabstieg.

Densch hatte sie für den nächsten Tag erneut ins Präsidium geladen, in der Hoffnung, dass wir mit einem erweiterten Täterprofil arbeiten konnten.

Unten konnte ich nicht umhin, noch einen schnellen Blick in den Hinterhof und zwischen die Mülltonnen zu werfen, und auch draußen auf der Straße sah ich mich mehrmals misstrauisch um. Ich konnte nicht genau sagen, warum ich um Frau Körner so besorgt war, aber die alte Dame schien mir ein gutes Opfer für Gorlaff zu sein. Immerhin stellte sie ganz entscheidend unsere psychologische Stärke dar, und wer konnte wissen, welche Einsichten in seine Handlungen sie noch gewinnen mochte.

Schweren Herzens startete ich den Motor, warf einen letzten Blick in den Rückspiegel auf eine kleine Gruppe aus drei jungen Männern, offenbar auf dem Weg nach Hause oder in die nächste Kneipe, und fuhr los.

Ich schaute nicht bei Coach Bremer vorbei. Dazu hatte ich einfach keine Kraft mehr. Stattdessen machte ich in der Nähe des Ku'damms bei einem Dönermann Station und bestellte Döner und Börek. Dort war ich früher, als ich noch beim LKA gearbeitet hatte, Stammkunde gewesen.

Nachdem ich gegessen hatte, machte ich mich auf den Weg

zurück zum Präsidium. Ich stellte den Wagen im Hof ab und fuhr hoch zu unseren Räumen. Im Besprechungszimmer war es längst dunkel, und so setzte ich mich noch eine Weile in Vierundzwanzig-C und brütete über den Unterlagen zu Gorlaff. Als mir schließlich immer wieder die Augen zuzufallen drohten, begab ich mich zu unserer *Unterkunft*.

In dem dunklen Raum stand ein Dutzend Betten, aber nur drei oder vier waren belegt. Ich konnte nicht genau erkennen, wer auf ihnen lag, vermutete aber zumindest Kunzi und Schiefer in zweien von ihnen. Die Hauptkommissare bekamen am ehesten die Gelegenheit, zwischendrin nach Hause oder ins Hotel zu fahren.

Jana sah schläfrig auf, als ich hereinkam. Sie hatte ein zweites Bett in ihre Nähe gezogen und klopfte mit der Hand auf den Schlafsack, während sie mich lächelnd anschaute.

»Ich dachte, vielleicht brauchst du doch kein Bett, weil du die Nacht über lieber unruhig über die Gänge tigerst«, flüsterte sie.

»Viel hätte nicht gefehlt«, entgegnete ich genauso leise. Ich schlüpfte in den offenen Schlafsack und legte den Kopf auf meinen verschränkten Armen ab, um an die dunkle Decke zu starren.

»Morgen ist der nächste Tag«, sagte Jana müde und mit geschlossenen Augen.

Das hatten wir uns früher immer gegenseitig gesagt, wenn wir uns ganz dicht dran fühlten und unfähig waren, die heiße Spur selbst für ein paar Stunden Schlaf aus den Augen zu lassen. Das Versprechen, dass am nächsten Tag – vielleicht – alles zum Ende kommen würde.

Würden wir Gorlaff dann fassen? Ich glaubte nicht daran. Morgen früh stand der nächste Schachzug an. Würden die

Profis ihren Job machen und weitere geschlagene Figuren verhindern können? Oder würden wir erneut eine Figur und ich einen Menschen, den ich kannte, verlieren?

Meine Augäpfel fühlten sich an, als würden sie sich auf einem Bett aus Sand bewegen, und doch konnte ich sie nicht geschlossen halten. Nicht schlafen. Mein Hirn weigerte sich, den Betrieb einzustellen. Und das, obwohl mein Körper bereits von einer bleiernen Müdigkeit ergriffen wurde, so heftig, dass es fast schmerzte. Kurz dachte ich darüber nach, mir etwas zu besorgen, um schlafen zu können. Den Gedanken konnte ich allerdings nicht zu Ende denken –, ich war längst weggetreten.

Bereits ein paar Stunden später wachte ich wieder auf. Mein Körper fühlte sich so zerschlagen an, als hätte ich kein Auge zugetan. Mit einem leisen Ächzen wuchtete ich mich in die Senkrechte und saß einen Augenblick lang auf dem Bett, während ich versuchte, mir die Spinnweben aus dem Kopf zu reiben. Der Rest des Teams lag noch im Zwielicht eingerollt auf den Betten. Also ging ich ins Besprechungszimmer, in der Hoffnung, dort entweder lauwarmen Kaffee vom Tag zuvor oder vielleicht sogar frischen vorzufinden.

Als ich den Raum betrat, kam mir eine junge Polizistin in Uniform entgegen und grüßte. Mein Blick fiel auf Kunzi, der als Einziger im Raum stand und ein paar Blätter in der Hand hielt.

»Gibt es Kaffee?«, brummte ich.

Er deutete auf unser Buffet. Während ich hinüberging, um die Genießbarkeit zu überprüfen, kam er hinter mir her.

»Nachricht aus Hamburg.«

»Frau Gorlaff?«

Der Druckmechanismus der Kanne fauchte die braune Brühe in den Becher. Meine Finger an der Tasse signalisierten: lauwarm. Egal, dachte ich und nahm einen langen Schluck. Allerdings wäre eine intravenöse Zufuhr von Koffein diesem unterirdischen Geschmackserlebnis allemal vorzuziehen gewesen. Ich schnitt eine Grimasse und musste mich zusammenreißen, das Zeug nicht wieder auszuspucken.

»Gut, oder?«, grinste Kunzi.

»Gott, ist das widerlich.« Ich nahm noch einen Schluck. »Was ist mit Hamburg?«

»Die Kollegen aus der Hansestadt haben sich gemeldet. Sie haben Sandra Gorlaff ausfindig gemacht. Das war wegen einiger nicht gemeldeter Adressänderungen nicht ganz leicht.«

Unhöflich zog ich ihm die Papiere aus der Hand, aber ihm schien das nichts auszumachen. Vielleicht dachte er genau wie ich, dass alle zivilisierten Verhaltensweisen um diese unchristliche Uhrzeit noch schlafen müssten.

»Ist sie noch in Hamburg?«

»Ja. Hamburg-Billstedt.«

»Sagt mir nichts.«

»Mir auch nicht. Ist aber auch egal, wir haben die Adresse.« Er nahm mir die Zettel wieder ab.

Ich wusste ohnehin nicht, warum ich sie mir genommen hatte. Weitere Erkenntnisse würde ich aus ihnen vermutlich nicht gewinnen, und außerdem konnte ich vor Müdigkeit kaum etwas erkennen. Alles verschwamm vor meinen Augen. Mit dem linken Handrücken rieb ich mir übers Gesicht.

»Und jetzt?«, wollte ich wissen.

»Und jetzt was?«

Ich nickte in Richtung der Zettel. »Mit der Gorlaff. Was passiert da?«

Kunzi zuckte mit den Schultern und erschrak, weil sein Kaffee dabei fast aus dem Becher hüpfte. Vorsichtig trank er einen Schluck ab und verzog ebenfalls das Gesicht.

»Wir bitten die Hamburger Kollegen, sie zu vernehmen.« Noch ein Schulterzucken, vorsichtiger diesmal. »Ich hoffe mal, dass das fix geht. Vielleicht bekommen wir auf diese Weise endlich ein Bild von unserem Täter.« Kunzi wandte sich dem Buffet zu, um nach Muffins zu suchen.

Abrupt drehte ich mich weg, um zu gehen. *Ich* würde das ganz bestimmt nicht den Hamburgern überlassen.

11

Jana machte ein niedliches, maunzendes Geräusch, während sie versuchte, sich aus dem Tiefschlaf an die Oberfläche zu kämpfen.

»Was ist los?«, murmelte sie und bewegte hilflos die Arme im Schlafsack hin und her.

Ich hockte neben ihrem Feldbett. »Sie haben Sandra Gorlaff gefunden. Die Hamburger Kollegen.«

»Die wer?« Schlaftrunken richtete sie sich auf, die Beine immer noch im Schlafsack.

Ich musste grinsen. »Du siehst aus wie eine kleine, müde Raupe.«

»Ich *bin* müde«, maulte sie. »Wie spät ist es?«

»Kurz vor halb sechs.« Wir unterhielten uns im Flüsterton.

»Mensch, Johannes! Nur weil du nicht schlafen kannst …«

»Ich war gerade bei Kunzi. Die Meldung ist vorhin reingekommen.«

»Und?« Sie gähnte ausgiebig und rieb sich die Augen. Als ich nicht antwortete, sah sie mich plötzlich misstrauisch an. »Was hast du vor?«

»Wir müssen nach Hamburg, Jana. Jetzt gleich.«

Sie pellte sich aus dem Schlafsack. »Du spinnst. Wie kommst du denn auf das schmale Brett?«

»Jana, was machen Densch und Fahlinger mit dieser Information?«

Sie hielt inne und drehte sich langsam zu mir. »Sie werden die Hamburger Kollegen bitten, Frau Gorlaff aufzusuchen. Zu einer gottesfürchtigen Uhrzeit, nicht mitten in der Nacht! Dann werden sie uns alle Informationen, die wir brauchen, schicken. Warum?«

»Siehst du, das Gleiche hat Kunzi auch gesagt. Deswegen bin ich hergekommen. Jana, das ist doch Schwachsinn. Du weißt so gut wie ich, dass wir das nicht den Hamburgern überlassen können. Die wissen von nichts! Und Sandra Gorlaff ist möglicherweise unsere einzige Spur zum Täter. Wir haben zwar einen Namen, aber gefälschte Papiere. Wir haben ein Foto … von ihm als Achtjährigen. Verstehst du? Wir dürfen auf keinen Fall riskieren, dass wir irgendeiner Spur *nicht* folgen. Oder zu lange warten.« Ich hockte immer noch vor ihr und machte Anstalten, mich hinzuknien. Als wollte ich sie anflehen. »Ich will ihr ins Gesicht sehen. Ich will ihr von dem Internat erzählen, von Lammert. Von dem, was ich über Pieter Gorlaff in Erfahrung gebracht habe. Und dann will ich mich selbst davon überzeugen, dass sie nichts weiß, was uns weiterhelfen könnte. Der Junge ist doch nicht blöd, dem ist doch klar, dass seine Mutter eine mögliche Spur zu ihm ist.«

»Falls es wirklich seine Mutter ist«, sagte Jana erschöpft.

»Was meinst du?«

»Hast du mal darüber nachgedacht, dass Lammert, bei all der Geheimnistuerei, auch eine falsche Mutter hätte angeben können? Möglicherweise ist sie nicht mal mit ihm verwandt.«

»Dann finden wir es heraus. Noch ein Puzzlestück mehr.« Auch wenn mir der Gedanke nicht behagte, ich hatte mich in der Tat daran festgebissen, dass es sich bei Sandra Gorlaff um die Mutter unseres Killers handelte.

»Und dafür willst du mal eben schnell nach Hamburg fahren? Und die Ermittlungen hier liegen lassen? Ist das dein Plan?«

Meine Stimme hatte sich verschärft. »Welche Ermittlungen denn, Jana? Was haben wir, mit dem wir arbeiten könnten? Wäre ich nicht in die Schweiz gefahren, hätten wir noch gar nichts. Die KTU der Tatorte wird uns nicht weiterhelfen. Dafür ist der Typ zu clever. Densch wartet, aber auf was? Dass die beiden Profis für ihn die Partie gewinnen und der Täter endlich aufgibt?« Wegen ihres Gesichtsausdrucks versuchte ich, die Stimme etwas zu senken. »Das ist Bullshit, und du weißt das. Irgendwann schlägt er wieder eine Figur, und wer stirbt dann? So lange warte ich nicht. Sandra Gorlaff ist unsere einzige wirklich verwertbare Spur in diesem Augenblick. Wir können nicht warten, bis sie verschwindet. Zur Not fahre ich alleine nach Hamburg.«

Sie zögerte immer noch. »Densch ist zu Hause. Weiß nicht, ob ich den jetzt bekomme.«

»Scheiß auf Densch! Wenn der nicht mit dem Handy neben dem Kissen schläft, ist er selbst schuld. Ruf ihn von unterwegs aus an. Bevor die ganzen alten Säcke sich hier aus den Federn gepellt haben und der Betrieb wieder läuft, sind wir längst zurück.«

Sie grinste. »Alte Säcke, ja?«

»Fahlinger ist älter als ich, oder?« Ich klopfte ihr auf den nackten Oberschenkel und stand auf. »Komm, es gibt tollen Kaffee. Der macht dich in Nullkommanix munter.«

»Wir fahren beim ersten McCafé rechts ran, hörst du?«, hatte Jana gesagt, nachdem sie den Kaffee im Besprechungszimmer probiert hatte.

Ich hatte gelacht und es ihr versprochen.

Jetzt saßen wir in ihrem Wagen und fuhren auf der A24 Richtung Hamburg. Verkehr war um diese Uhrzeit faktisch kaum vorhanden, die ersten Pendler fuhren nach Berlin rein, nicht raus. Jana hatte ihren Becher mit heißem Latte macchiato von McD in den Getränkehalter gestellt, ich hielt meinen in der Hand. Sie hatte darauf bestanden, selbst zu fahren, und so hatte ich den Beifahrersitz leicht nach hinten gelehnt und genoss es, gefahren zu werden. Aus dem MP3-Player ertönte irgendein Singer-Songwriter mit schottischem Akzent, und insgesamt ging es mir nicht mehr halb so schlecht wie am Morgen.

»Ich bin froh, dass du mitgekommen bist«, sagte ich unvermittelt.

»Ja, ich weiß. Sonst hättest du in dieser alten Gurke von deiner Freundin fahren müssen«, schnaubte Jana.

»Quatsch. Ich hätte mir einfach noch mal den hier geliehen.«

»Oh, ganz sicher nicht.«

»Nein, im Ernst. Ich hätte das auch alleine durchgezogen. Aber es fühlt sich gut an, wieder gemeinsam unterwegs zu sein.«

Früher hatten wir öfter solche Dinger gebracht. Den direkten Weg genommen, nicht den offiziellen. Schon damals war Janas Rolle die der Bedenkenträgerin gewesen. Um uns vor dem gröbsten Mist zu bewahren. Meine Rolle: voll draufzusteuern. Aber allein die Tatsache, dass sie zugestimmt hatte, mich auf dieser Fahrt zu begleiten, sagte mir, dass sie sich noch an die alten Zeiten erinnerte. Dass sie bereit war, für den Augenblick eher auf Thiebeck-Art als auf Denschs korrekte Weise zu ermitteln.

»Was hat Densch gesagt?«

»Nichts hat er gesagt. Ich habe ihn noch nicht erreicht.«

Ich schlug mir mit der flachen Hand auf den Oberschenkel, dass es laut klatschte. »Siehste, ich hab's dir gesagt. Was ist denn das für ein Bulle? Ein Nine-to-Fiver? Geht nach Hause, zu Frau und Kind, und schaltet das Handy aus? Was für ein Wichser!«

»Sei kein Arsch. So ist Mirko nicht. Du weißt so gut wie ich, dass er sich in den vergangenen Tagen schier zerrissen hat. Außerdem hat er weder Frau noch Kind. Er war mit einer Polizistin verheiratet. Seine Frau ist vor zweieinhalb Jahren bei einem Einsatz ums Leben gekommen. So ein dänischer Idiot ist volltrunken mit dem Messer auf sie los und hat die Arterie im Oberschenkel erwischt. Sie ist verblutet, bevor die Sanis da waren.«

»Super. Jetzt fühle ich mich noch beschissener.«

»Geschieht dir recht! Ernsthaft, Johannes, mach dich mal ein bisschen locker. Mirko taugt nicht als Feindbild. Such dir lieber einen müden Krieger wie Fahlinger dafür. *Der* wärmt sich tatsächlich ganz gerne den Arsch am Ofen, habe ich das Gefühl.«

Ich biss mir auf die Zunge, weil ich eigentlich lieber die Klappe halten wollte, musste es aber schließlich doch sagen: »Densch hat den Zug verstreichen lassen. Deswegen ist Carsten jetzt tot.«

Für einen Moment sagte Jana nichts, und ich konnte sehen, wie getroffen sie war. Schließlich siegte mein schlechtes Gewissen. »Es tut mir leid. Das war nicht fair.«

»Nein, war es nicht.« Ihre Stimme klang gepresst. »Und ich hoffe bei Gott, dass dir und mir und allen anderen erspart bleibt, im Laufe des Falls so eine Entscheidung treffen zu müssen. Eine, die dir dein ganzes Leben lang in den Nacken atmet. Dich jederzeit anspringen kann, weil du falsch entschieden hast und etwas passiert ist, das dramatische Konsequenzen nach sich gezogen hat.« Sie warf mir einen Seitenblick zu. »Gerade *du* müsstest doch wissen, dass solche Tiefschläge ganz schnell ausgeteilt werden. Du müsstest doch in der Lammert-Sache genug davon eingesteckt haben.«

Stumm nickte ich. Sie hatte recht. »Entschuldigung.«

»Schon gut.«

Schweigend fuhren wir eine ganze Weile weiter.

»Ich werde mir Mühe geben, okay?«

»Danke.« Mit einem weiteren Seitenblick warf sie mir auch ein Lächeln zu.

»Frau Sandra Gorlaff?«

Die Gegensprechanlage knisterte.

»Was gibt es?«

Unmöglich, irgendetwas aus der Stimme zu lesen, so sehr wurde sie durch die Elektronik der billigen Anlage verzerrt.

Sandra Gorlaff wohnte in einem kleinen Mehrfamilienhaus, gerade mal zwei Stockwerke hoch, mit nur vier Parteien. Ihre Wohnung befand sich unter dem Dach.

Bevor Jana weitersprechen konnte, lehnte ich mich vor. »Frau Gorlaff, ich war vor Kurzem in der Schweiz, in Spiez. Können wir darüber reden?«

Jana warf mir einen verärgerten Blick zu, weil ich ihr das Heft aus der Hand genommen hatte, aber ich hatte unbedingt vermeiden wollen, dass sie sich als Kommissarin vorstellte, weil ich mir nicht sicher war, wie die Gorlaff darauf reagieren würde.

»Wo, sagen Sie?« Es klang, als wollte sie auf Zeit spielen.

»Spiez«, wiederholte ich geduldig.

Statt einer Antwort ertönte der Türbuzzer. Wir gingen hinein.

In dem dunklen Flur roch es nach Reinigungsmitteln, und das braune Linoleum der Treppe schlug bereits Wellen. Jana ging voran, und ich konnte sehen, wie dicht ihre rechte Hand permanent am unteren Rücken blieb, für den Fall, dass sie ihre Pistole ziehen musste. Ich ging nicht davon aus, dass wir tatsächlich in Gefahr waren. Pieter Gorlaff befand sich wohl eher in Berlin als hier. Trotzdem hätte ich mich wohler gefühlt, wenn ich ebenfalls bewaffnet gewesen wäre. Ein Überbleibsel aus der Zeit, als ich immer und überall mit Waffe herumgelaufen war.

Die Tür oben stand bereits offen. Eine ausgeblichene Frau, vielleicht Mitte vierzig, mit strähnigen, blonden Haaren und einer schlecht sitzenden, bunten Bluse sah besorgt auf uns herab.

»Wer sind Sie?«, rief sie uns auf halber Treppe entgegen, als könnte sie uns damit aufhalten.

»Frau Gorlaff, wir möchten nur kurz mit Ihnen reden«, sagte Jana.

Sie benutzte ihre ›Ihnen wird bestimmt nichts geschehen, das versichere ich Ihnen‹-Stimme, die ich von unseren gemeinsamen Einsätzen kannte. Einmal hatte sie genauso geklungen, bevor sie einem Junkie ins Bein geschossen hatte, der ein Mädchen mit einer Spritze bedroht hatte.

»Worüber?«

Langsam kamen wir weiter die Treppe hinauf, näherten uns ihr so vorsichtig wie einer Stelle für Wildfütterungen. Als wir den Absatz erreicht hatten und ich mir sicher war, die Tür mit einem schnellen Sprung erreichen zu können, sagte ich provokant: »Wo ist Ihr Sohn, Frau Gorlaff?«

Und tatsächlich zuckte sie zusammen und machte Anstalten, die Tür zu schließen. Meine Hand, die vorstieß und dagegendrückte, verhinderte das.

»Verschwinden Sie! Ich will nicht mit Ihnen reden«, sagte sie und verzog unglücklich das Gesicht.

Ich blockierte weiter die Tür.

»Nur einen kleinen Augenblick, Frau Gorlaff. Bitte!« Jana wartete einen Moment lang und fuhr dann fort: »Wäre Ihnen nicht lieber, wir würden das drinnen besprechen? Nicht hier, wo wir Unruhe im Haus verbreiten?« Sie schaute über die Schulter, als würden die Nachbarn schon an den Spionen hängen.

»Wir gehen nicht, bis wir mit Ihnen gesprochen haben«, versicherte ich ihr mit harter Stimme.

Jana ließ mich gewähren, auch wenn wir natürlich keinerlei Handhabe gegen die Frau hatten.

Frau Gorlaff schien nachzudenken. Schließlich machte sie einen Schritt zurück, und ich ließ die Tür mit der Hand langsam aufschwingen.

»Danke«, sagte Jana zu ihr, während sie hinter mir in die Wohnung trat.

Ich wartete im engen Flur, um Sandra Gorlaff durchzulassen. Im Bemühen, mich auf gar keinen Fall zu berühren, fiel sie fast in einen Garderobenständer. Wir passierten die halb offene Tür zu einem Wohn- oder Arbeitszimmer – alles, was ich sehen konnte, waren mehrere Papierstapel auf einem Sessel. Frau Gorlaff ging in die Küche voran, stellte sich ans Fenster und deutete unwirsch auf einen kleinen Tisch, an dem drei Klappstühle standen. Außer den billigen Hängeschränken, dem zerkratzten Spülbecken, dem Kühlschrank und dem Herd hätte sonst auch nicht viel in den kleinen Raum gepasst.

Ich ging wortlos an ihr vorbei und setzte mich auf den hinteren Stuhl. Jana nahm einen der anderen, während sich Frau Gorlaff an das kleine Fenster stellte und mit hektischen Bewegungen eine Zigarette aus der Packung suchte und anzündete. Selbst als sie den dünnen Rauch nach oben ausgeblasen hatte, sagte sie immer noch nichts. Unter ihrem linken Auge zuckte es.

»Ich bin Hauptkommissarin Jana Kleidermann aus Berlin. Das ist Johannes Thiebeck«, stellte sie uns vor.

Unsere Gastgeberin reagierte nicht.

»Sind Sie die Mutter von Pieter Gorlaff?«, fragte Jana unbeirrt.

»Warum wollen Sie das wissen?«

»Beantworten Sie bitte einfach meine Frage.«

Sandra Gorlaff zog an ihrer Zigarette, als würde sie ihr Leben spenden. Sie sah zum Fenster hinaus.

»Wir wissen, dass Georg Lammert sein Vater war«, sagte ich und bemühte mich, meine Stimme sanft zu halten. »Dass der tot ist, wissen Sie, oder?«

Sie starrte weiter hinaus auf die Straße.

»Sie müssen keine Angst mehr vor ihm haben.«

Unwillig schüttelte Frau Gorlaff den Kopf, ohne uns anzusehen. Was sie damit ausdrücken wollte, wusste ich nicht: Dass wir keine Ahnung hätten oder dass sie nie Angst gehabt hatte?

Ich stand auf und stellte mich neben sie. Blickte auf sie herunter und konnte sehen, wie sie heftig schluckte. Nach einem Augenblick schaffte sie es nicht mehr, mich zu ignorieren und sah zu mir auf. Um ihre Augen herum befanden sich noch Spuren von Kajal, als hätte sie sich vor einer Weile geschminkt und die Farbe nie erneuert.

»Ich weiß nicht, wo er ist«, flüsterte sie.

»Aber Pieter Gorlaff ist Ihr Sohn?«

Sie nickte langsam und ließ mich dabei nicht aus den Augen, als hätte ich sie hypnotisiert.

»Wann haben Sie ihn zum letzten Mal gesehen?« Wir sprachen beide so leise wie zwei Liebende, die sich in lauer Sommernacht gegenseitig Verheißungen zuflüsterten. Oder als könnten wir Wild bei der Fütterung aufschrecken.

»Er hat ihn mir weggenommen. Ich durfte nicht einmal wissen, dass er in der Schweiz ist«, sagte sie und starrte mit leblosem Blick aus dem Fenster. Dabei sog sie weiter an der Zigarette. Die Glut kam dem Filter gefährlich nahe.

»Aber Sie haben ihn trotzdem gesehen?«

Langsam nickte sie. »Ich bin zweimal dort gewesen. Aber das ist schon lange her.« Sie drehte sich zu mir, die Augen schimmerten feucht. »Er war noch so klein. Und ich durfte ihn nicht sehen. Seine Mutter!«

Ich unterdrückte den Impuls, ihr die Haare oder die Wange zu streicheln. »War er hier? Nachdem er seinen Abschluss gemacht hat?«

Erneutes Nicken. Kopfschütteln. »Nicht nach dem Abschluss. Einige Jahre früher. Er war für ein paar Tage in Hamburg, und wir haben uns zweimal gesehen. Einen Spaziergang am Alsterstrand gemacht.« Sie lächelte träumerisch das blinde Fensterglas an. »Das war schön. Die Sonne schien, aber es war windig. Er hat mir seine Jacke gegeben.«

»Frau Gorlaff, haben Sie ein Bild von Ihrem Sohn?«

Erschrocken schaute sie mich an, die Augen aufgerissen.

Sie war ein Stück zurückgewichen, so weit, dass sie gegen die Spüle stieß. »Das hat er nicht erlaubt. Keine Fotos!«

»Wer? Georg Lammert?«

Stumm nickte sie.

»Und Sie haben sich daran gehalten? Haben nie Bilder gemacht, wenn Sie ihn gesehen haben?«

Energisches Kopfschütteln.

Ich atmete tief durch und machte einen Schritt zurück, um mich zu setzen. »Wie haben Sie zwei sich eigentlich kennengelernt? Damals?«

»Ich kann Ihnen nicht helfen. Ich kenne Pieter kaum. Im Grunde genommen ist er gar nicht mein Sohn, sondern Georgs.«

Für einen nervösen Moment lang sagte keiner von uns etwas. Dann fragte ich: »Wovor haben Sie so viel Angst, Frau Gorlaff? Hat Pieter Ihnen gedroht?«

Ihr unruhiger Blick flatterte durch die Küche. Sie schüttelte den Kopf, drückte die Zigarette im Aschenbecher auf der Fensterbank aus und holte sich eine neue aus der Packung. Mit zitternden Händen fand sie das Feuerzeug.

»Ich sage doch, ich habe ihn seit Ewigkeiten nicht gesehen. Zehn Jahre oder so ist das her. Vielleicht noch länger.«

Nachdem sie den ersten tiefen Zug an der neuen Zigarette genommen hatte, schien sie sich ein Herz zu fassen. Ruhiger fügte sie hinzu: »Ich habe damals einen furchtbaren Fehler gemacht, als ich mich mit Georg eingelassen habe. Ich konnte nicht ahnen, was für ein Mensch er wirklich war. Er hat von mir Besitz ergriffen, jedes Detail meines Lebens kontrolliert.« Sie schnaubte verächtlich, verschränkte die Arme, sodass sie die Zigarette wie ein Banner in die Luft hielt. »Er hat mich gut versorgt. Mit Geld. Bis zu seinem Tod habe ich in einer Villenhälfte in Blankenese gewohnt. Dann war Schluss. Ich nehme an, seine Frau hat dafür gesorgt, dass kein Geld mehr floss.« Mit einem bitteren Lächeln fügte sie hinzu: »Er hat immer gewollt, dass ich von ihm abhängig bin. Hat mir nie viel Geld auf einmal gegeben, sondern immer nur so, dass es gerade gereicht hat.«

»Wie haben Sie das Geld bekommen?«

»Was meinen Sie? Er hat es überwiesen.« Sandra Gorlaff schaute mich überrascht an.

»Von einem deutschen Bankkonto? Oder kam das Geld aus der Schweiz?«

Zögernd kam die Antwort. »Ich glaube, aus der Schweiz.«

Ich warf Jana einen kurzen Blick zu. *Nummernkonto.* Sie nickte.

»Jedenfalls … Georg konnte man sich nicht entziehen. Man durfte es nicht wagen, ihm *nicht* zu gehorchen. Deswegen habe ich mich nicht wehren können, als er mir Pieter weggenommen hat, verstehen Sie? Das ging über meine Kräfte. Und als in den Zeitungen die Nachricht über seinen Tod auftauchte, war das für mich zum einen ein herber Schlag, weil das Geld ausblieb, und zum anderen eine unglaubliche Erleichterung. Ich würde ihm nie wieder gegenüberstehen müssen! Ich habe vor Freude geweint, als mir klar wurde, dass er mich nicht mehr behelligen würde.« Sie drückte die halbgerauchte Zigarette im vollen Aschenbecher aus und sah uns einen langen Augenblick an. »Pieter war immer mehr sein Kind als meines, wissen Sie? Ich habe es nie geschafft, in ihm etwas anderes zu sehen als Georgs Sohn. Vielleicht kommt Ihnen das komisch vor, aber ich hatte mich schon vor Jahren von ihm verabschiedet. Deswegen werden Sie hier auch keine Bilder von ihm finden. Sie suchen Georgs Kind, nicht meins.«

»Waren Sie jemals richtig mit Georg Lammert zusammen? Für einen längeren Zeitraum?«, fragte Jana unvermittelt.

Sandra Gorlaff schüttelte den Kopf, fingerte nach der nächsten Zigarette. »Nein. Georg hat mich besucht, wenn er eine Auszeit von seiner Frau brauchte. Hat mich mit in ein Hotel genommen, manchmal für eine Nacht oder mehrere, selten auch für eine ganze Woche, und wir haben das Bett kaum verlassen. Es schien, als wäre er komplett ausgehungert gewesen. Sexuell, meine ich. Ich glaube nicht, dass ihn seine Frau oft genug rangelassen hat.« Nach einer kurzen Pause fügte sie mit einem harten Lachen hinzu: »Oder aber er war bei ihr genauso und die arme Frau brauchte ab und zu eine Pause.«

»Wissen Sie, warum Georg Lammert und seine Frau nie Kinder hatten? Hat er jemals mit Ihnen darüber gesprochen?«

Sie blies den Rauch aus und schüttelte den Kopf. »Nein. Ich habe versucht, das Thema seiner Frau zu vermeiden. Und ich glaube, er war darüber auch ganz glücklich.«

»Verständlich.«

Meine Gedanken rasten. Ich wollte noch nicht akzeptieren, dass sich diese Fahrt als Sackgasse erwiesen hatte. Pieter Gorlaff musste Spuren hinterlassen haben. Wenn nicht bei seiner Mutter, wo sonst? Kein Mensch konnte so gründlich vom Antlitz der Erde verschwinden, wie er das offenbar getan hatte. Wenn uns Sandra Gorlaff nicht weiterhelfen konnte, hatten wir gar nichts. Nur eine beschissene Partie Schach, die wir auf Dauer verlieren würden!

»Kontakt mit Frau Lammert haben Sie auch nie gehabt?«, fragte ich.

Sie riss erschrocken die Augen auf. »Nein! Nie!«

»Was beunruhigt Sie so an dem Gedanken? Haben Sie Angst vor ihr?«

Stumm nickte sie.

»Warum?«, fragte ich überrascht.

Sandra Gorlaff zuckte mit den Schultern. »Ich habe sie mal zufällig gesehen. Von Weitem. Und Georg hat mir viel von ihr erzählt. Sie ist gruselig.« Mit einem schiefen Lächeln schob sie hinterher: »Ich schätze, die beiden haben ganz gut zueinander gepasst.«

»Haben Sie noch irgendwelche alten Sachen von Ihrem Sohn? Spielsachen, Unterlagen, irgendetwas?«

»Nein, das hat mir Georg alles abgenommen. Er hat gesagt, ich solle mich damit nicht belasten. Ich glaube, er wollte mich nicht als Mutter sehen. Sondern bloß als seine kleine Hure.«

»Irgendwelche Kontaktdaten von Ihrem Sohn? Adresse, Telefonnummer, E-Mail?«

»Nein.«

»Also gut«, seufzte Jana und erhob sich.

Ich warf ihr einen missmutigen Blick zu. Von mir aus hätten wir Sandra Gorlaff noch eine ganze Weile weiter grillen können. Jedes bisschen aus ihr herausquetschen, das wir konnten. Aber ich wehrte mich nicht. Weil ich ahnte, dass es zwecklos wäre. Alle Verbindungen zwischen Sandra Gorlaff und ihrem Sohn waren bereits vor Jahren gekappt worden.

Unten im Wagen sah mich Jana von der Seite an und fragte: »Und jetzt?«

Ich hatte die Hände vors Gesicht gelegt und versuchte, mir die Verzweiflung wegzureiben, wie ich das am Morgen bereits mit der Müdigkeit versucht hatte.

»Es tut mir leid, dass das nicht ergiebiger gewesen ist«, entschuldigte ich mich, obwohl in Janas Stimme keinerlei Vorwurf zu hören gewesen war.

»Kann passieren. Du hattest recht, es zu versuchen. Im besten Fall hätten wir jetzt eine konkrete Spur gehabt.«

Stattdessen haben wir jetzt einen großen Haufen Nichts, fügte ich in Gedanken bitter hinzu.

»Lass uns nach Hause fahren«, sagte ich müde. »Den Job hätten Hamburger Streifenpolizisten auch nicht schlechter hinbekommen können.«

Jana startete den Wagen und manövrierte uns aus der Parklücke.

»Sieh an. Wie war euer kleiner Ausflug?«, begrüßte uns Densch im Besprechungszimmer.

Ich stöhnte innerlich. Eigentlich hatte ich gar nicht mit reingehen, sondern gleich zu Gesine Lammert fahren wollen. Die Neugier, ob sich in unserer Abwesenheit dramatische Veränderungen ergeben hatten, war dafür verantwortlich gewesen, dass ich doch mit hochgekommen war.

Natürlich wusste Densch längst Bescheid. Jana hatte ihn von unterwegs aus angerufen und von unserem erfolglosen Besuch in der Hansestadt berichtet.

»Haben wir eine Antwort auf unseren Zug?«, wollte Jana wissen und zeigte auf das Magnetschachbrett.

Fahlinger schüttelte den Kopf. »Noch nicht. Aber es gibt etwas Neues aus Duisburg.«

»Einen Hinweis zum Ottendorf-Mord?«

»Vielleicht. In dem Haus wohnt eine alte, leicht misstrauische Lady. Der Typ Oma, der über alles im Haus gut Bescheid weiß. Wer Papiertaschentücher in die Gelbe Tonne schmeißt, wer sein Fahrrad nachts nicht reinräumt und wer im Keller leere Farbeimer stehen hat. Jedenfalls ist der irgendwann eingefallen, dass sie zwei Tage vor dem Mord einen jungen Mann im Haus gesehen hat, den sie nicht kannte. Unsere Beamten sind daraufhin noch einmal im ganzen Haus unterwegs gewesen und haben gecheckt, ob der vielleicht zu jemand anderem wollte. Aber zur fraglichen Zeit hatte niemand Besuch oder welchen erwartet.«

Densch ergriff das Wort. »Wenn wir also wirklich davon ausgehen, dass Pieter Gorlaff unser Täter ist, dann passt zumindest das Alter. Demnach könnte es gut sein, dass er vor dem Mord das Haus in Augenschein genommen hat. Möglicherweise war er damals bereits in Ottendorfs Wohnung.«

»Bekommen wir ein Phantombild?«

Fahlinger verzog das Gesicht. »Wir versuchen es. Die fahrige Alte schafft es kaum, konkrete Aussagen zu machen und ändert dauernd ihre Beschreibung. Ich fürchte, selbst wenn dabei ein Bild herauskommt, sollten wir uns nicht zu sehr darauf verlassen.«

»Ist immerhin besser als nichts«, sagte Jana.

Fahlinger zuckte unglücklich mit den Schultern. Offenbar war er sich da nicht so sicher.

»Was ist mit dem Zug heute Morgen?«, fragte sie weiter.

»Wir haben nicht geschlagen. Und es gab noch keine Antwort.« Er schüttelte den massigen Kopf.

Ich berührte Jana am Arm. »Hast du Densch wegen Gesine Lammert gefragt?«, wollte ich leise von ihr wissen.

Offenbar hatte ich nicht vorsichtig genug gesprochen, denn Densch sah zu uns rüber und antwortete: »Hat sie. Was soll das, Thiebeck, Sie glauben doch nicht im Ernst, dass sie mit Ihnen redet? Sie haben ihren Mann umgebracht.«

Mein düsterer Gesichtsausdruck signalisierte ihm anscheinend sofort, dass er sich in der Wortwahl vergriffen hatte. Mit zusammengezogenen Brauen sagte er: »Entschuldigung. Natürlich wurde nichts bewiesen. Aber ob Frau Lammert das so entspannt sieht, wage ich zu bezweifeln.«

Die Staatsanwaltschaft hatte damals tatsächlich als Erstes versucht, mir vorsätzlichen Mord nachzuweisen. Als deutlich geworden war, wie absurd das war, hatten sie sich auf Totschlag und schließlich, auf der Suche nach rettenden Strohhalmen, auf unterlassene Hilfeleistung und Körperverletzung eingeschossen. Für eine Verurteilung hatte das alles nicht gereicht. Ich war freigesprochen worden. Aber dem Präsidium hatte der ganze Schmutz, zusammen mit einigen Dienstaufsichtsverfahren wegen ganz anderer Geschichten, ausgereicht, um mich wie eine heiße Kartoffel fallen zu lassen.

»Dann lassen Sie mich eine Abfuhr kassieren. Was kostet es Sie?«

Densch schüttelte den Kopf. »Wir haben bereits mit ihr gesprochen. Sie will nicht mit uns reden.«

»Am Telefon?«, vermutete ich.

Densch antwortete nicht, aber Jana nickte. Sein Kopf zuckte zu ihr herum, als hätte sie ihn verraten.

»Das ist doch klar. Am Telefon! Mann, Densch, geben Sie mir eine Chance. Mir und Ihnen. Möglicherweise kann uns Gesine Lammert weiterhelfen, uns aus dieser Sackgasse rausholen. Glauben Sie im Ernst, mir macht der ganze Mist hier Spaß? Ich spiele gerne den ausgemusterten Hilfspolizisten? Dass ich Bock darauf habe, das fünfte Rad am Wagen zu sein? Nicht wirklich, oder? Machen Sie sich keine Illusionen: Spaß ist was anderes. Aber wir haben wohl kaum eine Wahl.« Ich atmete durch, bevor ich weitermachte. »Geben Sie sich einen Ruck! Wenn ich auf dem Arsch lande, können Sie mich hinterher immer noch auslachen. Aber es kostet Sie keinen müden Cent, nicht mal ein Augenzucken, es mich versuchen zu lassen.«

Nichts, bis auf ein kleines bisschen Stolz, den du herunterschlucken musst, du Arsch, dachte ich bei mir. Ich wusste, dass ich ihn ausmanövriert hatte.

Densch nickte, während er mich mit angespannten Kiefermuskeln ansah. »In Ordnung. Meinen Segen haben Sie. Etwas kaputt machen können Sie wohl kaum, so schlecht wie sie bereits auf uns zu sprechen ist. Willst du ihn begleiten?«, fragte er an Jana gewandt.

Ich erhob Einspruch. »Ich würde es gerne alleine versuchen. Nicht, weil ich ein Kindermädchen loswerden will, die Fahrt nach Hamburg mit dir war sehr angenehm. Aber ich glaube, dass jeder Vorteil, der mir daraus erwächst, kein Bulle mehr zu sein, damit zunichtegemacht wird.«

»Also schön, versuchen Sie Ihr Glück«, entschied Densch.

12

Ich parkte den Wagen vor ihrer Villa in Reinickendorf. Für den Weg dorthin brauchte ich weder Karte noch Navi, er hatte sich mir ins Hirn gebrannt. Mehrfach war ich während der Ermittlungen gegen mich hier gewesen. Um sie zu beknien, zu überreden, ihr zu drohen – in der Hoffnung, sie könnte eine Aussage machen, die mich vor dem Abgrund bewahren würde.

Das Anwesen im Grunewald, wo Lammert gestorben war, hatte seine Frau nach seinem Tod fast fluchtartig verlassen und bald verkauft. Dort war ich ebenfalls oft genug mit Jana gewesen, vor Lammerts Tod. Meist mit einer Meute aus Uniformierten, auf der Suche nach einem echten Beweis, einem Fund, der aus lediglich belastenden Indizien etwas Handfestes machen würde, um Lammert endgültig festzunageln. Aber an jenem Morgen war ich allein dort hingekommen, ohne Jana. Gesine Lammert hatte sich nicht im Haus befunden, und so waren bloß Georg und ich aufeinandergestoßen.

Ich hatte mich damals in einem erbärmlichen Zustand befunden. Drei Wochen lang suchten wir bereits den Fibonacci-Mörder, und ich hatte die vorangegangenen Tage kaum geschlafen. Zum einen, weil dafür keine Zeit blieb, und zum anderen, weil die Bilder mich nicht ließen. Die Bilder der Kinder, die er getötet hatte. Ich war ausgerastet, auf Lammert losgegangen. Die Rechtsmedizin hatte später einwandfrei feststellen können, dass es meine Fäuste gewesen waren, die ihn am Jochbein, an den Lippen und an der Schläfe erwischt hatten. Als er blutend und lachend am Boden gelegen hatte, in seinem Arbeitszimmer mit der offenen Balkontür, deren Vorhänge sich im kühlen Morgenwind bewegten, hatte er endlich so etwas wie ein Geständnis abgegeben. Nur für meine Ohren und verklausuliert. Weil ich fast von Sinnen war, konnte ich später nicht richtig wiedergeben, was er gesagt hatte, widersprach mir selbst in drei verschiedenen Verhören und machte mich damit unglaubwürdig. Aber in jenem Moment hatte ich gewusst, was ich vorher nur mit Grauen geahnt hatte: Der langjährige Freund meines Vaters, mit dem er bereits in der Schule gespielt hatte, war derselbe Mann, der Kinder tötete. Der unglaublich widerliche Serienkiller, den zu stoppen wir nicht in der Lage gewesen waren.

Mit einem leisen Fluch rieb ich mir die Schläfen und versuchte, die Spinnweben der Vergangenheit zu verdrängen. Die Gedanken an jene Ereignisse, die mich meinen Job, meine Beziehung und einen Teil meiner Freunde gekostet hatten. Als ich das erste Mal an ihrem Haus vorbeigefahren war, hatte ich mich entschieden, nicht bei Gesine Lammert zu klingeln, sondern sie irgendwo draußen zu konfrontieren. Auf neutralem Territorium. Ich wollte nicht dastehen wie ein Hausierer und ihr die Gelegenheit geben, einfach die Haustür zuzuknallen.

Ihr weißer Wagen, ein dicker SUV, stand in der Auffahrt, und ich ging davon aus, dass sie zu Hause war. Also musste sie irgendwann auch wieder wegfahren. Bis dahin würde ich warten.

In der Zwischenzeit durchsuchte ich immer wieder das Auto nach Essbarem, aber weder in den Seitenfächern noch im Handschuhfach gab es Kekse, Kaugummis oder sonst irgendwas. Mit unglücklich verzogenem Gesicht stellte ich fest, dass man daran wohl einwandfrei feststellen konnte, dass Jana und Tommy noch keine Kinder hatten. Bei Schmolli im Auto, der häufig seine drei Blagen durch die Gegend kutschierte, fand man immer etwas zu essen.

Gegen halb drei tat sich endlich etwas: Der Porsche Cayenne rollte rückwärts aus der Einfahrt, bog auf die Straße ein und fuhr kurz darauf mit quietschenden Reifen davon.

Ich ließ den Motor an, legte eine geschmeidige Zwei-Punkt-Wende hin und folgte Gesine Lammert. Bis sie auf belebtere Straßen einbog, hielt ich mich in gebührendem Abstand, auch wenn ich nicht glaubte, dass sie besonders geübt darin war, Verfolger zu erspähen.

Sie fuhr nach Norden, Richtung Tegel. Nachdem wir gut eine Viertelstunde unterwegs waren, bog sie auf den Parkplatz eines exklusiv aussehenden Reitklubs ein. Immerhin schienen die nicht gleich an der Auffahrt einen Securitycheck zu haben, so konnte ich folgen und parallel zu ihr langsam über den Parkplatz rollen. Ich drehte eine Extrarunde, während sie bereits einparkte und in einem Reiterkostüm Richtung Eingang lief. Der Cayenne verabschiedete sich von ihr mit einem Aufblinken der Alarmanlage.

Ich suchte mir eine Lücke und stellte den Motor ab. Wartete fünf Minuten, stieg dann aus und näherte mich ebenfalls dem Eingang. Eine hohe Umfassungsmauer aus weißem Stein mündete in einem Portal, über dem jemand versucht hatte, etwas Westernflair anzubringen: Ein gebleichter Rinderschädel und zwei gekreuzte Brandeisen bissen sich heftig mit dem ansonsten eher mediterranen Flair des Anwesens.

Im Innenhof begrüßten mich diverse Sträucher in großen Terrakottakübeln, die mich ebenfalls eher an die Toskana als an Texas erinnerten. Bevor ich mich weiter umsehen konnte, kam ein junger Mann mit in den Nacken gestrichenen Haaren, die vor Gel glänzten, auf mich zu. Vielleicht so etwas wie ein Steward für den Klub. Er trug eine schwarze Hose und ein weißes Hemd mit einer schwarz-weiß karierten Weste. Ich schätzte ihn auf Ende zwanzig.

»Guten Tag. Was kann ich für Sie tun?«, begrüßte er mich freundlich.

Dass meine Klamotten kaum nach der hier üblichen Klientel aussahen, ignorierte er geflissentlich. Wir befanden uns in Berlin, vermutlich hatte er öfter mit Menschen zu tun, die Geld wie Heu, aber keinerlei Geschmack oder Sinn für Stil besaßen.

Ich ließ mich nicht aus der Ruhe bringen und sah mich um. Zu meiner Linken konnte ich lang gezogene Stallgebäude erkennen, und direkt vor uns schien ein Weg an dichten Sträuchern vorbei zu den Reitplätzen zu führen. Zu unserer Rechten erstreckte sich ein massives Gebäude, in dem ich Haupthaus, Klubräume und Ähnliches vermutete. Der Steward wartete geduldig.

»Ich wollte mich bei Ihnen umsehen. Es geht um meine Frau, meinen kleinen Klößling.«

Kurz fragte ich mich, ob ich möglicherweise zu dick auftrug, aber der junge Mann schluckte den *Klößling*, ohne mit der Wimper zu zucken.

»Sicherlich. Darf ich fragen, was sie macht? Dressur- oder Springreiten? Oder fährt sie?«

»Springreiten.« Ich wandte mich ihm zu, als würde ich jetzt erst richtig in das Gespräch einsteigen. »Bieten Sie Unterstellmöglichkeiten für eigene Tiere oder stellen Sie Pferde zur Verfügung?«

»Beides. Besitzen Sie Tiere?«

Ich nickte. »Zwei. Die würden wir gerne unterbringen, sofern das geht. Aber meine Frau hätte auch nichts dagegen, das Repertoire zu erweitern.« Ich sah ihn mit einem Augenzwinkern an. »Und bevor das mit den Pferden so wird wie mit den Schuhen …«

Er lächelte höflich zurück. »Sicherlich. Wie gesagt, kein Problem. Momentan haben wir ausreichend Kapazitäten, also freie Boxen, und es gibt eine ganze Reihe hochwertiger Klubpferde, die ebenfalls geritten werden können.«

»Haben Sie irgendwelche Unterlagen für mich?«

»Gerne. Einen kleinen Augenblick, bitte.« Er eilte davon, auf das Hauptgebäude zu, und ich wartete, bis er zurückkehrte.

Wenig später schlenderte ich mit einem kleinen Stapel von Prospekten in der Hand über das Gelände. Offenbar konnte man hier nicht nur Reiten, sondern auch jede Menge Wellnessangebote nutzen. Meine Frau würde begeistert sein! Der Steward hatte mich allein gelassen, damit ich mich in Ruhe umsehen konnte.

In der Luft lag der würzige Geruch von Pferden. Das erinnerte mich an eine Zeit, in der ich mit einem Mädchen ausgegangen war, die bei der berittenen Polizei arbeitete. Damals hatte ich sie öfter auf dem Pferdehof besucht. Ich konnte mir noch gut diese typische Unruhe ins Gedächtnis rufen: Das Schnauben, das Stampfen und das Knarren der hölzernen Bohlen, wenn sich die großen Leiber dagegendrückten.

Jetzt ging ich allerdings nicht zu den Ställen hinüber, sondern erforschte den Pfad, von dem ich glaubte, dass er zu den Reitarealen führte. Als ich den weiß gestrichenen Holzzaun eines Springparcours erkannte, wusste ich, dass ich richtig geraten hatte.

Es gab Plätze, auf denen offenbar longiert und geritten wurde, und jede Menge Trainingsmöglichkeiten für das Springreiten. Die meisten von ihnen standen leer, aber auf ein paar von ihnen wurde geritten. Kurz beobachtete ich ein Mädchen, das sich rhythmisch im Trab auf und ab bewegte, bis sie mir errötend einen Blick zuwarf, und ich weiterschlenderte.

Hinten, neben einem kleinen Platz, auf dem zwei junge Frauen ein Pferd an der Longe führten, bemerkte ich Gesine Lammert. Sie ritt aufrecht und stolz auf einem riesigen, schwarzen Pferd, das mir selbst auf diese Entfernung einen Heidenrespekt einflößte. Sie sprang mit ihm elegant über Wassergräben, Holzpfosten und Hecken.

Langsam ging ich auf den Platz zu und lehnte mich mit den Unterarmen auf das Holz des Zauns, die Prospekte noch in der Hand. Eine ganze Weile sah ich ihr einfach dabei zu, wie sie den Parcours abritt.

Pferdesport war nichts, das ich mir im Normalfall freiwillig ansah, weder im Fernsehen noch live, aber wie ich sie so betrachtete, konnte ich mir vorstellen, welche Faszination diese Tiere bei anderen Menschen auslösten. Das Muskelspiel unter dem glänzenden Fell, das selbst bei vollem Galopp vollkommen ruhig wirkte, und die absolute Erhabenheit im Sprung. Mit einem Grinsen stellte ich fest, dass ich vielleicht doch noch ein Fan des Springreitens werden würde, wenn ich nur lange genug hier stehen blieb. Vom Springreiten oder von Gesine Lammert.

Als hätte sie meine Gedanken gelesen, sah sie zu mir herüber. Natürlich, die Plätze hier waren ziemlich leer, und Zuschauer gab es keine. Da musste jemand, der am Zaun stand und sich eine Viertelstunde lang ihre Performance ansah, auffallen.

Die Musterung fiel nur kurz aus, aber als sie mit ihrem Tier einschwenkte, um ein neues Hindernis anzureiten, konnte ich sehen, dass sie mir erneut einen Blick unter dem Schirm ihrer Reitkappe zuwarf. Ich hatte keine Ahnung, ob sie mich erkennen würde. In diesem Zusammenhang vermutlich nicht.

Aber ich hatte mich getäuscht. Ein paar Minuten und verstohlene Seitenblicke später bemerkte ich, wie sie sich ruckartig aufsetzte und reflexartig an den Zügeln zog. Der Rappe reagierte irritiert, schnaubte mit heruntergezogenem Kopf und schüttelte die Mähne. Gesine Lammert hatte mich erkannt.

Sie brach unseren Blickkontakt ab, bewegte unmerklich den Kopf, fast so, als wollte sie ihr Tier nachahmen, und setzte es mit einem Zungenschnalzen und Zügelschlag wieder in Bewegung. Der nächste Sprung gelang ihr sauber, aber bevor sie sich dem nächsten Hindernis zuwandte, entschied sie sich offenbar anders, riss das Pferd herum und trabte zu mir herüber.

Am Rand angekommen, führte sie den Rappen auf mich zu, als wäre er eine Waffe. Umreiten konnte sie mich nicht, dafür gab es den Zaun, aber die schnaubenden Nüstern des Tiers kamen mir so nah, dass ich einen Schritt zurücktreten musste.

Vor mir stand ein Tier, das mich deutlich überragte und mir einige Gewichtsklassen voraus war. Was mochte so ein Vieh wiegen? Sechshundert, siebenhundert Kilo? Ich wusste, wie Oberschenkel aussahen, die von einem Pferdehuf erwischt worden waren. Ich hatte definitiv nicht vor, das Tier zu unterschätzen.

»Was wollen Sie hier?«, zischte Gesine Lammert.

Ich machte wieder einen Schritt auf den Zaun zu, einen halben Meter neben dem Pferd. Die letzten zwei Jahre hatten kein gutes Haar an ihr gelassen. Als ich sie damals gesehen hatte, war ich überrascht gewesen, wie frisch und unbekümmert sie für ihr Alter ausgesehen hatte. Das hatte sich geändert.

Neue Falten um Mundwinkel und Augen sowie Pigmentstörungen auf den Wangen ließen sie deutlich weniger attraktiv aussehen, als ich sie in Erinnerung hatte. Der harte Gesichtsausdruck und die aufeinandergepressten Lippen halfen ebenfalls nicht. Allerdings hatte sie auch bei unseren offiziellen Besuchen in ihrem Haus nicht gerade entspannt ausgesehen. Und als sie später zu den Verhandlungen gegen mich gekommen war, hatte sich mein Anwalt zu mir herübergebeugt und geflüstert: »Mein Gott, sie will dich baumeln sehen …«

Diese Freude war ihr allerdings verwehrt geblieben.

»Ich möchte mit Ihnen reden, Frau Lammert.«

»Lassen Sie mich in Ruhe. Sie widern mich an.« Sie zog an den Zügeln, das Pferd folgte dem Befehl, und ein riesiger, schwarzer Kopf drohte, mich seitlich von den Füßen zu fegen. Ich sprang zurück, der Rappe schnaubte.

Für einen Augenblick sah ich sie ausdruckslos an. Als sie offenbar keinen weiteren Sinn in der stummen Auseinandersetzung sah, riss sie erneut grob an den Zügeln und trabte kurz darauf mit dem Rappen davon.

Aber ich hatte anscheinend bleibenden Eindruck hinterlassen, denn in der Folge ritt sie unkonzentriert und machte Fehler. Zweimal fiel einer der Holzbalken herunter, und ich sah mich um, ob nicht eigentlich ein Helfer des Klubs herbeieilen müsste, um diese wieder aufzulegen. Wie ein Balljunge beim Tennis, der mit wachem Blick am Netz kauerte. Aber es kam niemand, und ich verwarf die Idee, *ich* könnte dort hinauslaufen und das erledigen. Es wäre eine wunderbar friedvolle Geste gewesen, aber ich musste davon ausgehen, dass mich Gesine Lammert gnadenlos niederreiten würde wie einen texanischen Viehdieb. Und dem wildäugigen Rappen traute ich eine solche Tat ebenfalls durchaus zu.

So beobachtete ich sie noch eine Weile, bis sie offenbar genug hatte. Mit einem verbissenen Gesichtsausdruck ritt sie zum Ausgang, der auf meiner Seite des Areals lag. Bedächtig bewegte ich mich ebenfalls darauf zu. Falls sie gehofft hatte, ich würde nach unserer verbalen Auseinandersetzung einfach verschwinden, hatte sie offenbar vergessen, wie stur ich damals bei der Verfolgung ihres Mannes schon gewesen war.

›Beschissen hartnäckig‹, hatte mich der stellvertretende Staatsanwalt einmal genannt.

»Hauen Sie einfach ab, Thiebeck. Oder ich lasse Sie aus dem Klub werfen.« Langsam ritt sie aus dem Eingang heraus.

Ich achtete darauf, dem Pferd nicht zu nahe zu kommen.

Betont langsam hob ich die Prospekte hoch, die ich immer noch in der Rechten hielt, und sagte: »Ich suche nach einem neuen exklusiven Reitklub für meine Frau. Und ich glaube, der junge Mann mag mich.«

Sie hielt das Pferd an und starrte auf mich herab. »Ich glaube, Sie ahnen gar nicht, wie abscheulich Sie sind, Thiebeck. Kein Wunder, dass man Sie *das Tier* nennt.«

»Oh, dabei bezieht sich aber niemand auf meine Umgangsformen«, sagte ich tadelnd mit einem Lächeln.

Sie verzog das Gesicht.

Ich seufzte. »Hören Sie zu, Frau Lammert, genug mit den

Spielchen. Entgegen meiner großkotzigen Art bin ich nicht hier, um Ihnen auf die Nerven zu gehen, und auch nicht, um alte, kaum verheilte Wunden aufzureißen.«

Sie sah nicht aus, als ob sie mir glauben würde.

»Ich bin hier, weil ich dringend mit Ihnen reden muss. Es geht um eine Reihe von Morden, die möglicherweise mit dem Fall Ihres verstorbenen Mannes zu tun haben.« Ich vermied es, den *Fall Lammert* zu erwähnen, weil sie früher schon immer zusammengezuckt war, sobald dieser Ausdruck gefallen war.

»Und glauben Sie mir: Wenn ich Ihnen, und vor allem mir, das hier hätte ersparen können, wäre ich nicht gekommen. Ich weiß, dass Ihr Verlust damals größer war als meiner, aber ich kann Ihnen versichern, dass ich niemals mit Freude oder Genugtuung auf diese Geschehnisse zurückblicken werde.« Ich konnte in ihrem Gesicht sehen, dass sie mir erneut ihren Hass und ihre Verachtung entgegenspucken wollte, und so fuhr ich unbeeindruckt fort: »Aber weil mir persönlich sehr viel an der Sache liegt und es um Menschen geht, die ich liebe, werde ich mich auf keinen Fall abschütteln lassen. Ich werde Ihnen hier eine Szene machen, ich werde Sie vor Ihrem Haus belagern, Ihnen zu Ihrem Nagelstudio folgen, und wenn es sein muss, nachts in Ihr Haus einbrechen. Bis Sie mit mir reden. Glauben Sie mir das?«

Zwischendrin war meine Stimme hart und drohend geworden, aber den letzten Satz sagte ich fast zärtlich. Ich wollte ihr wirklich keine weiteren Verletzungen zufügen, aber wenn es auch nur den Hauch einer Chance gab, dass sie mir Informationen zu Lammerts Sohn liefern konnte, dann musste ich sie einfach zwingen.

Sie traf eine Entscheidung. »Also gut. Treffen Sie mich in

einer halben Stunde draußen auf dem Parkplatz. Haben Sie so viel Geduld?«

Ich ignorierte den Seitenhieb und lächelte. »Ja, das habe ich. Bis in einer halben Stunde dann. Ich warte bei Ihrem Cayenne.«

Sie presste erneut die Lippen aufeinander und drückte dem Pferd, das unserer Unterhaltung geduldig gelauscht hatte, die Absätze ihrer Reitstiefel in die Flanken. Ich machte sicherheitshalber noch einen Schritt zurück, bis die beiden mich passiert hatten und sich in Richtung Ställe bewegten. Sie würdigte mich dabei keines Blicks.

Exakt siebenundzwanzig Minuten später tauchte Gesine Lammert am Eingang auf und kam mit raschen Schritten auf ihren Wagen zu. Sie hatte sich umgezogen. Ich stieß mich von der Motorhaube ab, an der ich gelehnt hatte, und machte einen Schritt auf sie zu.

»Zu Fuß und nicht so hoch im Sattel sind Sie mir lieber«, gestand ich, während sie die Zentralverriegelung des Wagens mit einem *Blip* aufspringen ließ.

»Steigen Sie ein«, bedeutete sie mir herrisch und riss die Fahrertür auf.

Ich ging hinten um das Auto herum und öffnete die Beifahrertür. Im Wagen roch es dezent nach Parfüm und Leder. Ich sah mich kurz um und fragte: »Wo ist Ihr ganzer Krempel, den man fürs Reiten braucht? Ihre Reitklamotten?«

»Das, Herr Thiebeck, sind die Vorzüge eines wirklich *exklusiven* Klubs«, entgegnete sie schnippisch und kramte in ihrer Handtasche herum. Nachdem sie die Zigaretten gefunden hatte, zündete sie eine davon an und inhalierte den Rauch ausgiebig.

Ich widerstand dem Drang, ein Fenster zu öffnen. Vermutlich hätten die automatischen Fensterheber ohnehin nicht funktioniert, da sie den Schlüssel noch nicht eingesteckt hatte.

»Also, was wollen Sie wissen?« Sie hatte sich halb zu mir gedreht, hielt die Zigarette selbstbewusst zwischen den Fingern und sah plötzlich viel weniger hilflos und abgehärmt aus. Ich konnte tatsächlich die Frau erahnen, die mich bei unserer ersten Begegnung vor fast zehn Jahren – einem Grillfest im Garten meiner Eltern – so beeindruckt hatte.

»Wussten Sie, dass Georg vermutlich einen Sohn von einer anderen Frau hatte?«

Statt zu antworten, starrte sie aus der Windschutzscheibe auf die weiße Mauer des Klubs, vor der sie geparkt hatte. Sie nahm noch einen tiefen Zug und blies den Rauch so langsam aus, als käme der eigentliche Genuss beim Ausatmen. Fasziniert betrachtete ich die weißen Schwaden, die sich wie ein lebendiges Wesen aus ihrem Mund und ihrer Nase stahlen.

»Ich habe immer geahnt, dass er nicht darauf verzichtet hat. Dass er den Bastard eigentlich haben wollte.«

»Sie wussten von Frau Gorlaff?«

Gesine Lammert nickte. »Er hat es mir damals gestanden, als er sich das erste Mal mit ihr eingelassen hatte. Unter Tränen.« Sie lachte bitter. »Hat mich auf Knien angefleht, ihm alles zu verzeihen.« Mit einem Kopfschütteln drückte sie die Zigarette im Aschenbecher aus, und ich musste plötzlich daran denken, dass auch Frau Gorlaff sich an jeder ihrer Zigaretten festgehalten hatte bei unserem Gespräch.

Anders als diese zündete sich Gesine Lammert aber nicht gleich die nächste an. Sie wandte sich mir zu.

»Ich habe herausgefunden, dass sie schwanger war. Keine

Ahnung, ob es gleich beim ersten Mal passiert ist oder ob er die kleine Schlampe einfach oft genug gefickt hat.«

Ich verzog das Gesicht, weil ich sehen konnte, wie die ordinäre Sprache ihr fast körperliche Schmerzen zu verursachen schien. Und doch konnte sie anscheinend nicht anders, als ihrer Frustration und Bitterkeit auf diese Art Luft zu verschaffen.

»Das war das Einzige, das ich von ihm verlangte: Mach das Kind weg. Auf keinen Fall wirst du einen Bastard von dieser anderen Frau bekommen, versprich es mir! Und er hat es versprochen. Hoch und heilig.« Mit einem Schnauben fuhr sie fort: »Eigentlich habe ich damals schon geahnt, dass er dafür nicht stark genug war.«

»Sie beide konnten keine Kinder bekommen?«

Mit gesenktem Kopf schüttelte sie die halblangen, immer noch weizenblonden Haare.

»Haben Sie Frau Gorlaff jemals getroffen?«

»Nein, aber er hat mir ein Bild gezeigt. Weiß Gott, warum. Ich musste jedenfalls kein Gesicht vor Augen haben, um sie zu hassen.« Mit rot geränderten Augen sah sie zu mir. »Einmal habe ich sogar darüber nachgedacht, mich auf den Weg nach Hamburg zu machen, ihr aufzulauern und sie einfach über den Haufen zu fahren. Und den blutverschmierten Wagen Georg einfach vor das Haus zu stellen«, fügte sie flüsternd hinzu.

»Aber das haben Sie nicht getan«, sagte ich mit weicher Stimme.

»Nein.« Es war ein tonloses Hauchen. Plötzlich, als hätte sie einen Schalter umgelegt, fragte sie: »Wie haben Sie ihn gefunden? Seinen Bastard, meine ich?«

»Georg ist oft in der Schweiz gewesen.«

»Ja, in Spiez. Es gab dort einen Bekannten, den er besucht hat, einen alten Jugendfreund.«

»Nein, er war in Spiez, weil sich dort das Internat befand, in das er seinen Sohn gesteckt hatte.«

Die Muskeln in ihrem Unterkiefer zuckten. »Wie heißt er?«

»Pieter Gorlaff. Sagt Ihnen der Name irgendwas?«

»Nein. Nie gehört. Ich wusste nicht mal, wie die Schlampe heißt. Haben Sie ihn getroffen? Diesen Pieter?«

»Wir sind auf der Suche nach ihm. Offen gesagt gestaltet sich das als ziemlich schwierig. Georg hat dafür gesorgt, dass es keine Fotos von ihm gibt, und seinen Pass hat sich der Mann offenbar mit dem Bild eines anderen besorgt.«

Langsam schien ihr Misstrauen geweckt. »Suchen Sie ihn wegen dieser alten Geschichte? Hat das etwas mit dem zu tun, was Georg getan hat?«

Ich zögerte. »Das wissen wir noch nicht genau. Es ist durchaus möglich«, gab ich vorsichtig zu.

»Diese Gorlaff … hat die Geld?«

»Sandra Gorlaff? Nein, hat sie nicht. Ich glaube, der Tod Ihres Mannes hat sie mit ziemlich leeren Händen zurückgelassen.«

Sie nickte befriedigt, als würde ihr diese Information Genugtuung verschaffen. »Dann hat sie das Geld von ihm nicht bekommen.«

»Was meinen Sie damit?«, fragte ich. »Was für Geld?«

Sie zögerte, antwortete aber schließlich: »Ich hatte immer das Gefühl, dass er Rücklagen beiseiteschaffte. Früher bin ich davon ausgegangen, dass er es für eine gemeinsame Zukunft mit der kleinen Nutte auf die hohe Kante legt. Aber wenn sie niemals etwas davon erhalten hat, war es möglicherweise für seinen Sohn. Um dem Bastard einen Start in eine goldene Zukunft zu garantieren.«

»Über wie viel Geld reden wir hier?«, fragte ich wachsam.

»Georg war reich.«

»Das ist mir bewusst. Aber um was für Summen könnte es sich handeln, Frau Lammert?«

»Eine Million? Vielleicht zwei, vielleicht fünf. Was weiß ich? Ich habe die Struktur seiner Konten nie durchschaut. Gefehlt hat es uns jedenfalls nicht.« Wieder starrte sie gedankenverloren geradeaus. Dann steckte sie kurz entschlossen den Schlüssel ins Schloss und ließ den Wagen an.

»Was wird das?«, fragte ich alarmiert.

»Wir drehen eine Runde«, sagte sie gleichmütig, während sie den Wagen rückwärts aus seiner Lücke steuerte. »Keine Sorge, ich bringe Sie wieder hierher zurück. Aber dieser Parkplatz kotzt mich an.«

Schweigend fuhren wir eine ganze Weile, bis sie in eine Tankstelle einbog, den Wagen parkte und ausstieg. Zögernd folgte ich ihr in das Gebäude. Während sie sich eine kleine Flasche mit Korn besorgte, ließ ich mir einen Kaffee machen. Sie öffnete die Flasche, die sanft gluckste, während sie sie in einem Zug leerte.

»Früher war ich dafür nie empfänglich, nicht mal die üblichen Cocktails übten ihren Reiz auf mich aus.« Sie schraubte die leere Flasche zu. »Aber nach dem ganzen Mist, Georgs Tod, Ihren Verhandlungen, und als die Geier von der Presse nach und nach wieder abgezogen waren, habe ich mit dem Saufen richtig ernsthaft angefangen. Und dann, vor einem Jahr, damit aufgehört.« Sie deutete lächelnd auf die Flasche. »Aber ich dachte, auf die Nachricht hin könnte ich mal wieder einen vertragen.«

Ich nickte stumm. Irgendwie wusste ich nicht genau, wie ich mit ihr umgehen sollte. Sie kam mir vor wie eine Handvoll Quecksilber.

»Frau Lammert, ich bin zu Ihnen gekommen, weil wir Hilfe brauchen. Es gibt jemanden, der bereits mehrere Morde verübt hat. Ihm sind Details der Fibonacci-Morde bekannt, die nur der Täter oder Ermittler aus dem engsten Kreis kannten. Und bei meiner Suche bin ich auf diesen unehelichen Sohn …«

»Bastard«, korrigierte sie mich freundlich.

»Auf diesen Bastard von Georg gestoßen. Das ganze Geheimnis, das er um seine Existenz gemacht hat, die Paranoia um die Fotos und die gefälschten Papiere, klingen leider alle so, als könnte dieser Pieter zumindest etwas mit dem Fall zu tun haben.«

Sie schüttelte den Kopf und bestellte sich ebenfalls einen Kaffee. »Das mag sein, aber ich fürchte, ich kann Ihnen nicht weiterhelfen. Wie gesagt, ich wusste nichts von der Existenz dieses *Sprosses*, und zu seiner Mutter habe ich auch keine weiteren Informationen.«

»Falls Ihnen dazu noch etwas einfällt, würden Sie es mir sagen?«

Sie musterte mich einen Augenblick lang, lächelte dann. »Sie meinen, Ihnen, meinem Erzfeind? Der mein Leben zerstört hat?«

Als ich gerade ansetzen wollte, etwas zu erwidern, winkte sie ab. Ihr Lächeln war breiter, aber trauriger geworden. »Ich weiß schon. Mir ist klar, dass Sie im Grunde genommen nichts damit zu tun hatten.« Sie seufzte und nahm einen Schluck aus dem dampfenden Becher vor sich. »Aber Georg war nicht mehr da, um meine Wut an ihm auszulassen.«

»Das verstehe ich. Mir tut leid, was alles passiert ist. Für Sie *und* für mich.«

Gesine Lammert nickte. »Ich nehme nicht an, dass Sie mir etwas zu diesem Morgen am Balkon erzählen können, oder?«

Unwillkürlich verspannten sich meine Schultern. »Nur das, was ich immer wieder vor Gericht ausgesagt habe. Georg hat sich wütend auf mich geworfen, es kam zu einem Handgemenge, und bei einer seiner Attacken ist er über das Geländer gerutscht. Ich konnte ihm nicht mehr helfen.«

Sie schnaubte verächtlich. »Herr Thiebeck, ich habe die Blumen auf diesem Balkon *jeden verdammten Tag* gegossen. Sie dürfen mir schon glauben, dass ich weiß, wie hoch das Geländer ist.«

Ich versuchte, ganz lässig mit den Schultern zu zucken. »Es tut mir leid. Mehr kann ich dazu nicht sagen.«

»In Ordnung. So viel zu Aufrichtigkeit und Reue«, sagte sie mit einem harten Zug um den Mund und wandte sich ab, um zu bezahlen.

Während wir nach draußen gingen, sagte ich: »Ich habe nie behauptet, dass ich etwas bereue. Höchstens, dass ich kein besserer Polizist gewesen bin und Georg nicht früher festnageln konnte.«

Wir stiegen ein.

Ohne ein weiteres Wort fuhr sie mich zurück zum Parkplatz und hielt nach meiner Vorgabe bei Janas Kombi. Ich hatte die Tür bereits geöffnet, als sie unvermittelt sagte: »Sie waren all die Jahre so etwas wie mein Schreckgespenst, Herr Thiebeck. Immerhin habe ich jetzt festgestellt, dass Sie einfach nur ein ganz normaler Kerl sind. Mit groben Manieren und ohne viel Feingefühl, versteht sich, aber kein Kinderfresser. Wenn mir wirklich noch etwas einfällt, melde ich mich bei Ihnen.«

Zwei Minuten später sah ich ihr hinterher, wie sie mit dem Cayenne vom Parkplatz fetzte. Gedankenverloren strich ich mit dem Daumen über den Autoschlüssel, nachdem ich Janas Wagen längst geöffnet hatte. Mein Handy vibrierte in der Jackentasche. Es war mein Vater.

»Hey, Papa. Hast du das Bild gefunden?«

»Johannes. Komm her.« Seine Stimme klang erstickt und mühevoll.

»Was ist passiert?«

»Deine Mutter.« Er stockte. »Komm her, Junge.« Mit einem Knacken war das Gespräch beendet, er hatte aufgelegt. Mir blieb nur das Freizeichen.

13

Ich weiß nicht, wie viele Geschwindigkeitsbegrenzungen ich auf meinem Weg nach Spandau übertrat. Einen Unfall baute ich nicht.

Und so stand ich keine fünfzehn Minuten später vor dem Haus meiner Eltern, ließ den Wagen mit der Warnblinkanlage stehen und sprintete durch den Vorgarten.

Papa fand ich tränenüberströmt in der Küche. Den Impuls unterdrückend, sofort mit Fragen auf ihn einzustürmen, öffnete ich meine Arme und presste ihn an meine Brust. Stumm schüttelte es ihn, und ich drückte mein Kinn auf seinen Kopf.

»Sie ist oben«, sagte er schließlich heiser.

Erst als ich mir sicher war, dass er nicht zusammenbrechen würde, wenn ich ihn losließ, öffnete ich die Arme. Er setzte sich an den Tisch, und ich berührte ihn an der Schulter. Wie um ihm zu versichern, dass ich nicht vollständig verschwinden würde. Dann ging ich nach oben.

Ich fand sie im Schlafzimmer. Sie lag mit dem Rücken auf dem Bett, die Augen geschlossen. Friedlich. Als hätte sie sich für eine halbe Stunde hingelegt.

Benommen und mit vor Tränen verschwommenem Blick ging ich um das Bett herum, zu ihrer Seite, die direkt am Fenster lag.

»Ich will als Erstes die Vögel in den Bäumen sehen, wenn ich morgens aufwache«, hatte Mama immer gesagt. Das Schlafzimmer lag nach hinten raus zum Garten. Jetzt waren die lilafarbenen Vorhänge halb geschlossen, wie ein schläfriges Paar Lider, und tauchten den Raum in ein warmes Licht.

Draußen konnte ich den Pflaumenbaum sehen, der mit den reifen Früchten behangen war wie ein Weihnachtsbaum, den ein übermütiges Kind zu früh geschmückt hatte. In diesem Baum war ich herumgeklettert und hatte seine Früchte gegessen, seit ich denken konnte. Daneben lag das kleine Gerätehäuschen, in dem mein Vater seine ganzen Werkzeuge und Gartengeräte verwahrte. Meine Mutter lag ihm seit Monaten in den Ohren, einen Gärtner einzustellen, der sich um das Grundstück kümmern konnte.

»Papperlapapp, das schaffe ich locker. Ein wenig Bewegung tut mir gut, und zur Not kann mir Johannes ein wenig unter die Arme greifen«, hatte er abgewiegelt.

Ich stand neben dem Bett, den Rücken zu ihr, und klammerte mich an die Idee, sie würde einfach nur schlafen, mein Vater hätte sich geirrt. *Sie kann nicht tot sein!* Der Gedanke, sie könnte auf einmal nicht mehr Teil meines Lebens sein, erschien mir absurd. Und doch verspürte ich, hinten, in einem tiefen Winkel meines Gehirns, die Gewissheit, dass es einen Grund gab, warum mein Vater mich angerufen hatte. Die Unausweichlichkeit ihres Todes drohte, auf mich einzustürzen.

»Ich habe sie gefunden, als ich vom Einkaufen zurückgekommen bin«, sagte er von der Tür her.

Langsam drehte ich mich um. Vermied es, sie anzusehen.

Das Zimmer meiner Eltern sah nicht so aus, wie man sich üblicherweise ein solches Zimmer vorstellte. Nicht wie das der alten Frau Neumann, zum Beispiel, einer Freundin meiner Eltern. Oder das von Hedwig Körner. Meine Mutter hatte darauf bestanden, das Zimmer schon vor Jahren in einem dunklen Weinrot zu streichen und dazu jede Menge Akzente in cremigem Beige zu setzen. Mit den Kunstdrucken an der Wand und der luftigen Geräumigkeit wirkte es eher wie das Zimmer von Menschen meines Alters. Ich hatte diesen Raum immer gemocht und mich oft hier oben mit meiner Mutter unterhalten. Dann hatte ich auf dem Fensterbrett gesessen und sie auf dem Bett.

Langsam hob ich den Blick, um meinen Vater anzusehen. Er heulte genau wie ich, unaufhaltsam bahnten sich dicke Tränen ihren Weg die faltigen Wangen hinunter, aber als er einen Schritt ins Zimmer hinein machte, lächelte er. Er sagte: »Sie sieht fast aus, als ob sie zufrieden ist. Vielleicht ist sie einfach eingeschlafen, wie sie es sich immer gewünscht hat.«

Ich nickte und kam auf ihn zu. Erneut umarmten wir uns, hielten uns aneinander fest.

Irgendwann löste ich mich von ihm. »Komm mit nach unten. Lass sie schlafen. Wir müssen telefonieren.«

Ich brachte ihn in die Küche, setzte ihn an den runden Holztisch, der direkt vor der Glasfront und der Terrassentür stand, und setzte Teewasser auf.

»Hol den Obstler«, sagte er tonlos und starrte in den trostlosen, in feuchten Herbst gekleideten Garten hinaus. Ich warf ihm einen kurzen Blick zu und ging dann ins Wohnzimmer. Dort griff ich nach der Flasche Obstbrand und meinem Handy. Jana ging sofort ran.

»Hey, was gibt's? Wo bist du?«

Ich antwortete mit unterdrückter Stimme: »Kannst du den ED zum Haus meiner Eltern schicken?«

Kurze Stille am anderen Ende. »Was ist passiert?«

»Meine Mutter. Sie ist tot.«

»Oh mein Gott! Wie das?« Offenbar hatte ich sie mit meinem Flüsterton angesteckt, jedenfalls sprach sie ebenfalls furchtbar leise.

»Das weiß ich nicht. Mein Vater glaubt, dass sie einfach gestorben ist.«

»Aber du nicht?«

»Kannst du das Team herschicken? Ich bringe Papa solange aus dem Haus.«

Jana zögerte. Offenbar überlegte sie, ob sie einfach so, ohne weitere Hinweise auf ein Verbrechen, den ED losschicken durfte.

»Bitte, Jana. Vertrau mir einfach, okay?«

»In Ordnung. Ich kümmer mich darum.«

»Sag ihnen, sie sollen erst mal einen vorschicken. Dann verschwinden wir von hier. Ich will nicht, dass gleich alles Amok läuft und Papa durchdreht. Und das Haus alleine zu lassen passt mir auch nicht.«

»Ist gut. Ich weiß noch nicht, ob ich mitkommen kann.«

»Okay. Danke.«

»Kein Problem. Bis später, Johannes.« Es schien ihr schwer zu fallen, mich zu verabschieden.

Ich ging zurück zu meinem Vater und stellte die Flasche Obstler auf den Tisch. Aus dem alten Bauernschrank holte ich zwei Stampfer und füllte uns ein.

»Auf deine Mutter, mein Sohn«, sagte er und hob das reichlich gefüllte Glas.

Ich unterdrückte neue Tränen, und wir tranken. Sagen konnte ich es ihm nicht. Konnte ihm nicht gestehen, dass ich glaubte, meine Mutter wäre ermordet worden. Alles in mir schrie danach, einfach am Tisch zusammenzubrechen und hemmungslos zu weinen.

Aber das konnte ich nicht. Ich musste mich um meinen

Vater kümmern, ihn vor meinem Verdacht beschützen, zumindest, bis ich Gewissheit hatte.

»Jetzt sind wir nur noch zu zweit«, sagte er mit einem Seitenblick auf mich.

Ich erwiderte nichts.

»Ich meine, es ist nicht so, als ob wir nicht darüber gesprochen hätten, weißt du? Wir sind beide nicht mehr die Jüngsten.« Als ich etwas sagen wollte, hob er kurz die Hand, als ob ich ihn nicht aus dem Fluss bringen dürfte. »Aber irgendwie haben wir beide, glaube ich, immer damit gerechnet, dass ich es bin, der zuerst stirbt. Und ich habe mir furchtbare Sorgen gemacht, wie es mit ihr wird, wenn ich vor ihr gehe.«

Ich ertrug das nicht. Konnte nicht aushalten, wie er sich selbst Mut zusprach, sich mit einem natürlichen Tod abzufinden versuchte. Der Schmerz drohte, mir die Brust zu zerreißen. Also stand ich auf und versuchte, mich mit dem Zubereiten des Tees abzulenken.

Bis der durchgezogen war, lehnte ich an der Spüle und sah genau wie Papa aus dem Fenster in den Garten. Mama wollte auf einem Waldfriedhof begraben werden. Sie und mein Vater hatten sich bereits eine Stelle dafür ausgesucht. Wieder verschwand alles vor meinen Augen hinter einem feuchten Schleier. Schniefend suchte ich nach einem Taschentuch.

»Die lässt du am besten draußen«, sagte mein Vater, als ich die Packung zurück in die Schublade legen wollte. »Vermutlich brauchen wir sie noch.«

Irgendwann hörte ich draußen einen Wagen vorfahren. Ich ging zur Tür, um Hegert hereinzulassen.

Als er die schmalen Stufen heraufkam, drückte er mir den Oberarm. »Es tut mir leid.« Er sprach so leise, dass ich ihn kaum verstand.

»Danke.« Wirklich dankbar war ich ihm allerdings dafür, dass er seinen weißen Overall noch nicht angezogen hatte.

Jetzt wartete er vor der Tür, bis wir verschwinden würden. Ich ging rein, um Papa zu holen.

»Was ist? Wohin gehen wir?«

»Die müssen sich um Mama kümmern. Komm, ich bring dich zu Frau Neumann. Nur für eine Weile.« Die alte Frau war die beste Freundin meiner Eltern, mit ihr zusammen verbrachten sie Abende bei Wein und Kartenspiel und sahen sich immer wieder dieselben Dias von längst vergangenen Fernreisen an.

Widerstandslos ließ mein Vater sich von mir vor die Tür bringen. Er begrüßte Hegert mit einem Nicken und schüttelte dann tadelnd den Kopf, als er sah, dass ich mit Warnblinklicht in der zweiten Reihe geparkt hatte.

»Du bist nicht mehr bei der Polizei. Solche Dinge kannst du dir jetzt nicht mehr erlauben.«

»Ja, Papa.«

Anderthalb Stunden später stand ich Jana im Präsidium gegenüber. Ich schaffte es, sie zu umarmen, ohne dass mir sofort wieder die Tränen das Gesicht herunterliefen.

»Es tut mir so unendlich leid, Johannes. Wirklich.«

Ich küsste ihr den Scheitel, während sie an meiner Brust lehnte.

»Wo ist dein Vater jetzt?« Ihre Stimme klang dumpf durch den Stoff meiner Jacke.

»Bei der alten Neumann, die kümmert sich für den Moment um ihn.«

Jana stieß sich mit den Armen von mir ab, hielt mich aber fest, während sie zu mir aufsah. »Glaubst du wirklich, dass das was mit unserem Täter zu tun hat? Ist dir irgendwas aufgefallen?«

Ich schüttelte den Kopf. »Aber ich war auch nicht gerade in der Verfassung, um aufmerksam zu beobachten. Ist mehr so ein Gefühl. Und die Tatsache, dass es in solchen Fällen keine Zufälle gibt.«

Sie nickte.

In diesem Moment trat Densch zu uns. Er streckte mir die Hand entgegen und sagte, als ich sie schüttelte: »Es tut mir leid, Herr Thiebeck. Das muss ein schwerer Schlag für Sie sein. Lassen Sie mich wissen, wenn wir Ihnen noch irgendwie anders weiterhelfen können.«

Ich nickte nur und bedankte mich stumm. Die Erwähnung des kleinen Wortes *anders* ließ darauf schließen, dass er von dem ED-Einsatz im Haus meiner Eltern wusste. Aber offenbar machte ihm das nichts aus. Ich rechnete ihm hoch an, dass er diesmal nicht den bürokratischen Spießer raushängen ließ.

Nachdem Densch uns wieder allein gelassen hatte, sah Jana mich an. »Was wirst du jetzt machen?«

»Boxen.«

»Hey, Johnny. Allet schick?«

»Allet schick.« Ich stieß die Knöchel zur Begrüßung gegen Schmollis angebotene Faust. Die Lüge kam mir nur unbeholfen über die Lippen.

Schmolli musterte mich, als würde er an meinen Worten zweifeln. »Der Coach ist nicht da. Keine Ahnung, wann der wiederkommt.«

»Das ist egal.«

Ich ging, um mich umzuziehen. Mein Plan war, mich derart in körperliche Erschöpfung zu stürzen, mich so wegzupumpen, dass ich nicht mehr denken konnte. An nichts. Dafür brauchte ich den Coach nicht. Nur Boxbirne, Sandsack, Springseil und ein paar Gewichte. Ich hatte vor, in ein paar Stunden so fertig zu sein, dass ich das Gym nur noch kriechend verlassen konnte. Ich hatte kurz mit Tamina telefoniert, um ihr zu erzählen, was passiert war, aber das Gespräch abbrechen müssen, bevor ich komplett auseinanderbrach. Das Gym war meine Rettungsinsel gewesen, auf die ich zugeschwommen war. Auf einmal verstand ich den Coach, der trotz Davies Tod einfach vorwärts wollte. Dem wichtig war, dass ich den Kampf gegen Bussas bestritt. Weitermachen, einfach weitermachen und bloß nicht innehalten.

Es waren ein paar von den jungen Boxern anwesend: Timmo, Berger, Janos, Kizzo und Raphael. Zwei von ihnen standen bereits im Ring und boxten, während Janos und Kizzo an der Langhantelstange arbeiteten und sich gegenseitig bei ihren Sets halfen. Berger drosch auf einen Sandsack ein.

Als ich wieder aus der Umkleide kam, schnappte ich mir als Erstes ein Seil. Eine halbe Stunde später brannten meine Oberschenkel, und meine Lunge machte bereits Überstunden. Mein Hemd war klatschnass, der Schweiß rann mir in Bächen die Stirn und den Rücken hinunter. Langsam fühlte ich mich besser.

Danach wandte ich mich den Sandsäcken zu, griff mir einen und prügelte ihm die Seele aus dem Leib. Es tat gut, mit voller Wucht zuschlagen zu können, mein ganzes Gewicht hinter die Schläge zu legen.

Als ich kurz innehielt, völlig außer Atem, trat Schmolli von hinten an mich heran.

»Soll ich mir die Schützer anlegen? Willst du ein bisschen auf mir rumkauen anstatt auf dem Ding?«

Keuchend und leicht nach vorn übergebeugt, schaute ich ihn an. »Bist du dir sicher, dass du dir das antun willst? Bisschen Power habe ich noch.«

Er winkte ab. »Ich habe dir zugesehen, wie du das Ding bearbeitet hast. So viel Saft kann da gar nicht übrig sein. Das packe ich schon. Bist ja auch nicht mehr der Jüngste«, sagte er mit einem Zwinkern.

»Na, dann schwing deinen dicken Hintern mal hoch zwischen die Seile«, erwiderte ich und landete einen letzten heftigen Schlag, sodass der Sack an seiner Kette schaukelte.

»Komm schon, ist das alles?«

Schmolli hatte verstanden, worum es mir ging. Er half mir auf geradezu liebenswerte Weise: Er provozierte mich, trieb mich an und lehnte sich mit vollem Gewicht in jede meiner Attacken, um nicht von den Füßen gefetzt zu werden. Ich musste mich nicht sorgen, dass ich ihn verletzte. Er trug dicke Schlagpolster an den Händen, eine gepolsterte Weste und einen Kopfschutz. Selbst wenn ich es gewollt hätte, wäre es mir schwergefallen, ihm wehzutun.

Während ich die Luft stöhnend aus den Lungen presste, drosch ich erneut auf das Polster ein.

»Los, du Mädchen, zeig mal, was du draufhast. Ist das alles? Mehr bringst du nicht? Da kann der Schäferhund meiner Oma ja besser boxen!«

Ich startete eine neue Welle Attacken. Als ich drohte, kraftlos vornüberzukippen, und gerade innehielt, ertönte plötzlich zu meiner Rechten der helle Klang der Glocke. Ich schaute zur Seite und konnte Janos und Kizzo am Schachbrett unten außerhalb des Rings sehen.

»Du willst dich fertigmachen? Dann richtig«, sagte Janos

und deutete mit einem Grinsen auf den kleinen Tisch, an den sich gerade Kizzo setzte.

Der junge Holländer war als Spieler normalerweise keine echte Gefahr für mich, aber in meinem Zustand hätte vermutlich sogar der Hund von Schmollis Oma gegen mich gewinnen können.

»Jungs, keine Chance«, stöhnte ich. »Ich kann mich kaum noch auf den Füßen halten. Bis zur Dusche schaffe ich es gerade noch.«

Janos zeigte bloß auf das Brett. Kizzo machte einen Zug und betätigte die Schachuhr.

»Deine Zeit läuft.«

Mit einem Fluch machte ich mich daran, zwischen den Seilen hindurchzuschlüpfen. Janos hielt die Uhr wieder an und half mir, aus den Handschuhen zu kommen. Ich fiel mehr, als dass ich mich auf den Klappstuhl setzte, und nickte Kizzo zu. Der setzte die Uhr in Gang.

Automatisch machte ich meinen ersten Zug, um auf den Bauernvorstoß des jungen Boxers zu antworten.

Knapp vier Minuten später betätigte Janos erneut den Gong. Ich wuchtete mich hoch und ließ mir von ihm die Handschuhe anziehen. Er klopfte mir auf den Hintern, während ich zu Schmolli in den Ring stieg.

»Na, Gevatter, wie sieht's aus? Zweite Runde?«, grinste er aus seinem Kopfschutz hervor.

»Arschloch!«

Ich biss auf den Mundschutz und nahm die Fäuste hoch, um auf ihn zuzugehen.

Irgendwann hatten sie Mitleid mit mir und wollten aufhören. Aber das ließ ich nicht zu. Ich schüttelte den Kopf, dass der Schweiß nur so flog, und schleppte mich wieder vor, um

Schmolli anzugreifen. Obwohl ich meine Arme kaum noch spüren konnte, legte ich immer wieder mit schmerzverzerrtem Gesicht alles, was ich noch hatte, in die Schläge. Dann ertönte der Gong.

Als ich versuchte, durch die Seile zum Schachbrett zu kommen, fiel ich fast der Länge nach hin. Janos musste mich an der Hüfte festhalten. »Komm schon, Alter, es reicht. Krieg hier keinen Kollaps.«

Schmolli kam dazu. Er hatte den Mundschutz rausgenommen, um sprechen zu können. »Wenn du uns kaputtgehst, reißt uns der Coach die Rübe ab. Das will keiner.«

Schließlich überredeten sie mich. Ich schleppte mich in die Umkleide und musste frustriert feststellen, dass ich sogar Schwierigkeiten hatte, mich auszuziehen. Ich bekam die Arme nicht mehr richtig hoch, und als ich versuchte, das mit Schweiß durchtränkte Shirt zu packen und auszuziehen, rutschten meine Finger immer wieder ab. Schmolli steckte zwischendurch den Kopf herein, sagte aber nichts. Dafür war ich ihm dankbar.

Schließlich schaffte ich es, in die Dusche zu taumeln. Minutenlang hielt ich einfach nur den Kopf unter den schmerzhaft heißen Strahl. Ließ ihn hängen, weil ich keine Kraft mehr hatte, aufrecht zu stehen. Die Handflächen gegen die kalten Fliesen gestützt, ließ ich das Wasser auf mich herunterprasseln und hoffte, dass ich nicht einfach gleich neben dem Abfluss zusammenbrechen und weggespült werden würde.

»Alles im Lack?«

Meine Nackenmuskeln protestierten, als ich den Kopf hob, um Janos anzusehen. Die nassen Haare hingen mir tief ins Gesicht, aber ich machte mir nicht die Mühe, sie wegzustreichen. Ich grunzte bestätigend. Mit einem Lachen ließ er sich neben mir nieder.

»Oh Mann, du warst stehend K. o. Ich hab schon mit Kizzo gewettet, dass du es nicht mal mehr in die Dusche schaffst.«

Noch ein Grunzen statt einer Antwort.

Mit hellem Lachen haute er mir auf den Oberschenkel und stand auf. »Bussas wird dich nicht weniger hart anfassen, weißt du? Der Coach hat schon recht.« Mit diesen Worten ging er.

Während ich mich auf das Atmen und auf meinen sich hebenden und senkenden Brustkorb konzentrierte, dachte ich an meine Mutter. Manche von den Jungs hatten sie kennengelernt, am Tag der offenen Tür, den der Coach veranstaltet hatte. Damals waren meine Eltern gekommen und hatten Schmolli, Timmo und die anderen, die damals schon mit uns trainiert hatten, getroffen.

Mit Schmolli zusammen war ich dann noch mal bei ihnen gewesen, als wir den Stumpf vom alten Birnbaum zusammen mit meinem Vater ausgegraben und entsorgt hatten. Ich erinnerte mich noch daran, wie meine Mutter damals hinterher gesagt hatte: »Ich habe gar nicht gewusst, dass Boxer so nett sein können. Die jungen Männer sehen immer so finster aus. Da glaubt man gar nicht, dass sie derart höflich sein können.«

»Mama, ich bin auch Boxer«, hatte ich erwidert.

»Das ist etwas anderes. Du wurdest gut erzogen.«

Ich seufzte. Mein Plan hatte Erfolg gehabt. Während des Trainings war kein Platz in meinem Inneren für Trauer und Dunkelheit gewesen. Ich hatte den seelischen Schmerz durch körperlichen ersetzt, aber der Effekt ließ bereits nach. Die düsteren Gedanken kehrten zurück wie Vögel, die sich nur kurzzeitig von einem Mahl vertreiben ließen. Stöhnend rieb ich mir das Gesicht, den Kopf und die Schläfen. Es half nichts, ich würde weitermachen müssen, ohne mich konstant mit Adrenalin und Endorphinen zu betäuben.

Mama war tot.

Mit einem Ruck stand ich auf, um mich anzuziehen. Die Muskeln in Oberschenkeln und Hintern kreischten bereits empört auf.

»Wie geht es Ihnen, Herr Thiebeck?«

Überrascht sah ich zur Seite, als ich die warme Stimme von Professor Körner hörte. Ich wollte mit den Schultern zucken, weil ich meiner Stimme nicht traute, aber der Schmerz in meinem Nacken ließ mich das Gesicht verziehen. Mein einsetzender Muskelkater interessierte sie vermutlich nicht. »Es tut weh«, antwortete ich doppeldeutig.

»Es tut mir sehr leid, dass Sie Ihre Mutter verloren haben«, sagte sie und beugte sich vor, um meine Hand zu ergreifen.

»Das ist sehr freundlich von Ihnen.«

»Sind Sie wütend? Auf den Täter?«

Ich sah sie an und überlegte kurz. »Irgendwie ist da gerade kein Platz für Wut. Nur Trauer. In mir drin ist irgendwie alles so merkwürdig leer.« Ich hatte Mühe, in Worte zu fassen, wie es mir ging.

Sie nickte. »Das ist nicht ungewöhnlich. Und für die Lösung des Falls vielleicht auch nicht das Schlechteste. Bewahren Sie sich ein Stück dieser Ruhe. Ärger oder gar Hass auf den Täter nützen niemandem etwas. Außer ihm, denken Sie daran.«

Die Ankunft der anderen unterbrach unser Gespräch. Wir standen im Besprechungszimmer der Soko, und es waren fast alle Mitglieder unserer kleinen Truppe versammelt.

Am Fenster neben der Schiefer drückte sich Hegert herum. Ich ging davon aus, dass sie etwas im Haus meiner Eltern gefunden hatten. Falls nicht, hätte mir das Jana vermutlich mit einem kurzen Anruf mitgeteilt, und sie hätten ganz sicher weder Frau Körner noch Hegert hier auflaufen lassen. Ich atmete tief durch, als würde mich das in irgendeiner Weise auf das, was kommen würde, vorbereiten.

Jana trat zu uns und legte mir den Arm um die Hüfte. Ich schluckte heftig.

»Auf was seid ihr gestoßen?«, wollte ich mit heiserer Stimme wissen. Kurz fragte ich mich, ob ich vielleicht Fieber hatte. Meine Stirn und die Wangen fühlten sich heiß an.

Jana sah zu Densch hinüber, der nickte und einen Schritt nach vorn machte. Er hielt etwas in der Hand, das er mir reichte. Einen Folienbeutel.

Ich griff zu und starrte auf die Visitenkarte. Das gleiche Motiv wie in Taminas Wohnung: der zweigeteilte König in Schwarz und Weiß. Ich drehte die Karte um. Auf der Rückseite stand, wieder in geschwungener Schrift, geschrieben: *Das Spiel ist das Einzige, was Männer wirklich ernst nehmen. Deshalb sind Spielregeln älter als alle Gesetze der Welt.*

Benommen sah ich auf, versuchte orientierungslos, mich mit dem Blick irgendwo festzuhalten, bis ich bei Densch landete. »Was heißt das?«

»Der ED hat die Karte ins Kopfkissen geschoben gefunden. Sie hatten recht, Thiebeck.«

Bevor ich richtig verstehen konnte, was er mir da sagte, ergriff Hegert das Wort. »Es sieht im Moment wohl so aus, als wäre sie erst betäubt und dann erstickt worden. Es tut mir leid, Johannes.«

»Erstickt?«

Wieder sah ich umher, auf der Suche nach Rettung.

»Näheres wird uns der Pathologe später sagen können, aber es ist nicht unwahrscheinlich, dass erneut GHB zur Anwendung gekommen ist.«

Ich starrte auf die Karte in meinen Händen. Als würde er befürchten, ich könnte etwas Unüberlegtes tun, nahm Densch sie mir sanft aus den Fingern.

»Kommen Sie«, hörte ich Frau Körner neben mir sagen.

Sie und Jana führten mich langsam zu den Stühlen hinüber. Ich ließ mich schwer fallen, als hätte meine Kraft gerade so gereicht, und starrte auf meine Füße. Professor Körner zog sich ebenfalls einen Stuhl heran und setzte sich neben mich. Jana ließ uns allein.

»Warum?«, hörte ich mich fragen und sah sie an.

Sie lächelte, gleichzeitig sanft und schmerzvoll, und diesmal glaubte ich nicht, dass sie mir gleich ein Märchen erzählen würde. Was würde sie tun, um *mein* grausames Märchen zu beenden?

»Ich nehme an, unser Täter findet, dass Sie die Regeln gebrochen haben.«

»Welche Regeln?« Immer noch klang meine Stimme in meinen eigenen Ohren merkwürdig unvertraut.

»Seine Regeln. Den merkwürdigen Kodex, der nur in seinem Kopf existiert, nach dem er dieses makabere Spiel aufzieht. Das erste Mal haben Sie einen Zug verweigert.«

Densch, dachte ich. *Densch hat den Zug verweigert.*

»Daraufhin ist er bei Ihrer Freundin eingebrochen, um Sie zu warnen, dass Sie nicht nach seinen Regeln spielen.« Sie verzog das Gesicht, als würde es ihr körperliche Schmerzen bereiten, darüber zu sprechen. »Und jetzt haben Sie seine Mutter besucht. Offenbar haben Sie damit erneut den Kodex verletzt. Jedenfalls ist das momentan unsere Theorie. Und um Sie zu bestrafen, hat er Ihre Mutter getötet.« Sie sah mich einen Augenblick lang schweigend an und fuhr dann fort: »Ihnen muss klar sein, dass das nichts mit Ihnen zu tun hat. Sie haben die Entscheidung getroffen, nach Hamburg zu fahren. Und Sie haben mit seiner Mutter gesprochen.« Fest legte sie mir die Hand auf den Arm. »Aber das spielt alles keine Rolle, Johannes. *Sie* haben nicht entschieden, nach welchen willkürlichen Regeln dieses Spiel gespielt wird. Sie kannten diese nicht einmal. Und deswegen dürfen Sie eines auf keinen Fall tun: sich selbst die Schuld geben. Ich weiß, dass Ihnen das schwerfallen wird. Das ist eine natürliche Reaktion. Aber Sie sind nicht schuld! Hören Sie mich?«

Ich nickte. Nicht, weil ich ihr zustimmte, sondern bloß, weil ich wusste, dass das die Antwort war, die sie erwartete. Weil sie sonst weitermachen würde.

Densch trat zu uns, offenbar zu ungeduldig, um das Ende meines therapeutischen Gesprächs abzuwarten. Er ging in die Knie, um mit mir auf Augenhöhe zu sprechen, als würde es so einfacher, über das zu reden, was jetzt kommen musste.

»Ich möchte Ihnen erneut mein aufrichtiges Beileid ausdrücken. Das muss furchtbar für Sie sein.« Er räusperte sich. »Durch die Art, wie die Tötung geschehen ist, gehen wir nicht davon aus, dass der Mörder innerhalb seines normalen Schemas vorgegangen ist. Der Pathologe hat mir gesagt, dass sie vermutlich nichts gemerkt hat, als sie gestorben ist. Das, und die Tatsache, dass keine weitere Figur geschlagen wurde, lassen uns zu der Überzeugung kommen, dass dies gewissermaßen nichts mit dem eigentlichen Spiel zu tun hatte. Wenn Sie verstehen, was ich meine.«

Wieder nickte ich, und erneut tat ich es nur, damit er nicht alles noch einmal wiederholte. In meinen Ohren rauschte es. Es kam mir vor, als hätte jemand den Raum abgedunkelt. Abgedrehter Ton wäre mir lieber gewesen.

»Es tut mir leid«, sagte ich und erhob mich abrupt. Schwankend, weil meine schmerzenden Muskeln sich kurzzeitig zu sehr an das Sitzen gewöhnt hatten, ging ich auf den Ausgang zu.

Densch, den ich fast umgestoßen hatte, erhob sich und wollte mir offenbar folgen, aber Frau Körner hielt ihn zurück. Aus den Augenwinkeln konnte ich Janas besorgten Blick sehen, und so hob ich nur die Hand, um sie abzuwehren. Ich verließ den Raum.

Mit zitternden Händen versuchte ich, die Karte in den Schlitz von Vierundzwanzig-C zu bekommen, brauchte dafür aber mehrere Versuche. Schließlich öffnete sich die Tür mit einem Klicken, und ich ging hinein. Das Neonlicht erwachte flackernd zum Leben. Ich machte einen Schritt auf den Schreibtisch zu. Hielt inne.

Mit zusammengezogenen Brauen stand ich da und überlegte. Irgendetwas war mir aufgefallen. Suchend blickte ich mich um. Ich konnte nicht genau sagen, was es war, aber es kam mir vor, als stimmte etwas nicht mit dem Raum. Ich konnte mich jedoch nicht konkret daran erinnern, wie ich Notizen, Papiere und den Laptop zurückgelassen hatte.

Ich machte einen Schritt auf den Tisch zu und berührte den zugeklappten Rechner mit der flachen Hand. Er war noch warm. Mit zusammengebissenen Zähnen ließ ich mich in den Stuhl fallen und klappte den Laptop auf, um ihn hochzufahren. Eigentlich war ich hierhergekommen, um mich zurückzuziehen. Um den Stimmen, dem Murmeln, den mitleidigen Blicken und der erforderlichen Härte der *weiteren Maßnah-*

men zu entfliehen. Und jetzt stellte ich fest, dass jemand hier eingedrungen war und meinen Computer benutzt hatte.

Der Rechner erwachte zum Leben. Weil das hier nicht mein Computer, sondern einer vom LKA war, besaß ich kein eigenes Profil. Und kein Passwort. Deswegen hatte, wer auch immer sich Zugang zum Zimmer verschafft hatte, keine Schwierigkeiten gehabt, an alle Daten im Rechner zu kommen. Ich griff zum Handy, weil ich zu erschöpft war, um aufzustehen, mich durch das Haus zu schleppen und nach Jana zu suchen.

»Hey, alles in Ordnung?«, meldete sie sich.

»Wer hat außer mir noch alles eine Schlüsselkarte für Vierundzwanzig-C?«

»Was meinst du?«

»Außer mir, Jana. Wer kommt sonst noch in dieses Zimmer rein?«

»Niemand. Mirko hat mich geschickt, um dir einen Raum zu besorgen. Das habe ich getan und Mirko die einzige Schlüsselkarte gegeben. Ich dachte, das sei sinnvoll. Aber er hat sie gleich an dich weitergereicht. Wieso?«

Laut atmete ich aus, kniff die Augen zusammen, um mich besser konzentrieren zu können.

»Warum fragst du? Was ist los, Johannes?«

Ich zögerte. Hatte keine Lust, von ihr als paranoid abgestempelt zu werden. »Es war jemand im Zimmer. An diesem Rechner.«

»Bist du sicher?«

»Erst war es bloß so ein Gefühl, aber als ich reinkam, ist der Laptop definitiv noch warm gewesen.«

»Was ist mit der Tür?«

Mit dem Handy am Ohr stand ich auf, trat an den Eingang

und öffnete die Tür. Ich untersuchte das Schloss. »Nichts zu sehen. Keine Gewalteinwirkung.«

Eine junge Beamtin, die draußen den Gang entlangging, sah mich verwundert an.

»Ich checke das, in Ordnung? Falls es noch eine zweite Karte gibt, muss dafür jemand unterschrieben haben.«

»Danke.«

Wir beendeten das Gespräch, und ich starrte in düsterer Stimmung auf den Monitor. Wer sollte ein Interesse daran haben, hier hereinzukommen? Möglicherweise war das alles ein Missverständnis, vielleicht fand Jana einen Beamten, der Zugang gehabt und sich im Raum geirrt hatte. Vielleicht aber auch nicht. In diesem Fall musste ich mich mit der Möglichkeit auseinandersetzen, dass hier im Präsidium eventuell nicht alle am selben Strang zogen. Wer schnüffelte mir hinterher? Densch?

Ich schüttelte den Kopf. Dafür war der zu korrekt. Fahlinger oder Niemeyer? Die hatten keinerlei Veranlassung, ein Hühnchen mit mir zu rupfen. Kunzi oder die Schiefer?

Eine andere Möglichkeit zeigte sich kurz wie ein Schatten am Rand des Blickfelds. *Der Täter.* Was wäre, wenn er es geschafft hätte, sich hier Zugang zu verschaffen? Aber die Idee allein war absurd –, dass der Mörder sich frei mitten unter uns bewegen könnte, im Präsidium ein und aus ging, als hätte er keine Sorgen in dieser Welt. Es sei denn, es gab tatsächlich eine Verbindung zu dem alten Ermittlerteam im Fall Lammert. Was, wenn doch jemand von damals jetzt seine Finger im Spiel hatte? Vielleicht nicht als Täter, aber möglicherweise als Helfer, freiwillig oder unfreiwillig.

Ich ging, um mir die Informationen zu holen, die Kunzi neulich zusammengestellt hatte. Von Jana kam die Information, dass aus der Zusammenstellung keine neuen Erkenntnisse gewonnen werden konnten, aber vielleicht hatten sie etwas übersehen.

Kurz darauf war ich wieder zurück, schlug die erste der Pappmappen auf. Und musste mich kurz sammeln, bevor ich wieder in die Vergangenheit eintauchen konnte.

Die Soko war damals nach dem dritten Todesfall gebildet worden, als wir uns sicher gewesen waren, einem klaren Muster zu folgen. Im engeren Ermittlerkreis waren fünfzehn Personen, erweiterte man das Ganze um Personal aus dem Büro der Staatsanwältin, kam man auf über zwanzig Personen.

Zu den Einträgen gab es eine kurze biografische Beschreibung sowie Notizen von Schiefer und Kunzi, ob es möglicherweise irgendwelche Querverweise zu unserem Fall geben könnte.

Achim Weigel, Kriminalkommissar – *vor zwei Jahren zum Raubdezernat versetzt; Versetzung auf eigenen Wunsch.*

Weigel und ich hatten uns nie besonders leiden können. Er hatte mir immer vorgeworfen, meine *unkonventionellen* Ermittlungsmethoden aus reiner Egomanie heraus zu betreiben. Dabei war Weigel ein absolut selbstverliebter Kerl. Ich hatte unsere Reibereien damals als Gockelkämpfe abgetan. War das jemand, der einen Groll hegen könnte?

Thorsten Endt, Kriminalhauptkommissar – *noch im aktiven Dienst; war nach dem Fall Lammert ein halbes Jahr in therapeutischer Behandlung; war mehrere Monate vom Dienst beurlaubt und hat eine Kur gemacht.*

Ich schnaubte. Dieser Satz gehörte vermutlich hinter die meisten Einträge in dieser Liste. Die Bilder der erwürgten Kinder waren nichts, was man so schnell wieder vergessen konnte. Mit Endt hatte ich mich gut verstanden, aber die

Kur, die dort erwähnt wurde, war eine Entziehungskur wegen Spielsucht gewesen. Endt hatte dauernd Geld gebraucht. Konnte das ein mögliches Motiv sein? Hatte der Täter sich einen der Beamten von früher gekauft, um sich Zugang zu unseren Informationen zu verschaffen? Endt erschien mir kein Kandidat für so etwas, allerdings konnte man sich nie sicher sein. Ich machte mir eine mentale Notiz, ihn noch etwas genauer unter die Lupe zu nehmen.

Gabriele Sänger, Staatsanwältin – *noch im aktiven Dienst.*

Ich musste bei der knappen Bemerkung grinsen. Natürlich stand dort nicht mehr. Die Sänger war inzwischen Oberstaatsanwältin, und deswegen konnte sich natürlich niemand erlauben, in diesem Dokument zu offenherzige Aussagen zu treffen. Ich nahm einen Bleistift und ergänzte den Eintrag: *falsche Schlange, karrieregeil und schreckt auch vor unlauteren Mitteln nicht zurück; ist bereit, einzelne Beamte der Sache zu opfern.*

Ich ließ mich in den Sessel zurückfallen. Mir war klar, dass Sänger mich nicht ausstehen konnte und sicher noch weniger Begeisterung als Densch über meine Beteiligung an den Ermittlungen zeigte. Aber ich hielt sie für zu clever, um sich mit einem Kriminellen einzulassen, geschweige denn mit einem Mörder.

Mein Magen knurrte. Also klappte ich den Rechner zu, wuchtete mich aus dem Stuhl hoch und ging in Richtung des Besprechungszimmers, um mir etwas zu essen zu besorgen.

Auf dem Weg dorthin begegnete mir Kunzi. Er grinste und hob einen Zettel hoch, den er in der Rechten trug.

»Wir haben ein Phantombild!«

Ich hielt an. »Was? Von unserem Täter?«

Kunzi war ebenfalls stehen geblieben und zuckte mit den

Schultern. Er lächelte verlegen. »So kann man das wohl nicht sagen. Aber von dem jungen Mann, den die alte Schachtel im Haus von Ottendorf gesehen hat. Ein paar Tage vor dem Mord?«

Ich nickte.

»Ist durchaus möglich, dass das der Mörder ist.«

Ich streckte die Hand aus und ließ mir das Faxpapier geben. Die stilisierte Zeichnung, mit modernen Computerprogrammen zusammengestellt, sah aus wie ein Haufen anderer Phantombilder. Das war oft das Problem: Sie blieben derart generisch, dass es den meisten Menschen unmöglich war, darin jemanden zu erkennen. Oder aber sie erkannten Hinz und Kunz. Die Falschmeldungen zur Tätererkennung gingen meist schlagartig in die Höhe, sobald es ein Bild gab. Manche Leute sahen darin den Nachbarn, den Busfahrer oder ihren alten Onkel Bert.

Mit einem Seufzer wollte ich Kunzi das Blatt gerade wieder zurückgeben, als mir etwas auffiel. Irgendwie kam mir das Bild bekannt vor. Ich starrte angestrengt auf die weich gezeichneten Linien, konnte mich daran aber nicht festhalten. Nicht bestimmen, was es war, das mir aufgefallen war. Wahrscheinlich ein Busfahrer. Oder mein Onkel. Ich holte das Handy raus und fotografierte das Blatt. Widerstrebend gab ich Kunzi das Bild zurück, und gemeinsam gingen wir ins Besprechungszimmer.

14

Mein Handy vibrierte.

»Hey, wie geht es dir?«, begrüßte mich Tamina.

Ich schluckte. »Geht so. Ich mache mir Sorgen um Papa.«

»Soll ich mal nach ihm sehen? Damit er nicht nur die alte Neumann um sich hat?«

»Ich frage ihn.« Kurz nachdem wir uns kennengelernt hatten, war Tamina bereits mit bei meinen Eltern gewesen, und sie hatten sie auf Anhieb gemocht. Ihnen gefiel ihre pragmatische, offene Art.

»Seid ihr fertig?«

»Ja, bald. Wir müssen hier noch ein wenig aufräumen, dann fahren wir zurück in die Stadt. Sehen wir uns heute Abend?«

»Ich weiß noch nicht ganz genau, wann ich komme. Bei mir?«

»In Ordnung. Ich schaue mal, was du im Kühlschrank hast. Zur Not flitz ich noch zum Lidl, der hat auch sonntags auf. Und ich koche was, das sich aufwärmen lässt.«

»Danke, Tamina.«

»Gerne.«

Die Wärme und Zuneigung, die ich aus ihren Worten heraushörte, taten mir fast körperlich weh. Eigentlich konnte ich das gerade nicht gebrauchen. Konnte nicht weich sein, sondern nur hart und rau. Brauchte einen Panzer.

»Meine Begleiter waren übrigens das ganze Wochenende brav hier draußen. Ich meine, ich gehe davon aus, dass sie irgendwann ausgewechselt worden sind, die armen Kerle. Aber es war jedenfalls immer jemand da. Nur falls du dir Sorgen gemacht hast.«

Natürlich habe ich das. »Okay. Ich muss mal Schluss machen. Bis später, ja?«

»Ja, bis später. Johannes?«

»Ja?«

»Auch wenn die Situation beschissen ist, es gefällt mir, wieder dichter an dir dran zu sein. Weißt du, was ich meine?«

»Ja, das tue ich. Mir gefällt das auch.«

»Schön.« Sie legte auf.

»Können wir damit was anfangen?«, fragte Fahlinger gerade. »Ich meine, geben wir dieses Allerweltsbild jetzt einfach zur Fahndung raus? Das könnte jeder sein.« Er gestikulierte wild.

Offenbar war er unzufrieden, dass sich aus der *Duisburger Spur* nicht mehr ergeben hatte. Ich wusste aus eigener Erfahrung, wie frustrierend es war, Teil einer Soko zu sein, die nicht im eigenen Revier ermittelte. Wie hilflos und gehemmt man sich dabei vorkam.

Willkommen im Klub, dachte ich bitter, während ich Fahlinger und Niemeyer mit einem Seitenblick bedachte.

Mehr als das neue Bild gab es nicht, keine neuen Erkenntnisse, und so machte ich mich kurz darauf auf, in Richtung Spandau zu fahren und nach meinem Vater zu sehen.

Auf dem Weg kaufte ich Kuchen und ›süße Stückchen‹, wie Frau Neumann sie nannte, und setzte mich eine Weile mit den beiden in Frau Neumanns biederes Omawohnzimmer an den Tisch, um Kaffee zu trinken. Ich hatte Densch gebeten, die Information, dass meine Mutter obduziert werden musste, noch zurückzuhalten, bis ich mit ihm gesprochen hatte. Das zumindest war ich ihm schuldig.

Meinem Vater ging es den Umständen entsprechend nicht schlecht, und mehrmals ertappte ich mich dabei, wie ich ihn anstarrte. Hatte ich das Recht, diese Hülle, die er um sich gesponnen hatte, diesen Kokon aus emotionalen Lebenserhaltungsmaßnahmen, einfach zu zerstören? Ihn zu durchstoßen mit der Information, die ich ihm vorenthielt.

Mit einem Kopfschütteln nahm ich die Kuchengabel auf und widmete mich wieder dem Stück Kranzkuchen, das auf meinem Teller lag.

»Das waren deine ehemaligen Kollegen vom LKA, bei uns im Haus, oder?«, fragte er mich völlig überraschend, als Frau Neumann gerade draußen war, um mehr Schlagsahne zu holen. Die Glasschüssel mit der Sahne stand noch völlig unberührt auf dem Tisch, aber Frau Neumann wollte diesbezüglich offenbar kein Risiko eingehen.

Meine Kuchengabel verharrte auf halbem Weg zwischen Teller und Mund. »Was meinst du?« Ich spürte mein schlagendes Herz überdeutlich.

»Das waren die Leute von der Spurensicherung. Ich habe die ganzen Wagen im Rückspiegel gesehen, als wir weggefahren sind.« Er sah mich aufmerksam an, schien aber nicht verärgert.

Ich schob die Gabel in den Mund und kaute, um Zeit zu gewinnen. »Wir werden Mama obduzieren lassen müssen, Papa«, sagte ich schließlich, schaute aber nicht von meinem Teller hoch. Dem Stück Kranzkuchen schien die zusätzliche Aufmerksamkeit nichts auszumachen.

»Glaubst du, dass sie ermordet worden ist?«

Ich nickte. Er erwiderte nichts. Als ich schließlich, nach einer gefühlten Ewigkeit, aufsah, starrte er mich immer noch an. In seinen Augen standen Tränen. In meinen auch.

»Essen Sie, Herr Thiebeck Junior«, rief Frau Neumann, als sie sich schnaufend wieder auf ihren Stuhl fallen ließ. Sie stellte die zweite Schüssel mit Sahne neben die erste. Von der veränderten Stimmung schien sie überhaupt nichts zu bemerken.

»Es tut mir leid, ich muss leider gehen«, sagte ich mit belegter Stimme, schob den Stuhl zurück und versuchte, den Riesenkloß in meiner Kehle runterzuschlucken.

»Ich bringe dich zur Tür, Junge«, sagte mein Vater und stand ebenfalls auf.

Im Gegensatz zu mir klang er erstaunlich gefasst.

Ich bedankte mich artig bei Frau Neumann für die Gastfreundschaft und schüttelte ihr zum Abschied die Hand. Im Flur sah ihr viel zu fetter Kater ausdruckslos zu uns hoch und beobachtete, wie wir uns an der offenen Tür gegenüberstanden.

»Das hat alles mit deinem Anruf zu tun, oder? Mit Georg?«

Ich hatte mich nie daran gewöhnt, dass mein Vater immer von *Georg* redete, wenn es um den Killer Lammert ging. »Ich fürchte, ja.«

Seine Augen fingen an zu schimmern, als sie feucht wurden. »Hättest du es verhindern können?«

»Ich … nein«, sagte ich schließlich.

Er nickte, als hätte er keine andere Antwort erwartet. »Du weißt, dass wir dir immer vertraut haben, Johannes. Daran hat sich auch jetzt nichts geändert. Komm zu mir, wenn du reden willst.«

»Soll ich … Willst du irgendwas wissen?«

»Nicht jetzt. Später.« Er trat an mich heran. »Pass gut auf dich auf, mein Junge.« Er presste die Hand auf meinen Hinterkopf, ließ mich schließlich los.

Nickend wandte ich mich ab, hob noch einmal die Hand, bevor ich den Vorgarten durchquerte, das Tor des Jägerzauns öffnete und auf die Straße trat, um zum Wagen zu gehen. Hinter mir konnte ich hören, wie mein Vater leise die Tür schloss.

Kurze Zeit später öffnete Tamina mir meine eigene Wohnungstür und fiel mir um den Hals. Ich drückte die Nase tief in ihr Haar und sog ihren Duft ein.

»Was hast du gemacht?«, fragte ich, als sie mich an der Hand in die Wohnung zog.

»Können wir später essen?« Sie hielt mich an den Fingern fest, als würden wir gleich einen Kinderreigen tanzen. Verlegen biss sie sich auf die Lippe, offenbar erschrocken über ihre eigene Forschheit.

»Ich muss duschen«, sagte ich widerstrebend.

»Dusch hinterher. Das lohnt sich mehr.«

›Meine Mutter!‹, wollte ich rufen. Meine Mutter war tot. *Ich sollte mich in die Ecke setzen und um sie trauern*, dachte ich. Doch dann sah ich Tamina an, und plötzlich überkam mich das Bedürfnis, mich in ihr fallen zu lassen. Sie zu halten, gehalten zu werden und für den Moment einfach nur zu vergessen, was passiert war. Frieden zu finden.

Sie berührte meine Hand, streichelte mich mit langen Fingern, und diesmal ließ ich mich von ihr in Richtung Schlafzimmer ziehen.

Ich konnte nicht schlafen. Mit einem Seufzer setzte ich mich etwas aufrechter im Bett hin und warf einen Blick auf Tamina, die seit Ewigkeiten neben mir lag und schlief. Sie war sofort eingeschlafen, als wir ins Bett gegangen waren. »Sex und gutes Essen, ich glaube nicht, dass du noch lang was von mir hast. Ich schlafe bestimmt in zwei Sekunden ein«, hatte sie gesagt, als ich mich dicht an sie gedrückt hatte.

Aber das hatte keine Rolle gespielt. Ich hatte mich hervorragend an ihr festhalten können, als sie längst weggedämmert war. Jetzt dagegen wälzte ich mich bereits eine ganze Weile ruhelos hin und her.

Ich stand auf, ging in die Küche, holte mir eine Flasche Bier aus dem Kühlschrank und setzte mich ins Wohnzimmer, um nächtliches Fernsehen anzuschauen, in der Hoffnung, nach einer Weile genauso hirnlos wie das Programm ins Bett sinken zu können.

Eine ganze Weile begleiteten mich Nachrichtensprecher, Tele-Verkäufer und Frauen mit großen und kleinen Brüsten, die wollten, dass ich sie anrief, durch die Nacht, bis ich irgendwann tatsächlich das Gefühl hatte, mir würden langsam die Augen zufallen.

Aber als ich schließlich erneut im Bett lag, durchgefroren und mit Hemmungen, mich an die friedlich schlafende und wunderbar warme Tamina zu kuscheln, war jede Spur von Müdigkeit verflogen. Bloß das zermürbende Gefühl absoluter Erschöpfung war geblieben, aber ich wusste, dass ich nicht würde schlafen können.

Meine Gedanken kreisten um das Phantombild. Ich griff nach dem Handy auf dem Nachttisch, schaltete es ein und suchte nach dem Foto. Minutenlang starrte ich auf die Zeichnung und musste plötzlich an die Duisburger denken. An Niemeyer. Das Bild erinnerte mich an ihn.

Kerzengerade setzte ich mich im Bett auf und fixierte das Display wie eine Schlange ihre Beute. Ich wagte nicht, zu blinzeln, als könnte der Gedanke wieder verschwinden, in einem dunklen Loch meines Hirns. Das war nicht Niemeyer.

Dafür war die Zeichnung zu beliebig. Aber er hätte es sein *können*. Das hatte seit Stunden hinten in meinem Hirn gejuckt. Die Verbindung, die ich gesucht hatte.

Ich stand auf, zog mich an und hinterließ Tamina einen kleinen Brief auf dem Küchentisch, bevor ich die Haustür leise hinter mir zuzog.

Die nächtliche Stadt sah genauso zerschlagen aus, wie ich mich fühlte. Die ersten Frühaufsteher, mit dunklen Ringen unter den Augen und ohne Freude im Gesicht, vermischten sich mit den letzten erschöpften Resten der Partygänger, die versuchten, den Weg nach Hause zu finden. Normalerweise mochte ich es, in dieser Stimmung durch die Stadt zu rollen. Doch jetzt fragte ich mich, was der Mörder gerade tat. Pieter Gorlaff, falls er es wirklich war. Ob er in diesem Moment auch gerade unterwegs war, oder stattdessen schlaflos über seinem nächsten Zug grübelte? Ob er Angst oder zumindest Respekt vor uns verspürte? Oder fühlte er sich derart sicher, dass er in seinem Bett lag und sich mit selig verzerrtem Gesicht wunderschönen, kranken Träumen von Macht und Mord hingab?

Im Präsidium ging ich durch leere Gänge, in denen mich nur die nach und nach angehenden Deckenlampen, automatisch aktiviert durch die Bewegungsmelder, begrüßten. Der Beamte am Tor hatte mich mit einer Mischung aus Langeweile und Neugier angesehen, als ich auf den Hof gefahren war. In den wenigen Büros, in denen Menschen arbeiteten, schaute ab und an jemand kurz hoch, als ich vorüberging. Vermutlich, weil ich ihre frühe Ruhe störte, und nicht, weil es jemanden wirklich interessierte, wer sich dort den Flur entlangschleppte.

Ich holte mir vom Kaffeeautomaten im Foyer einen frischen Kaffee und setzte mich in Vierundzwanzig-C. Dort fuhr ich den Rechner hoch und suchte nach Bildern von Niemeyer. Erst über Google, dann über das Intranet. Als mir die Duisburger Seiten sein Gesicht zeigten, hielt ich das Handy mit dem Phantombild daneben.

Ich spürte, wie sich mein Puls beschleunigte. War das möglich? Konnte Niemeyer bei Ottendorf im Haus gewesen sein? Würde das erklären, warum jemand hier in Vierundzwanzig-C eingedrungen war? War das Niemeyer gewesen? Wozu?

Kurz drohte ein absurder Gedanke, mich anzuspringen. Was, wenn Niemeyer Gorlaff war? Die Ungeheuerlichkeit dieser Idee schnürte mir fast die Brust zu. Ich versuchte, mir vorzustellen, wie Niemeyer den kleinen Davie in schwarzem Acryllack ersäufte. Wie er Stödter die Kehle durchschnitt und Malte ausweidete.

Die Stimme in meinem Kopf schrie *Nein!*, aber ich versuchte, sie einen Augenblick lang zu ignorieren. Was war Gesine Lammerts Reaktion oder die meines Vaters gewesen, als man ihnen eröffnet hatte, dass ein liebender Ehemann und ein Freund aus Kindertagen möglicherweise ein perverser Serienmörder sein könnte?

Im Geist versuchte ich, Revue passieren zu lassen, was ich von Niemeyer wusste. Alle Situationen abzurufen, in denen ich ihn erlebt hatte. Hatte er überheblich gegrinst, als wir unsere Schachstrategie formuliert hatten? War er nervös gewesen, als Kunzi mit dem Phantombild aufgetaucht war?

Mit aufeinandergepressten Lippen strich ich mir mit der Hand übers Gesicht, lehnte mich zurück. Das brachte nichts. Ich besaß kein fotografisches Gedächtnis und würde auf diese Weise kein Stück weiterkommen. Ich würde bloß verhindern, dass ich unvoreingenommen blieb. Mein Gedächtnis und meine Fantasie würden sich zusammentun, um ein überzeugendes Täterprofil aus dem Nichts zu erschaffen.

Ich begann am Rechner die Suche nach Spuren von Guido Niemeyer.

Laut Aktenlage war sein Geburtsdatum der 21. August 1981. Zu alt für Gorlaff. Ich hatte Niemeyer bei unserem ersten Treffen jedoch auf höchstens Ende zwanzig geschätzt. Wenn er ohnehin weitere Papiere gefälscht hatte, um zum LKA zu kommen, konnte er auch problemlos sein Alter verändert haben.

Niemeyers Geburtsort war angeblich Hamm, Westfalen. Aufgewachsen ebenfalls dort, bis zum Abi. Wehrdienst, sofortiger Übergang in den Polizeidienst. Drei Jahre Studium an der Deutschen Hochschule der Polizei in Münster, danach ein Jahr Einsatzdienst bei der Bereitschaftspolizei. Anschließend Versetzung zum Mobilen Einsatzkommando …

Zack!

Einfach so. Da war sie, die Verbindung zu Ottendorf. Ich checkte die Daten. Von 2005 bis 2008 war Niemeyer beim MEK in Duisburg gewesen – genau wie Ottendorf!

In einem neuen Fenster öffnete ich Ottendorfs Homepage. An die erinnerte ich mich noch gut. Den Link hatte er mir sofort geschickt, nachdem wir uns damals kennengelernt hatten.

Bilder von sich, seinem Schäferhund Tassi, aus Urlauben, in seiner Laube und von Feiern. Ich ging in der Chronik weiter zurück, suchte nach Gruppenbildern. Und wurde fündig.

Februar 2007, *Grillparty und Eisfischen; Blauer See Ratingen*: Ein Bild von circa einem Dutzend Männer, dick eingepackt in warme Klamotten, mit einer Reihe von Fischen, die sie triumphierend hochhielten. Im Hintergrund die glitzernde Eisfläche eines zugefrorenen Sees. Links und rechts dürre Bäumchen, mit Raureif behangen. Vorn in der Mitte erkannte ich Mario Ottendorf, und ein paar Sekunden später hatte ich auch Guido Niemeyer erspäht.

Ich suchte weiter und fand noch andere Bilder der beiden. Vielleicht waren sie nicht die dicksten Kumpel gewesen, aber sie hatten auf jeden Fall eine Menge privat zusammen gemacht. Manche der Bilder waren nach 2008 datiert, also aus einer Zeit, als Niemeyer längst nicht mehr beim MEK, sondern bereits zur Kripo gewechselt war.

Da traf mich ein anderer Gedanke mit fast physischer Wucht. *Niemeyer, wie er im Schlafzimmer meiner Eltern steht. Über meiner schlafenden Mutter. Das große Kissen in der Hand, blickt er auf sie herab. Dreht sich plötzlich langsam zur Seite und sieht mich an. Lächelt diabolisch und drückt dann das Kissen nach unten.*

Ich keuchte auf und musste aufspringen, um diesen Bann zu brechen. Um diese real wirkenden Bilder aus meinem Kopf zu vertreiben. Schwer atmend stand ich da, die Hände gegen die Wand gepresst, um mich abzustützen.

Das Ganze war lächerlich. Nicht mehr als eine winzige Ähnlichkeit zwischen den Bildern, die jemand anders vielleicht nicht einmal erkennen konnte. Wie oft erinnerte einen jemand an einen Schauspieler oder Musiker, nur damit andere daraufhin traurig den Kopf schüttelten, die Lippen schürzten und sagten: ›Nein, tut mir leid. Finde ich nicht.‹

Draußen vertrieb eine langsam aufgehende Sonne die Dunkelheit mit einem schmierigen Grauschleier. Demnächst würde der Rest der Soko anrollen. Wem würde ich davon erzählen? Jana? Würde sie mir glauben oder mich für paranoid halten? Was hatte ich in der Hand, mehr als dieses kleine Zucken meines Instinkts? Die Antwort war: nichts.

Nach einem Augenblick der Ratlosigkeit suchte ich die Telefonnummer von Sandra Gorlaff heraus, die die Hamburger Kollegen ausgegraben hatten, und wählte.

Es dauerte einen Moment, aber schließlich nahm sie ab. Offenbar hatte ich sie nicht geweckt.

»Gorlaff.« Ihre Stimme klang so mitgenommen, wie ich ihre körperliche Erscheinung in Erinnerung hatte.

»Hallo, Johannes Thiebeck hier.«

Ich hörte sie atmen. »Was wollen Sie? Ich habe Ihnen schon alles gesagt.«

Nichts hast du uns gesagt.

»Meine Mutter ist tot, Frau Gorlaff.«

Ich konnte hören, wie sie versuchte, nachzudenken. Wie es ihr nicht gelang.

»Sie ist ermordet worden, nachdem ich bei Ihnen war. Es war Pieter, Frau Gorlaff. Er wollte mich dafür bestrafen, dass ich mit Ihnen gesprochen habe.«

Schnaufen. Ich konnte nicht erkennen, was sie gerade tat.

»Frau Gorlaff, sind Sie noch da?«

Jetzt hörte ich ein ersticktes Schluchzen. »Es tut mir leid.«

Ich sagte nichts, sondern wartete ab. Sie weinte auf eine abgehackte Art, als hielte ihr jemand den Mund zu.

»Haben Sie geahnt, dass er so etwas tun würde?«

»Nein, nein. Nein!«

Meine Stimme war jetzt ganz ruhig, wie um sie damit durch das Telefon hindurch aufrechtzuhalten, zu verhindern, dass sie zusammenbrach. Ich versuchte, den Schmerz, die Wut und die Trauer aus meinen Gedanken, und vor allem aus meiner Stimme, zu verbannen.

»Wann haben Sie ihn das letzte Mal gesehen?«

Sie brauchte einen Augenblick, bis sie sich wieder unter Kontrolle hatte und antworten konnte. »Vielleicht vor einer Woche. Oder anderthalb.«

Also ist er wirklich bei ihr gewesen, dachte ich. *Vielleicht hätten wir sie mitnehmen müssen. Sie zwingen, auszusagen. Vielleicht wäre meine Mutter dann noch am Leben.* Ich schüttelte den Kopf. So etwas durfte ich jetzt nicht denken.

»War er oft bei Ihnen?«

»Nein. Insgesamt ein halbes Dutzend Mal, wenn es hochkommt. Die meisten Besuche lagen in den letzten zwei Monaten oder so.«

»Hat er Ihnen gedroht?«

Ich hörte ein schabendes Geräusch am Hörer und nahm an, dass sie nickte.

»Frau Gorlaff? Hat er sie bedroht?«

»Ja.« Heiser und fast verschluckt stahl sich das Wort durch die Leitung in mein Ohr.

»Inwiefern?«

Diesmal antwortete sie, ohne zu zögern. »Er hat gesagt, ich darf niemandem von ihm erzählen. Er wäre längst tot, ich hätte ihn schon vor Jahren für tot erklärt. Als ich ihn seinem Vater überlassen hätte.« Heftig fing sie wieder an, zu schluchzen. »Ich wollte das nicht! Dafür konnte ich doch nichts, aber er hat das nicht verstanden. Er hat gesagt, ich hätte ihn lebendig begraben und alles, was folgen würde, wäre meine Schuld.« Sie heulte heftiger. »Er hat mich beschimpft.«

»Hat er Ihnen wehgetan?«

»Ja«, flüsterte sie verrotzt. »Ich glaube, er beobachtet mich. Irgendwie ist da immer so ein Schatten. Eine Kälte, als würde jemand auf mich lauern. Und wenn ich mich umdrehe, ist da nichts. Verstehen Sie?«

»Frau Gorlaff, ich werde gleich Kollegen von uns in Hamburg informieren. In ein paar Minuten werden Beamte bei Ihnen an der Tür klingeln und Ihnen meinen Namen nennen. Erst dann machen Sie die Tür auf, haben Sie das verstanden?«

Sie bejahte.

»Die Kollegen werden Sie mitnehmen und auf Sie aufpassen. Er kann Ihnen nichts tun. Hören Sie mich?«

»Ja.«

»Aber wir brauchen Ihre Hilfe. Wir haben immer noch keine Ahnung, wie Pieter wirklich aussieht. Wenn Sie auf dem Präsidium sind, müssen Sie den Polizisten dort helfen, ein Phantombild zu erstellen. Können Sie das für mich tun?«

Sie zögerte.

»Bitte, Sandra. Ohne Sie komme ich nicht weiter. Bitte?«

Sie schniefte, zog geräuschvoll die Nase hoch. »Ist gut.«

Währenddessen war ich aufgestanden und hatte Vierundzwanzig-C verlassen. Beruhigend redete ich weiter auf sie ein, bis ich in der offenen Tür der *Notunterkunft* stand, das Handy am Ohr. Ich betete, dass ich nicht plötzlich in ein Funkloch treten würde, so wie im Vernehmungsraum.

Ich hatte Glück: Jana war bereits wach. Mit heftigen Armbewegungen bedeutete ich ihr, zu mir zu kommen. Sie folgte mir auf den Gang, in ein Langarmshirt gekleidet und mit nackten Beinen.

»Einen ganz kleinen Augenblick, Frau Gorlaff, ja? Ich bin sofort wieder da.« Während ich das Telefon senkte, hörte ich, wie sie sich laut schnäuzte.

»Frau Gorlaff?«, flüsterte Jana mit großen Augen.

Ich nickte. »Er war bei ihr und hat sie bedroht. Sie hat Angst. Du musst jemanden in Hamburg zu ihr schicken, die sollen sie unter Personenschutz stellen.«

Jana hatte sich bereits in Bewegung gesetzt, als ich hinzufügte: »Sie ist bereit, uns ein Phantombild zu liefern.«

Mit zwei erhobenen Daumen verschwand Jana im Schlafsaal, und ich wandte mich erneut Sandra Gorlaff zu.

»Ich bin wieder da«, sagte ich, unglaublich beruhigt, dass ich kein Freizeichen hörte.

Ich hatte keine Ahnung, was ich gemacht hätte, wenn sie kalte Füße bekommen und aufgelegt hätte. Wenn sie aus lauter Angst abgehauen wäre. Wie hätten wir sie wiederfinden sollen?

»Soll ich bei Ihnen am Telefon bleiben, bis die Beamten kommen?«

Sie zögerte. Schließlich sagte sie: »Ja, bitte. Ginge das?«

»Sicher.«

Ich trug sie am Ohr zurück nach Vierundzwanzig-C, und wir führten die nächsten zwanzig Minuten eine merkwürdige und stotternde Unterhaltung. Wir versuchten uns an Allgemeinplätzen, oder ich zumindest, auf die sie mehr oder weniger einsilbig antwortete. Manchmal kam sie etwas ins Erzählen, was bedeutete, dass sie wenigstens halbe Sätze herausbekam, aber meistens verstummte sie gleich wieder.

Einmal machte ich den Fehler, eine Frage zu Pieter zu stellen. »Haben Sie jemals das Gefühl gehabt, er wäre Ihr Kind? Hatte er etwas an sich, von dem sie das Gefühl hatten, das gehört zu Ihrem Sohn?«

Bei ihrem darauffolgenden Weinkrampf ging mir sofort auf, wie dämlich die Frage gewesen war. Ich hatte gedacht, sie würde vielleicht von der aktuellen Situation abgelenkt und könnte über früher reden. Aber natürlich hatte ich sie nur erneut daran erinnert, dass Lammert ihr das Kind weggenommen und ein Monster daraus gemacht hatte.

»Es tut mir leid! Sch…«, versuchte ich, sie zu beruhigen.

Schließlich ließ ihr Schluchzen etwas nach, und ich versuchte mich an unverfänglicheren Themen. Endlich konnte ich im Hintergrund die Türklingel hören.

»Sind sie das?«, fragte sie atemlos. »Was ist, wenn *er* kommt?«

»Gehen Sie an die Tür. Schauen Sie durch den Spion. Sehen Sie Uniformen?«

»Ich möchte nicht an die Tür.« Ihre Stimme war so leise, dass ich sie kaum verstand.

»Bitte, Frau Gorlaff, Sie schaffen das. Sonst hat Ihre Angst kein Ende. Gehen Sie!«

Ich konnte hören, wie sie durch den Flur schlurfte. Der Türsummer ertönte. Schließlich hörte ich ein lautes *Klock*, als sie offenbar mit dem Telefon gegen die Tür stieß, um durch den Spion zu schauen.

»Ein Mann und eine Frau, beide in Uniformen«, flüsterte sie.

»Das sind Polizisten. Öffnen Sie ihnen die Tür und geben Sie ihnen das Telefon, Frau Gorlaff.«

Es klang, als würde sie in der Tat das Schloss entriegeln.

Plötzlich sagte eine leicht irritierte Männerstimme: »Huber. Wer spricht dort?«

»Johannes Thiebeck. Ich bin ein Kollege von Kriminalkommissarin Jana Kleidermann vom LKA in Berlin. Sie hat veranlasst, dass Sie Frau Gorlaff aufsuchen.« Ich verschwieg lieber, dass Jana und ich *früher* einmal Kollegen gewesen waren.

»Alles klar.« Sein Tonfall wurde etwas milder.

»Wissen Sie, was zu tun ist?«

»Wir sollen sie mit auf das Präsidium nehmen. Dort wird sie unter Personenschutz gestellt.«

»Wir brauchen unbedingt ein Phantombild des Täters von ihr! Das hat oberste Priorität, können Sie sich als Allererstes darum kümmern?«

»Ich habe doch gesagt, ich weiß Bescheid. Das Bild wird so schnell wie möglich erstellt«, sagte er, deutlich genervt.

Erleichtert atmete ich auf. »Alles klar.« Ich bedankte mich, wir beendeten das Gespräch, und kurz überlegte ich, ob ich mich von Frau Gorlaff hätte verabschieden sollen. Sie würde schon klarkommen, entschied ich.

Nachdem ich einen Moment lang durchgeatmet hatte, stand ich auf und verließ den Raum.

Ich fand Jana im Besprechungszimmer.

»Was ist mit Frau Gorlaff?«

»Ich habe mit ihr telefoniert, bis die Beamten dort waren. Sie nehmen sie mit und erstellen das Phantombild. Wir brauchen das Scheißding so schnell wie möglich.«

Jana nickte. »Ich weiß. Ich habe in Hamburg einen Bekannten, einen Kommissar bei der Mordkommission. Wir haben uns letztes Jahr bei einem Fortbildungsseminar kennengelernt. Den habe ich auf die ganze Sache angesetzt. Der wird sich darum kümmern, dass die Gorlaff ordentlichen Polizeischutz erhält, und er wird auch dafür sorgen, dass wir unser Bild möglichst fix bekommen. Hat ja keinen Sinn, da eine offizielle Anfrage zu stellen, das würde ewig dauern.«

»Deswegen waren die auch so schnell bei ihr! Ich weiß echt nicht, wie lange ich das Gespräch mit ihr noch ausgehalten hätte«, sagte ich und seufzte.

Es war kurz nach sieben, als die ersten anderen Mitglieder der Soko bei uns eintrafen. Kunzi und Schiefer natürlich wieder zusammen, dann tauchte Fahlinger auf. Ich ergriff die Gelegenheit und stellte mich zu ihm ans Buffet, als er sich gerade den ersten Kaffee in den Becher spritzte.

»Morgen«, sagte er, nachdem er mir einen Seitenblick zugeworfen hatte.

»Guten Morgen.« Ich griff nach einem halben Brötchen mit Schinken und Ei.

»Wie geht es Ihrem Vater?«

Mit einem Schulterzucken antwortete ich: »Bisher habe ich ihm noch nichts von unseren Befunden gesagt.« Die Bewegung ließ meinen Muskelkater heftig aufflammen.

»Ist vielleicht auch besser so.« Fahlinger rollte eine Brötchenhälfte mit Frischkäse wie eine dicke Zigarre zusammen und biss die Hälfte davon ab.

Während er kaute, sagte ich: »Ich habe das früher immer gehasst, Soko woanders. Hier eine zu bilden fand ich in Ordnung, und die Kollegen waren auch immer herzlich willkommen, aber in einem fremden Revier zu jagen, das war nichts für mich.«

Fahlinger nickte, kaute konzentriert und antwortete schließlich: »Geht mir nicht anders. Ist einfach nicht dasselbe wie zu Hause.«

»Ottendorf ist direkt bei Ihnen beiden auf dem Schreibtisch gelandet?«

Bloß ein Kopfschütteln als Antwort, weil er sich inzwischen den Rest des Brötchens in den Mund gesteckt hatte. So musste ich noch einen Augenblick warten, bis er schließlich sagte: »Auf meinem. Guido ist speziell für diese Soko dazugestoßen.«

Meine Nackenhaare stellten sich auf, und ich bekam eine Gänsehaut auf den Armen. »Wann war das?«

Fahlinger schien die Wirkung, die seine Worte hatten, nicht zu bemerken. Er drehte sich seitlich zum Buffet, um nach einem weiteren Leckerbissen Ausschau zu halten, und antwortete beiläufig: »Vor ein paar Tagen. Wieso?« Während er nach einem Becher mit Joghurt griff, lachte er. »Machen wir denn schon den Eindruck eines eingespielten Teams?« Er richtete sich auf, zog die Silberfolie vom Deckel. »Gibt ja Leute, die meinen, dass ein Team aus Kommissaren eher einer langjährigen Ehe gleicht als … die Ehe.« Er leckte die Metallfolie ab, knüllte sie zusammen und warf sie in einen Papierkorb, der unter den Tischen stand. Dann tauchte er den Löffel in den Joghurt und aß. Währenddessen fügte er noch hinzu: »Mein alter Partner hatte vor einem halben Jahr bei der Kripo aufgehört, und bisher war der Platz noch nicht wieder besetzt. Als klar wurde, dass wir zwei Mann nach Berlin schicken würden, hat Guido sich beworben. Eigentlich hätte ich alleine kommen müssen, aber wahrscheinlich hatten meine Chefs Sorge, dass Franziska und ich uns alleine von den Berlinern unterbuttern lassen.« Das Augenzwinkern, das er hinterherschob, schien auszudrücken: ›Dir kann ich es ja sagen, du bist ja nicht mehr bei dem Verein.‹

Benommen nickte ich. Starrte ins Leere. *Niemeyer, auf dem beige-blau gestreiften Läufer, vor dem Fenster mit den lilafarbenen Vorhängen. Niemeyer, der sich vorbeugt, sanft das Kissen ablegt. Es ordentlich zurechtrückt. Der Druck ausübt. Langsam erst, dann bestimmter. Die stille Form meiner Mutter, ohne jede Reaktion.*

15

»Alles in Ordnung?«

Desorientiert fing ich Fahlingers Blick auf. Der Löffel, voll mit Himbeerjoghurt, schwebte über dem Becher.

»Ja. Alles gut.« Wieder so eine Lüge. Diesmal kam sie mir bereits leichter über die Lippen.

Er nickte, schob sich den Löffel in den Mund, ließ ihn dort und klopfte mir aufmunternd auf die Schulter. Nachdem er ihn herausgezogen hatte und wieder sprechen konnte, sagte er: »Verstehe ich. Heftige Sache.« Noch ein Schulterklopfen. Dann wandte er sich ab, offenbar bemüht, meiner Nähe zu entkommen.

Ich musste an den Tag denken, an dem ich gezwungen gewesen war, den Coach zu trösten. Und wie hilflos ich mich gefühlt hatte. So ging es Fahlinger jetzt offenbar auch.

Densch und Kunzi hatten den Raum betreten und kamen auf uns zu.

»Guten Morgen«, grüßte uns Densch. »Jana kommt gleich. Wir haben gestern Abend eine Entscheidung getroffen«, sagte er mehr an Fahlinger als an mich gewandt. »Wir sind davon überzeugt, dass wir unsere Ermittlungen ausweiten müssen, damit wir nicht länger nur reagieren können.«

Fahlinger nickte, als wüsste er genau, wovon Densch sprach. Ich dagegen hörte kaum zu, sondern dachte über Niemeyer nach.

Mit einer gemurmelten Entschuldigung verließ ich die

kleine Gruppe und ging zu den Waschräumen. Ich brauchte klares Wasser! Bevor ich den Raum erreichte, begegnete mir ein Beamter in Uniform.

»Wissen Sie, wo sich Kommissar Densch aufhält?«

Offenbar wusste er, dass ich zur Soko gehörte, sonst hätte ich mit dem Namen wohl nichts anfangen können. In der Hand hielt er einen Aktenumschlag aus blassrosa Pappe.

»Worum geht es denn? Hat das irgendwas mit den Hamburger Kollegen zu tun?«

Er zögerte. Falls er wusste, dass ich keiner der ermittelnden Beamten war, durfte er mir weder sagen, worum es ging, noch mir etwas in die Hand geben. Ich aber war fest entschlossen, genau das zu erreichen.

»Ja, das kam gerade von dort.« Er sah mich an und versuchte offenbar, eine Entscheidung zu treffen.

»Densch ist kurz weg, geben Sie mal her.« Ich sah ihn nicht an, als ich ihm fast beiläufig die Mappe abnahm.

Er leistete keinen Widerstand.

»Das Phantombild«, sagte er noch, als ob ich das nicht selbst in den nächsten anderthalb Sekunden herausgefunden hätte.

Da lag es. Das Bild von Pieter Gorlaff, dem ich in die Schweiz gefolgt war und der sich mir derart kunstvoll all die Zeit entzogen hatte. Es war schmerzhaft enttäuschend. Ein Phantombild eben, auf dem man nicht ernsthaft etwas erkennen konnte. Kein Foto, bei dem man sofort ein echtes Gesicht vor Augen hatte. Noch schlimmer: Kein Gesicht, das wie Guido Niemeyer aussah.

»Das ist er?«, fragte ich, ähnlich überflüssig wie die Bemerkung des Beamten gerade eben.

Er besaß den Anstand, nichts zu sagen.

Aber irgendetwas kam mir an dem Bild bekannt vor, genauso, wie das Bild von Niemeyer in meinem Hirn etwas ausgelöst hatte, bis es mir endlich eingefallen war. Aber das hier war nicht Niemeyer, daran gab es keinen Zweifel. Pieter Gorlaff war definitiv nicht derselbe Mann, der jetzt als Kommissar Guido Niemeyer Teil der Ermittlungen geworden war. Doch was, wenn Sandra Gorlaff keine besonders gute Beschreibung hatte abliefern können? Was, wenn sie uns absichtlich in die Irre führen wollte? Oder möglicherweise hatte Gorlaff bei seinen Treffen mit ihr sein Aussehen verändert, weil er gewusst hatte, dass sie ihn früher oder später verraten würde. War Guido Niemeyer in Wirklichkeit Sandra Gorlaffs Sohn? Ich versuchte, die Gesichter der beiden vor meinem geistigen Auge abzugleichen. Was, wenn Niemeyer nicht Gorlaff war, aber trotzdem mit ihm zu tun hatte?

»Kein Treffer?«, wollte der Polizist teilnahmsvoll wissen. Offenbar war ihm mein ratloser Gesichtsausdruck nicht entgangen.

»Ich gebe das an Densch weiter.« Als ich mich schon abgewandt hatte, die Augen immer noch fest auf das Bild gerichtet, murmelte ich noch ein »Danke« in seine Richtung.

Wer bist du?, dachte ich. *Woher kenne ich dich, Pieter Gorlaff?*

Ich brachte das Bild zurück ins Besprechungszimmer, jagte es einmal durch den Kopierer und heftete dann ein Blatt mit Magneten an das Whiteboard. Mit dem Marker umkringelte ich den Namen *Pieter Gorlaff*. Die Kopie faltete ich und steckte sie mir in die Hosentasche. Niemeyer war inzwischen ebenfalls anwesend. Seinem Blick wich ich aus, ich hatte noch keine Strategie, wie ich ihn konfrontieren würde.

Erst dann bemerkte ich die anderen, die mich anstarrten.

»Unser Mann«, sagte ich lahm und trat zurück, um den anderen Platz zu machen.

Alle versammelten sich um das Bild herum, aber ein erstaunter Ausruf blieb aus.

»Erkennt jemand den Täter?«, fragte Densch in die Runde. »Thiebeck?«

Ich schüttelte den Kopf.

»Jana? Hans?«

Ebenfalls nichts.

»Tja, Leute, leider kommen wir damit also kein Stück weiter. Zurück an die Arbeit, bitte! Trotzdem guter Job, Thiebeck. Möglicherweise hilft uns das später noch«, fügte Densch an mich gewandt hinzu. Er klatschte in die Hände, um uns zu zerstreuen, als befände er sich in einem Mädcheninternat.

»Glaubst du, dass er das ist? Der echte Pieter Gorlaff?«, fragte Jana, die zu mir getreten war.

Ich zuckte mit den Schultern. Wie gut war es um Sandra Gorlaffs Erinnerung bestellt? Wie geduldig hatte der Mann im Hamburger LKA mit ihr zusammengearbeitet? Aus Zeugen ein verlässliches Phantombild herauszukitzeln, erforderte eine unglaubliche Kunstfertigkeit und feines, psychologisches Gespür. Und jede Menge Geduld. Hatte der Hamburger Beamte all das besessen?

Ich musste an das Passfoto denken, das uns die Schweizer Behörden geschickt hatten. Das auf keinen Fall Gorlaff darstellte. Wie viele Masken besaß dieser Mann? Mein Blick streifte Niemeyer.

Scheiß auf die Strategie!, dachte ich. Niemeyer hatte Ottendorf gekannt, gut gekannt, war vermutlich wenige Tage vor dem Mord bei ihm im Haus gesehen worden *und* hatte explizit darum gebeten, mit Fahlinger nach Berlin kommen zu dürfen. Die Sache stank zum Himmel! Jede Wette, dass es auch Niemeyer gewesen war, der sich Zugang zu meinem Zimmer verschafft hatte.

Ich lief wieder hinüber zum Whiteboard, und während die anderen mich noch verständnislos anschauten und in ihren Gesprächen verstummten, riss ich das erste Phantombild, das wir aus Duisburg erhalten hatten, vom Brett und ging zu Niemeyer und Densch. Dann hielt ich das Blatt direkt neben Niemeyer wie zum Vergleich hoch und fragte drohend: »Was haben Sie im Haus von Mario Ottendorf gemacht?«

Densch schaute verständnislos drein.

Niemeyer dagegen blieb erstaunlich ruhig. »Wovon zum Teufel reden Sie?«

»Sie waren mit Ottendorf beim MEK. Waren gute Freunde. Eisfischen am Blauen See, zum Beispiel? Warum haben Sie uns das verschwiegen?« Ich hatte einen Schritt auf ihn zugemacht und ihn an den Klamotten gepackt. Riss ihn einen halben Schritt daran hoch, brüllte und spuckte ihm ins Gesicht. »Warum, du Arschloch? Was hast du mit Gorlaff zu schaffen?«

Jetzt sagte Niemeyer nichts mehr.

Densch schon. »Thiebeck, das reicht, lassen Sie ihn runter. Ist das wahr? Kannten Sie Ottendorf?«

Ich hatte meinen Griff etwas gelockert, sodass Niemeyer wieder fest auf dem Boden stand, ließ ihn aber noch nicht los. Musste mich beherrschen, ihn nicht einfach zusammenzuschlagen.

Fahlinger war jetzt ebenfalls zu uns getreten. »Wo haben Sie diese Informationen her?«, fragte er mich barsch.

»Jemand ist gestern in meinem Zimmer gewesen und hat sich am Rechner zu schaffen gemacht. Waren Sie das, Niemeyer?« Ich schüttelte ihn ein wenig wie einen ungezogenen Hund. Konnte seine Zähne klappern hören.

»Ich sagte, es reicht«, mischte sich Densch ein. Mit festem Griff löste er meine Finger und drängte mich von Niemeyer fort. Der ordnete, ohne aufzusehen, seine Kleidung.

»Ist das der Grund, warum du in die Soko wolltest? Weil du Ottendorf kanntest?«, herrschte Fahlinger seinen Kollegen an. »Verdammte Axt, Guido, das hättest du mir sagen müssen. Was, zum Herrgott, hast du dir dabei gedacht? Scheiße!« Fahlinger wandte sich ab, offenbar fassungslos.

Densch nahm mir das Phantombild weg. »Sind Sie das, Guido? Waren Sie tatsächlich in Ottendorfs Haus?«

Niemeyer nickte. Er schien geschlagen, zeigte keine weitere Energie, um alles abzustreiten.

»Warum?«

Niemeyer entgegnete nichts, schaute bloß zu Boden und rieb sich die Stirn.

Fahlinger folgte seinem eigenen erregten Zeigefinger zurück in unseren kleinen Kreis.

»Du bist erst mal suspendiert. Ich fasse es nicht!«

Wieder wandte er sich ab, getrieben von seinem Ärger wie ein Kessel mit überhöhtem Druck.

»Was geht denn hier ab?«, wollte Jana von der Tür her wissen.

Ich drehte mich um und sah sie dort mit Professor Körner stehen. Densch ging, um ihr mit gedämpfter Stimme zu erklären, was passiert war, während der Rest von uns etwas unsicher herumstand. Auch wenn Fahlinger Niemeyer die Marke und die Dienstwaffe abnahm, war ich offenbar der Einzige, der einen Bezug zu den Morden für möglich hielt. *Niemeyer mit dem Kissen in der Hand.* Welchen Grund sollte dieses kleine Spielchen sonst gehabt haben? Aber dann stimmte das Phantombild, das uns Sandra Gorlaff geliefert hatte, nicht.

Jana kam zu mir, fasste mich am Arm und führte mich ein paar Schritte zur Seite.

»Was ist los?«

Ich sah sie an. »Warum sollte er das alles verschwiegen haben? Das ergibt doch keinen Sinn.«

»Du glaubst, dass er etwas mit der ganzen Sache zu tun hat?« Sie flüsterte und machte noch ein paar Schritte weiter. Ich musste ihr folgen, wenn ich sie verstehen wollte. »Niemeyer ist nicht unser Mörder. Das ist doch absurd.«

Ich zuckte mit den Schultern. »Der ganze Fall ist absurd.«

»Hör zu, seit Hans und Guido in Berlin sind, waren sie ununterbrochen mit einem von uns zusammen. Für alles, was seitdem passiert ist, hat er ein wasserdichtes Alibi. So einfach ist das alles nicht, Johannes.«

»Und wenn doch? Wenn es wirklich so einfach wäre?« Ich warf einen Blick auf Niemeyer, der mit Densch und Fahlinger an der Tür stand. In diesem Moment legte Fahlinger seinem jüngeren Kollegen die Hand auf die Schulter, und gemeinsam verließen sie den Raum.

»Dann wird sich das alles auflösen. Dann ist das Spiel zu Ende, verstehst du? Aber davon gehe ich nicht aus. Es wäre töricht, sich darauf zu verlassen. In ein paar Stunden steht der nächste Zug an. Was willst du tun? Nicht ziehen? Weil du denkst, es war wirklich Guido, der all das getan hat? Nicht dein Ernst, oder?«

Sie hatte recht. Ich begegnete ihrem Blick, gekrönt von ärgerlich zusammengezogenen, dunklen Augenbrauen, und nickte. »Okay. Aber sag Densch, dass sie ihn nicht aus den Augen lassen sollen.«

»Er steht nicht unter Verdacht, Johannes. Aber keine Angst, ich glaube, Fahlinger ist wütend genug auf ihn, um gut auf ihn aufzupassen. Ich denke nicht, dass wir uns darum Sorgen machen müssen.«

Ich seufzte. »In Ordnung. Was passiert jetzt? Densch meinte vorhin etwas von ›die Ermittlungen eskalieren‹. Was hat er damit gemeint?«

»Komm mit.« Sie fasste mich am Ellbogen, und gemeinsam gingen wir zurück zu den anderen.

Als Densch bemerkte, dass wir kamen, sah er Jana kurz an und sagte dann etwas zu Frau Körner. Sie nickte.

»Also«, verkündete er und räusperte sich. »Wir haben uns gestern Abend noch eine Weile beratschlagt. Jana, Hans, Guido und ich.« Sein Blick wanderte zu Schiefer und Kunzi, als wollte er sich bei den beiden entschuldigen, dass sie nicht Teil dieser Entscheidung gewesen waren. »Jedenfalls sieht es im Moment nicht so aus, als würden wir mit unseren Ermittlungen demnächst einen schnellen Durchbruch erzielen. Und leider haben unsere Schachprofis uns informiert, dass es nicht unwahrscheinlich ist, dass in den nächsten zwei, drei Zügen eine weitere Figur geschlagen wird. Professor Körner«, er sah in ihre Richtung, »ist immer noch damit beschäftigt, zu entschlüsseln, welche Personen für welche Figuren infrage kommen. Allerdings wird uns das nur bedingt weiterhelfen, dazu wissen wir einfach zu wenig über den Täter. Um nicht komplett in der Defensive zu verharren, haben wir uns zu einem drastischen Schritt entschlossen. Dieser ist mit der Staatsanwaltschaft bereits abgesprochen.« Er räusperte sich erneut und schien das Wort an Frau Körner abzugeben. Jedenfalls machte er eine Handbewegung in ihre Richtung und einen Schritt zurück.

Sie lächelte und sah in die Runde. »Wie Kommissar Densch bereits beschrieben hat, fehlen uns zentrale Informationen, die es ermöglichen würden, den Täter, seine psychische und emotionale Welt sowie die komplexen Zusammenhänge seiner Taten zu erfassen. Besonders die bereits angesprochene Figurenidentität. Wir wissen, dass Maßner, Kierran und Stödter Bauern auf dem Brett dargestellt haben. Mehr ist uns nicht bekannt.« Sie machte einen Schritt in Richtung Whiteboard, als müsste sie gleich etwas aufzeichnen. »Allerdings gibt es zwei Positionen, über die ich ziemlich gesichert eine Aussage treffen kann.« Ihr Blick wanderte zu mir. »Die erste ist der schwarze König. Wir können davon ausgehen, dass Sie, Herr Thiebeck, diese Figur darstellen. Auch wenn der König im Schach durch seine eingeschränkten Zugmöglichkeiten keinesfalls eine mächtige Spielfigur ist, steht und fällt mit ihm, wenn Sie diese Bemerkung entschuldigen, das gesamte Spiel. In der historischen Betrachtungsweise *dirigiert* der König auf dem Brett seine Armee, und die Auseinandersetzung beider Könige ist ein Sinnbild für den Kampf zwischen den Spielern.« Sie sah kurz auf das große Schachbrett mit den Magnetfeldern. »Zusätzlich ist das Spiel schlagartig beendet, wenn einer der Könige fällt. Würde in unserer Partie der schwarze König geschlagen, ist davon auszugehen, dass der Täter versuchen würde, Herrn Thiebeck umzubringen. Quasi als kathartisches Pendant zum Spiel; die ultimative Konfrontation. Darüber hinaus bin ich mir sehr sicher, eine weitere Figur identifiziert zu haben. Und das ist die Königin.« Jetzt wanderte ihr Blick zu Jana. »Frau Kleidermann kennt meine Theorie bereits, aber auch für den Rest von ihnen müsste das unmittelbar einleuchtend sein. Die Königin ist die mächtigste Figur auf dem Brett, die mit den weitreichendsten Möglichkeiten. Sie ist es, die der Gegner am meisten fürchten muss. Das trifft eindeutig auf Kommissarin Kleidermann zu, die der Täter in der Tat als einzige *Frau* im Vierergespann der ermittelnden Kommissare zu befürchten hat. Außerdem«, fuhr sie fort und hob dabei mahnend einen Zeigefinger, weil ich sie gerade unterbrechen wollte.

Stumm hörte ich ihr weiter zu.

»Außerdem gab es immer wieder Bezugnahmen auf den Fall Lammert vor zwei Jahren. Und Jana Kleidermann und Johannes Thiebeck sind die Einzigen, die bisher mit beiden Fällen zu tun hatten und jetzt *aktiv* involviert sind.«

Nicht Tamina!, schoss es mir durch den Kopf. Mir wurde in dem Moment klar, dass ich unbewusst davon ausgegangen war, dass Tamina meine Königin sein könnte. Deswegen hatte ich mir solche Sorgen gemacht. Gleichzeitig schmeichelte mir der Gedanke an Jana als meine *Königin*. Als würden wir dadurch wieder zu einem Team, wie damals, als wir gemeinsam ermittelt hatten. Nicht mehr Jana und Densch, sondern ein weiteres Mal Jana und Johnny. Ich wusste, dass der Gedanke albern und kindisch war, konnte ihn aber nicht unterdrücken.

In diesem Moment betrat Hans Fahlinger wieder den Raum. An Densch gerichtet, sagte er, allerdings laut genug, dass es der Rest von uns ebenfalls hören konnte: »Er hat sich bereit erklärt, hier im LKA zu bleiben. Ihm ist klar, wie schwierig die Situation im Moment ist. Wir können ihn nachher gemeinsam befragen, aber er hat mir zugesichert, dass er unseren weiteren Ermittlungen in keinster Weise im Weg stehen wird.«

Immerhin etwas, dachte ich. Solange Niemeyer hier unter Aufsicht blieb, musste man sich vermutlich wirklich keine Sorgen machen, dass er etwas mit den Morden zu tun haben könnte. Ich richtete meine Aufmerksamkeit wieder auf den Raum und das Whiteboard, auf das Kunzi gerade unter den Bereich *FIGUREN* zu Stödter, Maßner und Bremer schrieb: *Jana => Königin*?

Densch setzte an, weiterzusprechen. Dabei sah er mich an, und plötzlich prickelte meine Haut. Ich ahnte, dass mir nicht gefallen würde, was er gleich sagen würde.

»Wie erwähnt, haben wir uns zu einem radikalen Schritt entschieden, und bevor es irgendwelche Fragen gibt: Wir haben dabei volle Rückendeckung von oben!« Er sah sich im Raum um, als erwartete er bereits Proteste.

Wir haben doch gar keine Ahnung, was du uns jetzt eröffnen willst, du dämlicher Hund, dachte ich bei mir, aber als mein Blick über die Gesichter von Jana, Kunzi und sogar der Schiefer glitt, war ich mir da plötzlich nicht mehr so sicher. Mein Kopf ruckte zur Seite. Professor Körner schaute mich ebenfalls an. Sie wussten Bescheid! Alle wussten Bescheid, und diese beknackte Ansprache galt nur mir!

»Um aus der reaktiven Rolle herauszukommen und wieder handelnd in die Ermittlungen einzugreifen, haben wir uns dazu entschieden, die schwarze Königin auf dem Brett in eine Position zu ziehen, in der sie vermutlich im nächsten Zug geschlagen wird. Geschlagen werden kann.« Er lächelte. »Unsere Freunde aus der Schachzentrale haben das ein *Damenopfer* oder *positionelles Opfer* genannt. Entscheidend ist für uns allerdings nur, dass wir damit kontrollieren können, auf welchen Menschen der Täter als Nächstes seinen Zugriff ausüben wird. Wir werden Unterstützung vom SEK bekommen, an einem von uns ausgesuchten und kontrollierbaren Ort auf das Eintreffen des Täters warten und diesem ganzen widerlichen Spektakel damit ein Ende bereiten. Noch Fragen?«

»Wer zum Teufel hat Ihnen denn ins Hirn geschissen?«, fluchte ich und machte einen Schritt nach vorn.

Jana trat zu mir und berührte mich am Arm. »Bitte, Johannes, die Idee ist gut. Als Mirko mir davon erzählt hat, habe ich sofort zugestimmt.«

Meine Wut wanderte von dem Deppen Densch zu ihr. »Du spinnst! Das ist völliger Irrsinn. Warum sollte er sich auf so einen dämlichen Zug einlassen? Der ist doch nicht blöd, dem ist doch völlig klar, was ihr vorhabt!«

Jana wollte etwas erwidern, aber bevor sie den Mund öffnen konnte, sagte Professor Körner: »Herr Thiebeck, bitte verstehen Sie, dass wir uns diese Entscheidung nicht leicht gemacht haben.«

»*Wir*?« Ich fuhr herum wie ein wütender Bär, umgeben von kläffenden Jagdhunden.

»Ja, *wir*. Alle Personen in diesem Raum, die zur Exekutive gehören. Und die für ihre Entscheidungen auch juristisch belangt werden können«, warf Densch spitz von hinten ein.

Der Treffer saß. Ich war der Einzige hier, der sich für eine solch hirnrissige Idee *nicht* würde verantworten müssen. Das dämpfte meinen Ärger in keinster Weise.

»Warum sollte er sich darauf einlassen? Auf diesen Zug?«, herrschte ich Frau Körner an, die mehr zufällig meinen hilflosen Ärger abbekam.

Sie trug es mit Fassung und hob die Hand an die Brille, um sie etwas die Nase hochzuschieben. »Ich glaube, dass er Regeln befolgt. Das sagen zumindest seine bisherigen Nachrichten an uns aus. Folgt er diesen Regeln, muss er versuchen, Frau Kleidermann zu töten, falls er die Königin schlägt. Alles andere entspricht nicht den *Regeln*, wenn Sie verstehen, was ich meine.«

»Aber warum sollte er das machen? Die Königin schlagen?«, rief ich.

Densch lächelte überlegen. »Was passiert, wenn er es nicht tut? Worüber regen Sie sich auf? *Dann* ist Jana in absolut keiner Gefahr. Oder nicht?« Während ich noch auf einer Antwort herumkaute, fügte er hinzu: »Und im Moment gibt es für ihn keine andere gute Schlagvariante. Vor allem nicht, wenn er die Königin stehen lässt, sagt das Schachkommando. Im nächsten Zug bedrohen wir ihn ganz massiv.«

»Das ist doch Schwachsinn!«, war alles, was mir dazu einfiel.

Jana antwortete mit sanfter Stimme: »Wir wollen, dass das aufhört. Genau wie du, Johannes. Aber momentan sind wir mit unserem Latein am Ende. Wir haben keine echten Spuren, und das kann noch eine ganze Weile so weitergehen. Du weißt genau, dass sich in solchen Fällen die meisten zielführenden Hinweise mit jedem neuen Tatort ergeben. Und einen neuen Tatort will keiner von uns. Auch wenn du vermutlich der Einzige sein wirst, der das Opfer persönlich kennt.«

Bei dieser Bemerkung verzog ich das Gesicht, aber sie sah mich weiterhin direkt an und machte keine Anstalten, das Gesagte abzumildern. Es stimmte. Welches Recht hatte ich, diese Vorgehensweise kategorisch abzulehnen, wo ich doch nicht mein eigenes Leben, sondern das von anderen aufs Spiel setzte?

Geschlagen nickte ich. »Das stimmt. Aber diese Option ist trotzdem furchtbar beschissen.«

Jana lächelte. »Ich weiß, dass das SEK längst nicht so cool ist wie ihr Jungs vom MEK, aber wenn die genug Leute und Gerät mitbringen, wird das schon werden.«

Ich schnaubte. »Wo soll das Ganze stattfinden?«

»Bei mir zu Hause.«

»Wie bitte?«, entfuhr es mir.

Densch antwortete: »Wir haben alle anderen möglichen Orte in Erwägung gezogen. Ein leer stehendes Hotel nördlich vom Alex, eines der Safehouses in Oranienburg, aber wir möchten den Täter schließlich nicht komplett abschrecken. Wir *wollen* ja seinen Zugriff. Also darf das Ganze nicht zu offensichtlich sein.«

»Was ist mit Tommy?«

»Der weiß Bescheid. Steht unter Polizeischutz. Und es ist okay für ihn.« Sie klang müde.

Vielleicht weil ich mich so vehement gegen den Plan wehrte.

»Wir sind durchaus in der Lage, das Haus und die umliegende Gegend luftdicht abzuriegeln, keine Sorge. Die Anwohner werden ebenfalls evakuiert.«

»Woher weiß der Täter, wo er hin muss? Ich meine, wie stellt ihr sicher, dass er davon erfährt?«

Erneut war es Densch, der antwortete. »Wir gehen davon aus, dass er alle Personen, die für sein Spiel wichtig sind, zumindest im Auge behält. Möglicherweise hört er den Polizeifunk ab. Wir können auch nicht ausschließen, dass er eventuell sogar in unsere IT-Systeme eindringen kann. Krüger meint, es könnte sich bei unserem Mann durchaus um einen professionellen Hacker handeln.« Densch machte einen Schritt auf mich zu und sprach erstaunlich ruhig weiter. »Aber in diesem Fall spielt uns die Tatsache, dass er so gut informiert zu sein scheint, sogar in die Hände. Bisher haben wir ihn mit nichts überraschen können, warum sollte das jetzt anders sein? Jana wird in ihrem eigenen Wagen fahren. Begleitet von uns und dem SEK, in sicherem Abstand. Wenn der Täter sie im Blick hat, und das wird er, sobald er die Königin schlägt, *muss* er wissen, wohin sie unterwegs ist.«

Ich nickte. Der Teil zumindest schien mir einzuleuchten. »Was ist mit Ihnen?«, fragte ich, an Professor Körner gewandt. »Warum kommen Sie nicht als Königin infrage? Was passiert, wenn sich alles auf Jana konzentriert und er holt sich stattdessen jemand ganz anderen? Frau Körner, sind Sie bereit, ein Menschenleben darauf zu verwetten, dass Sie recht haben?«

Sie lachte ihr leises Lachen und nickte langsam. »Ja, das bin ich«, antwortete sie mir gutmütig. Dann schüttelte sie den Kopf. »Ich bin keine Königin, das war ich nie und werde es nicht sein, nicht für diesen Täter. Dem geht es um die Auseinandersetzung. Er will ein Spiel. Jemanden, der sich wehren kann. Das entspricht nicht meinem Profil.«

»Aber Sie sind der psychologische Kopf der ganzen Untersuchung. Sie sind es, die in der Lage ist, ihn überhaupt zu entschlüsseln. Wenn er Sie loswird, beraubt er uns des ganzen wissenschaftlichen … Dings.«

Erneut lächelte sie mit dieser nervigen Nachsichtigkeit. »Aber sehen Sie, wir kannten uns doch vor ein paar Tagen noch gar nicht.«

»Was meinen Sie?«

»Der Täter hat schon vor Wochen angefangen, zu spielen und das alles noch viel länger geplant. Da hatten wir beide uns noch nicht kennengelernt. Wie sollte ich es da in Ihre *Mannschaft* geschafft haben?«

»Und Sie sind sich sicher, dass er da nicht, sagen wir mal, flexibel handelt? Das klingt mir alles etwas zu schlüssig für einen psychopathischen Serienkiller«, erwiderte ich mit düsterer Miene.

Densch unterbrach uns. »Okay, Schluss mit dem Small Talk. Ich finde gut, dass Sie sich Gedanken machen, Thiebeck, aber die Sache ist entschieden. Wir werden dem Kerl eine Falle stellen. Und auf Frau Körner werden wir währenddessen gut aufpassen. Jetzt müssen wir nur noch hoffen, dass er größenwahnsinnig genug ist, darauf einzugehen. Falls nicht, brauchen wir einen Plan B. Aber darüber machen wir uns einen Kopf, wenn es so weit ist.« Er wandte sich an Kunzi. »Sag den beiden Schachmeistern Bescheid, dass sie den Zug machen sollen. Sie brauchen nicht zu warten«, fügte er mit einer Geste in Richtung der großen, digitalen Uhr hinzu.

Zwei Stunden, siebenunddreißig Minuten und neunundzwanzig Sekunden.

Bisher hatten wir unsere Züge immer möglichst spät direkt vor der Deadline gemacht, um Zeit zu schinden, aber jetzt konnte Densch es offenbar kaum erwarten, seine kleine Falle zuschnappen zu lassen.

Im allgemeinen Wirrwarr, das auf Kunzis Abgang folgte, zog ich mich in Raum Vierundzwanzig-C zurück. Ich versuchte, zu ergründen, ob die Tatsache, dass mir der ganze Plan kein Stück schmeckte, vielleicht bloß aus gekränkter Eitelkeit herrührte. Wehrte ich mich dagegen, weil ich nicht beteiligt war, keine tragende Rolle spielen würde? Ich musste an Niemeyer denken. War der wirklich raus aus der Rechnung? Falls Niemeyer doch der Täter war – was würde er tun? Sein Telefon hatten sie ihm hoffentlich abgenommen, und er hatte eingewilligt, seinen Raum nicht zu verlassen. Würde es dann überhaupt einen Zug des Täters geben?

Und würde, wenn es keinen gab, dieser Umstand irgendwas beweisen? Von den vielen unbekannten Teilen der Gleichung drohte ich, Kopfschmerzen zu bekommen. Es klopfte.

Jana streckte den Kopf herein. »Wir haben den Zug gemacht.«

»Schön.« Etwas milder fügte ich hinzu: »Wie geht es weiter?«

»Krüger und die IT überwachen das System und sagen uns Bescheid, sobald ein neuer Zug von unserem Mann eingeloggt wird.«

»Sagst du mir, wenn sich dort etwas tut?«

Sie lächelte. »Sicher.«

»Wirklich?«

»Ach komm, Johannes.« Sie machte einen Schritt in den Raum hinein. »Du tust geradezu so, als hätte ich dich verraten.«

»Immerhin habt ihr das hinter meinem Rücken ausgeheckt.« Die Bemerkung milderte ich mit einem Lächeln ab, aber ich hatte keine Ahnung, ob mir das gelang. Wahrscheinlich klang ich trotzdem wie ein Teenager, der nichts von dem bevorstehenden Urlaub seiner Eltern erfahren hatte.

Für einen Moment musterte sie mich. »Muss ich dir das jetzt wirklich sagen? Du weißt genau, dass wir unsere Arbeit machen müssen. Dass wir deine Hilfe bekommen haben, ist toll. Aber letztendlich bist du kein Polizist mehr, Johannes. Ultimativ können und werden wir uns auch nicht vor dir rechtfertigen.« Sie sprach mit ganz weicher Stimme, und trotzdem trafen mich ihre Worte wie Schläge im Ring.

Langsam nickte ich, den Blick gesenkt.

Bereits zu lange hatte ich mich der Illusion hingegeben, ich würde in diesem Fall eine entscheidende Rolle spielen, nur weil ich die Menschen, die sterben mussten, kannte. Vielleicht kam jetzt wirklich alles so, wie es sich Densch und Jana vorstellten, und sie konnten den Sack zumachen.

»Es tut mir leid, Johannes.« Sie wartete meine Reaktion nicht ab, sondern stand auf und ging.

Dumpf saß ich da, mit hängendem Kopf, und brütete vor mich hin.

Schließlich hielt ich es nicht mehr aus. Ich ging zurück in Richtung des Besprechungszimmers, aber bevor ich es erreicht hatte, streckte Densch den Kopf aus der Tür. Hektisch winkte er mich heran und rief: »Wir haben den Zug. Er hat sie geschlagen!«

Obwohl ich seinen Enthusiasmus kaum teilte, beschleunigte ich meine Schritte.

»Er hat wirklich angebissen!«, verkündete Densch gerade mit erhobener Faust, als hätte er den Täter bereits jetzt im Alleingang gefasst.

Ich dagegen verspürte eher eine leichte Übelkeit.

Hinter mir betrat Rauh das Zimmer und nickte uns allen verlegen zu. Er trat an den Rechner, schaltete den großen Monitor mit der Fernbedienung ein und brauchte einen Augenblick, bevor er den richtigen Input-Kanal gefunden hatte. Dann erschien das Schachspiel auf dem riesigen Bildschirm. Tatsächlich hatte Weiß meine angebotene Königin mit dem Läufer geschlagen.

In einem echten Spiel würde er daraufhin seinen Läufer verlieren, aber wir würden natürlich einen Teufel tun und eine seiner Figuren schlagen. Nicht, solange wir nicht wussten, ob dafür ebenfalls Menschen sterben mussten. Aber selbst dann wäre ein Läufer für eine Königin ein hervorragender Tausch. Wir würden ohnehin Gefahr laufen, daraufhin weitere Figuren zu verlieren. Fast, als würden wir *Räuberschach* spielen, eine Variante, bei der man alle seine Spielsteine an den Gegner verlieren musste, um zu gewinnen.

»Hört mal her, Leute!«, rief Densch mit einem Handy in der Hand, offenbar weiterhin in Partylaune. »Das SEK ist auf dem Weg und sollte in ein paar Minuten hier eintreffen. Der Ablauf sieht folgendermaßen aus: Jana, Franziska und ich fahren mit dem SEK nach Köpenick. Janas Aufgabe ist klar. Franzi und ich koordinieren den Einsatz vor Ort und bilden die Relaisstation zum Hauptquartier, wo Hans die Leitung übernimmt. Daniel wird ihn unterstützen.«

Kunzi schien mit der Einteilung nicht besonders glücklich zu sein. Vermutlich wäre er auch lieber mit den ganzen schwer gerüsteten John Waynes in den Krieg gezogen.

»Macht euch fertig. Wenn ihr noch Zeug braucht, geht es *jetzt* holen. Wenn die SEK-Jungs startklar sind, will ich möglichst bald aufbrechen«, fügte er an Jana und Franziska gerichtet hinzu.

»Ich geh mal besser«, sagte Jana leise zu mir und presste kurz die Lippen aufeinander, weil sie anscheinend immer noch eine Standpauke fürchtete.

Ich nickte grimmig. Es fühlte sich merkwürdig an, so plötzlich wieder ausgeschlossen zu sein. Die letzten paar Tage waren sehr erfolgreich darin gewesen, mir vorzugaukeln, dass ich genau wie früher Bestandteil der Ermittlungen wäre. Doch nun prallte ich unsanft auf dem harten Boden der Realität auf.

Wie hatte Densch es genannt? Ich sei kein Bestandteil der Exekutive? Deswegen durfte ich auch nicht mit, bekam keine Aufgabe. War wie das dicke Kind im Sportunterricht, wenn die Schüler selbst die Mannschaften wählen durften. Nur hatte der Sportlehrer uns früher gezwungen, auch die dicken Kinder mitspielen zu lassen. Diese Skrupel verspürte Densch offenbar nicht. Immerhin konnte ich auf diese Weise

Niemeyer auf die Finger schauen, ohne mich hin- und hergerissen zu fühlen.

»Hau nicht ab, ohne mir Bescheid zu sagen«, ermahnte ich Jana.

»Natürlich nicht«, sagte sie mit einem Lächeln und strich sich im Weggehen eine Haarsträhne aus dem Gesicht.

Ich konnte ihr ansehen, dass sie genau darüber nachgedacht hatte. Einen Augenblick lang schaute ich ihr hinterher und schlenderte dann zum Buffet hinüber. Während alles um mich herum im Chaos der Aufbruchsstimmung zu versinken schien, schnappte ich mir etwas zu essen. Jemand trat neben mich, und ich sah auf. Es war Rauh.

»Sieht so aus, als könnte Ihr Einsatz als *Schachkommando* hier bald beendet sein«, sagte ich und nahm mir ein Mettbrötchen.

Rauh nickte, offenbar in Gedanken. »Aber Sie glauben nicht daran, oder?«

»Nein, ich glaube nicht daran. Nach allem, was wir bisher von unserem Täter wissen, kann ich mir kaum vorstellen, dass er jetzt einfach so in ein Einfamilienhaus voll mit schwer bewaffneten Bullen stürmt und sich widerstandslos festnehmen oder erschießen lässt.«

Er musterte mich mit gerunzelter Stirn. »Was ist mit dem zwanghaften Verhalten des Täters, von dem Professor Körner gesprochen hat?«

»Es wäre schön, wenn seine Manie so weit ginge. Würde die Sache für uns einfacher machen. Aber viele, viele Jahre Polizeiarbeit haben mich gelehrt, dass Täter selten genau das tun, was die Arbeit für uns Bullen einfacher macht. Insofern bin ich skeptisch.«

Er nickte, als würde ihn diese Erklärung zufriedenstellen.

»Hoffen wir, dass Sie nicht recht behalten. Ich fürchte, demnächst werden wieder Figuren geschlagen werden. Entweder seine oder unsere.«

Er hob die Hälfte eines mit Käse belegten Brötchens wie zum Salut und ging, nachdenklich kauend, Richtung Tür. Während ich ihm nachsah, kam Densch auf mich zu. Er hatte sich bereits eine schusssichere Weste umgelegt. Ich fragte mich, ob er sich mit dem ganzen SEK-Quatsch vielleicht einfach einen lang gehegten Kindheitstraum erfüllte. Cowboy und Indianer, im idyllischen Köpenick, gegen einen irren Serienkiller.

»Alles in Ordnung?«, wollte er wissen, während er an den Gurten und Klettverschlüssen herumzerrte.

Ich konnte mich noch gut daran erinnern, wie es sich anfühlte, so ein Ding zu tragen. Meistens waren sie mir zu klein und entsprechend unbequem gewesen. Densch würde dieses Problem zumindest nicht haben.

»Meinen Sie, ob ich brav die Füße stillhalten werde, während Sie da draußen den starken Mann markieren?«

»Kommen Sie, Thiebeck, spielen Sie nicht den Beleidigten. Sie tun gerade so, als würden wir das zu unserem Vergnügen machen. Ich will das Schwein genauso dringend fassen wie Sie.«

Ich nickte, ohne ihm wirklich zuzustimmen. Er klopfte mir auf die Schulter und fuhr unbeirrt fort: »Warten Sie einfach ab, und wir bringen das Ding zu Ende. Aber ohne Sie wären wir hier nicht weit gekommen, das rechne ich Ihnen hoch an. Dass Sie über Ihren Schatten gesprungen sind, um mit uns zusammenzuarbeiten. Das ist Ihnen bestimmt nicht leichtgefallen.«

Ich kotz gleich, dachte ich, starrte ihn aber einfach bloß mit steinernem Gesicht an. Wann war der Penner endlich fertig?

»Falls irgendwas ist, reden Sie mit Daniel. Der steht mit uns in Kontakt.«

Schon verstanden. Keine Sorge, ich baue keine Scheiße, während Sie außer Haus sind.

»Und wenn Sie irgendwo hingehen, also das Präsidium verlassen, warten unten zwei Beamte als Personenschutz auf Sie. Ich glaube zwar nicht, dass das wirklich notwendig ist, nach dem, was Professor Körner uns erklärt hat, aber sicher ist sicher. Nur für den Fall, dass unser Täter versucht, witzig zu sein. In Ordnung?«

Noch ein Nicken. Dieses Gespräch sollte besser bald vorbei sein, da ich nicht wusste, wie lange ich mich noch beherrschen konnte. Nicht, dass ich noch ausfällig wurde oder dem Penner für seine väterliche Großspurigkeit einfach eine langte. Das wäre dem Fall vermutlich wenig dienlich.

Es war die Ankunft des SEKs, die mich erlöste. Mehrere Männer in ihren dunkelblauen Overalls, mit ihrer vollen Montur, den MPs und Sturmwaffen, standen draußen im Gang vor der offenen Tür. Die Jungs von der *Abteilung für Operative Dienste*, LKA 6.

Der Einzige von ihnen, der nicht bereits seine Sturmhaube trug und somit nicht wie eine anonyme Actionfigur aussah, betrat das Besprechungszimmer und kam auf uns zu. Er entsprach vollständig dem Klischeetyp des SWAT-Einsatzleiters: Kurz geschorene, ins Silber übergehende Haare, glatt rasiert und ein markantes Gesicht mit Kiefermuskeln, die ständig zu arbeiten schienen.

»Guten Morgen. Günther Baumann. Wir sind so weit«, sagte er und schüttelte erst Densch und dann mir die Hand. *Männlicher, fester Händedruck, wie es sich für so einen Kerl gehört*, dachte ich und wies mich dabei gedanklich zurecht.

Früher war ich genauso ein Typ gewesen, und damals hatte ich nichts Verwerfliches daran gefunden. Würde ich vermutlich immer noch nicht, wenn ich noch bei dem Verein wäre.

»Sehr gut. Meine Leute müssten ebenfalls bereit sein. Wir können abrücken.«

Baumann nickte mir kurz zu und ging dann mit Densch Richtung Ausgang, der rief: »Aufsitzen, Leute! Es geht los!«

Cowboy und Indianer, du Arschloch!

16

Ich wollte mich schon abwenden, als Jana auftauchte und mich umarmte. Sie trug ebenfalls eine schusssichere Weste und fühlte sich merkwürdig unförmig an, als ich meine Arme um sie legte. An der Hüfte hing ihre Dienstwaffe und direkt daneben ein Tonfa-Schlagstock. Jana bevorzugte das massive Hartgummi gegenüber den stählernen Teleskopschlagstöcken, die wir früher meistens benutzt hatten.

Kurz musterte sie mich mit ernsthaftem Gesichtsausdruck und sagte schließlich: »Vertrau mir, okay?«

Ich nickte bloß.

»Vertraust du mir, Johnny Thiebeck? Sag es.« Sie zeigte ihre weißen Zähne in einem breiten Grinsen.

Mit einem Seufzer sagte ich: »Also gut. Ja, ich vertraue dir, Johnny Thiebeck.«

Sie boxte mir gegen den Arm. »Du Arsch! Los, sag schon.«

Diesmal war meine Stimme ganz weich. »Ja, ich vertraue dir, Jana. Voll und ganz.«

»Gut. Ich verspreche dir, dass ich gut auf mich aufpassen werde. So gut, wie das sonst nur du kannst. Und ich mache bestimmt keine Dummheiten.«

»Okay.«

»Und ich gucke, bevor ich über die Straße gehe, und einen Schal lege ich mir auch um.« Sie blitzte mich an, aber ich reagierte verschnupft.

»Das ist nicht witzig, Jana.«

»Entschuldigung. Du hast recht.« Sie berührte mich am Ellbogen.

»Behalte Densch im Auge. Der Typ führt sich auf wie der Lone Ranger. Du weißt, was sie uns immer gesagt haben, Jana: Keine Heldentaten!«

Sie sah lächelnd zu mir auf und schüttelte den Kopf. »Ich bin nicht du, Johnny.«

»Richtig. Ich Tarzan, du Jana.«

»Ganz genau.« Bevor sie ging, hob sie die Hand und berührte mich mit den Fingerspitzen an der Wange, sanft und beruhigend.

Ich konnte das Gefühl noch auf der Haut spüren, als sie längst mit Baumann und Densch durch die Tür nach draußen gegangen war. Plötzlich war es merkwürdig still im Besprechungszimmer. Nur noch Professor Körner, die Schiefer und ich waren anwesend.

Als sie meinen Blick einfing, stellte Frau Körner ihre Kaffeetasse auf einem Tisch ab und kam zu mir herüber.

»Ich werde mich ebenfalls verabschieden, jetzt, wo sich der ganze Trubel gelegt hat.«

»Sie bleiben nicht hier?«

»Nein. Sie wissen doch, dass ich das Präsidium nicht besonders leiden kann. Hier den ganzen Tag zu verschwenden, bekäme mir nicht gut. Nein, ich werde gehen und endlich meinen Laden aufschließen.«

»Ist das sicher?«, fragte ich besorgt. »Ich meine …«

Sie winkte ab. »Keine Angst. Kommissar Densch hat mir genau wie Ihnen eine Eskorte besorgt. Die beiden warten unten auf mich und werden mich in ihrer grünen Minna nach Moabit fahren. Die passen auf mich auf, keine Sorge.«

Ich nickte, nicht vollständig überzeugt, aber unfähig, weitere Einwände vorzubringen. »In Ordnung. Bis bald, Frau Professor.«

Mit ihrem unvergleichlichen Lächeln und einem letzten Fingerwackeln ging sie. Da sich Schiefer entschuldigte, um sie nach unten zu bringen, stand ich bald darauf allein in dem großen Raum. Kurz entschlossen griff ich mir einen Teller, packte eine Reihe Muffins und Brötchen darauf und befüllte zwei große Becher mit Kaffee.

Derart ausgestattet, machte ich mich auf den Weg in den dritten Stock. Vor der Tür saß eine Beamtin an einem kleinen Schreibtisch und erledigte Papierkram. Als sie erkannte, dass ich in ihren Raum wollte, stand sie auf und öffnete mir die Tür.

Nachdem ich eingetreten war, klickte hinter mir das Schloss. Umständlich trat ich an den Tisch und stellte die beiden Tassen ab, bevor ich den Teller absetzte.

»Ist das für mich?«, wollte Niemeyer wissen, der auf einem Stuhl an der gegenüberliegenden Seite saß.

Er hatte ihn zurückgekippt, sodass er gegen die Wand lehnte. Ich nickte, zog einen Stuhl unter dem Tisch hervor und setzte mich. Nachdem ich einen Schluck aus meiner Tasse getrunken hatte, deutete ich mit dem Kopf Richtung Tür. »Haben Sie sich das ausgesucht? Den Raum hier?«

Es handelte sich um eines der Vernehmungszimmer, die sich nicht von innen öffnen ließen. Deswegen auch die Beamtin vor der Tür, die ich durch das dunkle Glas der Scheibe sehen konnte. Irgendwie fiel es mir schwer, mir vorzustellen, Densch und Fahlinger hätten ihn hier eingesperrt.

Er nickte und ließ sich mit dem Stuhl nach vorn fallen, um aufzustehen. Dann zog er ihn scharrend zum Tisch herüber und setzte sich.

»Danke«, sagte er, während er in einen Muffin biss. »Warum sind Sie hier?«, wollte er wissen, nachdem er fertig gekaut hatte.

»Der Rest ist abgehauen. Polizeiarbeit.«

»Wollen sie die Sache mit der Königin wirklich durchziehen? Und der Täter hat angebissen?«

»Sieht so aus.«

»Und die haben Sie als Einzigen hiergelassen? Was für eine traurige Geschichte. Aber mal ernsthaft, Thiebeck, Sie halten mich nicht immer noch für den Mörder, oder? Vor allem jetzt, wo ich hier drinsitze? Bin ich Houdini?« Er machte die italienische Geste und nahm sich noch einen Muffin.

»Was hatten Sie und Ottendorf am Laufen? Weswegen wollten Sie unbedingt in diese Soko? Um an den Ermittlungen herumzupfuschen?«

Er sah mich über den Muffin hinweg an und biss erneut ab. Schließlich antwortete er: »Warum sollte ich mit Ihnen darüber reden, Thiebeck? Sie sind nicht mal mehr Bulle.«

»Genau deswegen«, stellte ich trocken fest. »Mann, Niemeyer, ich bin doch nicht offiziell hier. Densch hält mich für einen Affen, der ihm in seine Ermittlungen pfuscht. Aufgenommen wird auch nichts. Alles, was ich will, ist, mir darüber klar zu werden, was du mit diesem verfickten Fall zu tun hast.« Ich hatte angefangen, ihn zu duzen. Das förmliche *Sie* passte irgendwie nicht zu unserer Situation, fand ich.

Er musterte mich einen Moment lang und nickte schließlich. Offenbar, weil er eine Entscheidung getroffen hatte.

»Mario und ich waren alte Freunde. Dicke Kumpels. Irgendwann waren wir gemeinsam auf einem Einsatz. Razzia bei ein paar Drogendealern, als Mario Mist gebaut hat.«

»Er hat was eingesteckt?«

Niemeyer nickte. »Hat ein Bündel Kohle mitgehen lassen. In der Wohnung sollte gar kein Geld sein, bloß der Stoff. Deswegen hat das auch keiner vermisst.«

»Wie viel?«

»Zehntausend. Peanuts, wenn man bedenkt, wie viele Kilo Coke wir da rausgeschleppt haben. War wahrscheinlich die Portokasse der Pisser.«

»Und du hast ihn dabei erwischt.«

»Hat mich ein paar Monate lang jede Nacht meinen Schlaf gekostet. Weil ich darüber gegrübelt habe, ob ich zur internen Ermittlung gehen soll oder nicht. Mario hat mich nicht unter Druck gesetzt, aber natürlich wollte er, dass ich dichthalte. Das war schon klar. Und fürs Zurückbringen war's irgendwann einfach schlicht zu spät.«

»Was ist dann passiert?«

Niemeyer nahm einen großen Schluck Kaffee. »Ich habe mich entschlossen, ihn zu zwingen. Ihn dazu zu bringen, den Vorfall zu melden. Damit ich endlich wieder richtig schlafen konnte!« Seine Stimme wurde lauter, und die Erinnerung schien ihn immer noch aufzuregen. Fahrig ging er sich mit den Fingern durch die Haare. »Aber ich konnte es nicht.« Er hob den Blick und sah mich an, als hätte er das Ende seiner Geschichte erreicht.

Und sie lebten glücklich und zufrieden bis ans Ende ihrer Tage.

Das reichte mir nicht. »Warum nicht?«

Er zögerte. »Ich habe Scheiße gebaut, und Mario hat davon erfahren.«

»Er hat dich erpresst?«

Niemeyer schüttelte den Kopf. »Nein, das musste er gar nicht. Sobald mir klar war, in was für einen Mist ich mich da reingefahren hatte, war das Thema einfach erledigt. Seins und meins.«

Ich griff nach meiner Tasse, aber die war bereits leer. »Und deswegen wolltest du in die Soko. Um zu checken, was wir alles über Mario ausgraben würden. Und um zu verhindern, dass deine schmutzige Wäsche ebenfalls zum Vorschein kommt.« Zu spät war mir aufgefallen, dass der Gebrauch des Wortes *wir* mehr als unangemessen war, immerhin war er noch Bulle und ich nicht. Aber Niemeyer schien das gar nicht aufzufallen.

Er nickte.

»Und deswegen warst du auch in Vierundzwanzig-C. An meinem Rechner. Wie bist du an die Karte gekommen?«

»Krüger.«

Ich verzog das Gesicht. Die aufgeblasenen Penner aus der IT hatten sich bereits früher wie eine Mischung aus Gefängniswärtern, Hausmeistern und Psychologen gefühlt. Wahrscheinlich kam es Krüger nicht mal unmoralisch vor, dass er Schlüsselkarten zu Räumen besaß, die er gar nicht besitzen sollte. Möglicherweise eine Art *Mastercard*, die einfach jede Menge Räume öffnete. Da hatte der amtierende Bulle, wenn auch aus Duisburg, natürlich leichtes Spiel gehabt. Immerhin war es bloß um die Privatsphäre eines gestürzten, *ehemaligen* Bullen mit Dreck am Stecken gegangen.

Mit einem Seufzer sah ich erneut in meine Tasse. Immer noch leer.

»Glauben Sie mir?« Niemeyer hatte offenbar nicht beschlossen, zum *Du* überzugehen.

Dass ich es getan hatte, schien ihn allerdings auch nicht weiter zu stören.

»Ich weiß nicht. Möglicherweise. Klingt alles einigermaßen plausibel. Und erklärt, warum du eingewilligt hast, dich hier drinnen verwahren zu lassen, solange der Shitstorm da draußen tobt. Dir ist aber klar, dass das rauskommt, oder?« Ich betrachtete ihn aufmerksam.

Er hielt den Blick gesenkt und schob seine Tasse hin und her.

»Ich meine, Fahlinger wird wissen wollen, was zum Teufel dich bewogen hat, an Bord zu kommen. Ich kann mir nicht vorstellen, dass er den ganzen Quatsch einfach auf sich beruhen lassen wird.«

Niemeyer sagte nichts, sondern starrte tief in Gedanken versunken vor sich hin. Also stand ich auf, sammelte das Geschirr ein, ging zur Tür und klopfte. Die Beamtin öffnete.

»Danke für den Kaffee«, sagte Niemeyer, bevor ich nach draußen trat.

Nachdem ich die Tassen und den Teller zurück ins Besprechungszimmer gebracht hatte, wo sich immer noch niemand aufhielt, machte ich mich auf den Weg zu Vierundzwanzig-C, um zu versuchen, Niemeyers Geschichte zu checken. Wie ich das anstellen sollte, wusste ich noch nicht, da ich auf interne Akten keinen Zugriff hatte. Ratlos setzte ich mich an den Schreibtisch, doch bevor ich einen weiteren Gedanken fassen konnte, brummte mein Handy. Der Coach. Kurz überlegte ich, ihn zu ignorieren. Aber schließlich packte ich das Telefon und nahm den Anruf entgegen.

»Hey, Coach. Was gibt's?«

»Johnny, hast du Zeit?«

»Was meinst du? Wofür?«

»Kannst du herkommen? Jetzt? Ich habe Zeug von Davie durchgesehen und jede Menge Notizen zu einem Video mit Bussas gefunden. Das würde ich gerne mit dir zusammen durchgehen. Passt das?«

Ich zögerte. Eigentlich wollte ich rufen: *Nein, Coach, passt mir nicht. Gar nicht. Jana hängt gerade mit dem Arsch in der Schlinge, und ich habe weiß Gott anderes zu tun, als über einen verschissenen Schachboxkampf nachzudenken. Lass mich, verdammt noch mal, damit in Ruhe! Ich finde diesen Wichser nicht, den Kerl, der deinen Sohn umgebracht hat. Und meine Mutter. Schnallst du das nicht?*

»Sicher. Ich bin gleich da.«

Er grunzte befriedigt.

Wortlos beendeten wir das Gespräch. Kurz unterdrückte ich den Reflex, das Handy an die Wand zu feuern. Das wäre eine Katastrophe, schließlich war es meine einzige Verbindung zu Jana und Densch. Automatisch schaute ich auf das Display. Sie hatten nicht angerufen.

Missmutig wuchtete ich mich aus dem Stuhl hoch und schnappte mir meine Jacke. Hielt kurz inne. Densch wollte, dass ich hierblieb. Nicht in Gefahr geriet. War ich in Gefahr? Gab es eine Chance, dass der Mörder sich nicht auf das Spiel eingelassen hatte, sondern stattdessen mir auflauern würde? Instinktiv ballte ich die Fäuste. *Das würde ich sehr begrüßen*, stellte ich fest. Mit zusammengebissenen Zähnen griff ich nach Janas Autoschlüsseln, die ich immer noch in der Tasche trug, und saß kurz darauf im Wagen.

Den beiden Beamten, die Densch mir als Anstandsdamen verordnet hatte, war ich nicht begegnet, weil ich statt durch das große Foyer den Weg hinten an den Besuchertoiletten vorbei genommen hatte. Allerdings hatte Densch sie wohl kaum davor gewarnt, dass ich heimlich verschwinden würde. Personenschutz beinhaltete nur selten eine gleichzeitige Überwachung und Verfolgung.

Wieder war die Halle komplett leer. Ich war froh darüber, keinem der anderen zu begegnen. Jetzt den unbeschwerten, kumpeligen *Johnny T.* spielen zu müssen, hätte ich vermutlich nicht geschafft.

Der Coach saß in seinem Kabuff und blätterte in irgendwelchen Notizen hin und her. Davies Notizen. Hinter ihm, auf dem kleinen Regal mit den ganzen Aktenordnern für seine Unterlagen, lief der winzige Fernseher. Bussas, bei einem seiner Kämpfe.

»Setz dich«, sagte der Coach und drehte sich halb herum, um mit der Fernbedienung des DVD-Players vorzuspulen. Neben ihm auf dem Tisch stand eine offene Schachtel mit chinesischem Fast Food und verströmte den Geruch von Glutamat.

»Wo hast du die Sachen gefunden?«

»Susan«, sagte er und schob sich noch eine Gabel voll in den Mund. »'Tschuldigung. Hab heute noch nichts gegessen.«

Ich winkte ab. Hauptsache, wir konnten das hier schnell hinter uns bringen.

Der Coach spulte weiter. Suchte Stellen aus dem Fight heraus, sah auf Davies Zettel, murmelte irgendwas. Spulte erneut, um eine andere Stelle zu suchen. Vor. Zurück. Wieder ein Blick in die Notizen. Meine Gedanken stahlen sich aus dem kleinen, muffigen Büro davon.

Ich versuchte, mir das Wohnzimmer vorzustellen, in dem Jana jetzt saß. Die Bilder in meinem Kopf ähnelten einem Luc-Besson-Thriller: Pastorale Ruhe, die sich jeden Augenblick in eine Orgie aus Explosionen, Kugeln und Gewalt verwandeln konnte. Wo würden sie das SEK stationieren? Wie würde Gorlaff versuchen, an sie heranzukommen? War er arrogant genug, um es mit den Spezialkräften aufzunehmen?

War er dumm genug, um sie nicht zu bemerken? Oder war er weder das eine noch das andere und tat etwas, das wir alle nicht auf dem Schirm gehabt hatten?

»Johnny!«

Ich schreckte hoch. »Entschuldigung! Was bitte?«

Er brummte übellaunig. »Ich habe gesagt, ich finde eine seiner Attacken nicht. Glaube, es war in der siebten Runde. Oder vielleicht der sechsten. Da hat er ordentlich Punkte gemacht.« Er schüttelte den Kopf, spulte wieder. »Oder es war der zweite Kampf auf der DVD.«

»Coach, ich brauche eine Pause. Ich bin gleich wieder da.«

Er nahm gar nicht wahr, dass ich das Büro verließ und nach draußen ging. Die abgestandene Luft der Halle erschien mir plötzlich wie eine belebende Meeresbrise. Platz. Das kleine Büro drohte, mich zu ersticken.

Ich fummelte das Handy aus der Tasche. Kein Anruf in Abwesenheit. Warum meldeten sich Jana und Densch nicht? Ich suchte ihre Nummer heraus, wollte anrufen. Überlegte es mir anders. Janas Handy wäre bei Densch oder der Schiefer. Sie würde jetzt nicht rangehen. Densch anrufen? Ihm meine Nervosität beschreiben, mich auslachen lassen? Genervt packte ich das Telefon wieder in die Tasche. Es half nichts, ich musste mit dem Coach zusammen diese blöden Stellen durchgehen, nicken, immer wieder ›Aha!‹, ›Mhm‹ und ›Stimmt!‹ sagen, um möglichst schnell von hier wegzukommen.

Ich ging gerade durch den Gang auf das Büro zu, als ich auf die Bilderrahmen schaute. Unwillig, jetzt schon in das stickige Büro zurückzukehren, hielt ich inne. Mein Blick glitt über die Fotos. Eines von unserem Grillfest im Tiergarten zeigte Schmolli und Erik, unsere Grillmeister, die triumphierend die Zangen mit den Würstchen in die Höhe streckten. Den Rest der Bilderserie, als knapp eine Stunde später ein heftiger Platzregen einsetzte, und wir uns alle unter die Bäume flüchteten, hatte der Coach nicht eingerahmt und aufgehängt.

Darunter hingen zwei Bilder von meinem ersten Kampf: Mein Gegner und ich im Ring, seine Fäuste unten, während meine Rechte vom Ringrichter in die Höhe gerissen wurde. Das andere von mir mit dem Siegerkranz um den Hals vor dem Schachbrett. Unten kniete der Coach.

Überhaupt hatte der Coach alle unsere *Premieren* abgelichtet und aufgehängt. Schmollis Kampf musste der älteste sein. Langsam suchte ich nach den Bildern der Fightnight im SO36, in Kreuzberg, anderthalb Jahre zuvor. Damals hatten Michi, Wulle und Janos ihre boxerische Jungfräulichkeit verloren. Michi und der Coach, Michi und Wulle. Das von Janos fehlte. Irritiert schaute ich nach links und rechts, fand aber nichts. Ich versuchte, mich zu erinnern –, gab es hier ein Bild seines Einstands? Ich checkte den Rest, aber auf keinem Foto war Janos zu sehen. Nicht mal auf den Gruppenbildern, zu denen der Coach wirklich alle zusammengetrommelt hatte. Am Tag der offenen Tür, zum Beispiel.

Keine Spur. Obwohl der Coach von Bildern fast so besessen war wie das Leonhard-Euler-Internat. ›Zeitzeugen‹, nannte er sie immer. Weil sie ihm so wichtig waren, hatte Schmolli vermutlich vor ein paar Tagen die Rahmen abgestaubt. Um die Erinnerung an Davie zu ehren.

Konnte es Zufall sein, dass Janos auf keinem von ihnen abgebildet war? Hatte er jedes Mal gefehlt? Mein Blick glitt hektisch erneut von einem Foto zum anderen, ging sie alle noch einmal durch. Die ganzen drei Dutzend. Mich überlief ein Schauer. Mit nervösen Fingern griff ich nach hinten, holte das platt gesessene Papier aus der Hosentasche und faltete es auseinander.

Ich kniff die Augen zusammen, versuchte, aus verschiedenen Positionen einen Blick auf das Bild zu werfen, als würde ich daraus unterschiedliche Erkenntnisse gewinnen. Endlich verstand ich, was an meinem Unterbewusstsein genagt hatte. Was mir beim ersten Anblick aufgefallen war.

Der Mann, den ich dort zwischen zitternden Fingern hielt, erinnerte mich an meinen Sparringspartner Janos. Es waren die gleichen dunklen Locken, die hohen Wangenknochen. Die Augen sahen anders aus als seine – zu weit auseinander, zu mandelförmig, fast exotisch. Die Form des Kinns stimmte ebenfalls nicht, und die Nase überzeugte mich auch nicht.

War die Ähnlichkeit mit Janos vielleicht doch nur reiner Zufall, und ich verrannte mich in etwas, dem ich lieber fernbleiben sollte? Bei Niemeyer hatte ich mich nicht getäuscht, da hatte mein Instinkt richtiggelegen. Aber trotzdem hatte ich uns auf eine falsche Fährte geführt, weil Niemeyer und Ottendorf bloß ein Nebenschauplatz gewesen waren. Mein Blick zuckte wieder hoch. Immer noch kein Bild von Janos an der Wand.

Ich seufzte, fuhr mir mit den Fingern durch die Haare, um auf diese Weise klare Gedanken in meinen Schädel zu massieren, machte kleine Schritte vor und zurück.

»Fuck!«, fluchte ich laut und schlug einen Haken in die Luft. Zweimal nahm ich das Handy in die Hand, um Jana und Densch anzurufen. Aber was würde ich ihnen sagen?

Das Phantombild: An guten Tagen und in einem gewissen Licht sieht der Typ ein ganz klein wenig so aus wie mein Kumpel aus der Boxhalle? Und selbst dann, was würden sie tun? Das machte für den Verlauf der kleinen Falle, die Densch ausgeknobelt hatte, keinen Unterschied. Das Gebiet war großräumig abgesperrt. Wenn irgendwer dort auftauchte, egal, ob Janos oder nicht, würden sie ihn mit mehreren Beamten platt bügeln, zusammenfalten und ins Präsidium bringen.

Ich würde zu Janos fahren und nach ihm sehen, entschied ich. Anrufen wollte ich nicht, für den unwahrscheinlichen Fall, dass es wirklich Janos auf dem Phantombild war. Damit würde ich ihn bloß unnötig warnen. Aber ihm gegenüberzustehen, würde mir möglicherweise Klarheit verschaffen.

Ich steckte den Kopf ins Büro und fragte den Coach: »Hast du ein Bild von Janos? Von einem der Kämpfe? Oder von einer unserer Feiern?«

Abwesend schüttelte er den Kopf, sah nicht einmal hoch. »Vollkommen kamerascheu, der Kerl. So ein Depp. Sieht aus wie Gottes Geschenk an die Weiber und denkt, er sei hässlich wie die Nacht!« Er grunzte und drückte auf der Fernbedienung der DVD herum.

Unschlüssig stand ich in der Tür. Sollte ich ihm das Phantombild zeigen? Ihn fragen, wen er darauf erkannte? Aber der Coach würde sofort raffen, worum es ging. Dass ich ihm ein Bild des Mannes zeigte, der seinen Sohn in schwarzem Acryllack ersäuft hatte. Ich schüttelte den Kopf. Das konnte ich ihm nicht antun, nicht, so lange ich keine zufriedenstellenden Antworten auf seine Fragen hatte. Also entschied ich mich für eine andere Variante.

»Sag mal, Coach, wie lange ist Janos schon bei uns im Gym?«

Er gab mir nicht sofort eine Antwort, sondern brummte erst in seine Unterlagen. Endlich hob er den Kopf. »Nicht ganz anderthalb Jahre, warum?«

»Wird aus dem noch mal ein ordentlicher Schachboxer?«

Noch ein Brummen, diesmal eindeutig missgelaunter. »Der Kerl konzentriert sich nicht genug. Wenn der sich da mal richtig reinhängen würde, dann hätte der wirklich Potenzial!«

»Wie ist der an uns rangekommen? Ich meine, hat den irgendwer angeschleppt? Oder wie hat der vom Gym gehört?«

Der Coach zuckte mit den Schultern. Verstand offenbar nicht, warum ich mit diesen Banalitäten ankam. »Der war einfach irgendwann da. Keine Ahnung, wie der von uns erfahren hat. So wie du, du standst auch irgendwann einfach auf der Matte.«

»Mir hatte jemand von euch erzählt. Einer von deinen Ehemaligen.«

»Irgendwer wird ihm schon vom Gym erzählt haben. Kannst du mir noch mal den Statistik-Ordner geben?«

Gedankenverloren reichte ich ihm den Aktenordner aus dem Regal. »Hast du rausgefunden, warum er so schlecht im Schach ist?«

Der Coach plusterte sich auf. »Weil er zu spät angefangen hat! Ich musste dem Kerl erst mal die Regeln beibringen, als der bei uns angefangen hat. Der ist ja nicht blöd, begreift schnell, aber wenn man erst in dem Alter anfängt, muss man sich nicht wundern, wenn aus jemandem kein Großmeister mehr wird.«

Ich beugte mich vor. »Was sagst du? Er konnte kein Schach?«

Er schüttelte den Kopf. »Nicht mal die Bewegungen der einzelnen Figuren.«

Ich musste an unser Gespräch von neulich denken, als er mir von den Partien gegen seinen Vater erzählt hatte. Und dann wanderten meine Gedanken zu dem alten Lammert. Hatte er mit Janos Schach gespielt? Bei seinen Besuchen während der Sommerferien, vielleicht im Hotel oder in Straßencafés? Lammert hatte mit mir und anderen über den Server Bullet-Schach gespielt. Auch mit seinem Sohn? Wir hatten damals versucht, alle Personen zu überprüfen, mit denen er virtuelle Partien am Laufen gehabt hatte, aber das hatte sich als unmöglich erwiesen. Durch die anonymisierten Accounts hatten wir höchstens ein Drittel seiner Gegner identifizieren können. War Janos *Benoni*, der Sohn der Trauer? Gorlaff war es auf jeden Fall, jedenfalls wenn man Sabine Gorlaff fragte. Aber war Janos auch Gorlaff?

»Warum gibt es von ihm keine Fotos? Bei denen draußen im Flur?«

Jetzt sah der Coach auf, überlegte kurz. Mit einem Stirnrunzeln antwortete er: »Wollte nicht. Irgendwie konnte er es nicht ausstehen, fotografiert zu werden. Ich weiß noch, dass es einmal einen ziemlichen Stunk drum gab, weil Schmolli unbedingt wollte, dass er mit aufs Bild kommt. Janos ist dann stinkig abgezogen.«

Nachdenklich betrachtete ich meinen alten Mentor, der dort am Tisch saß und Schachboxstrategien ausklügelte. Und musste an die Theorie von Jana als meiner Königin denken. Was, wenn sie falsch lagen und der Coach mein König war?

»Ich muss mal kurz telefonieren«, entschuldigte ich mich und verzog mich in die Trainingshalle.

In Gedanken versunken winkte er bloß ab.

»Hey, Johnny, was liegt an?«, meldete sich Schmolli.

»Kannst du herkommen? Ins Gym?«

»Jetzt sofort?«

»Ja. Und bring ein paar von den Jungs mit.«

»Geht's um die Geschichte mit Davie und Malte?«

»Kann sein. Bin nicht sicher.«

»Okay, bin unterwegs.« Schmolli legte auf.

Die nächste halbe Stunde verbrachte ich mit dem Coach in seinem Kabuff, tief in Gedanken, und antwortete halbherzig auf seine gemurmelten Dialoge. Sobald ich Schmolli und die anderen in der Halle hörte, sprang ich auf und rief: »Ich muss weg, Coach!« Ich wartete nicht auf eine Reaktion, sondern sprintete los, den Gang entlang, in die Halle.

»Behaltet ihn im Auge«, sagte ich Schmolli bloß, klopfte ihm auf die Schulter und verschwand durch den Ausgang.

Am Auto war ich schon fast an der Fahrertür, als ich abbremste, zum Kofferraum lief und ihn aufriss. Darin lag Janas Sporttasche und in ihr ein Teleskopschlagstock. Außerdem fand ich eine Schachtel mit Latexhandschuhen und griff mir einige davon. Falls ich tatsächlich etwas finden würde, sollte ich die Beweismittel besser nicht kontaminieren. Ich packte Handschuhe und Schlagstock, knallte die Heckklappe zu und stieg ein.

Ich fuhr Richtung Norden und hatte wenig später die Müllerstraße erreicht. Vor fast einem Jahr waren wir mal dort gewesen, weil ein paar Jungs aus dem Gym und ich gemeinsam auf Kneipentour gegangen waren. Janos hatten wir zu Hause abgeholt, aber ich war nicht oben gewesen, sondern hatte mit den anderen unten auf der Straße gewartet. Bloß Schmolli war hochgelaufen, weil der mit seiner Konfirmandenblase schon wieder aufs Klo gemusst hatte. Zu der Zeit war gerade Müllerstraßenfest gewesen, und die meisten von uns hatten sich währenddessen eine Bratwurst besorgt.

Ich hatte keine Schwierigkeiten, relativ dicht vor dem Haus einen Parkplatz zu finden, und trat kurz darauf an die Haustür. Wahllos drückte ich ein paar Klingelknöpfe. Irgendwer wollte durch die krächzende Gegensprechanlage wissen, wer ich sei, wurde aber sofort vom Brummen des Türöffners abgewürgt. Jemand anders hatte offenbar keine Geduld für Fragen.

Im Hausflur stank es nach Urin und nassem Hund. Ich ging an verschieden hohen Stapeln aus Pappe, Hausmüll und weggeworfenen Werbebriefen vorbei. Außerdem hielt sich ein Geruch nach kaltem Rauch in der Luft, der so durchdringend war, dass ihn nicht einmal ein ganzes Mietshaus voller Kettenraucher hätte produzieren können. *Vielleicht hat es hier vor nicht allzu langer Zeit gebrannt,* dachte ich und machte mich auf den Weg in den dritten Stock.

Oben angekommen, warf ich einen Blick auf den durchweichten Karton mit Illustrierten, der zwischen den beiden Wohnungen stand. Vermutlich nicht von Janos, entschied ich mit einem Blick auf Frisurentrends, Diätpläne und Fernsehprogramme.

Eine Klingel gab es nicht mehr. Aus dem bröckelnden Putz hingen stattdessen zwei bunte Drähte. Kurz überlegte ich, ob ich die beiden bloß miteinander in Berührung bringen musste, um zu läuten. Stattdessen hämmerte ich mit der Faust gegen die altersschwach aussehende Tür.

Nichts. Wummerte noch einmal dagegen und erwartete fast, dass hinter mir oder irgendwo im Haus gleich die Türen aufgehen würden. Aber aggressiver Lärm interessierte hier offenbar niemanden.

Nachdem ich zum dritten Mal geklopft hatte, stand ich unschlüssig auf dem Absatz. Drehte mich kurz in Richtung Treppe und zögerte. Ich konnte nicht gehen. Dann würde ich die ganze Zeit mit Janos' Bild im Kopf herumlaufen, würde mich fragen, ob der Mann, mit dem ich seit Monaten trainierte, vielleicht meine Mutter, Davie, Malte und Stödter umgebracht hatte.

Mit einer schnellen Körperdrehung hob ich den Fuß und ließ ihn gegen die Tür in Höhe des Schlosses krachen. Sie gab nach und schwang auf. Ich griff nach dem Teleskopstock an meinem Gürtel und ließ ihn durch eine harte Bewegung des Handgelenks herausgleiten. Wieder horchte ich kurz, konnte im Haus aber nichts hören.

Geduckt bewegte ich mich in den dunklen Flur. Der dicke Teppichboden dämpfte meine Schritte. Es kam mir vor, als hätte ich eine andere Welt betreten. Ganz anders als der Hausflur präsentierte sich die Wohnung gepflegt und sauber. Ein fast bodenlanger Spiegel hing zu meiner Linken, und rechts befand sich ein chromglänzender Kleiderständer, an dem jede Menge Jacken und Mäntel hingen. Janos besaß ganz offensichtlich Geld.

Auch der Rest der Drei-Zimmer-Wohnung bewies, dass er nicht nur das nötige Kleingeld, sondern auch den Geschmack besaß, um seine Bude auf beeindruckende Weise einzurichten. Mir war es deutlich zu viel Schischi, aber der Großteil meiner weiblichen Freunde hätte sich wohlgefühlt. Und würde vermutlich darauf brennen, den Besitzer persönlich kennenzulernen.

Schnelle Blicke in die Küche, das spiegelblank geputzte Bad und das Wohnzimmer ließen die Wohnung leer erscheinen. Ich öffnete vorsichtig die Tür zum Schlafzimmer, aber auch dort fand sich niemand. Also ging ich zurück und suchte nach Hinweisen. Hinweisen, die Janos als Mörder überführen oder deren Fehlen möglicherweise seine Unschuld beweisen würde.

Ich fand nichts. Rein gar nichts, was nahelegte, dass er in irgendeinem Zusammenhang mit den Morden, unserem Schachspiel oder der Identität Pieter Gorlaff stand. Nachdem ich in Schränke und Schubladen geschaut hatte, Papierstapel durchwühlt und sogar die beiden großen Bücherregale im Wohnzimmer durchsucht hatte, stand ich ratlos mitten auf dem Perserteppich und sah mich um.

Bewies die Tatsache, dass ich keine Waffen, Schachfiguren oder Chemikalien gefunden hatte, irgendetwas? Nein, ich schüttelte den Kopf. Tat sie nicht. Und ich war kein Stück weiter als zuvor. Ich überlegte, ob ich eine Chance haben würde, seinen Keller zu finden. Es gab kaum Berliner Keller, die beschriftet waren. Woher sollte ich also wissen, welcher Janos gehörte? Würde jemand, der derart sorgfältig keine einzige Spur in seiner Wohnung hinterließ, seinen Keller mit belastendem Material vollknallen? Unwahrscheinlich.

Mit einem Seufzer holte ich mein Handy heraus und suchte Schmollis Nummer.

»Hey, Meister, was geht ab? Alles klar?«

»Bestens. Sag mal, Janos, hat der noch irgendwo eine andere Wohnung? Vielleicht von einer Freundin oder den Eltern oder so? Hat der da mal was erzählt?«

»Eine zweite Wohnung? Nee, nicht dass ich wüsste. Was ist denn los?«

»Erklär ich dir später. Komm, Schmolli, denk mal nach. Gibt's da irgendwas? Einen Unterschlupf? Oder einen Keller vielleicht? Oder einen von diesen Storage-Räumen?«

»Na, nur den Schrebergarten. Den in der Nähe vom Saatwinkler Damm, weißte? Da, wo wir letztes Jahr im Sommer die große Grillparty hatten.«

»Sagt mir nichts. War ich nicht dabei.« In meinem Hirn rotierte es. Eine Gartenlaube war genau das, wonach ich gesucht hatte. Der perfekte Ort, um verdächtiges Zeug zu verstecken. »Wo liegt die? Also, wo genau?«

»Puh, wie gesagt, Nähe Saatwinkler Damm. Nordufer ist das. Ich meine, das war so was wie *Kolonie Plötzensee* oder so.«

»Kleingartenkolonie Plötzensee gibt es, das ist nicht weit von hier. Nordufer müsste auch passen.«

»Siehste, dann ist es da.«

»Was ist das für eine Nummer? Ich meine, wie finde ich die Hütte?«

»Was fragst du mich? Keine Ahnung. Wir sind damals mit ihm rein. Was willst du überhaupt von ihm? Der ist doch jetzt nicht da, oder?«

»Erklär ich dir später.« Ich legte auf, steckte das Handy ein und lief aus der Wohnung. Mit großen Sätzen sprang ich zwei oder drei Stufen auf einmal die Treppe hinunter und erst kurz bevor ich die Haustür erreichte, dachte ich daran, anzuhalten und den Schlagstock gegen die Wand zu drücken, um ihn wieder zusammenzuschieben.

Mit heulendem Motor zog ich einen Augenblick später in den Verkehr und fuhr Richtung Südwesten. Mehrmals schoss ich knapp über Ampeln, die sich bereits dunkelorange gefärbt hatten, und verursachte protestierendes Hupen. Aber ich erreichte die Kolonie ohne Zwischenfall, warf mich aus dem Auto und sprintete auf den heckenüberwucherten Eingang zu.

Ich stand in einem der schmalen Gänge, die zu kleinen Anwesen wie *Trautes Heim*, *Wunderland* oder *Ende des Regenbogens* führten. Wie zum Teufel sollte ich hier Janos' Laube finden? Mit einem stummen Fluch drehte ich mich um und erblickte eine Anzeigetafel, die schon fast von einer Hecke verschlungen wurde.

Dort fand ich Namen. Und Nummern von Parzellen! Mein

Zeigefinger *tockte* gegen das verschmierte Plexiglas, und ich fuhr hastig mit ihm die kleinen Grundstücke ab. Hielt dann inne, weil mir entfallen war, wie Janos mit Nachnamen hieß.

Erleichterung durchzuckte mich: Schuhmacher! Janos Schuhmacher. Mein Finger nahm erneut Fahrt auf, wanderte ruhelos über das Plastik, bis ich an Parzelle 107 hängen blieb. Schuhmacher.

Kurz überflog ich den restlichen Plan, um sicherzustellen, dass es kein zweites Grundstück unter demselben Namen gab. Ich wollte ungern bei den falschen Leuten auftauchen und möglicherweise bei einem alten Ehepaar, das mit Wolldecke und Glühwein im Garten saß, einen Herzinfarkt verursachen. Aber es gab keine weiteren Schuhmachers.

Ich orientierte mich, prägte mir den Weg zu Parzelle 107 ein und sprintete los, sodass der Kies spritzte. Atemlos kam ich vor dem kleinen Tor zum Stehen. Ein Jägerzaun, von grüner Hecke eingerahmt, bot das einzige Hindernis, und so machte ich mir nicht die Mühe, das Gatter zu öffnen, sondern sprang einfach drüber.

Ein kleiner Weg aus Waschbetonplatten führte an zwei Beeten vorbei, die völlig überwuchert waren und in denen jemand früher einmal Gemüse gezogen haben mochte. Überhaupt sah das Grundstück so aus, als hätte seit Ewigkeiten niemand mehr Unkraut gezupft, den Rasen gemäht oder die Hecke gestutzt. Auch die beiden kleinen Bäume, Kirschen, machten den Eindruck, als müssten sie dringend beschnitten werden. Oben am Himmel eilten dicke Pakete aus dunkelgrauen Wolken vor einem etwas helleren Grau dahin. Es sah aus, als würde es bald regnen.

Die Hütte selbst, ein Häuschen aus fast schwarz lasiertem Holz, lag verlassen da. Vor den kleinen, geviertelten Fenstern hingen weiße Spitzenvorhänge. In einem befand sich ein Kerzenleuchter, während in dem anderen ein Strauß aus Trockenblumen stand. Kaum die Art von Dekoration, die ich Janos zugetraut hätte.

Ich trat auf die schmale Veranda, die sich vor der Tür befand, und klopfte. Keine Antwort.

Vorgebeugt trat ich von den Platten herunter in ein ungepflegtes Beet und versuchte, durch eines der Fenster zu spähen. Drinnen war es dunkel, man konnte kaum etwas erkennen. Mit einem letzten Blick zurück zum Eingang und dem dahinterliegenden Weg machte ich ein paar Schritte am Haus entlang. Schlug kurz entschlossen mit dem Ellbogen gegen das erste Fenster. Glas splitterte, und die Holzleisten knackten weg. Vorsichtig vergrößerte ich das Loch.

Dann, bevor ich die Hand hineinstreckte, um die Verriegelung zu öffnen, lauschte ich einen Augenblick lang in die vom Wind unruhige Stille. Etwas tiefer in der Kolonie hörte ich Musikfetzen und Lachen. Vielleicht ein Fenster, das irgendwo aufstand. Hier im Schrebergarten würde vermutlich deutlich schneller jemand die Bullen rufen als mitten im Wedding. Ich wandte mich erneut der Hütte zu.

Nachdem ich das Fenster geöffnet hatte, zog ich mich mit einer geschmeidigen Bewegung hinein und rollte mich auf dem Boden ab. In der Hand hielt ich den Schlagstock. Es roch klamm. Unbewohnt. Der Geruch erinnerte mich an Ferienhäuser, in denen lange niemand mehr gewesen war. Als junger Mann hatte ich mit meiner damaligen Freundin eine lange Reise durch den Westen von Irland gemacht, und das Haus im County Clare, in dem wir zwei Wochen geblieben waren, hatte bei unserer Ankunft genauso gerochen.

Möglicherweise war Janos seit Ewigkeiten nicht mehr hier

gewesen, und ich würde nichts finden. Wollte ich das? War es mir lieber, erneut nichts zu entdecken? Oder wollte ich hier auf Beweise stoßen, die besagten, dass der junge Mann, mit dem ich zusammen trainiert hatte, ein Serienmörder war?

Es spielt keine Rolle, beschloss ich. Das konnte ich ohnehin nicht entscheiden. Vorsichtig bewegte ich mich vorwärts. Ich befand mich in einer Art Wohnküche. Vor mir lag eine Küchenzeile mit Spüle und Anrichte und einer sehr schmalen Spülmaschine. Zu meiner Rechten stand ein quadratischer Tisch mit zwei Stühlen. Bedeckt war er mit einem Wachstuch, auf dem Birnen und Kirschen abgebildet waren. Wahrscheinlich hatte Janos die Einrichtung, die seine Eltern damals für die Laube besorgt hatten, nie verändert.

Falls es diese Eltern gab. Falls Janos unschuldig war.

Und dann fiel mein Blick auf das silberne Kästchen, das auf dem Tisch stand. Von der Art und Größe, in denen man normalerweise Visitenkarten aufbewahrte. Mein Puls beschleunigte sich. Langsam griff ich danach, aber sofort zuckte meine Hand zurück. Ich legte den Schlagstock auf den Tisch und zog mir einen der Latexhandschuhe an. Erst dann öffnete ich das Kästchen.

17

Visitenkarten. Weiß und Schwarz. Eine Königsfigur. Das angedeutete Wappen der Stadt Spiez.

Für einen Moment stand ich einfach da, konzentrierte mich aufs Atmen und starrte auf die Karten. *Das beweist gar nichts*, flammte es in meinem Kopf auf. Vielleicht war mir der Killer nur einen Schritt voraus. War vor mir hier gewesen. Was würde ich dann finden? Janos' Leiche?

Obwohl mir ein Schauer den Rücken hinunterlief, wusste ich, dass ich mir in die eigene Tasche log. Das hier war keine Botschaft des Mörders, wie er sie in Taminas Schlafzimmer oder im Kopfkissen meiner Mutter hinterlassen hatte. Es war keine einzelne Karte, und auf der Rückseite stand auch kein dämlicher, belehrender Spruch. Nein, das hier war das Kartenetui des Mörders.

Ich bewegte mich auf den Durchgang zum nächsten Zimmer zu, der mit einem Vorhang aus Perlenschnüren meine Sicht behinderte. Meine Hand berührte die kühlen, harten Perlen und schob sie langsam zur Seite. Es klirrte leise.

Im Zimmer dahinter, dem einzigen anderen in der Laube, war ebenfalls niemand zu sehen. Es gab auch keine weiteren Türen, hinter denen sich jemand verbergen konnte, stellte ich erleichtert fest. Nur ein großes Ausziehsofa, vor dem ein kleiner Couchtisch stand, ein Schreibtisch an der linken Seite des Raums und zwei niedrige Kommoden links und rechts des Fensters, das mit der gleichen Art vergilbter Gardinen zugehängt war wie die Wohnküche. Auf dem Couchtisch stand ein Schachbrett!

Mein Blick zuckte durch das Zimmer. Wollte verifizieren, dass es sich nicht bloß um einen dummen Zufall handelte. Über dem Schreibtisch, der mit Blättern, Mappen und anderem Zeug übersät war, hingen Zettel an eine Korkwand gepinnt. Ich brauchte keine Millisekunde, um die schwarzen Linien zu bemerken, die jemand mit Filzstift auf den Kork gemalt hatte. Ein angedeutetes Schachbrett. In vielen der Felder hingen Zettel. Ohne den Blick davon zu lassen, ging ich näher heran und griff mit zitternden Fingern nach d8 – dort, wo die schwarze Dame stehen würde. Ich zog die Nadel heraus und nahm den Zettel ab.

In der gleichen kontrollierten Schrift wie auf den Visitenkarten stand dort: *Jana Sofie Kleidermann.*

Wie benommen kramten meine Finger, die immer noch in dem Latexhandschuh steckten, nach meinem Telefon und suchten Denschs Nummer heraus. Er ging nach dem zweiten Klingeln ran.

»Thiebeck. Hier ist noch nichts, alles ruhig.«

»Hören Sie, Densch. Ich kenne den Mörder. Es ist ein junger Mann, der in Bremers Gym trainiert. Sein Name ist Janos Schuhmacher. Hallo?«

»Ja, ich bin noch dran.« Er atmete gepresst. »Sind Sie sicher?«

»Ich stehe gerade in seiner Gartenlaube. Es ist alles da. Das Schachbrett, Zettel mit den Namen der potenziellen Opfer, seine Visitenkarten, alles.« Mein Blick schweifte kurz durch den Raum, als müsste ich mich versichern, dass es in der Tat nichts gab, was doch für seine Unschuld sprechen könne.

»Verstehe.«

»Es ist der Mann vom Phantombild. Ich versuche, ein richtiges Foto von ihm aufzutreiben. Schicken Sie ein paar Leute hierher, falls er wiederkommt.«

»Wohin?«, fragte er barsch.

Ich nannte ihm die Adresse.

»Thiebeck, am besten verschwinden Sie von da und warten auf die Beamten.«

Ich ging nicht einmal darauf ein. »Blasen Sie das Ganze ab, Densch. Holen Sie Jana raus und mobilisieren Sie lieber alle Kräfte, um Schuhmacher zu finden.« Ich beendete das Gespräch.

Nachdem ich mich noch einmal umgesehen hatte, wandte ich meine Aufmerksamkeit wieder den Zetteln zu. Ich fand die Namen von David Bremer, Malte Maßner und Carsten Stödter, die untereinander neben das Brett gepinnt waren. Starrte kurz auf die Schnipsel, die über ihren Tod entschieden hatten, und suchte weiter. Professor Körner hatte sich in einem Punkt geirrt: Nicht alle Zettel waren beschrieben. Sie hatte behauptet, der Täter hätte seine *Aufstellung* vermutlich vor dem ersten Mord vervollständigt, aber offenbar hatte Janos sich alle Optionen offengehalten. Manche von ihnen warteten noch auf das Todesurteil, das er mit schwarzer Tinte darauf schreiben wollte.

Mit grimmigem Gesichtsausdruck wanderte mein Blick über die Unterlagen, die auf dem Tisch lagen. Eine Mappe war mit *Fibonacci* beschriftet. Ich griff danach, klappte sie auf. Darin befand sich jede Menge Material zu dem Fall von Georg Lammert. Viele Zeitungsausschnitte, in manchen davon mein Bild. Ich legte sie zur Seite. Hinten an der Wand standen weitere Ordner, ein knappes Dutzend, die meisten von ihnen jeweils mit mehreren Initialen beschriftet.

Ich zog einen Ordner hervor und kippte ihn an, damit ich ihn öffnen konnte. Darin befanden sich mehrere Trenner, jeweils mit zwei Buchstaben beschriftet, analog zu außen. Dabei handelte es sich offensichtlich um Namen, wie ich beim Durchblättern feststellte.

AG war Arne Hegert, *SS* Schmolli. Fassungslos starrte ich auf die dicken Dossiers, die Janos angelegt hatte. Dort gab es detaillierte Tagesabläufe, häufig besuchte Orte, Adressen von Freunden und Verwandten sowie zu jedem eine Menge Fotos. In klaren Plastikhüllen steckten offensichtlich aus dem Internet ausgedruckte Bilder neben Schnappschüssen, mit versteckter Kamera aufgenommen, und Bildern, die aussahen, als wären sie direkt aus einem Familienalbum oder Bilderrahmen gestohlen worden.

Bisher hatte ich gewusst, dass es weitere geplante Opfer gegeben hatte. Menschen, die ich kannte, die mir lieb und teuer waren und die der Täter vorgehabt hatte, umzubringen. Aber ich hatte nicht gewusst, um *wen* es sich handelte. Das hatte es irgendwie weniger real gemacht. Jetzt starrte ich auf diese Ordner, die aussahen wie die versammelten Todesurteile für ein Dutzend Menschen. Mein Finger glitt über die Kanten der Ordner.

JK, MD, EB, MM, HK, CS, DB, MS, TL, HR …

Und einen kompletten Ordner mit der Bezeichnung *JT*. Johannes Thiebeck. Was hatte er dort alles gesammelt und wie lange? Aber im Moment wollte ich gar nicht wissen, was ich hier alles über mich selbst finden würde.

Mit einem Kopfschütteln wandte ich mich ab und sah mich weiter um. Links lagen zwei Spritzen und in unmittelbarer Nähe standen mehrere kleine Glasbehälter, mit Metallfolie verschlossen, wie sie von Ärzten und Krankenhäusern verwandt wurden. Die Drogen, mit denen er die Opfer betäubt hatte. Eine der Spritzen war noch sauber, aber die andere war anscheinend bereits benutzt worden. In ihrem Inneren befanden sich Spuren hellen Rots. Blut.

Am Rand des Tischs stand eine kleine Schale, in der ein Haufen silberner Murmeln oder Bonbons lag. Mit gerunzelter Stirn nahm ich eine davon zwischen die Finger. Die Hülle schien aus Plastik zu bestehen. Die Konsistenz erinnerte mich ein wenig an die von Badekugeln, die sich im heißen Wasser auflösten. Was zum Teufel machte Janos hier mit Badekugeln? Und wem hatte er Blut abgenommen? Sich selbst? Oder einem der Opfer?

Ich drehte mich zum Wohnzimmertisch und betrachtete das Schachbrett. Viele Fernschachspieler bauten eine Partie, die sie gegen jemanden per Brief, per Telefon oder digital spielten, auf dem heimischen Brett auf. Es half ihnen, die Stellung zu visualisieren und die Partie immer wieder im Geiste durchzugehen – auch in Situationen, in denen sie gerade gar keinen Zug abgeben mussten. Da ich immer verschiedene Partien gleichzeitig spielte, hatte ich mir das vor Jahren bereits abgewöhnt und arbeitete einzig mit dem Schachserver. Aber natürlich hatte Janos *seine* Partie hier aufgebaut, auch wenn er sie jederzeit digital abrufen konnte.

Ich starrte auf die Felder, die bereits vier Menschen das Leben gekostet hatten, und überlegte, wie lange er wohl weitergespielt hätte. Bis zum Schachmatt? Bis er mich hätte töten können? Oder hätte er irgendwann angefangen, Räuberschach zu spielen, um möglichst viele Menschen ermorden zu können? Und was wäre passiert, wenn ich *seinen* König geschlagen hätte, ihn ins Matt versetzt hätte? *Vielleicht hätte er dann Selbstmord begangen*, dachte ich lakonisch.

Gerade wollte ich mich wegdrehen, als mir etwas auffiel. Wie ein Aufblitzen am Rand meines Bewusstseins. Mein Kopf zuckte herum. Mit zusammengekniffenen Augen ging ich um das Sofa herum, betrachtete das Brett aus Sicht der schwarzen Figuren. So, wie wir es auch im Präsidium und auf meinem Rechner gesehen hatten. Gedanklich übersetzte ich das digitale Brett, auf dem wir gespielt hatten, in eines mit Spielfiguren. Versuchte, in das Spiel einzutauchen, es wirklich zu sehen. Mit diesem abstrakten Blick, mit dem Schachspieler Positionen und Stellungen wahrnehmen, unterbewusst verarbeiten.

Mein Blick glitt von Figur zu Figur. Ich dachte an die ersten Züge, bei denen ich noch geglaubt hatte, gegen Mario Ottendorf zu spielen. Erinnerte mich an unsere letzten Bewegungen, als mir bewusst gewesen war, dass ich gegen einen Mörder spielte. Um das Leben anderer Menschen. Aber irgendetwas stimmte nicht.

Und dann verstand ich: Die Königin stand noch auf dem Brett!

Ich beugte mich vor, stützte die Handflächen auf das alte Sofa und starrte auf Schwarz und Weiß. Es war unsere Partie. Drei Bauern standen an der Seite, ich brauchte keine Zettel, um zu wissen, dass es sich um Malte, Carsten und Davie handelte. Gegenüber befand sich ein einsamer weißer Bauer neben dem Brett, den ich geschlagen hatte, bevor ich gewusst hatte, was hier lief. Ich hatte immer noch nicht herausgefunden, wie es um die armen Schweine stand, die Janos' Figuren repräsentierten, und ob für diesen Bauern auch jemand hatte sterben müssen.

Aber neben meinen drei Bauern stand noch eine Figur: ein schwarzer Läufer, der von f8. Die Schachjungs hatten ihn im letzten Zug vorgezogen, aber dann hatten sie die Dame aus der Deckung bewegt, und der Mörder hatte angebissen und sie geschlagen. Zumindest hatten wir das angenommen.

Verwirrt starrte ich auf das Brett. Was hatte das zu bedeuten? Wieso spiegelten diese Figuren unsere Partie nicht wider? Gab es eine zweite? Ich kam mir vor wie im falschen Film, in einem Paralleluniversum, in dem ebenfalls ein Wahnsinniger gegen mich Schach spielte, aber in *diesem* hatten wir offenbar den Läufer geopfert.

Erst presste ich die Daumen gegen die Schläfe, dann, als das nichts half, die Handballen. Der Schmerz und die bunten Punkte taten nichts, um meine Benommenheit zu vertreiben.

»Fuck!«, brüllte ich, zum zweiten Mal an diesem Tag, und verspürte das dringende Bedürfnis, irgendetwas zu zerstören. Diese ganze Bude hier kurz und klein zu schlagen, nichts für den ED übrig zu lassen. Mit einem schnellen Schritt war ich beim Korkbrett und riss den Zettel herunter, der an das Feld, das f8 entsprach, gepinnt war. Schwindel erfasste mich, während ich ihn umdrehte.

Hedwig Körner.

Mein Läufer, der Königsläufer. Der Wichser hatte zwar digital seinen Zug abgegeben, aber in seiner eigenen Welt, in seinem kleinen, kranken Hirn, hatte er einfach einen anderen Zug ausgeführt! Und die Königin ignoriert.

Ohne Regeln ist das Spiel bedeutungslos.

Vermutlich hatte Janos entschieden, dass wir uns mit unserem offensichtlichen Opfer nicht an die Regeln hielten. Wir ignorierten die Tatsache, dass unsere Aufgabe eigentlich darin bestand, seine Figuren zu schlagen und eine dominante Position auf dem Brett zu erringen. Also ignorierte er unseren Zug.

Jetzt traf meine Faust die Bretterwand. Den Schmerz, der durch meine abgeschürften Knöchel zuckte, spürte ich kaum. Mit fahrigen Fingern suchte ich erneut mein Telefon heraus. Während ich das Handy bediente, schnappte ich mir den Schlagstock und hastete nach draußen.

»Densch, er tötet Frau Körner! Er hat einen anderen Zug ausgeführt!«, rief ich, sobald ich hören konnte, dass Densch abnahm.

»Wovon zum Henker reden Sie, Thiebeck? Reißen Sie sich zusammen, ich verstehe kein Wort.«

Ich versuchte, mich so weit zu beruhigen, dass ich nicht einfach brüllte wie ein Berserker kurz vor dem Aufprall auf eine feindliche Schlachtreihe.

»In der Laube gibt es ein Brett, auf dem unsere Partie steht. Wie wir sie gespielt haben. Es stimmt alles, nur hat er nicht die Königin geschlagen, sondern einen unserer Läufer. Und dieser Läufer ist Frau Körner! Rufen Sie sie an. Ich habe ihre Nummer nicht.«

Kurzes Schweigen. »Sind Sie sicher?«

Inzwischen hatte ich mit einem Satz das Tor des Jägerzauns übersprungen und lief den Kiesweg entlang. Die Tatsache, dass ich dabei heftig atmete, machte es vermutlich nicht einfacher, mich zu verstehen. Aber das war jetzt egal, ich durfte keine Zeit verlieren.

»Natürlich bin ich sicher!« Ich erhöhte das Tempo und sprintete auf den Ausgang der Kolonie zu. »Wir halten uns nicht an die Regeln, also tut er das auch nicht. Um uns zu bestrafen. Wie mit meiner Mutter!«

»Verdammt! Okay, ich sage dem SEK Bescheid. Baumann soll Leute zu Frau Körner schicken, und wir versuchen, sie zu erreichen. Sie hat immerhin zwei Beamte bei sich. In der

Zwischenzeit passen wir weiter auf Jana auf, für den Fall, dass das mit dem Läufer eine Finte ist. Sie bleiben in der Laube, Thiebeck, und warten auf das Team, das wir dort hingeschickt haben, verstanden?«

»Lecken Sie mich am Arsch«, rief ich, hatte da aber längst aufgelegt. Ich erreichte Janas Wagen, schloss auf und sprang hinein.

Wenn ich zuvor zu schnell gefahren war, war das kein Vergleich zu dem halsbrecherischen Tempo, das ich nun vorlegte. Vom Saatwinkler Damm bis zum Laden von Frau Körner waren es nur ein paar Minuten, vor allem bei meiner Geschwindigkeit, ich würde also auf jeden Fall vor dem Einsatzteam dort sein.

Ein junger Türke rettete sich gerade noch zurück auf den Bordsteig, als ich mit quietschenden Reifen in die Straße des Antiquariats einbog. Mit einer Vollbremsung kam ich zum Stehen, stieg aus und hielt zum ersten Mal seit einer ganzen Weile inne. Hatte Densch Frau Körner telefonisch erreicht? Oder die Polizisten?

Mein Blick ruckte zur Seite, und ich konnte in einiger Entfernung den Polizeiwagen in Blau und Silber sehen, der in einer Einfahrt parkte. Ich lief auf den Wagen zu. Es sah aus, als ob jemand auf dem Fahrersitz säße.

Beim Näherkommen bemerkte ich, dass die Beamtin offenbar schlief. Oder tot, zumindest aber bewusstlos, war. Sie hatte die Augen geschlossen, der Kopf lag leicht zur Seite abgeknickt. Geduckt näherte ich mich dem Wagen, dessen Seitenfenster trotz der herbstlichen Kühle ganz heruntergefahren war, und sah mich schnell um. Ich konnte nichts entdecken.

Am Auto beugte ich mich vor und warf einen Blick auf die

Frau. Sie war höchstens Anfang dreißig und trug ein fettes Hämatom am Hals. Sah aus wie eine Quetschung oder ein sehr beeindruckender Knutschfleck. Ich legte ihr zwei Finger auf die Halsschlagader –, sie lebte noch. Mit einem Grunzlaut lehnte ich mich ins Auto und löste ihre Pistole aus dem Hüfthalfter. Falls das hier kein Notfall, sondern ein seltsames Missverständnis war, würde ich jede Menge Ärger mit Densch bekommen. Ohne nachzudenken, entsicherte ich die Waffe, eine P6 von SIG. So eine hatte ich knapp zwei Jahre lang nicht mehr in der Hand gehalten. Ich lud durch.

Die Waffe dicht an meine Achsel in die Jacke gedrückt, um Passanten nicht unnötig aufzuscheuchen, eilte ich über die Straße auf den Laden zu, warf einen Blick durch die Scheibe, bevor ich den Kopf wieder zurückzog, konnte aber nichts erkennen, weil drinnen alles dunkel war.

Ich ging in die Hocke, riss die Tür mit einer Hand auf und schob mich im Entengang und mit erhobener Waffe ins Innere. Ein paar Meter vor mir konnte ich Füße in Lederschuhen und Uniformbeine erkennen, jemand lag auf dem Boden. Der zweite Bulle!

Ich bewegte mich vorsichtig auf ihn zu. Noch immer konnte ich nichts im Laden erkennen. Kein Geräusch war zu hören. Bei ihm machte ich mir nicht die Mühe, den Puls zu fühlen. Ich wusste, dass er am Leben sein würde, sobald ich den dunklen Fleck hinten auf seiner Uniform bemerkte. Als ich an seine Hüfte griff, um mir auch seine Pistole zu holen, bemerkte ich den Fetzen silbernen Plastiks, der etwas entfernt lag. Da mir Hegerts Worte über das rasend schnell in die Haut eindringende DMSO noch in den Ohren lagen, fasste ich es mit bloßen Fingern nicht an.

Plötzlich verstand ich, wie Janos seinen Opfern die Drogen verabreichte. Ich hatte so ein Stück Plastik schon einmal gesehen: Letztes Jahr hatte Schmolli den Coach und eine ganze Truppe von uns Boxern zu einem Paintball-Match draußen in Kladow eingeladen. Wir waren den ganzen Tag durch das weitläufige Gelände aus Buschlandschaft, lichten Wäldern und Feuchtgebieten gestreift, mit Tarnklamotten und Schutzbrillen ausgestattet, und hatten uns mit Farbmarkierern gejagt. Paintball.

Das erklärte auch die rote Flüssigkeit in der Spritze, die ich in der Laube gefunden hatte. Kein Blut. Offenbar ersetzte Janos die in den silbernen Kugeln enthaltene Farbe durch seine eigene Mischung aus DMSO und den jeweiligen Drogen und verschoss diese mit einem Paintball-Markierer. Daher auch die Hämatome an den Opfern. Ich selbst hatte nach unserem Ausflug noch knapp anderthalb Wochen lang heftige, blaue Flecken und sogar Blutergüsse an den Körperpartien gehabt, an denen ich mich hatte erwischen lassen. Tamina hatte damals öfter Witze über häusliche Gewalt und den ›Mann, der die Treppen herunterfiel‹ gemacht. Damit war auch das Rätsel der Gummipartikel an der Hausmauer hinter der zerstörten Kamera gelöst. Mit dem Markierer war ein Paintball mit schwarzer Farbe auf die Linse geschossen worden, um sie damit unbrauchbar zu machen.

Ich entsicherte die zweite Waffe ebenfalls und ließ auch bei ihr eine Patrone in die Kammer gleiten. Der metallisch-mechanische Klang dieser Bewegung beruhigte mich. Er erinnerte mich an früher. An Situationen, in denen ich Herr der Lage gewesen war.

In jeder Hand eine Pistole, bewegte ich mich geduckt auf das hintere Ende des Ladens zu. Überlegte kurz, nach Frau Körner zu rufen, entschied mich aber dagegen. Besser, ich jagte ihr einen gehörigen Schrecken ein, als dass ich Janos auf mich aufmerksam machte.

Vor mir lag der schmale Gang, der in den hinteren Teil des Ladens, zu den Wohn- und Arbeitsräumen, führte. Mein Kopf zuckte vor, ich konnte aber niemanden sehen. Also weiter. Der Flur war ein Nadelöhr, hier gab es kaum Deckung. Deshalb hielt ich beide Knarren vor mich, die Arme ausgestreckt, um beim kleinsten Zeichen von Gefahr zu schießen.

Zu meiner Rechten befand sich der Eingang zu der kleinen Stube, in der Frau Körner damals Jana und mich empfangen hatte. Dort hielt sich ebenfalls niemand auf. Die Muskeln meiner Oberschenkel fingen an zu brennen. Mehrmals musste ich kurz innehalten, weil ich drohte, das Gleichgewicht zu verlieren. Am nächsten Tag würde ich einen bestialischen Muskelkater haben, vermutete ich.

Ich hatte die Küche erreicht. Nicht mehr als ein winziger Raum, in dem Frau Professor ihren Tee zubereiten und sich vielleicht mal eine Stulle schmieren konnte. Auch leer, aber links gab es eine Tür, die ich mit einer Hand vorsichtig öffnete.

Dahinter lag der Hausflur. Durch den Spalt konnte ich die Treppe erkennen. Offenbar war der Laden direkt mit dem Treppenhaus verbunden; sehr praktisch für Frau Körner. Und den Mörder.

Ich horchte durch den Spalt und glitt mit einem Ruck nach draußen. Dort unterdrückte ich ein erleichtertes Stöhnen, als ich mich endlich wieder in eine aufrechte Position begeben konnte. Zwei Schritte nach vorn, einen schnellen Blick durch das Geländer auf den ersten Treppenabsatz geworfen. Niemand da.

Vorsichtig schlich ich mich zum ersten Stock hoch. Ich

erinnerte mich, dass ihre Wohnung auf der linken Seite lag. Dort, wo jetzt die Tür einen Spalt offen stand.

Mit schmerzhaft verzogenem Gesichtsausdruck ging ich erneut in die Hocke und stieß auch diese Tür mit dem Lauf der P6 und einem hölzernen *Klock* auf. Plötzlich hörte ich ein ratschendes Geräusch. Als würde jemand etwas durchreißen. Ich arbeitete mich weiter vor.

Wieder das Geräusch. Da verstand ich, was ich hörte: Klebeband. Jemand zog Gaffa-Tape in Streifen von einer Rolle ab.

Als ich die Hälfte der Entfernung zur ersten offenen Tür überbrückt hatte, verlor ich kurz das Gleichgewicht, weil einer meiner Oberschenkel sich zu verkrampfen drohte. Ein Pistolenlauf stieß hart gegen die Dielen, und meine Schulter rammte eines der kleinen Schränkchen. Irgendetwas fiel klappernd zu Boden.

Im Türrahmen vor mir tauchte ein Schatten auf. Ich riss die zweite Waffe hoch und drückte ab. Meine Hand zuckte zurück, mit einem Schlag summte es mir in den Ohren, und der Geruch des NC-Pulvers biss mir in die Schleimhäute von Mund und Nase. Neben mir schlug etwas in der Wand ein. Feuchtigkeit spritzte mir ins Gesicht.

Reflexartig warf ich mich zur Seite, drückte im Abrollen noch einen weiteren Schuss ab, konnte aber sehen, wie das Projektil bloß großzügig Stücke aus dem hölzernen Türrahmen riss. Der Schatten war längst wieder verschwunden.

Den Rücken gegen die Wand gepresst, wischte ich mir mit dem Ärmel übers Gesicht. Wie schnell wirkte dieses Zeug, was hatte Hegert gesagt? Und wie viel brauchte es davon? Waren diese paar Spritzer genug, um mich außer Gefecht zu setzen?

Ich hatte keine Zeit mehr. Mit einem Fluch zog ich die Füße unter den Körper und warf mich, mit ausgestreckten Armen, nach vorn. Prallte auf dem Boden auf, dass es mir die Luft aus den Lungen trieb. Aber dort am Türrahmen gab es niemanden mehr, auf den ich hätte schießen können.

Ich rappelte mich hoch und spähte ins Arbeitszimmer. Kein Janos.

Dafür Professor Körner. Sie saß auf einem Drehstuhl, den Kopf bewusstlos zur Seite geneigt. Ihr Mund war mit silbernem Klebeband verschlossen. Die Fußknöchel waren ebenfalls damit verklebt. Die Hände, die Janos ihr offenbar hinter dem Rücken gefesselt hatte, vermutlich auch.

Beide Waffen sichernd im Anschlag, bewegte ich mich langsam in den Raum. Legte eine der Pistolen ab, um Körners Puls zu fühlen. Schwach, aber vorhanden. Kurz überlegte ich, ob ich die Zeit hatte, ihr die Fesseln zu lösen und sie auf das Bett zu hieven, entschied mich aber dagegen.

Ich arbeitete mich in das nächste Zimmer vor, das Wohnzimmer. Ich bemerkte, dass die Tür zum Balkon offen stand. Dort musste er sein!

Ich warf einen schnellen Blick durchs Fenster, konnte ihn aber nirgendwo lauern sehen. Erst als ich auf dem Balkon stand, nach einem raschen Blick in die Tiefe, konnte ich eine Gestalt erkennen, die in den Durchgang tauchte, der aus dem Hinterhof hinausführte. Ohne zu zögern, steckte ich die Knarren in den Hosenbund, schwang mich über das Geländer und ließ mich nach unten gleiten, bis ich außen am Balkon hing. Ich ließ los.

Mit einem harten Aufprall kam ich auf dem Asphalt auf und fing mich mit einem schnellen Auslaufschritt ab. Ich riss die Waffen aus dem Hosenbund und spurtete los.

Draußen auf der Straße prallte ich auf den geschäftigen Trubel des Turmstraßengettos und fiel fast über einen älteren Türken, in der Hand ein halbes Dutzend Plastiktüten. Ohne mich zu entschuldigen, lief ich weiter. Die Gestalt konnte ich noch sehen, den blauen Kapuzenpullover und das schwarze Ding auf dem Rücken, das entfernt wie eine Waffe von Außerirdischen aussah. Der Paintball-Markierer.

Immer wieder wich ich auf die Straße oder den Fahrradweg aus, wenn auf dem Bürgersteig ein Hindernis auftauchte. Ich nutzte Lücken und drehte die Schulter ein, als wäre ich ein hungriger Linebacker beim Football, der sein Ziel, den ungeschützten Quarterback, bereits vor sich sehen konnte.

Meine Arme pendelten vor und zurück, die Waffen verstärkten den Effekt des Schwungholens wie Gewichtmanschetten, die sich manche Läufer zum Training anlegten.

Muss schneller werden!, presste ich durch mein Hirn, genauso wie ich versuchte, den Sauerstoff in jede Faser meines Körpers zu drücken. Besonders die Beine. Ich umrundete die Ecke, an der ich ihn gerade verloren hatte, und raste in einem Bogen einfach weiter. Auf ein Parkhaus zu. *Gut*, dachte ich bloß. Besser als ein Kaufhaus. Oder irgendein anderer, mit Menschen gefüllter Ort. Ich musste ihn erwischen, bevor er sich dazu entscheiden konnte, eine Geisel zu nehmen.

Eine Geisel – womit? Mit dem Markierer, der aussah wie ein Spielzeug? *Keine Bewegung, oder ich mache Sie nass!* Nein, diese Option hatte er nicht. Ich versuchte, noch etwas zu beschleunigen.

Mit Schwung rannte ich in den drohenden Schatten des Eingangs. Nichts geschah. Wenn er mir jetzt aufgelauert hätte, hätte er mich locker erwischen können. Ich konnte seine schnellen Schritte, hastig kratzend auf dem Beton, schräg vor und über mir hören. Er rannte die Rampen hoch. Ich hinterher.

Was zum Teufel macht er?, dachte ich, während ich mich darauf konzentrierte, Arme und Beine in Bewegung zu halten. Nicht zu straucheln. Müdigkeit und Erschöpfung zu ignorieren. Mein Keuchen wurde heftiger, als ich die Schräge hinauflief.

Im Parkhaus gab es wenig Verkehr, nur einmal kam mir ein quietschgelber Lupo in der Kurve entgegen. Wir kollidierten fast miteinander. Der Wagen bremste abrupt, die Besitzerin starrte mich aus großen Augen an, während meine Fäuste mit den Waffen auf ihre Motorhaube knallten, ich mich mit einer halben Drehung um sie herumwand und weiterrannte, die nächste Rampe hinauf.

Was wollte er oben im Parkhaus? Mich in einem Treppenhaus abhängen und wieder nach unten rennen, während ich alter Mann mir auf dem obersten Parkdeck die Seele aus dem Leib kotzte?

Auf Ebene drei verließ er die Rampe. Rannte in die Tiefen des düsteren Raums. Ich war froh, ebenfalls von der Schräge runterzukommen. Die Rampe fühlte sich an, als würde sich der Beton unnachgiebig höher und höher schrauben, und einen, wenn man zu lange auf ihr lief, nie wieder gehen lassen.

Ich konnte den Kapuzensweater weiter vorn sehen. Dunkle Cargopants und Sportschuhe mit Reflektorstreifen, die manchmal matt aufblitzten, während die Füße flogen. Lange würde ich nicht mehr durchhalten, aber ich erhöhte noch einmal das Tempo.

Er dagegen wurde langsamer. Bewegte die Arme nicht mehr so gleichmäßig, sah aus, als würde er die Schultern einziehen, und einen Herzschlag später signalisierten mir die kurz aufblinkenden Lichter eines Wagens, was geschah. Er war zu einem Auto gelaufen, wollte mit Vollgas aus diesem Parkhaus entkommen, statt mir zu Fuß durch die halbe Stadt davonzulaufen. Sofort hatte ich ein Bild vor Augen, wie er mit quietschenden Reifen auf mich zukam, der Wagen qualmend und schlingernd, um mich auf seinem Weg nach unten zu rammen. Ich, zerquetscht, auf der Kühlerhaube.

Ich drosselte ebenfalls das Tempo, so weit, dass meine Arme nicht mehr hin- und herschwangen. Stattdessen hielt ich sie nach vorn ausgestreckt. Dann drückte ich ab.

Der Rückstoß fuhr mir in die Arme, als wollte er mich wieder zurücktreiben. Unerbittlich schritt ich voran und schoss. Ich wusste, dass ich einem verdammten Klischee entsprach, als sei ich Bruce Willis, John Wayne und der Hauptdarsteller aller John-Woo-Filme auf einmal. Der Ex-Bulle, der mit aufflammenden Kanonen gnadenlos nach vorn schreitet. Die Projektile schlugen in den schwarzen Toyota ein, zerschmetterten die Windschutzscheibe und durchzogen sie mit Spinnennetzfrakturen, ließen die Scheinwerfer zerplatzen und durchlöcherten einen Reifen. Der Wagen sank leicht nach unten.

Ich musste einen Hustenreiz unterdrücken und mir klingelte es in den Ohren. Im Parkhaus dröhnten die Schüsse durch den Hall besonders heftig. Wenigstens würden Densch und sein SEK auf diese Weise wissen, wohin wir uns verzogen hatten.

Aber mein Dauerfeuer hatte den gewünschten Effekt. Janos warf sich zur Seite, fort vom Auto, das er bis eben noch für sein Ticket nach draußen gehalten hatte. Diesen Ausweg hatte ich ihm zerstört. Hektisch krabbelte er zur Seite, unkontrolliert rutschten die Schuhe über den Beton, bis er sich hinter einem anderen Auto in Deckung befand.

Jetzt wurde auch ich vorsichtiger. Ich verließ den breiten Mittelweg, um dichter an den parkenden Wagen entlangzugehen, halb geduckt und immer noch beide Waffen vor mir ausgestreckt. An der Front des Kombis, hinter dem er sich versteckt hatte, sah ich eine Bewegung. Ich feuerte, ohne nachzudenken. Kugeln schlugen im Kühler ein, aber ich hatte ihn vermutlich nicht erwischt. Langsam musste ich mir Gedanken über Munition machen. Wie oft hatte ich bereits geschossen?

Keine Ahnung. Jedes der beiden Magazine fasste nur acht Schuss. Viele konnten nicht mehr übrig sein. Ich durfte mich auf keine unbedachten Schüsse mehr einlassen, sondern nur noch abdrücken, wenn ich sicher sein konnte, ihn auch zu erwischen. An einem Betonpfeiler hielt ich inne, atmete schwer, dachte nach. Den Blick hielt ich auf die Gassen links und rechts von mir gerichtet, für den Fall, dass er es schaffte, sich ein weiteres Auto zu besorgen.

Einen Augenblick lang erwog ich, ihn einfach bloß aufzuhalten. Ihn festzusetzen, bis die Kavallerie eintraf und den Kerl einsammelte. Das wäre das Vernünftigste. Einmal nicht den ›Thiebeck spielen‹, wie Densch es ausgedrückt hatte, und Kopf und Kragen riskieren.

Als ich mich gerade entschlossen hatte, genau das zu tun, ihn nicht weiter unter Druck zu setzen, nicht zu versuchen, ihn auszuschalten, bemerkte ich aus dem Augenwinkel heraus eine Bewegung. Links, zwischen zwei Autos.

Noch während ich mich zu Boden warf, erwischte er mich an der Schulter. Ein fieser Schlag, der selbst durch die dicke Jacke zu spüren war.

Mit rasendem Herzen rutschte ich etwas am Betonpfeiler herunter. Bewegte den Arm. Alles noch dran. Aber dann sah ich den feuchten Fleck. Ich musste keinen Durch- oder Steckschuss fürchten, nur die Drogen, die jetzt durch meinen Körper wanderten und ihre Arbeit aufnahmen.

Ziellos zuckten mir verschiedene Gedanken durch den Kopf. Aufstehen, ihn stellen? Das Ganze schnell zu Ende bringen und bewusstlos über seiner Leiche zusammensinken? Abhauen, in der Hoffnung, dass mir die Bullen entgegenkommen würden?

Es kam mir vor, als stünde mir Schweiß auf der Stirn. Möglicherweise konnte ich das Gift bekämpfen, wenn ich mich bewegte. So, wie heftiger Sport Alkohol in der Blutbahn verbrannte. Würde das hier auch helfen?

Ich wuchtete mich hoch. Schmerzhaft schürften meine Hände über den rauen Beton. Halb auf die Ellbogen gestützt, drückte ich mich mit dem unteren Rücken gegen den Pfeiler und starrte auf meine brennenden Handflächen. Wo waren die Pistolen geblieben?

Ich beugte mich leicht nach vorn. Ganz weit unten, so weit weg, als würde ich oben von einem Turm auf sie herunterblicken. Sie schimmerten sanft, sahen ganz friedlich aus. Ich traute mich nicht, nach ihnen zu greifen. Weil ich fallen würde. Also stand ich bloß da und betrachtete sie aufmerksam. Irgendwie wehmütig. Sie erinnerten mich an etwas, das ich verloren hatte. Aber woran?

Zu meiner Rechten ertönte ein Geräusch. Scharrend, schabend. Ich wollte den Kopf wenden, mich umsehen, aber alles verschwamm vor meinen Augen. Als wäre ich zu schnell aus den Knien hochgekommen. Kreislauf. Ich streckte die Hand aus. Erwartete, kühlen Autolack oder Beton zu fühlen, aber es war eine Hand, die sich um meine legte. Ich berührte Haut.

»Komm«, sagte eine Stimme merkwürdig zärtlich.

Mit einem Lächeln wollte ich mich zu ihr hindrehen, ihre Wärme fühlen, wie man sich an einem der ersten Frühlingstage zur Sonne hinwendet, aber ich kam nicht an. Stattdessen fiel ich plötzlich, verlor jeden Halt und sauste mit grauenerregender Geschwindigkeit in die Tiefe.

Immerhin kann ich dann gleich die Pistolen mitnehmen, dachte ich noch, bevor ich unten aufschlug. Ein sanftes Lachen folgte mir hallend in die bodenlose, schwarze Tiefe.

18

Mit einem Stöhnen versuchte ich, meine verkrusteten Augen zu öffnen. Heftiger Kopfschmerz pulsierte von links nach rechts, von oben nach unten durch meinen Schädel, als fände er keinen Ausgang.

Angenehme Dämmerung umgab mich, als ich die Augen endlich aufbekam. Mein ganzer Körper schmerzte, vor allem die Schultern. Ich hing von der Decke, an den Händen gefesselt, und mein gesamtes Gewicht belastete Hand- und Schultergelenke. Meine Zehen berührten kaum den Fußboden.

Ich fröstelte, Gänsehaut überzog meinen nackten Oberkörper. Immerhin hatte Janos mir die Hose gelassen und mich nicht vollständig ausgezogen. Ich blinzelte. Zu meiner Rechten standen ein Ledersofa und ein dazu passender Sessel. Ein niedriger Couchtisch aus Rauchglas befand sich zwischen ihnen. Auf ihm ein wuchtiger Whisky-Schwenker, halb gefüllt. Der Fußboden bestand aus Stein. Granit, nahm ich an. Etwas nagte an meinem Gedächtnis. Wo hatte ich einen solchen Boden schon einmal gesehen?

Als ich den Kopf in den Nacken legte, um zu sehen, womit ich festgebunden war, packte mich ein Schwindel, der mir schwarz vor Augen werden ließ. Als hätte ich die ganze Nacht durchgesoffen und würde nun die Zeche dafür bezahlen. Ich unterdrückte den Würgereiz. Mich hier, so aufgehängt, zu übergeben, wäre vermutlich keine gute Idee. Ich würde an meinem eigenen Erbrochenen ersticken.

Vorsichtig sah ich noch einmal nach oben. Ich hing an einem riesigen Kristallleuchter! Sanft klirrte das Glas. Meine Hände waren mit silbernem Gaffa-Klebeband an einer Kette befestigt, die zu einem Haken oben an dem Lüster führte. Wenn ich noch die Spur eines Zweifels gehabt hatte, *wer* mich hier wie eine Sau zum Ausbluten aufgehängt hatte, dann verflog diese beim Anblick des Klebebands. Ich musste an Frau Körner denken und fragte mich, ob Densch und das SEK früh genug gekommen waren, um sie dort herauszuholen. Jedenfalls waren sie zu spät für *mich* gekommen, so viel stand fest.

Ächzend probierte ich, mit den Zehen meinen Körper leicht zu drehen, um einen Blick auf den Rest des Zimmers zu richten. Aber mein Körper und die Schwerkraft verbündeten sich gegen mich, sodass mir mein Versuch nicht mehr als gleißenden Schmerz einbrachte, der durch meine Achseln zuckte.

Keuchend wartete ich, bis das Flimmern vor meinen Augen langsam nachließ. Hinter mir konnte ich ein Klacken hören, wie von Plastik auf Plastik. Eine Tastatur? Mit zusammengebissenen Zähnen versuchte ich es erneut. Meine Zehennägel kratzten über den Stein, fahndeten nach Halt. Ich spannte die Muskeln in den Schultern an, um mich zu drehen. Ignorierte den Schmerz, machte einfach weiter. Auch wenn gleich etwas kaputtgehen würde. Wenn meine Arme aus den Gelenken gerissen würden und ich als blutiger Rumpf zu Boden krachte. Wem hatte man in der Beowulf-Sage die Arme abgerissen? Grendel?

Ich bewegte mich. Nur ein paar Zentimeter, schwang sofort wieder ein Stück zurück, aber ich hatte einen Teil der Tapete gesehen, den ich noch nicht kannte. Erneut das Klicken hinter mir.

»Hallo?«, krächzte ich. Bekam aber keine Antwort. Nichts außer den unregelmäßigen, sanft klackenden Geräuschen. Also spannte ich alle Muskeln an und probierte ein zweites Mal, mich zu bewegen. Diesmal klappte es besser. Mein Körper drehte sich ein Stück. Ich starrte auf die Tapete in warmem Vanille. Auch die hatte ich schon mal gesehen. *Wo, zum Teufel, wo bloß?*

Kurz verfluchte ich, dass ich angefangen hatte, mich gegen den Uhrzeigersinn zu bewegen. Das Licht kam von hinten, in der anderen Richtung hätte ich inzwischen vermutlich bereits einen Blick nach draußen werfen können. Vielleicht hätte ich dann gewusst, wo ich mich befand.

Mit einem Ruck drehte ich mich noch ein Stück. Inzwischen war der gleißende Schmerz einem dumpfen Dröhnen gewichen. Ich drehte den Kopf nach links, so weit ich konnte.

Mein Blick fiel auf einen opulenten Schreibtisch aus Edelholz mit zwei Monitoren darauf. Dann auf die beiden Wildschweinhäute, die statt eines Teppichs auf dem Steinboden ausgebreitet lagen, und die massive Regalwand, die mit ihren Büchern die gesamte rückwärtige Wand des Raums einnahm. Ich erinnerte mich sofort daran, was ich gedacht hatte, als ich dieses Monstrum das erste Mal gesehen hatte: *Falls das Ding umfällt, ist man tot, wenn man dort am Tisch sitzt!*

Damals hatte Georg Lammert an genau diesem Tisch zu Füßen eines Gebirges aus Büchern gesessen und Jana und mich angelächelt. Jetzt grinste mir sein Sohn entgegen.

Pieter Gorlaff. Janos Schuhmacher. Der Mörder, der Malte, Carsten, Mario und Davie umgebracht hatte.

Und meine Mutter.

Mit einer geschmeidigen Bewegung erhob er sich und kam um den Schreibtisch herum auf mich zu.

Schnaufend versuchte ich, mich weiterzudrehen, als könne ich ihm auf diese Weise irgendetwas entgegensetzen. Er hatte mich erreicht und packte mich an den Handgelenken. Schmerz zuckte durch sie hindurch in mein Hirn, als mein Körper die Schwingungen auf meine zum Zerreißen gespannten Muskeln und Sehnen übertrug.

Er drehte mich, sodass meine Zehen sanft über den Boden aus grauem Granit kratzten. Wie man den Kadaver von Schlachtvieh rotiert, um es in die richtige Position zu bringen. Um was zu tun? Es zu spalten? Ausbluten zu lassen? Ich musste an den Kehlenschnitt von Stödter denken und daran, wie Malte ausgeweidet worden war.

Während mir das alles durchs Hirn zuckte, hielt ich den Blick gesenkt. Ich wollte Janos nicht ansehen. Noch nicht. Weil ich nicht wusste, wie ich ihm begegnen sollte. Ich hatte keine Strategie, um in meinem Kopf aus einem Sparringspartner, einem gut gelaunten, jungen Mann, einen feigen Killer zu machen, der widerliche Morde beging.

Etwas an dem grauen Stein forderte meine Aufmerksamkeit ein. Ich kannte auch diesen Boden. Auf ihm war ich über Georg Lammert an jenem Morgen hergefallen, hatte ihn geschlagen, bis das Blut aus seiner Nase und seinen aufgesprungenen Lippen den Stein schwarz gefärbt hatte. Nur kleine Spritzer, eine winzige Lache. Nichts gegen die Sauerei, die er ein paar Minuten später unten auf der Terrasse angerichtet hatte.

Ich konnte mich noch gut an die Verzweiflung erinnern, die mich damals hierher getrieben hatte. Die Angst, in diesem Fall zu versagen, den Mörder von mehreren Kindern laufen lassen zu müssen.

Janos' Gesicht war ganz dicht an meinem. Ich konnte seinen Atem riechen, ein Hauch von Minze.

»Du hast das Haus gekauft. Nach dem Tod deines Vaters«, keuchte ich. Die Worte quollen mir nur langsam und zäh über die Lippen. Ich hätte dringend etwas zu trinken gebraucht. Immer noch sah ich nicht hoch.

Mach dich nicht zum Opfer. Biete dem Täter die Stirn und schränke ihn ein, hatten sie uns in Seminaren erzählt. Ich unterdrückte ein Schnauben. Schwierig, wenn man sich in einer Position wie dieser befand.

Endlich sah ich auf.

Er nickte, betrachtete mich aufmerksam. Seine Augen schienen so unglaublich dunkel zu sein. Ich überlegte, wie nahe er mir kommen müsste, damit ich diese Nase mit einem gezielten Stoß meines Schädels zertrümmern könnte.

Aber dann? Was würde mir das nützen, hier aufgehängt wie kurz vor der Schlachtung? Vermutlich hätte ich ohnehin nicht genug Kraft. Janos besaß gute Reflexe, das hatte ich im Ring oft genug erlebt. Niemals würde er sich von mir, besonders nicht in diesem Zustand, erwischen lassen. Ein leises Stöhnen entwich mir.

»Was ist los, großer Mann? Müde?« Er packte mit einer Hand meinen Oberarm und drehte mich langsam.

Die Bewegung, und damit der Schmerz, starteten in meinen Schultergelenken und breiteten sich von dort spiralförmig in meinem Körper aus. Ich versuchte, das Keuchen zwischen aufeinandergepressten Lippen zurückzuhalten.

Fast zärtlich glitt seine Hand über meine Haut, strich federleicht über den Rippenbogen, bevor er sie zurückzog, um mir einen Augenblick später die Faust in den Magen zu hämmern.

Schnorchelnd versuchte ich, Luft einzusaugen, um den neuen Schmerz zu bekämpfen. Ich bekam nicht genug

Luft! Verzweifelt sog ich sie ein, doch als der nächste Schlag kam, trieb er sie mir, zusammen mit einem Sprühregen aus Schnodder, wieder aus dem Körper.

Janos arbeitete methodisch, rollend, aus den Schultern. Seine Hiebe trafen mich in regelmäßigen Abständen in die Magengrube, und die flimmernden Wellen der Agonie, die drohten, mir die Körpermitte auseinanderzureißen, kamen im gleichen Takt.

Plötzlich hörte er auf. Stand keuchend vor mir, schnaufte und wischte sich mit dem Unterarm über die Stirn. Wäre ich nicht gefesselt gewesen, hätte ich mich zusammengerollt, versucht, mich zu vergraben. Zu schützen. Doch das ging nicht, ausgestreckt und schutzlos hing ich dort, wartete auf weitere Faustschläge.

»Warum hast du dich nicht an die Regeln gehalten, Thiebeck? So läuft das Spiel nicht, das weißt du doch. Du kannst nicht an jeder Stelle entscheiden, dass du deinen eigenen Weg gehst. Hat dir das der Tod von Stödter nicht gezeigt? Für so dumm hätte ich dich nicht gehalten.«

Ich musste mich konzentrieren, um nicht das Bewusstsein zu verlieren. Gleichzeitig wollte sich alles in mir übergeben und den Schmerz, der wie ein Festmahl für zwölf in meinem Magen lag, auskotzen. Beides ging nicht. Ich bemühte mich, den Kopf nicht zur Seite knicken zu lassen, um Janos weiter ansehen zu können.

»Du hast meine Mutter umgebracht«, stellte ich fest. Ein Husten beendete den Satz, bevor ich ihn ganz ausgesprochen hatte.

Er schüttelte den Kopf. »Wieder die Regeln. *Du* hast sie getötet, Thiebeck. Was hatte *meine* Mutter mit deinem Fall zu tun? Du hättest nicht nach Hamburg fahren dürfen.«

»Ich habe gar keinen Fall.« Wieder ein Hustenanfall, der die Schmerzen neu auflodern ließ.

Zwei wuchtige Haken in den Magen, ein Schlag mit dem Handrücken ins Gesicht und dann noch einen schräg hinten auf die Niere. Diesmal drohte mir wirklich, das Licht auszugehen. Die Augen zusammengekniffen, hielt ich die Lippen aufeinandergepresst, um nicht laut wimmern zu müssen. Alles in mir wehrte sich dagegen, ihm diese Genugtuung zu verschaffen. Auch wenn ich wusste, dass das sinnlos war. Wenn er genug Zeit hatte, würde er mich zu allem bringen, sogar dazu, dass ich im rosa Tutu Tango tanzte. Und dabei vor Freude lachte. Ich machte mir keine Illusionen, wie lange ich einer geduldigen Folter standhalten konnte.

»Hattest du auch bei meinem Vater keinen Fall?«, fragte er.

Immerhin ging sein Atem jetzt etwas heftiger. *Vielleicht wird er irgendwann müde*, dachte ich in einem Winkel meines Hirns, in den der Schmerz offenbar noch nicht vorgedrungen war.

»Dein Vater war ein Arschloch«, sagte ich und versuchte, die Muskeln anzuspannen, um den neuen Schlägen zu begegnen.

Aber statt wütend zu werden, lachte er. »Das war er in der Tat.«

»Vielleicht hättest du ihn selbst umbringen können. Anstatt alle anderen zu ermorden.«

Janos legte den Kopf schief. »Vermutlich hätte ich das auch getan.«

»Warum ich?« Diese Frage war mir schon die ganze Zeit durch den Schädel gebrummt, wie ein verirrtes Insekt auf der Suche nach dem offenen Fenster, aber ich hatte mich nicht getraut, sie herauszulassen. Weil ich dann vor mir selbst hätte zugeben müssen, dass ich nicht den leisesten Schimmer hatte, warum ich hier hing.

»Er hat sich von dir verarschen lassen«, zischte er. Wieder war er mir dabei mit dem Gesicht ganz nahe. »Sich zerstören lassen. Und diese beschissene Fibonacci-Folge, mit der hat er mich verrückt gemacht! Ich wäre so gerne stolz gewesen auf ihn, hätte ihm zugesehen, wie er euch fertigmacht. Stattdessen hat er sich voll gegen die Wand fahren lassen. Hat sich einfach von dir umbringen lassen.«

»Ich habe ihn nicht umgebracht.«

Eigentlich wollte ich noch mehr sagen, aber die Worte wurden mir zurück in den Körper gestopft. In mich hineingedroschen, während Janos auf Magen, Rippen, Leber und Nieren einprügelte. Tränen schossen mir in die Augen. Ich schmeckte Metall, als ich mir die Lippen aufbiss.

Irgendwann riss ich den Mund auf, heulte Schmerz und Verzweiflung hinaus, bis ich dachte, ich müsste daran zerbrechen.

Endlich hörte er auf. Meine Schultern zuckten, weil ich aus Reflex den Brustkorb befühlen wollte. Geprellt hatte er mir die unteren Rippen auf jeden Fall, vielleicht gebrochen. Zwischendrin hatte sich in seiner Wut auch der ein oder andere Faustschlag in mein Gesicht verirrt, und ich merkte, wie das linke Auge zuschwoll. Ich fühlte auch die dicker werdenden Lippen und vermutlich eine Prellung über dem Jochbein.

Janos stützte sich mit den Händen auf die Knie, vornübergebeugt, und drehte den Kopf, um zu mir hochzusehen. Dann grinste er. Inzwischen war es im Zimmer fast vollständig dunkel. Seine Zähne leuchteten hell.

»Bist du Katholik?«, wollte er wissen.

»Nein.« Ich war evangelisch getauft worden, hatte aber zur

Konfirmation das letzte Mal einen Fuß in eine Kirche gesetzt. Mit einem feuchten Geräusch blies ich etwas Blut von den Lippen.

»Du könntest deine Beichte ablegen. Einmal die Wahrheit sagen. Immer wieder hast du gelogen, sogar unter Eid, und behauptet, du hättest ihn nicht getötet. Jetzt kannst du gestehen. Es wird ohnehin keinen Unterschied mehr machen, Thiebeck. Du wirst heute Abend hier sterben. In der Villa meines Vaters. Ein passendes Ende dieser armseligen Geschichte, wie ich finde.«

Entfernt hörte ich ein Poltern. In einem der anderen Zimmer. Vielleicht einen Stock tiefer. Janos hatte es ebenfalls gehört. Als ich sein Lächeln bemerkte, fragte ich: »Wer ist das?«

»Die böse Stiefmutter. Die gegen Ende des Märchens ebenfalls ihre Strafe bekommt.«

»Sie ist hier?« Ich drehte leicht den Kopf, um ihn anzusehen. Sofort pulsierte Schmerz durch Nacken, Schultern und Schläfen.

»Ich habe mir die Freiheit genommen, sie ebenfalls mitzunehmen. Vielleicht können wir deinen Kollegen noch ein kleines Rätsel aufgeben, darüber, was hier passiert ist. Warum du sie umgebracht hast, bevor du dich vom Balkon meines Vaters gestürzt hast.«

Ich schnaubte verächtlich. Erneut flogen Blut und Rotz. »Wer soll denn das glauben? Kein Schwein!«

Er zuckte mit den Schultern. »Vermutlich nicht. Aber mit dem Glauben, und den dazugehörigen Beweisen, ist das immer so eine Sache, oder, Hauptkommissar Johannes Thiebeck? Wenn du genug Beweise hättest sammeln können, dann würde mein Vater noch leben. Dann säße er jetzt im Knast oder in einer geschlossenen Anstalt, und du wärst noch ein gefeierter Bulle, anstatt für ein jämmerliches Gehalt als *Berater* zu arbeiten. Korrekt?«

»Warum Gesine Lammert?«

Seine Züge verhärteten sich. »Ihretwegen musste ich in der Schweiz leben, nicht bei meinem Vater. Mich verstecken! Ihretwegen gab es nie Bilder von mir. Sie war der Grund, warum ich gar nicht existiert habe.«

Ich musste mich zusammenreißen, um nicht laut aufzulachen, so absurd erschien mir der Gedanke. Pieter Gorlaff, hinter den sieben Bergen, bei den sieben Zwergen. Schwarz wie Ebenholz – seine Seele vielleicht!

Ich machte mir nicht die Mühe, zu antworten. Das schien ihn nicht zu stören. Er klopfte mir fast freundschaftlich auf die Rippen. Die waren bereits so lädiert, dass auch diese leichte Berührung schmerzte.

Erneut ertönte ein Geräusch, diesmal eher wie ein Klopfen.

»Meine Stiefmutter wird ungeduldig«, sagte er und verließ das Arbeitszimmer.

Sobald ich sicher sein konnte, dass er mich wirklich allein gelassen hatte, fing ich an, mich zu bewegen. Meine Fußspitzen glitten über den Boden. Ich spannte die Muskeln in Beinen und Bauch an, um meinen Körper in Schwung zu versetzen. Dass alle Beteiligten bei diesem Unterfangen vor Schmerz aufschrien, versuchte ich zu ignorieren.

Im Sportunterricht früher hatte ich die Übungen gehasst, bei denen wir an den Kletterwänden gehangen hatten und die Beine hochheben mussten. Durch die Länge meiner Beine und mein Gewicht war das immer unglaublich anstrengend gewesen. Ich hatte am nächsten Morgen jedes Mal furchtbaren Muskelkater im Bauch gehabt. Jetzt wurde das Gefühl von früher genommen, ungefähr verhundertfacht und mir mit Macht wieder in den Magen gedrückt. *Scheißegal*, dachte ich. ›Hör dem Schmerz nicht zu, ignorier ihn‹, hatte der Coach immer gesagt. ›Der Schmerz ist ein Arschloch!‹

Nach und nach begann ich, hin- und herzuschwingen. Zu schaukeln. Ich nutzte den entstehenden Schwung, um mich noch heftiger zu bewegen. Beeilte mich, bevor mir die Arme abgerissen wurden.

Und wurde mit einem kleinen Brocken Putz belohnt, der neben mir auf den Steinboden fiel.

Weiter. Mehr Schwung. Stöhnend und keuchend pendelte ich von vorn nach hinten, bis ich endlich die Wand mit einem Fuß berühren konnte und mich heftig abstieß. Achterbahnfahrt im Bauch. Meine Geschwindigkeit erhöhte sich, jetzt trafen beide Fußsohlen patschend auf die Wand, meine Oberschenkelmuskeln ließen mich nach hinten schnellen.

Dann krachte es. Erst durchfuhr es mich wie ein Schlag, und mein Magen sackte weg, dann stürzte ich. Schlug lang hin, verdrehte mir die ausgestreckten Arme. Teile des Deckenstucks prasselten wie hart gewordener Schnee auf mich herab. Den Bruchteil einer Sekunde später explodierte Glas um mich herum. Splitter trafen mich an Gesicht, Armen und Oberkörper, stachen, kratzten, schnitten. Keinen Meter neben mir war ein Meteor aus Kristallglas eingeschlagen. Manche Glasstücke hüpften noch meterweit über den Steinfußboden.

Ich konnte mich nicht rühren. Meine rechte Seite, auf die ich gefallen war, pulsierte schwarz. Mit einem krächzenden Laut ließ ich den Kopf auf den kalten Boden sinken. Versuchte, Kraft zu sammeln. Zu verhindern, dass die Lichter einfach ausgingen.

Hustend rollte ich mich zur Seite und zog Arme und Beine an den Körper. Fötusstellung. Schob die gefesselten Handgelenke, an denen noch die Kette befestigt war, zum Gesicht hoch und riss das Klebeband mit den Zähnen auf. Ich brauchte mehrere Versuche, bis ich es weit genug zerfetzt hatte, um die Hände auseinanderzubekommen. Auf den Lippen schmeckte ich den Kleber vom Gaffa.

Viel Zeit hatte ich vermutlich nicht; meine *Umbaumaßnahmen* hatten einen höllischen Lärm verursacht. Janos würde jeden Augenblick in der Tür auftauchen.

Meine Hände waren frei. Jetzt hoch. Aber ich rutschte weg, fand keine Kraft.

Schließlich schaffte ich es, mich zu erheben. Schrittweise. Erst auf alle viere, um den Schwindelanfall und die Übelkeit vergehen zu lassen, dann ein Bein aufstellen. Abwarten, bis sich die Schwärze vor meinen Augen verzog, dann das andere Bein. In der Hocke kurz durchatmen, die Hände vorsichtig auf die Rippen gelegt. Als könnte ich sie auf diese Weise vor weiterem Schaden bewahren.

Dann stemmte ich mich in die Höhe. Streckte die Hand aus, um mich zu stützen, aber es gab nichts, an dem ich mich hätte festhalten können. Stattdessen hielt ich die anderthalb Meter lange, schwere Metallkette fest gepackt, als wäre ich noch daran gefesselt. Ich taumelte, jeder unkontrollierte Schritt begleitet von einem Blitz aus Schmerz. Bis ich mich so weit unter Kontrolle hatte, dass ich nicht mehr drohte, umzufallen.

Ich sah zum Schreibtisch rüber, aber dort gab es nichts, was ich als Waffe hätte benutzen können. Wo waren meine Pistolen? Ich versuchte, mich zu erinnern, ob er sie am Körper getragen hatte, aber es tauchte kein Bild vor meinen Augen auf. Nur sein Gesicht, ganz dicht an meinem.

Also musste es die Kette tun. Mit einem Seufzer setzte ich mich in Bewegung, um mich kurz darauf am Türrahmen festzuhalten. Dort hob ich meine Jacke vom Boden auf. Das zerrissene T-Shirt und den Sweater ließ ich liegen. Mit einem Stöhnen schob ich mich in die Ärmel. Der Stoff schmerzte auf der nackten Haut, aber das Frösteln ließ nach, sobald ich sie trug. Die Metallglieder meiner Waffe klirrten unruhig. Ich nahm sie in beide Hände, um keinen unnötigen Lärm zu verursachen.

Vor mir lag der große Flur, von dem aus eine geschwungene Treppe in die anderen Geschosse führte. Links und rechts auf der Etage befanden sich weitere Türen. Ich kramte in meiner Erinnerung. Wo mochte er sich mit Gesine Lammert aufhalten? Hier oben gab es ein *Raucherzimmer*, wie Lammert es damals genannt hatte, und die Galerie. Die Schlafzimmer der beiden hatten sich unter mir im ersten Stock befunden.

Mit unsicheren Schritten ging ich in Richtung des Treppengeländers, dankbar für den weichen Teppichboden, mit dem der Flur ausgelegt war. Die Kälte aus dem Granit war mir in die nackten Füße hochgestiegen und hatte mich noch mehr zittern lassen.

Ich umklammerte fest das Geländer, stieg Stufe für Stufe nach unten. Währenddessen rang ich mit mir. Im Moment befand ich mich in keinem Zustand, in dem ich es mit Janos hätte aufnehmen können. Er war vermutlich bewaffnet.

Ich hielt inne. Eigentlich sollte ich auf der Treppe bleiben, bis ins Erdgeschoss laufen. Abhauen. Irgendwie die Villa verlassen und dann versuchen, durch den Grunewald zu entkommen, um Hilfe zu holen.

Mein Blick glitt über den großzügigen Flur unter mir im ersten Stock. Für Gesine Lammert würde vermutlich jede

Hilfe zu spät kommen. Mit zusammengebissenen Zähnen packte ich erneut das Geländer und arbeitete mich weiter nach unten vor. Da ertönte erneut das Wummern, das ich zuvor schon gehört hatte. Und das Janos weggelockt hatte.

Am Ende der Treppe angekommen, versuchte ich mich zu erinnern, wo sich das Schlafzimmer befunden hatte. Vorn rechts war es gewesen, dort stand auch eine Tür halb offen. Ich packte die Kette fester, mit beiden Händen, um zu verhindern, dass mich ihr metallisches Klirren verraten würde. Dann schob ich langsam einen Fuß nach dem anderen vor, die Zehen in die dichte Textur des Teppichs gekrallt. Ich wäre gerne vorwärtsgeglitten, aber dafür besaß ich bereits nicht mehr die Körperbeherrschung. Mir tat alles weh.

An der Tür angekommen, wagte ich einen vorsichtigen Blick ins Zimmer. Auf dem riesigen Doppelbett, das einmal den Lammerts gehört hatte, lag Gesine Lammert. Ihr waren die Hände mit Klebeband auf den Rücken gefesselt worden, und sie trug einen dunkelblauen Trainingsanzug. Offenbar hatte Janos sie beim Sport erwischt. Ihre Beine hatte sie gegen das hölzerne Kopfteil gestemmt und wummerte nun erneut dagegen. Nicht sehr stark, aber das Holz gab einen guten Klangkörper ab.

Ansonsten konnte ich niemanden entdecken. Nachdem ich tief durchgeatmet hatte, machte ich einen Schritt nach vorn. Immer darauf lauernd, dass Janos mich aus einer Ecke heraus anspringen könnte. Aber das tat er nicht.

Ich beeilte mich, zum Bett zu kommen und Gesine Lammert zu befreien.

»Wo ist er?«, wollte ich im Flüsterton wissen, als ich ihr das Tape vom Mund entfernt hatte.

»Was?«, fragte sie benommen. Ihre Augen waren tief in die

Höhlen zurückgerollt. Offenbar hatte sie Schwierigkeiten, mich in den Fokus zu bekommen.

»Ist er abgehauen? Gerade eben?«

Sie nickte. Stöhnte. Umständlich rollte sie sich auf die Seite, um ihre Handgelenke zu befühlen.

»War er bewaffnet?«

Mit Mühe richtete sie den Blick auf mich, konzentrierte sich und schüttelte den Kopf. Ich half ihr, sich von dem Tape an den Handgelenken zu befreien.

Mit einem Ächzen rieb sie sich den Oberschenkel. »Was ist passiert?«

Ich bemerkte den nassen Fleck auf dem Stoff. »Er hat Sie mit einer Paintballgun erwischt«, sagte ich. »Unter Drogen gesetzt.«

»Wovon reden Sie?«

Ruckartig erhob ich mich. Ich hatte keine Zeit für Gesine Lammert. »Finden Sie ein Telefon. Ein Handy, scheißegal. Rufen Sie 110 an!«

Wo waren die verdammten Waffen? Sein Markierer, die Messer, mein Schlagstock, die Pistolen? Wo auch immer er sie aufbewahrte: Offenbar hatte er den Krach im Arbeitszimmer gehört und beschlossen, sich zu bewaffnen.

Ohne noch einen weiteren Blick auf Frau Lammert zu werfen, beeilte ich mich, zur Tür zu kommen. Die Lippen aufeinandergepresst, um die Schmerzen zu ignorieren. Meine Rippen taten bei jedem schnellen Schritt weh, und zu tiefes Luftholen bestrafte mein Körper ebenfalls gnadenlos mit Protestsignalen, die er durch gereizte Nervenbahnen schickte. Ich hatte kurz darüber nachgedacht, ob wir fliehen sollten. Die Lammert und ich. Aber ich wusste, dass wir nicht weit kommen würden. Sie benommen, ich völlig zerschlagen. Janos, der uns durch den Grunewald hetzte. Lieber wollte ich mich ihm stellen, auch wenn meine Chancen dabei vermutlich nicht besser standen. Vielleicht war es auch einfach meine allgemeine Unfähigkeit, jemals den Rückzug anzutreten, die mich dazu trieb.

Draußen konnte ich niemanden sehen. Als ich gerade dabei war, auf die Treppe zuzugehen, unentschlossen, ob ich ihn oben oder unten suchen sollte – und was zum Teufel ich machen sollte, wenn ich ihn wirklich aufspürte –, hörte ich von oben ein Geräusch. Einen scharrenden Laut, wie von etwas, das über den Boden geschoben wurde. Plastik, vielleicht auf Stein.

Die Noppen einer Sporttasche! Auf Granit. Er befand sich im Arbeitszimmer.

19

Mit einem gepressten Fluch setzte ich mich in Bewegung, wieder die Treppe hinauf. Durch das Adrenalin, das meinen Körper durchflutete, kam es mir sogar fast so vor, als würde ich mich schnell und geschickt bewegen.

Ich hatte gerade die Hälfte der Treppe überwunden, war dem geschwungenen Rund so weit gefolgt, dass ich einen Blick nach oben werfen konnte, als ein lauter Knall ertönte. Einen Meter neben mir schlug ein Geschoss in das dunkle Holz des Geländers ein. Zeitgleich mit den herumwirbelnden Holzsplittern ließ ich mich zu Boden fallen und prallte auf die Treppenstufen. Meine Rippen! Tränen stiegen mir in die Augen.

Nach einem Augenblick des Luftholens packte ich die Kanten der Stufen über mir und zog mich langsam höher.

Noch ein Schuss. Diesmal kurz über meiner Schulter, viel hätte nicht gefehlt. Das Projektil musste irgendwo hinter mir im Putz stecken.

Oben auf dem Absatz hörte ich etwas. Schuhe auf Teppich? Kam er, um mich zu holen? Plötzlich klickte es direkt über mir. Leer und mechanisch. Wie eine P6, die nach neuer Nahrung suchte. Jetzt wusste ich, wie viele Schüsse ich im Parkhaus noch im Magazin gehabt hatte – zwei.

Janos fluchte. Auf die Stufen vor mir fiel die Pistole. Ich zuckte zusammen, riss den Arm hoch, um nicht im Gesicht getroffen zu werden, aber sie versprang, irgendwo zwischen die Stäbe des Geländers, und fiel klappernd in die Tiefe.

Ich drückte mich hoch, krabbelte auf allen vieren die Stufen hoch, die Kette immer noch um die Hand gewickelt, und erreichte den zweiten Stock. Gerade verschwand Janos schlitternd in der Tür zum Arbeitszimmer.

Also doch! Die Scheißwaffen waren dort gewesen. Wo ich sie einfach hätte mitnehmen können. Vermutlich in einer Tasche hinter dem Schreibtisch. Ich verfluchte meine Dummheit und lief über den Teppich, ihm hinterher. Bevor er sich die zweite Kanone besorgen konnte, erreichte ich die Tür.

Janos hockte am Schreibtisch, die Arme in einer roten Sporttasche vergraben. Möglicherweise eine, die er schon mal mit im Gym dabei gehabt hatte. *Der Wichser!*

Ich warf mich nach vorn und schwang die Kette, die ich im Laufen gelöst hatte. Er stolperte zurück, versuchte, die Arme hochzureißen, rechnete aber nicht mit der Kette.

In einem weiten Schwung erwischte ich ihn an der Schläfe. Blut spritzte. Aber bevor ich ausholen und die lange Waffe ein weiteres Mal zum Einsatz bringen konnte, sprang er mir entgegen und riss mich um.

Klirrend fielen die Metallglieder auf den Stein. Zeitgleich prallte meine Wirbelsäule auf den harten Boden. Der Schmerz konkurrierte mit dem in meinen Rippen, die Janos grunzend mit vollem Gewicht belastete. Er würde mich einfach zerbrechen! Knirschend wie eine Eierschale würde ich in mich zusammenfallen.

Aber ich zerbrach nicht. Wurde auch nicht ohnmächtig. Und die Agonie, die dort in mir aufwallte, die kannte ich bereits. Ich begrüßte sie wie einen alten Bekannten, dessen neurotische Macken einen längst nicht mehr schocken konnten.

Ohne nachzudenken, holte ich aus, schlug Janos mit der

Linken an die Schläfe. Ich erwischte ihn nicht sauber. Dafür rammte er seinen Ellbogen nach unten, in meinen Magen, sodass mir die Luft wegblieb. Mit dem linken Handballen schlug er erneut auf mein verletztes Auge.

Meine Rechte, in der ich immer noch die Kette gepackt hielt, streifte ihn an der Schulter, erwischte noch seinen Schädel. Mit einem dumpfen Laut sackte er zusammen, benommen. Ich wuchtete mich hoch, stieß den Kopf nach vorn. Erwischte mit der Stirn sein Nasenbein. Blut in den Augen, eher seins als meins. Mit einem weiteren Hieb meiner Kettenfaust stieß ich ihn von mir herunter. Versuchte, mich unter seinen Beinen herauszuwinden.

Schaffte es. Ich kam aus der Hocke hoch, schwang die Kette, erwischte ihn an der Schulter. Schreie: seine vor Schmerzen, meine ein Triumphgeheul. Kurz starrten wir uns an, beide mit schmerzgefüttertem Wahnsinn in den Augen. Halb geduckt, kurz vor dem Sprung.

Er machte einen Schritt auf mich zu, ich schwang die Kette. Eine Finte! Sein Oberkörper zuckte zurück, wich aus, er packte die vorbeischwingenden Glieder und riss mich von den Beinen. Ich schlug der Länge nach hin, hart stießen meine Zähne aufeinander. Erneut ein roter Schleier vor den Augen. Ich verspannte mich, erwartete, dass er sich auf mich warf. Aber der Angriff blieb aus. Stattdessen hatte er einen Schritt zur Seite gemacht, fingerte am Schreibtisch herum, an einer Schublade.

Die Tasche lag irgendwo zu meiner Rechten, zu weit weg für uns beide. Wer sich um die Tasche kümmerte, verlor. Ich kam keuchend auf die Füße, hielt die Kette noch immer fest gepackt. Janos hatte gefunden, wonach er gesucht hatte. Mit einem Aufblitzen von Triumph kam er um die Ecke des

Tischs herum. In der Faust eine Art Stilett. Lammerts Brieföffner!

Geduckt bewegte sich Janos auf mich zu. Grazil. Ich dagegen verlagerte ungeschickt das Gewicht von einem Bein auf das andere und konnte mich nicht entscheiden, welches mehr schmerzte.

Hinter ihm befand sich der Balkon, die offenen Türen und die Vorhänge. Vorhänge, die träge von der kalten Luft bewegt wurden. Ein Bild erschien vor meinen Augen. Georg Lammert, in diesem Zimmer, mit den ebenfalls geöffneten Türen. Diesen Vorhängen. Wie ich auf ihn eindrang, ihn schlug. Bis wir uns beide draußen wiederfanden.

Mit einem gutturalen Schrei warf ich mich nach vorn, den Kopf leicht gesenkt. Janos versuchte, auszuweichen, und stach gleichzeitig zu.

Ob er mich traf, merkte ich nicht mal. Mit der Schulter rammte ich seine Körpermitte, meine ausgestreckten Arme rissen ihn mit. Holz krachte, Glas splitterte. Ich rutschte weg. Aber das spielte keine Rolle, meine Masse trieb uns unerbittlich weiter. Nach draußen, auf den Balkon. Janos prallte mit dem Rücken gegen das Sandsteingeländer, mit einem Schrei entwich die Luft aus seinen Lungen.

Rippen gebrochen, du Wichser?, dachte ich befriedigt, als ein lautes Knacken ertönte. Aber es waren nicht seine Knochen, sondern das Geländer, dessen Stein nachgab.

Plötzlich verloren wir beide den Halt. Ich stürzte Janos hinterher. Prallte hart auf dem Balkonboden auf. Begleitet von einem knirschenden Geräusch fühlte ich, wie sich sein Körper weiterbewegte. Über den Rand hinweg. Ohne nachzudenken, packte ich zu.

Der Schmerz war zurück. Fraß sich durch Arme, Schultern

und Nacken wieder an die Stelle, an der er gesessen hatte, als ich noch vom Kronleuchter gehangen hatte. Nistete sich glühend in meiner Brust ein, weil mein Oberkörper flach auf den Boden gedrückt wurde.

Janos hing an meinen Armen. Außen am Balkon. Ich lag auf dem Bauch, direkt an der Kante, keuchend, kämpfend. Seine Finger waren in meine Unterarme gekrallt. Unsere Gesichter befanden sich keine zwanzig Zentimeter voneinander entfernt. Ich konnte sehen, wie sich meine Anstrengung in seinem Gesicht spiegelte. Gepaart mit Angst, Entsetzen und Unglauben. Knapp acht Meter unter uns drohte der harte Stein.

Plötzlich fixierte sein Blick meinen, und sein Ausdruck änderte sich. Seine Körperspannung ließ nach, und seine Finger öffneten sich. Einfach so.

Er rutschte tiefer. Ich keuchte, um fester zuzupacken. Dabei beobachtete er mich unverwandt. Mit aufgerissenen Augen starrte ich ihn an. Ein schneller Seitenblick zeigte mir, dass der Stoff meiner Jacke oben an der Schulter zerfetzt war. Dort breitete sich dunkle Feuchtigkeit aus. Er hatte mich offenbar mit dem Stilett erwischt.

»Scheiße!«, keuchte ich.

Sein Grinsen wurde breiter. »Du musst das nicht tun. Lass einfach los. Genauso wie bei meinem Vater damals. Lass mich einfach stürzen. Komm schon, Thiebeck. Ich bin es nicht wert.«

Fassungslos starrte ich ihm ins Gesicht. Er schien völlig entspannt. Studierte mich aufmerksam, als sei ich ein Forschungsobjekt in einem Labor. Seine Zungenspitze schob sich zwischen die leicht geöffneten Lippen.

»Vergiss es, du Arschloch!«, stieß ich hervor und versuchte, fester zuzupacken. Meine Finger schmerzten. Nein, eigentlich tat mir *alles* weh. »Ich lass dich nicht fallen. Ich übergebe dich dem Penner Densch, und du darfst den Rest deines Lebens in der Geschlossenen verbringen.«

Ich wusste, dass das Quatschen dämlich war. Ich sollte nicht reden, sondern mir meine Kraft fürs Halten aufsparen. Wie lange würde ich ausharren müssen, bis jemand kam? Müsste nicht irgendwann Gesine Lammert auftauchen? Oder war die in den Grunewald hineingelaufen? Würde sie Hilfe holen? Und wann?

Janos bewegte sich, und der Ruck, der dabei durch meinen Körper ging, verwandelte sich ohne Reibungsverluste in kochenden Schmerz. Im Bauch, den Rippen, den Schultern.

Er lächelte wieder. »Du wirst das nicht durchhalten. Irgendwann lässt du mich los. Dann wirst du dich später fragen, ob du vielleicht noch länger hättest durchhalten können. Oder ob du es vielleicht wolltest. Das miese, kleine Arschloch in den Tod stürzen lassen. Eigentlich willst du das, oder, Thiebeck? Mich tot sehen?« Er hatte ebenfalls Schwierigkeiten, zu reden. Hatte er Angst?

»Fresse!«

Kurz dachte ich darüber nach, ob ich eine Chance hätte, ihn raufzuziehen. Nicht, wenn er nicht wollte. Aber selbst wenn, wie würde ich ihn dann unter Kontrolle halten? Falls er es heraufschaffte, würde er über mich klettern müssen und hätte mich damit komplett in der Hand. Vermutlich würde er mich sogar einfach vom Balkon schmeißen können, so entkräftet wie ich war. Was also war der Plan? Wirklich einfach aushalten, bis Rettung eintraf?

Hinter mir hörte ich Schritte. Langsame. Janos' Blick zuckte hoch. Für einen Augenblick sah ich Besorgnis in seinen Augen. Dann kehrte sein überlegenes Grinsen zurück.

»Lassen Sie ihn fallen«, sagte Gesine Lammert mit harter Stimme.

Erneut hörte ich Scharren, konnte ihre Turnschuhe neben meinem Kopf sehen. Unter ihren Sohlen knirschten kleine Sandsteinbrocken.

»Nein!«, keuchte ich.

»Hör auf die Frau, Thiebeck. Deinen beschmutzten Ruf stellst du auf diese Weise auch nicht wieder her. Töte mich!« Er sprach stoßweise, keuchend.

Grimmig biss ich die Zähne zusammen und schüttelte den Kopf. Ich konzentrierte mich auf die Anspannung in meinen Fingern, auf meine Arme, die bereits wie von innen brannten, auf meine gespreizten Beine, die mir Halt geben sollten.

Ich wollte Gesine Lammert und Janos sagen, sie sollten sich zum Teufel scheren. Aber ich sparte mir den Atem.

Wortlos ging sie, verließ den Balkon. Ich fixierte die steinerne Kante vor mir, als könnte ich mich so in sie verbeißen.

Janos sagte nichts mehr, hing nur stumm an meinen Armen, machte aber auch keine Anstalten, sich loszuschütteln. Er wollte, dass ich ihn fallen ließ. Dass *ich* über den Zeitpunkt seines Todes entschied.

Gesine Lammerts Schritte kamen zurück. Ich konnte sie nicht sehen, aber Janos' Gesichtsausdruck unter mir hellte sich auf, offenbar gefiel ihm, was er sah. Einen Augenblick später traf mich etwas heftig am Rücken. Erschrocken ließ ich Janos fast los. Er rutschte tiefer, ich wurde mitgezogen. Packte aber erneut zu.

Mein Rücken brannte. Ich kannte diesen Schmerz. Im Parkhaus hatte ich ihn bereits verspürt, als Janos mich mit dem Markierer beschossen hatte.

»Lassen Sie ihn fallen, Thiebeck. Das Schwein soll sterben.«

Gesine Lammerts Stimme hallte auf einmal ganz merkwürdig in meinem Kopf nach, als würden wir uns in einem riesigen Tank oder Blechcontainer befinden. Ich kniff die Augen zusammen. Bunte Lichter tanzten innen auf meinen Lidern einen Reigen. Ich wollte mir gerade über die Augen wischen, als ich bemerkte, dass mir etwas entglitt.

Janos.

Ich packte zu, riss die Augen auf und versuchte, die Desorientierung abzuschütteln.

Ich betrachtete den Mann vor mir. Georg Lammert. Gerade eben waren wir uns noch im Garten begegnet. Er hatte mir zu meiner bestandenen Prüfung beim LKA gratuliert. Papa war so stolz gewesen, hatte mich regelrecht vorgeführt. In meinem Alter! Ich hatte tadelnd mit den Augen gerollt.

Lammert war kein guter Freund meines Vaters. Kein gutmütiger, alter Knabe, dem man auf die Tweedjacke klopfte. Er war ein Killer! Hatte die Kinder umgebracht. Sie mit bloßen Händen erwürgt. Wie lange musste man so einen kleinen, weichen Hals drücken, bis das Herz aufhörte, zu schlagen?

Mein Blick fiel auf meine Hände. Groß, behaart, angespannt. Sie krallten sich in Lammerts Klamotten, hielten ihn fest, bewahrten ihn vor seinem Absturz in die Tiefe. Ich war kein gläubiger Mensch, aber an eines glaubte ich: Dass Georg Lammert in die Hölle kommen würde, falls es eine gab.

Aber ich wusste, dass ich mir auch damit in die Tasche log.

Ich glaube eher an die Unschuld einer Hure als an die Gerechtigkeit der deutschen Justiz.

Wir hatten nichts in der Hand. Keine Beweise. Lammert hatte bereits zwei Tage in U-Haft gesessen, bevor wir ihn wieder gehen lassen mussten. Ich hatte zwei Kaffeebecher an der Wand zerschmettert. Die Flecken unten im Vernehmungszimmer waren vermutlich immer noch an der Wand. Lammert hatte nichts gesagt. Nicht gegrinst, sondern fast traurig ausgesehen, als er da mit seinem Anwalt rausmarschiert war.

Deswegen war ich jetzt hier. Um ihn zur Rede zu stellen, ihn zu provozieren. Stattdessen hatte er *mich* provoziert. Mit seiner kumpelhaften Art. Hatte über meinen Vater geredet, über mich als jungen Mann. Bis ich es nicht mehr ausgehalten hatte, bis ich diesen wahnsinnigen Mörder, der sich als Freund der Familie ausgab, zum Schweigen bringen musste.

Aber er schwieg immer noch nicht.

»Wenn auch nicht alle Künstler Schachspieler sind, so sind doch alle Schachspieler Künstler«, zitierte Lammert plötzlich direkt vor mir.

Ich verzog verwirrt das Gesicht. So verquastes Zeug hatte Lammert nie gequatscht. Aber jemand anders, zu jemand anderem passte das.

Lammerts Stimme klang unentspannt. Als müsste er sich sehr anstrengen. Dabei war ich es, der sich abmühte. Oder? Meine Arme brannten, fühlten sich an wie nach stundenlangem Training. Was hatte der Coach mit mir gemacht?

»Weißt du, Junior, es ist viel schlaues Zeug über das Schachspiel geschrieben worden.«

Lammert hatte mich immer ›Junior‹ genannt, um meinem Vater einen Gefallen zu tun. Der hatte sich darüber gefreut. Auch an diesem Morgen hatte er es wieder gesagt. Ich hatte ihm mit dem ersten Schlag das Jochbein geprellt, wie die Rechtsmedizin später festgestellt hatte, danach weiter auf ihn eingeprügelt.

Bis ich ihn am Kragen hielt, ihn mit dem Rücken über das Sandsteingeländer gebogen hatte, außer mir vor Wut. Aber was war mit dem Geländer? Warum lagen Teile davon zerbrochen links und rechts von mir?

Schwindel erfasste mich. Gleich würde ich das Gleichgewicht verlieren und nach unten stürzen. Ich stand oben auf dem Geländer, die Arme ausgestreckt. Bewegte mich in der lauen Frühlingsbrise leicht vor und zurück.

Ich drehte den Kopf, um Lammert anzusehen. Aber der war längst weg. Stattdessen stand ich Janos im Ring gegenüber. Ein Gong ertönte.

»Nimm die Fäuste hoch, alter Mann, sonst prügel ich dich windelweich«, sagte er und grinste breit.

Neben meinem Ohr hörte ich Sandra Gorlaffs Stimme, dünn, flüsternd. »Er sagt, ich hätte ihn umgebracht. Verstehen Sie, Herr Thiebeck? Sie können meinen Sohn nicht mehr töten. Er ist bereits gestorben.«

Kopfschmerz stieg in meinem Schädel an wie eine unnachgiebige Flut, die kam, um den Strand zu verschlingen. Ich drückte mehrmals kurz hintereinander die Augen zu.

»Wir sehen uns auf der anderen Seite, Thiebeck. Ich grüße meinen Vater von Ihnen.«

Und plötzlich war ich wie befreit. Der Schmerz in meinem Brustkorb hatte nachgelassen, und meine Arme fühlten sich auf einmal federleicht an. Janos entfernte sich rasend schnell von mir, aber sein Lächeln blieb. Ich lächelte zurück.

Mit einem fetten Grinsen stand ich dort oben, auf dem Geländer, und breitete meine Schwingen aus. Um fortzufliegen. Aber irgendetwas zupfte an meiner Aufmerksamkeit. Als ich nach unten blickte, konnte ich Georg Lammerts zerschmetterte Form erkennen.

Am Horizont sah ich die Sonne, die eilig vom Himmel stürzte, als wollte sie sich verstecken. Dabei war ich doch früh morgens zu Lammert gekommen. Hatte ihn nach dem Frühstück angetroffen. Dann verschwand die rotgoldene Scheibe, und es wurde schlagartig dunkel. Erleichtert schloss ich die Augen. Das Licht hatte mich geschmerzt, mehr, als mir bewusst gewesen war.

20

Nur langsam fand ich den Weg aus dem Dunkel. Lauschte für einen kurzen Moment dem dumpfen Brummen, zu dem sich der vielfarbige Schmerz in meinem Körper zurückgezogen hatte. Ich nahm ihn noch wahr, aber er kam nicht mehr an mich heran.

Vorsichtig öffnete ich die Augen. Mildes Licht von zwei Lampen an der Wand sorgte dafür, dass der Übergang von dunkel zu hell nicht allzu brutal wurde.

Die grauen Wände, an denen jede Art von farbigen Akzenten fehlte, die fast schmerzhaft saubere, weiße Bettwäsche, in der ich lag –, all dies half dabei, dass ich nur einen Herzschlag brauchte, um festzustellen, dass ich mich im Krankenhaus befand.

Jetzt erst bemerkte ich die Hand, die meine Rechte warm umschloss und sanft drückte.

»Hey«, sagte Jana.

Ich drehte langsam den Kopf, um sie anzusehen. Sie lächelte auf mich herab.

»Wie lange sitzt du da schon?«, wollte ich wissen und streckte mich, um meine Position leicht zu verlagern. Die Bewegung zuckte meine Rippen hinauf. Noch tat es nicht richtig weh, aber mein Körper warnte mich, lieber nicht zu übermütig zu werden.

»Eine ganze Weile. Die Schwester hat erwartet, dass du früher aufwachen würdest.«

Stöhnend rieb ich mir mit der Hand das Gesicht. »Ich fühle mich ganz schön groggy.«

Sie lachte. »Sie haben dir was gegen die Schmerzen gegeben. Und die Schwester meinte, bei deinem Format hat sie dir lieber gleich die *Herrendosis* verpasst.«

»Wovon redest du?«, fragte ich. Ich hatte Mühe, mich zu konzentrieren. Wo war Georg Lammert?

»Ich glaube, sie war ziemlich beeindruckt von dir. Bei der guten Dame könntest du wohl einen Stich landen.«

Ich stöhnte. Langsam kam meine Erinnerung zurück. »Nicht witzig. Was ist mit Janos? Und Gesine Lammert?«

»Frau Lammert hat uns angerufen und zur Villa geleitet. Ohne sie hätten wir wohl noch eine ganze Weile gebraucht, bis wir euch da gefunden hätten. Pieter Gorlaff hat den Kauf des Anwesens damals ziemlich gut versteckt, das lief über mehrere Strohmänner. Hätte er das weniger kompliziert verschachtelt, wären wir ihm wohl schon damals auf die Spur gekommen. Immerhin haben wir durchgecheckt, an wen Lammerts Haus ging.«

»Nicht gut genug«, stellte ich fest.

»Nein, in der Tat.« Ihre Stimme klang sofort deutlich gedämpfter. »Aber Frau Lammert geht es gut. Sie wird eine Aussage machen.«

»Janos?« Ich konnte mich immer noch nicht dazu bringen, ihn *Pieter* zu nennen.

»Ist am Leben. Er hat den Sturz erstaunlicherweise überstanden. Allerdings nicht unbeschadet. Im Gegensatz zu damals, als sein alter Herr den gleichen Sprung gewagt hat, stehen inzwischen keine steinernen Blumenkübel mehr auf der Terrasse, die hatten Lammert sprichwörtlich das Genick gebrochen.«

Daran konnte ich mich noch gut erinnern. Ich wusste auch noch genau, wie Lammert dort unten ausgesehen hatte. Oben, vom Balkon aus. »Was ist mit ihm?«

»Gorlaff? Der hat eine Wirbelsäulenfraktur, mehrere Brüche an den Rippen, Armen und Beinen und ein schweres Hirntrauma erlitten. Sie haben ihn in ein künstliches Koma versetzt, aber so wie es aussieht, wird er es wohl überleben.«

Ich grunzte, konnte aber selbst nicht genau sagen, was der Laut bedeuten sollte. Zustimmung, Befriedigung oder Abscheu. Etwas anderes fiel mir ein. »Wir müssen uns die Akte Lammert noch einmal vornehmen.«

»Was meinst du?«

»Pieter hat alles über die Fibonacci-Morde gewusst. Jedes kleinste Detail. Aber woher? Ich meine, wie ist er an all diese Informationen gekommen?«

Sie überlegte. »Sein Vater wird es ihm erzählt haben.«

Mit geschlossenen Augen nickte ich müde ins Kissen. »Genau. Aber er wird ihm nicht einfach Postkarten geschickt haben, wo er seine Morde in allen Details beschrieben hat.« Ich öffnete die Augen und sah sie an. »Jana, ich bin mir ziemlich sicher, dass Pieter damals haarklein über die Morde Bescheid wusste.«

»Du meinst, er hatte etwas damit zu tun?«

»Können wir das ausschließen?« Einen ganz anderen Gedanken ließ ich unausgesprochen: Hatte sich damals wirklich der Mörder zu Tode gestürzt? Oder hatten wir den falschen Mann verdächtigt? Ich begrub diesen furchtbaren Gedanken ganz schnell wieder. Lammert war auf jeden Fall kein Unschuldiger gewesen, dessen war ich mir sicher!

Jana sagte: »Okay, das schauen wir uns noch mal an. Später.« Sie versuchte, das Thema zu wechseln. »Frau Körner geht es prächtig. Er hat sie nicht einmal mit seinem Markierer beschossen. Ihr hat er das DMSO in einem Plastikbecher verabreicht, den er ihr über das Kleid geschüttet hat. Bis auf einen kleinen Schrecken ist sie also am leichtesten davongekommen. Die beiden Beamten weisen jeweils einen fetten Bluterguss und einen dreckigen Kater auf. Sie werden sich wohl ein paar unangenehme Fragen gefallen lassen müssen, darüber, wie sie sich so einfach haben überwältigen lassen.«

»Was ist mit den Figuren von Weiß? Die, die ich geschlagen habe?«

Jana brauchte einen Augenblick, bis sie verstand. »Keine weiteren Morde, soweit wir zur Zeit wissen. Professor Körner geht davon aus, dass es ihm gereicht hat, deine Figuren zu töten.«

»Immerhin.« Ich ließ mich zurück auf das Kissen fallen.

»Ach, noch etwas. Dein Coach hat angerufen. Ich habe ihm gesagt, dass du im Krankenhaus liegst.«

»Und?«

»Er wollte bloß wissen, wann du wieder fit bist. Er sagt, er hat die Notizen von Davie entziffert und ihr könntet euch jetzt zusammensetzen.«

Bei meinem Stöhnen grinste sie.

»Ich habe ihm gesagt, er muss den Kampf auf keinen Fall verschieben. In ein, zwei Tagen seist du wieder ganz der Alte, und du würdest schon darauf brennen, zurück ins Gym zu kommen, um zu trainieren.«

Meine Miene verdüsterte sich, als ich an mein letztes Sparring mit Janos denken musste. Ich hatte den Kerl, der all diese Morde begangen hatte, direkt vor mir gehabt! Ihn mit einem Schlag sogar von den Füßen geholt. Benommen schüttelte ich den Kopf.

Es klopfte an der Tür. Tamina steckte den Kopf herein.

»Darf ich stören?«, fragte sie. In der Hand hielt sie einen fetten Strauß Blumen in leuchtendem Gelb und Rot.

»Ich muss ohnehin wieder los.« Jana beugte sich vor und küsste mich auf die Stirn. »Ich bin froh, dass sie dich erst zwingen musste, ihn loszulassen.« Mit einem letzten Lächeln und einem Gruß an Tamina verließ sie das Zimmer.

»Hey. Wie geht's dir?« Tamina setzte sich an die Stelle, an der gerade noch Jana gesessen hatte, und küsste mich auf den Mund. Lange und gründlich.

»Mhm, du bräuchtest dringend eine Zahnbürste«, befand sie lachend.

Ich verzog das Gesicht. Bevor ich antworten konnte, klopfte es erneut. Es war Densch, der hereinschaute.

»Thiebeck! Sie sind wach.«

Ich verzieh ihm die Floskel mit einem Augenrollen.

Tamina griff ihm in seiner Hilflosigkeit unter die Arme. »Ich bin kurz draußen und besorge eine Vase«, sagte sie, sprang auf und glitt lächelnd an Densch vorbei, der sich mit einem unsicheren Nicken bedankte.

Als sich die Tür längst geschlossen hatte, warf er noch einen schnellen Blick über die Schulter, als könnte sie jeden Moment wieder aufgehen.

Er räusperte sich. »Es freut mich, dass Sie all das hier überstanden haben, Thiebeck. Wirklich.«

Ich nickte, weil ich ihm tatsächlich glaubte. Aber deswegen würde ich es ihm nicht unbedingt einfacher machen.

Ein weiteres Räuspern. »Das war gute Arbeit. Sie haben den richtigen Instinkt gehabt, mit dem Schrebergarten.«

»Wir hatten Glück.«

Er verzog das Gesicht bei meinem Understatement, allerdings zu einem kleinen Lächeln. »Thiebeck, Sie wissen, dass mir das hier alles andere als leichtfällt. Ich will nicht drumherum reden, ich fürchte, wenn ich noch einmal in der Situation wäre, würde ich vermutlich wieder so entscheiden.« Er grinste verlegen. »Ich wäre allerdings etwas vorsichtiger. Und ein halbes SEK im Antikladen wäre ebenfalls keine schlechte Idee gewesen.«

Ich lächelte, auch wenn ich innerlich ein Zähneknirschen unterdrücken musste. Der Kerl war fast so arrogant wie ich damals! Und lernte genauso schlecht aus seinen Fehlern.

»Schwamm drüber. Hoffen wir einfach, dass Sie und ich kein zweites Mal in einem Mordfall miteinander zu tun bekommen.«

Er verstand meine Bemerkung so, wie ich sie gemeint hatte – weil das heißen würde, dass einer von uns erneut persönlich betroffen war – und nickte.

Dann räusperte er sich schon wieder. »Deswegen wollte ich mit Ihnen reden. Ich habe mit dem Oberstaatsanwalt gesprochen. Wegen Ihrer Entlassung damals. Wenn Sie …«

Ich winkte ab. »Vergessen Sie's, Densch. Der Versuch ehrt Sie, aber für mich gibt es keinen Weg zurück. Die Brücken sind verbrannt.« Im selben Moment, in dem ich die Worte aussprach, wusste ich, dass ich log. Ihn belog und mich selbst. Wenn es wirklich eine Möglichkeit gab, zurückzukehren, wusste ich nicht, ob ich das wirklich ausschlagen konnte. Aber das musste ich Densch jetzt nicht auf die Nase binden. Später würde auch noch reichen.

Er starrte mich einen Moment lang an, als müsste er noch einen Versuch machen, mich umzustimmen. Schließlich nickte er einfach.

»Aber danke für das Angebot. Ich weiß das zu schätzen.«

Verlegen machte er einen Schritt zur Tür, hatte die Klinke bereits in der Hand. Zögerte.

Mit einem Lachen sagte ich: »Ich lade Sie und Jana irgendwann mal zu einem Kaffee ein, Densch. Koffeinfrei.«

Erleichtert nickte er ein letztes Mal und verließ mein Zimmer. Bevor die Tür sich schließen konnte, schob sich Tamina herein. In der Hand hielt sie eine Vase mit dem großen Blumenstrauß.

»Alles gut?«, wollte sie wissen, stellte die Vase ab und ließ sich neben mich auf das Bett plumpsen.

Die Erschütterung schickte einen dünnen Fühler aus Schmerz durch die Watte aus Medikamenten.

»Alles gut«, sagte ich mit einem Keuchen. »Kannst du mir eine Zahnbürste besorgen?«

Ich hakte das kleine Tor auf und betrat umständlich den Garten. Meine Krücke, mit der ich mich abstützte, drohte, sich im Jägerzaun zu verfangen, und ließ mich fast der Länge nach hinschlagen. Mit einem Zischen atmete ich heftig ein, um den aufflackernden Schmerz zu bekämpfen. Nach einem Augenblick, in dem ich einfach bloß atmend dastand, ging es wieder, und ich konnte mich bewegen.

Nach einem Moment des Zögerns bog ich seitlich ab und humpelte um das Haus herum, statt vorn an der Eingangstür zu klingeln. Mein Vater saß auf einem Stuhl direkt unter dem Pflaumenbaum. Neben ihm auf dem Boden lagen bereits die ersten dunkel schimmernden Früchte.

Ohne ein Wort machte ich den Bogen über die Terrasse und griff mir mit der Linken ebenfalls einen der weißen Plastikstühle. Warf meine Krücke ins Gras und setzte mich neben ihn, so dicht, wie es ging, ohne dass sich unsere Lehnen berührten, und sah geradeaus auf das Haus. Betrachtete die dunklen Fenster der Küche, umrahmt von den weißen Vorhängen, die man sehen konnte. Vorhänge, die *sie* aufgehängt hatte, natürlich. So wie fast alles in dem kleinen Haus von ihr gestaltet worden war. Mein Blick wanderte nach oben, in den ersten Stock. Zu den Schlafzimmerfenstern. Mir war, als könnte ich sie dort oben stehen sehen, bloß eine Ahnung eines hellen Gesichts im Schatten. Als würde sie auf uns beide hier unten heruntersehen.

»Es tut mir leid«, flüsterte ich, nachdem wir scheinbar eine Ewigkeit bloß dagesessen hatten.

Er legte die Hand auf meine und drückte sie. Sagte nichts, und wir hielten beide unverwandt den Blick oben auf das Fenster gerichtet, als würden wir uns still verabschieden.

»Wir müssen den Baum abernten«, sagte er schließlich und warf einen kritischen Blick über sich in die Blätter.

»Ich habe ihr versprochen, dich nicht da hochsteigen zu lassen«, antwortete ich.

Er musterte mich von der Seite. »Kommst du da oben überhaupt rauf? In deinem Zustand?«

Bevor ich antworten konnte, schüttelte er den Kopf.

»Du kannst die Leiter halten und mir die Körbe abnehmen. Ich werde einen Teufel tun und dich da hoch lassen. Was meinst du, wie sie mir den Kopf abgerissen hätte, wenn du dir was tun würdest.« Vehement schüttelte er den Kopf. »Und das mit den Dachrinnen machen wir, wenn du wieder etwas besser zu Fuß bist.« Seine Hand lag immer noch ganz weich auf meiner, und wieder drückte er fest zu.

Ich sah ein weiteres Mal oben zu dem Fenster hinauf und wusste, dass ich noch oft hier unter diesem Baum sitzen würde.

ALISSA JOHNSON • ANNE MARSH • ANTONIA FENNEK • BERND PERPLIES • BERNHARD STÄBER • BRIGITTE PONS • C. J. LYONS • CAROL K. CARR • CHERRY ADAIR • CHLOE NEILL • CLARE DONOGHUE • CORA CARMACK • CYNTHIA EDEN • DARYNDA JONES • DEBRA WEBB • DIANNE DUVALL • EILEEN WILKS • ELIZABETH GEORGE • ELOISA JAMES • EMMA CHASE • ERIN MCCARTHY • GEMMA HALLIDAY • GESA SCHWARTZ • HANK PHILLIPPI RYAN • HILARY DAVIDSON • ILONA ANDREWS • JACQUELYN FRANK • JENNIFER ASHLEY • JENNIFER LYON • JENS ØSTERGAARD • JOHN BURLEY • JULIE ANN WALKER • JULIE JAMES • KAREN KESKINEN • KATE NOBLE • KATIE MACALISTER • KATY EVANS • KENDRA LEIGH CASTLE • KIRA LICHT • KITTY FRENCH • KRESLEY COLE • KRISTEN CALLIHAN • KRISTIN ADLER • KRISTINA GÜNAK • KYLIE SCOTT • LARA ADRIAN • TINA ST. JOHN • LARISSA IONE • LENA DIAZ • LINDA HOWARD • LISA MARIE RICE • LISA RENEE JONES • LISELOTTE ROLL • LORA LEIGH • LORI FOSTER • LORI HANDELAND • LYNN VIEHL • LYNSAY SANDS • MADELINE HUNTER • MAGGIE ROBINSON • MARIT REIERSGAARD • MARLISS MELTON • MARY BURTON • MARY JANICE DAVIDSON • MAYA BANKS • MEREDITH DURAN • MERETE JUNKER • MICHELLE RAVEN • MIRA GRANT • NALINI SINGH • NINA ROWAN • OLIVER KERN • PAMELA CALLOW • PAMELA PALMER • PAMELA S. BEASON • PHILIPPA BALLANTINE • PIP BALLANTINE, TEE MORRIS • RICHELLE MEAD • ROXANNE ST. CLAIRE • RUTHIE KNOX • SABRINA JEFFRIES • SASKIA BERWEIN • SHANNON K. BUTCHER • SHANNON MCKENNA • SHELLEY CORIELL • SHILOH WALKER • STEFANIE ROSS • SUZANNE BROCKMANN • SVEA TORNOW • SYLVIA DAY • THEA HARRISON • TONI ANDERSON • WOLFGANG HOHLBEIN • ALISSA JOHNSON • ANNE MARSH • ANTONIA FENNEK • BERND PERPLIES • BERNHARD STÄBER • BRIGITTE PONS • C. J. LYONS • CAROL K. CARR • CHERRY ADAIR • CHLOE NEILL • CLARE DONOGHUE • CORA CARMACK • CYNTHIA EDEN • DARYNDA JONES • DEBRA WEBB • DIANNE DUVALL • EILEEN WILKS • ELIZABETH GEORGE • ELOISA JAMES • EMMA CHASE • ERIN MCCARTHY • GEMMA HALLIDAY • GESA SCHWARTZ • HANK PHILLIPPI RYAN • HILARY DAVIDSON • ILONA ANDREWS • JACQUELYN FRANK • JENNIFER ASHLEY • JENNIFER LYON • JENS ØSTERGAARD • JOHN BURLEY • JULIE ANN WALKER • JULIE JAMES • KAREN KESKINEN • KATE NOBLE • KATIE MACALISTER • KATY EVANS • KENDRA LEIGH CASTLE • KIRA LICHT • KITTY FRENCH • KRESLEY COLE • KRISTEN CALLIHAN • KRISTIN ADLER •